मुहल्ला सलीमबाग़

एक गुत्थी, कई सन्दिग्ध

मुहल्ला सलीमबाग़

एक गुत्थी, कई सन्दिग्ध

अंकिता जैन

वाणी प्रकाशन

वाणी प्रकाशन

4695, 21-ए, दरियागंज, नयी दिल्ली 110 002

फ़ोन : +91 11 23273167 फ़ैक्स : +91 11 23275710

शाखाएँ

अशोक राजपथ, पटना 800 004, बिहार

कॉफ़ी हाउस कैम्पस, महात्मा गांधी मार्ग, इलाहाबाद 211 001, उत्तर प्रदेश

महात्मा गांधी अन्तरराष्ट्रीय हिन्दी विश्वविद्यालय, वर्धा 442 001, महाराष्ट्र

www.vaniprakashan.com
marketing@vaniprakashan.in
sales@vaniprakashan.in

Muhalla Salimbagh
by Ankita Jain

ISBN : 978-93-5518-811-3
Fiction

प्रथम संस्करण 2023

मूल्य : ₹ 595

आर. टेक ऑफ़सेट प्रिंटर्स, दिल्ली-110 032 में मुद्रित

वाणी प्रकाशन का लोगो मक़बूल फ़िदा हुसेन की कूची से

दो बातें...

टॉवर्स, बिल्डिंग्स और ब्लॉक्स के ज़माने में बड़ी हो रही पीढ़ी को यदि ध्यान में रखूँ तो मुझे लगेगा कि बतौर लेखिका मैं अपने पाठकों के सामने वह प्रस्तुत कर रही हूँ जिसे अब 'ओल्ड फैशंड' माना जायेगा। अब मुहल्लों में कौन रहता है? घर का पता अब घर के नम्बर से जाना जाता है, उसके रंग, उसकी बनावट, उसमें रहने वाले लोग या अड़ोस–पड़ोस से नहीं। फलाँ साहब फलाँ मुहल्ले में रहते हैं, ये बातें अब पुरानी हो चली हैं। ग़नीमत बस इतनी है कि पुरानी ही हुई हैं, अदृश्य नहीं। आज भी इसी देश के कई इलाक़ों में न सिर्फ मुहल्ले जीवित हैं बल्कि मुहल्लों में बसता गेल–मिलाप का वह जीवन भी, जिसमें हर किसी को हर किसी से बहुत मतलब है। ये मुहल्ले भारत की एक विरल छवि दिखाते हैं।

ऐसे ही एक मुहल्ले की कहानी है 'मुहल्ला सलीमबाग़'। मैं कहूँगी कि मैं इस कहानी का अभिन्न हिस्सा इस नाते हूँ कि मेरे जीवन के 20–22 साल इस देश के अलग–अलग गाँवों–नगरों के अलग–अलग मुहल्लों में गुज़रे हैं। मेरे भीतर वहाँ का जीवन रचा–बसा है। इस कहानी की नींव कई साल पहले डायरी के किसी एक पन्ने पर रखी गयी थी। धीमी आँच पर यह कहानी हफ़्ते–दर–हफ़्ते, साल–दर–साल पकती रही और 2021 में प्रकाशक को सौंप दी गयी। इसके सभी क़िरदार काल्पनिक होते हुए भी आपको आपके असल जीवन के किसी क़िरदार से हमशक्ल लग सकते हैं।

तो क्या ऐसे मुहल्लों में भी कोई रोचक या रोमांचक कहानी मिल सकती है? अब यह तो आप ही पढ़कर बतायेंगे, मैं बस इतना बताऊँगी कि इस सलीमबाग़ मुहल्ले में कोई घटना घटी है। जिसकी परतें खोलते हुए किताब आगे बढ़ेगी और तब अन्त में आप मुझे बताइयेगा कि मैं इस कहानी, इसके क़िरदारों के साथ न्याय कर पायी या नहीं।

शुक्रिया कहूँगी उन सभी का जो मुझे पढ़ते हैं, जिनसे मिलने वाला प्रोत्साहन मुझे उकसाता है कि अपना लिखा प्रकाशकों को भेजती रहूँ।

मेरी छोटी बहन का ख़ूब–ख़ूब शुक्रिया जिसके साथ हुई बैठकियों में इस कहानी के तकनीकि बिन्दु सुलझाये गये। उसके साथ हुई बातचीत ने मेरे कई मसले हल किये।

नवीन चौधरी जी का शुक्रिया जिन्होंने बेझिझक बताया कि कहाँ कहानी पाठक का मन उचटा सकती है, इसे बदलना या सुधारना ज़रूरी है।

गौतम राजऋषि जी, शिल्पी झा दीदी और अमित तिवारी का शुक्रिया। ये वे लोग हैं जिन्होंने मेरी कहानी को पढ़ा, ख़ामियाँ बताईं और इस कहानी को बेहतर बनाने में सहायता की।

शुक्रिया नमिता जी का, जिनके बताये एक क़िस्से से इस कहानी के एक क़िरदार का रूप गढ़ने में मुझे कुछ मदद मिली।

शुक्रिया अनु सिंह चौधरी दीदी का, जिन्होंने किताब पढ़ और सराहकर मेरा हौसला बढ़ाया।

अन्त में शुक्रिया मेरे पूरे परिवार का जिनके साथ और आशीर्वाद के बिना लिख पाना किसी सूरत सम्भव नहीं।

यह किताब मेरी बेटी सर्वात्मिका को समर्पित।

7 नवम्बर 2022

अंकिता जैन

भूमिका

किसी एक मुहल्ले की कहानी लिखना आसान नहीं होता। ख़ासतौर पर जब क़िस्सागोई के लिए उपन्यास जैसी दुरूह विधा चुन ली गयी हो। अव्वल चुनौती तो यह कि एक मुहल्ले के इतने सारे अतरंगी किरदारों को एक सूत्र में पिरोकर रखा कैसे जाये? हर किरदार की शब्दरेखा लिखने की कोशिश ही क़लमकार को भटकाने के लिए बहुत होती है। बस यहीं बाज़ी मार ले जाती हैं अंकिता जैन। अपने इस उपन्यास के लिए उन्होंने एक ऐसा कथानक चुना जिसके प्लॉट के नीचे 'हू–डन–इट' की ज़बर्दस्त नींव है।

जैसे–जैसे कहानी खुलती जाती है, हर किरदार पर शक की सूई भी रुकती जाती है। रोमांच और थ्रिल इस उपन्यास के दो मूल खम्भे ज़रूर हैं, लेकिन प्लॉट दरअसल एक बेहद संजीदा और अलग क़िस्म की लव–स्टोरी के दम पर खड़ा किया गया है। इसी वजह से 'मुहल्ला सलीमबाग़' एक मुहल्ले की कहानी से कहीं ज़्यादा एक स्त्री के अन्तर्मन की गाथा भी बनता चला जाता है। इस गाथा में दुख है तो हौसला भी है, धोखे हैं तो भरोसा भी है, नफ़रत है तो प्रेम भी है।

इस प्रेम कहानी के बारे में कुछ भी और लिखने का बड़ा ख़तरा यह है कि जाने–अनजाने उपन्यास के किसी अहम मोड़ की ओर इसकी प्रस्तावना में ही कहीं कोई खिड़की न खुल जाये। इतने सधे तरीक़े से प्लॉट को बाँधकर रखने की अंकिता की सफल कोशिश के साथ यह बड़ी ज़्यादती हो जायेगी फिर। इसलिए मैं फ़िलहाल सिर्फ़ और सिर्फ़ अंकिता की लेखन–शैली के बारे में यहाँ कुछ लिखना चाहूँगी।

अगर भाषा, विषय और कथानक उपन्यास को लोकप्रिय बनाते हैं तो दो और चीज़ें उसे यादगार बनाती हैं–किरदारों की बैक स्टोरी, और लेखन में ठहराव। कहानी को बाँधकर रखने और फिर कह देने की जल्दी में हम कई बार इन दोनों बातों को भूल जाते हैं। लेकिन अंकिता ने इस उपन्यास में इन दोनों चुनौतियों से कारगर तरीक़े से निपटने के लिए एक और विधा का इस्तेमाल किया है–रंगमंच।

उपन्यास में दो पड़ाव ऐसे आते हैं जहाँ मुख्य किरदारों के मन में दुविधा है। इन दोनों पड़ावों में अंकिता ने थिएटर का इस्तेमाल करते ही... एक कहानी में दूसरी कहानी पिरोकर प्रेम, छल और विरह जैसी भावनाओं को परोक्ष तरीक़े से कथानक में पेश किया है। ठीक ऐसे ही किरदारों की बैक स्टोरी पाठक को उनके प्रति और उत्सुक बनाती है, उनके लिए मन में लगाव पैदा करती है। इसके अलावा उपन्यासकार का वर्ल्डव्यू भी इन्हीं दो माध्यमों से खुलकर सामने आता है, जिसमें संवेदना है, जिज्ञासा है, एक क़िस्म की नाराज़गी भी है। इसके अलावा अंकिता के लेखन की एक और ख़ास बात है–विजुअल राइटिंग। अलग–अलग विधाओं के लिए लिखने में माहिर अंकिता हमें एक किताब पढ़ने को ही नहीं देतीं, पूरा का पूरा एक मुहल्ला हमें दिखाती भी हैं।

उपन्यास इसलिए तो रचे जाते हैं ताकि न सिर्फ़ मनोरंजन हो, बल्कि थमकर मनन–चिन्तन हो–उस देशकाल पर जहाँ से कथानक लिया गया है और जिस समाज में फ़िलहाल हम हैं। 'मुहल्ला सलीमबाग़' इस लिहाज़ से प्रासंगिक भी हो जाता है। नफ़रतों के इस दौर में निःस्वार्थ प्रेम की यह कहानी न सिर्फ़ एक मुहल्ले की गाथा है, बल्कि आज के हिन्दुस्तान की भी कहानी है, जहाँ राजनीति हर इन्सानी भावना से बढ़कर हो जाती है। अंकिता जैन को बधाई कि उन्होंने फ़िक्शन के ज़रिये समाज का सच पकड़ने की कोशिश की है।

–अनु सिंह चौधरी
लेखिका एवं स्क्रीन राइटर

एक

दो दिन तक घनघोर घटाएँ बरसकर थम चुकी हैं। हवा में सोंधापन लिए हल्का उजियारा आसमान को ज़र्द कर रहा है। ऊँघती हुई इस सुबह में अँगड़ाई लेती लीला बालकनी में आकर खड़ी ही हुई थी कि उसकी नज़र गली के नुक्कड़ पर जा ठहरी।

"इसको कहीं तो देखा है।'' बुदबुदाते हुए उसने अपनी आँखों और याद्दाश्त पर ज़ोर देकर उस ओर देखा। "ये तो वही लड़का है।'' लीला को कुछ याद आया। जब यकीन हुआ कि यह वही लड़का है, तो पहले उसकी आँखें फैलीं फिर भौंहें सिकुड़ गयीं। धड़कन तेज़ होने लगीं और भीतर दबी आशंकाएँ फिर जागने लगीं, "ये लड़का कहीं मेरा पीछा तो नहीं कर रहा; मोहन उस दिन कह भी रहे थे कि उस इलाक़े के लड़के बदमाश होते हैं।'' लीला के मन में उठी आशंकाओं ने उसे डराया।

वह कुछ और देख–समझ पाती, इससे पहले ही लड़का ग़ायब हो गया। लीला ने तय किया कि मौक़ा देख इसके बारे में मोहनबाबू से बात करेगी। वह कुछ देर उसी ओर देखती रही।

उजियारा बढ़ने लगा था। जब उसका ध्यान दमकते नीले आकाश पर गया, जहाँ सूरज के उगने का संकेत लेकर लालिमा पहुँच चुकी थी, तो लीला को दो दिन से सीले पड़े कपड़ों को धूप दिखाने का ख़याल आया। घरेलू समस्याओं की उलझन में कुछ समय के लिए लीला उस लड़के को भूल गयी। या यूँ कहिए कि उसने उस लड़के के ख़याल को दूर करने के लिए ख़ुद को घर के काम में उलझा लिया।

फाल्गुन की बारिश शायद ही किसी को ख़ुशी देती हो, तिस पर ओले पड़ जायें तो और बुरा। लीला ने एक नज़र खिड़की पर डाली और पूरे घर में बिखरे कपड़े पहले हाथ से फिर गालों से छुआकर दो भागों में बाँटना शुरू कर दिया। लम्बी बारिश में तो देह भी सीली–सीली लगने लगती है, ऐसे में कपड़े सूखे हैं, ठण्डे हैं, सीलन भरे हैं, यह सिर्फ़ हाथों से छूकर समझना टेढ़ी खीर है। कपड़ों का ढेर जमा करके लीला ने झटपट सबको छत की मुँडेर और रस्सियों पर फैला दिया। बारिश में कपड़ों का अच्छे से सूख जाना भी सुख ही है। कपड़े सुखाकर लौटी तो बालकनी में आ टँगी।

गली में रोज़ जैसी ही चहल–पहल है। हर कोई अपने–अपने काम में व्यस्त। उस लड़के का ख़याल फिर सताने लगा। "दिमाग़ व्यस्त रहे तो ऊलजुलूल ख़यालों से बचा जा सकता है।" ऐसा वह मानती है, सो उसने कल रात से सोफ़े पर औंधी पसरी 'पट्ट महादेवी शान्तला' पढ़ने को उठा ली है। दक्षिण भारत के इतिहास में दबी इस विदुषी–वीरांगना की कहानी पढ़ते–पढ़ते आजकल वह रोमांच के सफ़र पर निकल जाती है। वह अक्सर सोचती है, भारत के इतिहास ने जिस शान्तला को गर्त में दबा दिया, ऐसी ही तो होनी चाहिए आज की बेटियों की, वर्तमान स्त्री की रोल मॉडल। किताब पढ़ते–पढ़ते ही वह एक नज़र बीच में सड़क पर मार लेती है। गली के बच्चों से घिरा मोनू, उघड़े बदन, फटे पैंट में लटकते नाड़े के साथ सर पर गुण्ड (स्टील का घड़ा) लेकर चला आ रहा है। उसे लग रहा है वह गली का राजा है और ये बच्चे उसके मन्त्री। किसी और को लगे न लगे, उसकी चाल की ठसक तो यही कहती है। बच्चे रोज़ की ही तरह बीच–बीच में उसे छेड़ देते हैं। वह अभी हैण्डपम्प से घर के बीचोंबीच पहुँचा है कि बच्चों ने आपस में एक–दूसरे को आँख मारी और मोनू की पैंट का नाड़ा खोलकर भाग गये। अब मोनू के शरीर पर एक फटे हुए धारीदार कच्छे के अलावा और कुछ नहीं बचा। "हा हा हा" के ठहाकों के साथ पूरी गली गूँज उठी।

"नालायको! स्कूल नहीं जाना क्या" के साथ बच्चों की मम्मियों की आवाज़ें भी उन ठहाकों में घुल–मिल गयीं। मम्मियों की फटकार सुनते ही बच्चे अपने–अपने घरों की ओर भाग गये, लेकिन मोनू अब भी सड़क पर बीचोंबीच वैसा ही खड़ा है। वह भी हँस रहा है। इसलिए नहीं कि वह पागल है, बल्कि इसलिए कि उसे भी इस रोज़–रोज़ के खेल में अब मज़ा आने लगा है। लीला से मोनू की आँखें मिलीं तो लीला ने हल्की–सी मुस्की दी। जाने उस मुस्की से मोनू भड़का या मोहनबाबू के "जाने कब इस पागल से मुक्ति मिलेगी" के रोज़–रोज़ वाले तंज़ से, मोनू ने भरी हुई गुण्ड मोहनबाबू को लगभग दे ही मारी थी। वे बचते नहीं, तो शरीर की कोई–न–कोई हड्डी चटक ही जाती।

"पागल है क्या!" मुँह में दातुन घिसते मोहनबाबू सैर से लौट रहे थे। गुण्ड से बचने परे हुए तो पीछे से आ रही सब्ज़ी वाली से टकरा गये। "इस गली में कोई देखकर नहीं चलता।" मोहनबाबू ने फिर झल्लाते हुए कहा।

"हओ... एक तुमई तो हो जी ने सबरी जिन्गी देख–भाल के काम करो" सब्ज़ी वाली का इतना कहना था कि मोहनबाबू झेंप गये। उन्होंने लीला की ओर नज़र उठाकर देखा तो वह किताब में उँगली फँसाये यही तमाशा देख मुस्कुरा रही थी। "अरे रोज़–रोज़ का नाटक हो गया है ये" मोहनबाबू ने जाने लीला को सुनाने को कहा या ख़ुद से कहा। कहते हुए एक ओर जाकर खड़े हो गये।

"मार दूँगा... मैं तेरे को मार दूँगा।"

"मिनहाज अन्दर चलो बेटा" लीला की बालकनी के ठीक सामने वाली खिड़की से एक औरत पुकारते हुए निकली। शान्त और सौम्य–सी छवि। चेहरे पर न गुस्सा, न पागल बेटे की हरकतों पर कोई तकलीफ़। भाव ऐसे, मानो शून्य का पर्याय इसका चेहरा ही हो।

"नहीं आऊँगा... मार दूँगा... मैं इसे मार दूँगा" माँ की बात नकारते हुए मोनू ने अपनी पैंट ऊपर चढ़ाई। ऊपर से नाड़ा लपेट फिर पैंट

को कमर पर अटका लिया। पैर पटकते हुए ख़ाली गुण्ड उठाकर वापस हैण्डपम्प की तरफ़ बढ़ गया।

"पालक ले लो... ताज़ी–ताज़ी पालक... साथ में डालो ताज़ा धनिया... खाओ पूरी भजिया।" की पुकार के साथ सब्ज़ी वाली भी आगे बढ़ी तो मोनू की माँ ने रोक लिया।

"दो मुट्ठा दे देना!" वहीदा ने आवाज़ लगाई। वहीदा इतना सुन्दर नाम है, लेकिन गली–मुहल्लों में कौन असली नाम से पुकारता है सो वहीदा भी मोनू की मम्मी के नाम से ही जानी जाती है।

यह आवाज़ जिस दरवाज़े से आयी थी, वहीं मोहनबाबू खड़े थे। "हटिए ज़रा... सबेरे–सबेरे जाने किसका मुँह देख लिया।" कहते हुए वहीदा दरवाज़े से बाहर निकली। मोहनबाबू ने देखा कि वहीदा का ऐसा कहना था और सब्ज़ी वाली का खिलखिलाकर हँसना। "बेमौत मरहे जे बुड्ढा कोउ दिना।" सब्ज़ी वाली ने कहा तो मोहनबाबू उन दोनों को आँख दिखाते हुए लीला की बालकनी के ठीक नीचे आकर खड़े हो गये।

"आज टमाटर नहीं लायी" कहते हुए वहीदा सब्ज़ी वाली की तरफ़ लपकी। सब्ज़ी का लेन–देन हुआ और सब्ज़ी वाली "पालक के भजिये खा लो... ताज़ी–ताज़ी पालक।" कहते हुए आगे बढ़ गयी। वहीदा ने एक नज़र लीला, एक नज़र मोहनबाबू और एक नज़र मोनू पर मारी, जो अब भी हैंडपम्प से पानी खींच रहा था। वह उसी तरह भावशून्य–सी घर में घुस गयी।

"अरे आओ चाय ठण्डी हो रही है।" मोहनबाबू से कहते हुए ठाकुर साहब ने दुकान का शटर खोला और लीला की तरफ़ देखते हुए मुस्कुरा दिये। गल्ले की पेटी के हाथ जोड़े, फिर मोहनबाबू की तरफ़ मुड़कर बोले, "निपटाओ अपना चाय–नाश्ता, फिर आज तुम्हें बाज़ी हरानी भी है।"

मुहल्ले में एक यही हैं जो मोहनबाबू से आत्मीयता से मिलते हैं, उनके शागिर्द जो ठहरे। उन्हीं से शतरंज सीखकर अब उन्हें ही हराया करते हैं।

स्वभाव से भी नरम हैं, सो जब भी किसी को मोहनबाबू पर गुस्साते देखते हैं, बीच–बचाव करवा देते हैं।

"हुँह... बड़ा आया हराने वाला।" कहते हुए मोहनबाबू ने लीला की ओर देखा तो वह भी खिलखिला रही थी। "हँस लो, तुम भी हँस लो... अब चाय पीने आओगी या हँसी से ही पेट भरेगा।" लीला को हँसते देख मोहनबाबू ने कहा तो लीला ने लाड़ से तर आँखों से मोहनबाबू को देखा, फिर झटपट किताब रखकर नीचे उतर गयी। दरवाज़ा खोलते हुए वह मोहनबाबू पर यूँ लूम गयी मानो कोई देख न रहा हो। "आप बिना वजह झल्लाते हैं... यह सब तो रोज़ का है... कम–से–कम मैं तो छह महीने से रोज़ ही देख रही हूँ।" कहते हुए लीला ने जब मोहनबाबू से नज़रें हटायीं तो पाया कि कई जोड़ी नज़रें उन दोनों की प्रेम–लीला पर चिपकी हुई हैं। लीला झेंप गयी। उसने झट अपने हाथ मोहनबाबू के कन्धे से हटाये और एहतियात से खड़ी हो गयी। अब हँसने की बारी मोहनबाबू की थी। उन्होंने ज़ोर का ठहाका लगाया तो लीला ने "आप भी न" की मोहब्बत भरी झिड़की दी।

"तुम्हें भी तो इस सबकी आदत हो जानी चाहिए थी छह महीने में, हुई क्या?" मोहनबाबू कहते हुए आगे बढ़ गये और लीला उनके पीछे–पीछे।

"मुझे तो समझ नहीं आता, ये सब्ज़ी वाली मोनू, और मोनू की माँ,आपसे इतना खार क्यों खाये रहते हैं।" लीला ने फिर वही तान छेड़ी जो आये दिन वह यह सब नज़ारे देखकर छेड़ती है।

"अरे सब समय का खेल है... आप सबको ख़ुश नहीं रख सकते।" मोहनबाबू ने रोज़ वाला ही जवाब दे दिया और घर के दरवाज़े पर लटके ताले में चाबी लगाने लगे।

"जब तक हम अन्दर रहते हैं, सबकी नज़रें आपके घर पर ही टिकी रहती हैं, मानो हम यहाँ चाय–नाश्ते पर नहीं, परमाणु परीक्षण के लिए बैठे हों।" लीला ने घर में घुसते हुए कहा तो फिर एक बुलन्द ठहाका मोहनबाबू के पूरे घर में गूँज गया।

"अब ये कोई दिल्ली–बम्बई तो है नहीं, उस पर भी पुराना मुहल्ला, पुरानी गली... नये शहर की तरफ़ जाओ तो शायद फिर भी कुछ बदला हो, लेकिन पुराने शहर में सब कुछ छोटा ही होता है, सोच भी..." मोहनबाबू ने कहा और रसोई में जाकर चाय चढ़ा दी।

लीला, आँगन में रखी चौकी पर बैठ गयी। रसोई में लगे झरोखे से वह मोहनबाबू को देखने लगी, जो कह रहे थे "फिर हम तो बुढ़ापे में रास–लीला रचा रहे हैं।"

लीला के गोरे गालों पर हया की लाली छा गयी। उम्र से मिली झुर्रियाँ भी इस लालिमा को कम नहीं कर पातीं, जब इन्सान प्रेम में होता है। उसने आँखें झुका लीं और नाख़ून से चौकी की लकड़ी खुरचने लगी। मोहनबाबू ने देखा तो मुस्कुरा दिये। अपनी प्रेमिका को शर्माते देखना भी एक सुख है। इधर चाय की उठती सुगन्ध से उनके नथुने तर हुए, उधर लीला के शर्माते चेहरे से उनका दिल।

उन्होंने साथ लाये गरम समोसे तश्तरी में सजाये और चौकी पर ले आये। फिर लीला की तरफ़ देखकर बोले, "इन गली–मुहल्ले वालों को क्या अच्छे–अच्छे पढ़े–लिखों को बुढ़ापे की मोहब्बत रास नहीं आती... तुम भी किनसे उम्मीद लगाये बैठी हो, समोसे के मज़े लो।"

"समोसे नहीं, परमाणु परीक्षण।" लीला ने कहा और दोनों साथ खिलखिला पड़े।

वैसे मोहनबाबू ने ठीक ही कहा। छोटे शहर के गली–मुहल्ले देशभर में एक से ही होते हैं; सिर्फ़ क्षेत्रीय भूगोल नहीं, बल्कि उनमें रहने वालों का मानसिक भूगोल भी लगभग समतुल्य होता है। वे एक ही तरह के नागरिकशास्त्र का आचरण करते हैं। अब, जबकि शहरों के क्षेत्रफल में विस्तार हो रहा है, वे बड़े होते जा रहे हैं, किन्तु उन सभी बड़े शहरों में भी कहीं–ना–कहीं बसे हैं गलियाँ, नुक्कड़, मुहल्ले। वे, जिन पर धीरे–धीरे कॉलोनियों की रंगत पोती जा रही है। पते बदल रहे हैं, रहन–सहन शहरी चोला ओढ़ रहा है।

मुहल्ले और गलियाँ कॉलोनियों में बदल रही हैं। लेकिन इन कॉलोनियों के भीतर हमेशा बसती रहेंगी वे गलियाँ, वे मुहल्ले। चाहे कितना भी विलायती पतलून पहना दें इन्हें, इनके भीतर से हमेशा झाँकते रहेंगे किसी लँगोट के नाड़े। इन गलियों को देखा है कभी? इनकी गन्ध हर छोटे शहर में एक–सी होती है। खुली नालियों में बिछा काला मलमल और कहीं–कहीं जड़े कुछ पीले–लाल सितारे। गायों के झुण्ड जिन्हें मिलती हैं सर–माथे पूजकर हर घर से रोटियाँ और जिनके मालिकों को मिलता है संझा–सबेरे उन्हीं रोटियों के दम पर दूध, जिसे किसी मुहल्ले के नुक्कड़ पर लगे हैंडपम्प से थोड़ा पानी निकाल वो बेच देता उन्हीं घरों में जहाँ फिर पूजे जायेंगे उसकी गाय के सर–माथे। उन्हीं गलियों में बिछी नयी–नयी कांक्रीट की सड़कों पर फुंसी–फोड़ों सा दिखता है इन्हीं गायों का गोबर, जिन्हें लाँघने का खेल–खेलते, पैर सानते, खिलखिलाते दिखता है बेफ़िक्र बचपन। इन्हीं मुहल्लों में रहते हैं कोई ताऊ, दादी, नानी, चाची, मौसी बिना ख़ून के रिश्ते वाले। इन्हीं गलियों में मिलते हैं मंजन घिसते, सीमेंट के चबूतरे पर चूना लीपते, आधी सड़क को अपना जान धोते–खँगारते वे लोग, जिनके लिए उनका घर सिर्फ़ उनका नहीं बल्कि दीवार से मिली हर दीवार उनकी है। इन्हीं गलियों में होती है बारह महीने छत से खुली मोरियों की बारिश, जिनके छींटों से नहा लेते हैं गुज़रते लोग। ये गलियाँ, ये मुहल्ले जिन्हें छिपाता जा रहा है शहरीकरण अपनी चकाचौंध से, इनमें बचा है आज भी एक गाँव, एक अपनापन, एक रिश्ता बिन मतलब का, एक पड़ोसी हर ज़रूरत का। इन्हीं गली–मुहल्लों में जब कोई लीक से हटकर कुछ करता है तो उसे उसी तरह परखा जाता है जैसे किसी नवेले देश को परमाणु परीक्षण के लिए। ये परमाणु परीक्षण वाली लीला की थियोरी है। ऐसा सोचने से उसे इन बातों से तकलीफ़ नहीं होती, बल्कि ये बातें फिर उसके लिए मनोरंजन बन जाती हैं।

नाश्ता करके लीला जाने को उठी ही थी कि डकार के साथ फिर वही ख़याल मुँह को आया जिसे कड़वा जान उसने कुछ देर पहले ही निगला था। उसने भूमिका बनाते हुए मोहनबाबू से कहा, "आपको वो लड़का याद है, जो उस दिन लिंक रोड पर हमारी गाड़ी के पास आकर बत्तमीज़ी कर रहा था।"

मोहनबाबू लीला का इशारा समझ गये। भवें सिकोड़कर बोले "हाँ याद है, क्या हुआ?"

"ऐसा लगा जैसे आज सुबह मैंने उसे गली के नुक्कड़ पर देखा हो। पहले भी एक–दो बार ऐसा लगा था, लेकिन वो पलक झपकते ही ग़ायब हो जाता है।"

लीला ने देखा कि उसके ऐसा कहते ही मोहनबाबू के चेहरे के भाव बदल गये हैं, जिसे छुपाने की नाकाम कोशिश करते हुए वे बोले, "तुम्हारा वहम होगा।"

"मैं भला क्यों उसके लिए वहम पालने लगी।"

"तो फिर तुम्हारा पीछा करते हुए यहाँ तक आ गया होगा।" मोहनबाबू ने मसखरी की, मगर लीला संजीदा रही।

बोली, "आप मज़ाक़ में भले उड़ा दें, मगर इमकान तो है।"

"अरे कहाँ तुम परेशान हो रही हो, अब दिखेगा तो बताना, खदेड़ दूँगा साले को।"

"आप क्या खदेड़ेंगे। उस दिन तो उससे यूँ डरकर भागे मानो भूत देख लिया हो।"

"वो उसका इलाक़ा था, ये मेरा इलाक़ा है और अपने इलाक़े में तो..." कहते हुए मोहनबाबू ने ठहाके की बेफ़िक्री में बात उड़ा दी। ठहाके की आवाज़ मन्द पड़ी तो दरवाज़े पर दस्तक हुई।

"कुरियर है... कुरियर!"

कुरियर वाले ने दरवाज़ा खटखटाया और चिट्ठी दरवाज़े के नीचे से डाल गया। उसकी आवाज़ सुनकर मोहनबाबू के चेहरे के भाव बदल गये।

"मैं लेकर आती हूँ।" लीला जाने को हुई तो मोहनबाबू ने हाथ पकड़कर रोक दिया, "तुम रहने दो मैं देखता हूँ।" कहते हुए उन्होंने आँखों के इशारे से लीला को बैठने के लिए कहा और जाकर चिट्ठी उठायी। वे शायद जानते थे चिट्ठी में क्या है, इसलिए चिट्ठी हाथ में लेते ही उनके चेहरे का रंग उड़ गया, हाथ काँपने लगे। चिट्ठी वैसी ही थी...न प्रेषक का पता था, न प्रापक का। न कोई सील, न ठप्पा। बस लिखा था, "मोहनबाबू के नाम"। उन्होंने काँपते हाथों से किनार फाड़कर लिफ़ाफ़ा खोला। भीतर से एक छोटी–सी पर्ची निकली, जिस पर लिखा था–

"आज 30 दिन पूरे हो रहे हैं, कल के लिए तैयार हो ना!"

"किसकी चिट्ठी है?" कहते हुए लीला ने हाथ से लिफ़ाफ़ा खींचा तो मोहनबाबू ने सकपकाते हुए चिट्ठी जेब में रख ली, "अरे किसी की नहीं, ऐसे ही पॉलिसी वग़ैरह के कुछ काग़ज़ हैं।"

"अजीब बात है, ऐसे बैरंग लिफ़ाफ़े में कौन कम्पनी पॉलिसी के काग़ज़ भेजती है?" पूछते हुए लीला ने मोहनबाबू का चेहरा टटोला।

"तुम भी व्योमकेश बक्षी बन जाओ।" कहते हुए मोहनबाबू मुस्कुराये, "अरे नेताओं के पास ऐसे ही लिफ़ाफ़ों में भेजा जाता है।" उन्होंने लीला के हाथ से लिफ़ाफ़ा लिया और उसे भी जेब में रख लिया।

"नेतागीरी छोड़ने के बाद भी?" लीला ने बात कुरेदी।

लीला से मोहनबाबू ने चिट्ठी तो छुपा ली, लेकिन चेहरे के भाव बदलने से पहले ही लीला ने भाँप लिया। बोली, "जाने क्यों मुझे अब यक़ीन होने लगा है कि आप मुझसे कुछ छुपा रहे हैं; कोई परेशानी है तो बताइए न।" लीला ने चिट्ठी ताड़ लेने की बात जतायी नहीं। उसने इतना तो देख लिया कि कोई पॉलिसी नहीं है, बस लिखा क्या था पढ़ नहीं पायी।

"कोई परेशानी होती तो तुम्हें ज़रूर बताता।" मोहनबाबू ने ख़ुद को सँभालते हुए कहा।

"तो फिर ऐसा क्या है चिट्ठी में कि आपके चेहरे का रंग उड़ गया?" कहते हुए लीला ने उनके हाथ पकड़े, "देखिए हाथ भी काँप रहे हैं।"

"ओहो! कोई बात नहीं है।" मोहनबाबू ने लीला की हथेलियों को धीमे–से दबाया, "बस थोड़ा ब्लडप्रेशर फिर नालायकी कर रहा है; अब बुढ़ापा है ये सब तो लगा ही रहेगा, तुम भी इसकी आदत डाल लो।"

"आप कहते हैं तो यक़ीन कर लेती हूँ।" लीला ने अनमने ढंग से कहा। पिछले एक महीने में दो–एक बार ऐसी ही घटना घट चुकी थी। इस कुरियर वाले की आवाज़ से वह अनजान नहीं थी। न ही मोहनबाबू का बहाना बनाकर लिफ़ाफ़ा छुपा लेना नया था।

वह समझ रही थी कि कोई तो बात है जो मोहनबाबू उससे छुपा रहे हैं, लेकिन वह ज़ोर–ज़बरदस्ती नहीं करके तसल्ली से उनके बताने का इन्तज़ार कर रही थी, इसलिए उसने फ़िलवक़्त के लिए ख़याल को दरगुज़र कर दिया।

"अब छोड़ो भी इस बात को।" कहते हुए मोहनबाबू ने लीला के कन्धे पर हाथ रखा और वापस आँगन में आकर उसे तख़्त पर बैठा दिया। ख़ुद भी उसके पास बैठ गये। कुछ क्षण का सन्नाटा रहा। लीला की नज़रें मोहनबाबू के चेहरे पर ही टिकी हैं। दोनों जानते हैं कि कुछ अनकहा है। मोहनबाबू लीला के हाथ को अपने हाथ में लेकर सहलाने लगे। वे जानते हैं कि इस वक़्त उनका लीला से कुछ भी कहना उचित नहीं होगा। उन्होंने सामान्य होने की भरसक कोशिश करते हुए कहा, "आज तो तुम्हारा नाटक है?"

"हाँ... चलिए आप सठियाये ज़रूर हैं, लेकिन याद्दाश्त अब भी ठीक है।" लीला ने भी बदलते माहौल से क़दमताल की।

"तुम भी बूढ़ी हो रही हो लेकिन बदमाशी कूट–कूटकर भरी है।" मोहनबाबू मुस्कुराये। उनके ज़हन में चिट्ठी घूम रही है, लेकिन राजनीति में रहकर वे अदायगी में माहिर हो चुके हैं। उन्होंने बड़ी सफ़ाई से चिट्ठी और उससे उपजी बेचैनी को मस्तिष्क की किसी गहरी खाई में धकेल दिया, तब तक के लिए, जब तक वे लीला के साथ हैं। फ़िलहाल वे उसे अपनी चिन्ता से दूर रखना चाहते हैं।

"बच्चों की टीचर होने का यही फ़ायदा है।" लीला इतरायी।

"तो मतलब आज टीचर जी फिर गच्चा मार रही हैं स्कूल से?" मोहनबाबू बोले।

"क्या करूँ, उधर मण्डली वाले बच्चों को कितनी दफ़ा समझाया कि भाई तुम्हारा शनिवार वीकेंड होता है, हमारा नहीं...। नाटक संडे को रखना लेकिन मानते ही नहीं...। देख लेना आप किसी दिन प्रिंसिपल मुझे निकालकर कहेगी, नौकरी का नाटक बहुत बना लिया आपने मिस लीला। अब जायें नाटक–नाटक ही खेलें।" लीला ने मुँह टेढ़ा करके यूँ कहा मानो प्रिंसिपल सामने ही डण्डा लेकर बैठी हो।

"हा हा हा... अरे भाई अब दफ़ा करो उस प्रिंसिपल को; छुट्टी की दरख़्वास्त तो भेज ही दी होगी ना" मोहनबाबू बोले और हामी भरती लीला का हाथ थाम लिया। जब भी मोहनबाबू लीला का हाथ थामते हैं, झुरझुरी उसकी आत्मा तक पहुँचती है। लीला ने फिर आँखें झुका लीं तो मोहनबाबू ने उसके गाल पर छोटा–सा चुम्बन अंकित कर दिया, "तुम यूँ शरमाती हो तो मुझसे रहा नहीं जाता।"

"थोड़ा कंट्रोल कीजिए... नहीं तो सच में अभी परमाणु परीक्षण के इलज़ाम में भीतर कर देगा दुबे।" लीला बनावटी नाराज़गी के साथ बोली। वरना चाहती तो वह भी है कि प्रेम सिर्फ़ फौरी बातों में न हो, वह देह को छूकर आत्मा तक पहुँचे।

"दुबे–फुबे की फ़िक्र की तो हो ली तुमसे मोहब्बत... " मोहनबाबू परे हटते हुए बोले, फिर लीला का हाथ पकड़कर उसे खड़ा करते हुए बोले, "अच्छा चलो आज के नाटक के बारे में बताओ कुछ।" मोहनबाबू की बातों से लीला की आँखों में चमक आ गयी। वह कुछ सोचते हुए पोज़ बनाती, उससे पहले ही फिर बाहर से कुछ आवाज़ आयी। इस बार किसी ऑटो का हॉर्न था। "पोंऽऽऽऽ पोंऽऽऽऽ पोंऽऽऽऽ" की आवाज़ के बाद ज़ोर से एक्सीलरेटर की "टिरेऽऽऽऽ टिरेऽऽऽऽ टिरेऽऽऽऽ" वाली आवाज़ सुनी तो लीला और मोहनबाबू दोनों मुस्कुरा दिये।

"लो भई आ गयी तुम्हारी हीरोइन" कहते हुए मोहनबाबू फिर चाय चढ़ाने रसोई में चले गये। ज़ोर से वसु को सुनाते हुए बोले, "देखना कहीं दरवाज़े पर तेरे दीवानों की भीड़ न जुट गयी हो।"

"कैसी बातें करते हैं बाबूजी।" वसु मुस्कुराते हुए भीतर घुसी, "दीवाने तो इस मुहल्ले में सिर्फ़ लीला मैम के हैं। उनके सामने सब फेल हैं।"

"कुछ भी बोलती है।" लीला हँसी, "मैं तो यही सोचती हूँ तेरे जैसी सुन्दर लड़की कहाँ ऑटो चलाने में फँस गयी, मॉडलिंग करनी चाहिए थी।"

"अरे अपनी क़िस्मत में कहाँ ये मॉडलिंग–शॉडलिंग।" वसु ने तख़्त पर तशरीफ़ जमाते हुए कहा, "ग़रीबों की क़िस्मत में ज़िन्दगी भर घिसना लिखा होता है, अपना तो डीज़ल क्रीम है और पाना मेकअप का औज़ार" कहते हुए वसु मुस्कुरायी, "मॉडलिंग हो या एक्टिंग, ये आपकी लीला जी सबको पीछे छोड़ दें।" वसु ने छेड़ा।

"ओहो! देखो तो ज़रा कितना इतरा रही है... हाँ भई अब शहर के सबसे बड़े मंच पर परफ़ॉर्मेंस देने वाली हैं इतराना तो बनता है... इतराओ इतराओ।" मोहनबाबू ने ख़ुद ही सवाल करके ख़ुद ही उत्तर देते हुए लीला से ठिठोली की।

"ये सब वसु की बदौलत है, वरना इतने कम वक़्त में कहाँ ये सब सम्भव था?" लीला ने वसु के पीछे जाकर उसके गले में नेहसिक्त बाँहें लपेट दीं।

"सब आपका कमाल है, मैंने कुछ नहीं किया; आपने पहले ही ऑडीशन में डायरेक्टर को फ्लैट कर दिया था, मुझे दो साल लग गये उसे इम्प्रेस करने में।" कहते हुए वसु हँसी और आगे बोली "आप पहले भी कई साल थिएटर से जुड़ी रहीं, ये पॉज़िटिव पॉइंट रहा।"

"इस पॉज़िटिव पॉइंट के चक्कर में जाने कितने नेगेटिव मोमेंट भोगे हैं मैंने। चोरी छिपे जाती थी मानो कोई गुनाह कर रही होऊँ। लेकिन घर में जो ज़ख़्म मिलते थे, रंगमंच की दुनिया उन पर मरहम का काम करती थी...ख़ैर।" लीला ने गहरी साँस छोड़ी।

"बीती ताहि बिसार दे।" मोहनबाबू ने लीला को अतीत में झाँकने से रोका, "तूने अच्छा ही किया वसु बेटा जो इसे थिएटर से जोड़ दिया वरना ये वही पुराने राग अलापकर रोती रहती।" मोहनबाबू को अहसास है कि लीला के अतीत में अन्धकार है। वे अक्सर अपनी ख़ुशमिज़ाज़ी से उसे उस अँधेरे में डूबने से बचा लाते हैं।

"अच्छा छोड़ ये सेंटी बातें, ये बता आज तूने भी छुट्टी ले ली क्या?" लीला ने वसु के पास खिसकते हुए कहा।

"तो क्या प्रिंसिपल हम दोनों को साथ निकालेगी तभी तो मज़ा आयेगा।" वसु का कहना था कि तीन ठहाके मोहनबाबू के घर में गूँज गये।

"वसु बेटा अब तुम इसे गप्पों में मत लगाओ, ये मुझे नाटक का सीन करके दिखाने वाली है।" मोहनबाबू ने रसोई के झरोखे से कहा।

"अरे लो, मुझे और क्या चाहिए, आपके हाथों की चाय और लीला मैम की अदायगी।" कहते हुए वसु आलती–पालती मारकर बैठ गयी। राजसी अन्दाज़ में बोली, "शुरू किया जाये!"

वसु का कहना था कि लीला झट से अपने अन्दाज़ में खड़ी हुई, मानो मंच पर ही खड़ी हो। दुपट्टा कमर में खोंसा, आँखों में चमक, चेहरे पर जोश और मुँह से बोल फूटे, "जिस दिन मिर्ज़ा की नयी नौकरानी लाजो घर में आयी, सारे मुहल्ले में खलबली मच गयी। मेहतर! जो दो झाड़ू मारकर भाग जाया करता था, अब मानो ज़मीन छीले पड़ता था। ग्वाला! जो पानी में दूध का छींटा देकर सर मुड़ जाया करता था, वो अब घर से गाढ़ा दूध लाने लगा। ऐसा गाढ़ा कि रबड़ी का गुमान होता था। पता नहीं किस अरमान भरी ने उसका नाम रखा था लाजो। लाज और शर्म से तो उसका कोई वास्ता नहीं था।"

अपना डायलॉग बोलकर लीला ने मोहनबाबू की आँखों में यूँ देखा, जैसे कोई बच्चा परफॉर्मेंस के बाद तारीफ़ की उम्मीद में अभिभावक की आँखों में देखता है। किन्तु मोहनबाबू की आँखों में उसे पानी नज़र आया।

"मुझे तो लगा था आप ख़ुश होकर ताली बजायेंगे, आप तो सेंटी हो गये।" लीला ने पास बैठते हुए पूछा।

"अहम्...अहम्" वसु ने गला खँखारा, "अगर लैला–मजनूँ भूल रहे हों तो याद दिला दूँ कि मैं अभी भी यहीं हूँ।" वसु ने कहा तो लीला शरमा गयी।

"एक बार को मुझे लगा ये तुम्हारे नाटक के डायलॉग नहीं बल्कि हमारे आसपास वालों की बातें हैं तुम्हारी...।" कहते हुए मोहनबाबू रुक गये, लेकिन लीला समझ गयी। उसने फिर माहौल को बनाते हुए कहा।

"अरे आप भी न... देखिए ये कहानी इस्मत आपा की है... घरवाली...उसी पर तो परफॉर्म कर रहे हैं हम आज", लीला बोली। फिर मोहनबाबू का हाथ अपने हाथ में लेकर बोली, "और देखिए न, घरवाली लिखी गयी होगी अरसे पहले लेकिन वक़्त जैसे अब भी वहीं है। मेहतर है, ठकुराइन का लड़का पिंटू, ग्वाला है दुबे और मैं हूँ लाजो... जैसे लाजो के नाम से उलट उसमें लाज शरम नहीं थी, वैसे ही मेरे नाम से उलट मैं कोई लीला–वीला नहीं करती, मैं तो सीधी–सादी आपकी प्रेम पुजारन हूँ।"

लीला ने कुछ यूँ शरारती अन्दाज़ में कहा कि मोहनबाबू और वसु ठहाके लगाये बिना नहीं रह पाये। फिर वे तीनों काफ़ी देर तक, "पिंटू मेहतर, और दुबे ग्वाला" कह–कहकर हँसते रहे।

कुछ देर बाद मोहनबाबू के घर से निकलकर लीला और वसु दोनों रिहर्सल पर चले गये। लीला और वसु के जाने के बाद मोहनबाबू का पूरा दिन बिना खाये–पिये, आँगन के उसी तख़्त पर बीत गया। उन्होंने इस महीने में मिली बाक़ी की चिट्ठियाँ भी उठा ली थीं। इन चिट्ठियों को हाथ में थामे वे अतीत और वर्तमान में उलझे रहे। अतीत के कुछ दृश्य उनके सामने आते–जाते रहे, आवाज़ें कानों में गूँजती रहीं। वहीं वर्तमान भी उन्हें बीच–बीच में अतीत में पूरी तरह डूबने से बचाता रहा। वे नहीं जानते थे कि कल क्या होने वाला है;

कुछ होने वाला है भी या नहीं; या कोई उन्हें सिर्फ़ पैसों के लिए डरा रहा है; उन्हें बस डर था तो यह कि अगर ये सब सच हुआ तो लीला इस सच को जानकर कैसी प्रतिक्रिया देगी; वे चाहते थे लीला को सच बताना, लेकिन कह नहीं पाते थे। उन्होंने तय किया कि अब बिना समय गँवाये अगले ही दिन वे उस जगह जायेंगे,जहाँ उनके अतीत की वह कहानी दफ़न है। अगर इन चिट्ठियों की बातों में ज़रा भी सच्चाई हुई तो वे लीला से ख़ुद सारा सच बताएँगे। यही निर्णय करते–करते शाम हो गयी। अँधेरा होने लगा तो उन्हें होश आया कि थिएटर भी जाना है। वे झटपट तैयार हुए और थिएटर पहुँच गये।

"सारी तैयारी हो गयी?" मोहनबाबू नाटक से पहले ग्रीन रूम में पहुँचे तो लीला रिहर्सल के पन्नों को लिये बैठी थी। कत्थई रंग पर सफ़ेद फूलों वाली साड़ी में कसा हुआ उसका बदन किसी का भी मन मोह सकता है। उसके कन्धे तक कटे बालों को मेकअप आर्टिस्ट ने अपने जादू से एक लम्बी चोटी में बदल दिया है। उसकी गोरी रंगत लाली–लिपस्टिक लगने के बाद थोड़ी और दमकने लगी है।

"तुम सिर्फ़ ज़ुबानी नहीं रूप–रंग से भी अपने किरदारों में प्राण–प्रतिष्ठित हो जाती हो।" मोहनबाबू ने कहा तो लीला मुस्क़ुरायी। वे आगे बोले, "अब बताओ मुहल्ले के लोग मुझसे जलें क्यों न? उम्र में भले तुम मुझसे पाँच–छह बरस ही छोटी हो, लेकिन जिन्हें नहीं पता वे तो तुम्हें अपनी ही उम्र का मान बैठेंगे।"

"मेरे मोटे–बेडौल शरीर का मज़ाक़ उड़ाने का ये सबसे सुन्दर तरीक़ा खोजते हैं आप।" कहते हुए लीला ने मुँह बिचकाया।

"अब तुम जो भी समझो, मैं दुबली–मोटी, नाटी–लम्बी के मामले में कलर–ब्लाइंड हूँ, मुझे सब एक जैसे और सुन्दर दिखते हैं, फिर तुम तो ख़ास हो..."

लीला को इस अपेक्षित तारीफ़ पर आँखें झुकाये बैठे रहना ही भाता। वह इस नुमाइश पर इतराना नहीं जानती थी, शान्ति से सब महसूस करती।

"शाम को बड़े तालाब चलते हैं।" लीला ने ग्रीन रूम से जाते हुए कहा। स्टेज पर जाने का समय हो आया।

मोहनबाबू मुस्कुराते हुए दर्शक–दीर्घा में जाकर बैठ गये।

शाम को नाटक की सफलता के बाद दोनों अपनी पसन्दीदा जगह बड़ी झील पर टहलते रहे। भेल–पूरी खाती, हँसती–खिलखिलाती उनकी जोड़ी नौजवानों को चिढ़ा रही थी। आते–जाते नवयुगल भी उन्हें यूँ देखते मानो कोई अजूबा देख लिया हो। हिन्दुस्तान में बूढ़े लोग सिर्फ़ फ़िल्मों में ही सड़कों पर रोमांस करते अच्छे लगते हैं, असल ज़िन्दगी में सड़कों पर दिखने लगें तो आधुनिकता के गीत गाने वाले ही सबसे पहले आकर उन्हें "Get a room" कहकर जायेंगे।

थोड़ी देर घूम–घामकर मोहनबाबू और लीला भी घर लौट आये। सुबह का नाश्ता मोहनबाबू के घर होता था, तो शाम का खाना और साथ में 'पीना' भी लीला के घर। खाना भी हुआ और जमकर पीना भी। खाने के समय तक वसु भी पहुँच गयी। लीला का भारत–भवन में पहला मंचन था, इसलिए दावत उड़ी, लेकिन वसु दोनों के बीच कबाब में हड्डी बनने से बचती थी, सो सरपट खाना खाकर निकल गयी। वसु के जाते ही मोहनबाबू ने वही गीत शुरू किया जो वे पिछले एक महीने से लगभग रोज़ ही गा रहे थे, "मुझसे ब्याह करोगी लीला?"

लीला भी हमेशा की तरह मुस्कुरा दी, बोली, "मैंने हज़ार बार कहा है, आज फिर कहे देती हूँ, जिस दिन होश में ब्याह के लिए पूछेंगे फ़ौरन हाँ कर दूँगी।"

मोहनबाबू ने जैसे उसकी बात को अनसुना किया और बोले, "अरसा बीत गया उस हवेली में अकेले रहते हुए... आधी ज़िन्दगी हवेली बनाने में झोंक दी, आधी राजनीति में...। पहले कभी मलाल नहीं होता था... ले...लेकि... लेकिन जबसे तुम आयी हो अब वो घर खाने को दौड़ता है... तुम आ जाओ न।" लड़खड़ाती ज़ुबान से मोहनबाबू ने वह कह दिया जो वे हवास में नहीं कह पाते थे या कहने से कतराते थे।

"कल मैं कुछ दिनों के लिए बाहर जा रहा हूँ, जल्द लौट आऊँगा।" कुछ देर की ख़ामोशी के बाद मोहनबाबू ने कहा।

"कहाँ जा रहे हैं?" लीला ने भँवें सिकोड़ीं।

"वापस आकर सब बताऊँगा।" कहते हुए मोहनबाबू, लीला की गोद में सर रखकर लेट गये, बोले, "अभी कुछ और मत पूछना।" अन्तर्मुखी व्यक्ति नशे में भी सब कुछ नहीं कह पाता। मोहनबाबू भी इसी स्वभाव के हैं।

वे कुछ देर लीला की गोद में लेटे रहे। लीला उनके बालों में उँगली फिराती, सहलाती रही। कमरे में निपट सन्नाटा है। पंखे की हवा से जूट से लिपटी बेलें कुछ हिलतीं फिर थम जातीं। उसके अलावा बाक़ी सब कुछ उतना ही शान्त है; मोहनबाबू का मन भी, जितनी जेठ की दोपहर और पौष की रातों में सड़कें होती हैं।

ये सन्नाटा टूटा जब गश्त वाले की सीटी की आवाज़ आयी। लीला चौंकी तो मोहनबाबू मुस्कुरा दिये। गश्त वाले की सीटी से लीला जाने क्यों डर जाती है।

"आप जागे हैं।" लीला ने पूछा।

"इतनी आसानी से नींद कहाँ आती है मुझे, अभी तो गश्त पर भी जाना है।"

"आप मेरी इतनी–सी बात क्यों नहीं मानते, गश्त वाला अपना काम करता है न... उसके साथ आधी रात कौन सड़क पर घूमता है?" लीला ने नाराज़ होते हुए कहा।

"तुम जीवन में अभी छह महीने से आयी हो, उससे पहले सालों से मेरी रातें यूँही कटा करती हैं, अब इसकी भी लत लग चुकी है... बेफ़िक्र रहो।" मोहनबाबू ने कहा तो लीला तुनककर बोली, "कभी कहते हैं अतीत की ग़लतियों से आज ख़तरे में आ सकता है, कभी कहते हैं बेफ़िक्र रहो।" लीला कहती रही। मोहनबाबू मुस्कुराते हुए सीढ़ियाँ उतर गये। नीचे से आवाज़ आयी, "तुम दवाई खाकर सो जाना, मैं घर पहुँचा या नहीं ये देखने चार बजे तक जागती मत रहना।"

"हुँह बड़े आये मुझे हिदायत देने वाले।" कहते हुए लीला ने हुक़्क़े में एक और कोयला डाला, अपने सुलगते हुए गुस्से को ठण्डा किया। "होठों से भीतर जाती आग इन्सान के भीतर उमड़े हर तरह के गुस्से की आग को बुझा लेती है, क्षणिक ही सही।" इस दलील के साथ यह हुक़्क़ा गुड़गुड़ाना भी मोहनबाबू ने ही सिखाया है।

उसने बालकनी से मोहनबाबू को गश्त वाले के कन्धे में बाँहें डालते हुए अँधेरे में विलीन होते देखा। तब तक बालकनी में खड़ी रही, जब तक हुक़्क़े में छल्ले बनाने लायक दम बचा। हुक़्क़े के दम तोड़ते ही वह कमरे में आ गयी। नींद की एक गोली पानी से फाँकी। नाक पर चश्मा चढ़ाकर किताब के पन्ने पलटते हुए बिस्तर में घुस गयी। यही उसकी रोज़ की दिनचर्या का अन्त है। मोहनबाबू के अकेलेपन में गश्त है तो लीला के अकेलेपन में नींद की गोलियाँ और किताबें। या ये कह लो कि बस इतना ही हासिल है दोनों की कनपटियों पर दमकती सफ़ेदी का। किसे पता था अगली सुबह जीवन की दिशा–दशा ही बदल देगी।

दो

मोहनबाबू के घर के बाहर लगे नाशपाती में कोंपल दिखने लगी हैं। पतझड़ के मौसम में जहाँ हर तरफ़ वृक्षों के लिए उनकी सूखी पत्तियाँ त्याज्य हो जाती हैं, वहीं नाशपाती सबके बीच हरियल हो इतरा रहा होता है, वही नाशपाती का वह वृक्ष आज उदास है। पिछले कुछ घण्टे से उसका दोस्त–हमदर्द, जिसके हाथों उसका बीज पड़ा, उसका मालिक उसी वृक्ष के नीचे बेजान पड़ा है। कोई उसकी लाश को उठाने वाला नहीं। कुत्ते लगातार भौंक रहे हैं। मुहल्ला, जाती सर्दियों के अन्तिम दिनों में सुबह–सुबह की ठण्डक के मज़े लेता रज़ाई में सिमटा हुआ है। कुछ और दिन बीतकर यह घटना, माफ़ कीजिएगा दुर्घटना, घटी होती तो ठकुराइन ने अब तक देख लिया होता। सर्दियों के चार माह के अलावा वे भोर में चार बजे ही उठ जाती हैं। बारिश हो रही हो तो घर में ही भजन कर लेती हैं, वरना नहा–धोकर चौराहे पर बने राधा–कृष्ण के मन्दिर पहुँच जाती हैं। आज वे भी जाती सर्दियों का सुख लेने को रज़ाई चारों खूटों से दबाये सोयी हुई हैं। कुत्तों का भौंकना जारी है। ध्रुव तारा चाँद के पीछे–पीछे खिसकता विदाई की वेला के लिए तैयार है। दूसरी तरफ़ से लालिमा का मद्धम संसार पसरने के लिए तैयार है। इस गली के कुत्तों के न्यौते पर अब तक दूसरी गली के आवारा कुकुर भी सुर मिलाने के लिए जमा हो चुके हैं। कुत्ते अपना मजमा बढ़ाते जा रहे हैं। वे जानते हैं कि उन्हें तब तक भौंकना है, जब तक कोई मनुष्य इस लाश को देख न ले। मानो वे किसी मेले के दरवाज़े पर खड़े गश्त के हवलदार हों और आवाज़

लगा रहे हों, "जिस किसी के घर से एक मनुष्य खो गया हो, जिस किसी के घर की ये लाश हो आकर ले जायें।" वे कहाँ जानते हैं कि इस लाश का कोई घर वारिस नहीं है। मुहल्ले का हर घर इसका दावेदार हो सकता है और नहीं भी।

कुत्तों का भौंकना जब बन्द नहीं हुआ तो ठकुराइन को उठना ही पड़ा। वे जानती हैं कि मुहल्ले में उनके अलावा बाक़ी सब इतने ही आलसी हैं कि नींद में खलल डालते कुत्तों के शोर को बन्द कराने भी नहीं उठेंगे।

"राधे–राधे, आग लगे इन कुकुरों में, न जाने कौन पिशाच देख लिए हैं कि चुप ही नहीं हो रहे। कीड़े पड़ें इनके मुँह में..." रज़ाई में उलझी साड़ी को समेटती–लपेटती ठकुराइन बालकनी तक पहुँच कर दहाड़ी, "अरे पूरा शहर इकट्ठा करोगे का..." हाथ में मग्गा भर पानी लिये ठकुराइन ने कुत्तों पर फेंका तो वे कुछ शान्त होकर तितर–बितर हुए। ठकुराइन एक और मग्गा भरने बाथरूम की तरफ़ बढ़ी ही थीं कि कुछ आँखों में खटका। वे फ़ौरन पलटीं।

"अरे मेरे भगवान... ए पिंटू–कल्लू... देख तो रे जे कौन डरो है नाशपाती के नीचे।" कहती हुई वे घर में भीतर भागीं। कुछ ही सेकेंड्स पहले घोंघा–सी रेंगती जो ठकुराइन यह सोचकर बालकनी में आयी थीं कि दो मग्गा पानी फेंककर वापस रज़ाई में जा सिमटेंगी, वे अब बढ़ी धड़कनों के साथ घर–भर को जगाने में लगी थीं।

"का हुआ अम्मा... कौन पिशाच देख लीं।" पिंटू ने कमरे के भीतर से ही आवाज़ लगायी।

"अरे नैक बाहर तो आ लल्ला... नाशपाती के नीचे देख कौन मरो पड़ो है।" ठकुराइन चिल्लायीं।

"कल्लू ए जगा लो अम्मा... मैं ना उठ रा।" पिंटू रज़ाई को दबोचते हुए मिमियाया।

"अरे बो मरा तो नौ बजे से पैलें हिलता नैयें, तू ही उठ जा लल्ला" ठकुराइन ने खीझते हुए कहा।

"कौन मर गया सबेरे–सबेरे" पिंटू अभी भी रज़ाई में ही था। इस वक़्त किसी का भी मरना रज़ाई की गर्माहट से ज़्यादा ज़रूरी थोड़े ही है, लोग मरते भी वक़्त देखकर नहीं।

"अरे... हमको इन फूटी आँखों से अँधेरे में कुछ दिखता होता तो तुमको क्यों जगाते।" इस बार उन्होंने दरवाज़े पर मुट्ठियों से दो धौल जमा दीं।

अपनी माँ की धौल से उनका गुस्सा पहचानते ही पिंटू बिस्तर से अपना पट्टी वाला कच्छा सँभालते हुए उठा और झट से पलँग के नीचे पड़ी तहमद लपेटते हुए बाहर निकला।

"चल ज़रा देख।" कहते हुए ठकुराइन बालकनी में पहुँच गयीं। कल्लू ने आँखें मसलीं। निशाने को साधने की कोशिश की तो उसकी आँखें चौंधिया गयीं। उसे एकदम ठीक तो नहीं दिखा, लेकिन डील–डौल और आकृति से जो वह समझा, उससे फुसफुसाते हुए बोला, "अरे जे तो कोई आज बाबूजी को निपटा गया।"

मोहनबाबू को पूरे इलाक़े के बुजुर्ग मोहन, साथी–संगी मोहनबाबू और छोटे बाबूजी कहते आये हैं, किसी रवायत की तरह जो सदियों से चली आ रही है।

"हैं...। उने कौन मारेगा?" ठकुराइन ने अपनी आँखों से निशाना साधने की कोशिश की, कि शायद कमज़ोर आँखों से थोड़ा और गड़ाकर देखें तो लाश पहचान पायें।

"अरे नैक धीरे बोलो अम्मा... सबसे पहले पुलिस को ख़बर करने पड़हे।" कहते हुए पिंटू अन्दर जाने लगा तो ठकुराइन ने हाथ पकड़ा।

"ये सब कैसे हो गया?" हैरान होते हुए ठाकुर साहब भी आन खड़े हुए, बोले, "तू मत करना पुलिस को फ़ोन...दुबे को उठा दे बस... बाक़ी सब वही देख लेगा।" अब तक ठाकुर साहब भी उठकर आ गये। अपने बरसों पुराने दोस्त की मौत का ग़म था, लेकिन जवान बेटे को किसी मामले में ना फँसने देने की सतर्कता भी थी।

उन्होंने सबको घर में अनजान बने रहने को कहा। "दुबे को फ़ोन कर दो और जब तक वो मामला देख नहीं लेता, सब घर में ही रहना।" दुबे के घर की तरफ़ इशारा करते हुए ठाकुर साहब ने कहा। उनकी आवाज़ और चेहरा ग़मगीन थे।

दुबे कोतवाली में सब–इंस्पेक्टर है, ये और बात है कि मुहल्ले वालों में उसका रुतबा थानेदार से कम नहीं। घर की चमक–दमक भी बड़े अफ़सर–सी ही है। तनी हुई मूँछें, बढ़ी हुई तोंद और गाढ़ा रंग उसे पुश्तैनी मिला है। उस जायदाद के साथ जिसकी वजह से उसका घर इतना आलीशान बना ऐसा वह सबसे कहता है। लेकिन सब कुछ और ही कहते हैं। सब कहते हैं कि हर दिन एक मुर्गा और एक बकरा फाँसकर, फिर उसे क़ानूनी दाँवपेंच से बचाकर जो मेहनत और नेकनीयत का पैसा वो कमाता, ये सब उसी की चमक है। नेकनीयत तो इतना है कि उसने आजतक अपने मुहल्ले के किसी आदमी से रिश्वत नहीं ली, इसलिए उनकी नज़रों में वह पूरे देश का सबसे ईमानदार पुलिस वाला है।

पिंटू ने दुबे को फ़ोन किया। मोहनबाबू की लाश नाशपाती के नीचे पड़ी है, जानकर दुबे तोंद सँभालता फुर्ती से उठा और बिस्तर से खड़े होने तक वह पुलिस वाले की देह में आ गया। वह बाहर आया। पिंटू अब तक मुहल्ले के अन्य घरों में भी खलबलाहट कर चुका है। आसमान से अँधेरा छँटने लगा है। हल्का नीलापन सुबह की तैनाती को सेल्यूट मारने तनने लगा है। घरों की बत्तियाँ भी एक–एक करके जलने लगी हैं वरना यह मुहल्ला इतना अलसाया हुआ है कि गुज़रती सर्दियों में एक साथ तो तब भी नहीं उठा था, जब बगल के ही इलाक़े में दंगों की वजह से कर्फ़्यू लग गया था। तब भी नहीं, जब अगली गली में कोई एक लड़की का बलात्कार करके पटक गया था और तब भी नहीं जब मोहनबाबू पच्चीस सालों में पहली बार इस वार्ड से पार्षद का चुनाव हारे थे। जिससे हारे थे वह भी मोहनबाबू का पुराना चेला था। "अपने ही गिराते हैं नशेमन पे बिजलियाँ।"

वाली पंक्ति को चरितार्थ करते हुए उसने मोहनबाबू को उन्हीं के अखाड़े में पटखनी दे दी थी। हाँ, चुनाव भले जीता हो गुरु, अब भी वो मोहनबाबू को ही मानता है। कहता, "अब वो बूढ़े हो गये थे, कुर्सी छोड़ नहीं रहे थे तो हमने स्वयं ही कुर्सी ले ली, बाक़ी उनसे कोई बैर थोड़े है। अब भी हमाए गुरु हैं, सम्मान करते हैं हम उनका।"

एक–एक करके इन्सानी मजमा बढ़ता गया, कुकुर उनके लिए जगह ख़ाली करते गये। ठाकुर साहब का पूरा परिवार इस मजमे में सबसे आगे तैनात है। ये इन कुत्तों की इन्सानियत ही है कि रात के दो घण्टे एक लाश लावारिस पड़ी रही और इनमें से किसी ने भी उसकी बोटी का लालच नहीं किया। सभी, लाश की तहक़ीकात हाथ भर की दूरी से कर रहे हैं। लाश चारों ओर से मुण्डियों से घिरी है। मोहनबाबू ज़िन्दा होते तो आज नॉसटेल्ज़िक हो जाते, सोचकर कि पिछली बार इतनी मुण्डियाँ उन्होंने एक साथ उनकी फ़िक्र में खड़ी तभी देखी थीं, जब वे पहली बार पार्षद का चुनाव जीते थे। उसके बाद जब भी चुनाव जीते, मुहल्ले वालों के लिए उतनी ही ख़ुशी हुई, जितनी एक मध्यमवर्गीय आदमी को तब होती है, जब उसके पाँचवाँ–छठवाँ बच्चा होता है।

"किसी ने पीछे से मारा है।" दुबे ने पुलिसिया अन्दाज़ में कहा।

"ये तो दिख ही रहा है।" ठकुराइन ऐसे बोलीं जैसे कह रही हों, तुम पुलिस हो कोई नयी बात बताओ।

"लेकिन इनको मारेगा कौन? इसके तो दुश्मन भी कोई नहीं जान पड़ते।" भीड़ से आवाज़ आयी।

"अरे तो ऐसे ही कोई चलते–फिरते थोड़ी मार गया होगा।" दुबे ने गर्दन झटकी– "कितनी बार कहा था मोहनबाबू को आधी रात में भूत–फेरी मत लगाया करो; गश्त के लिए चौकीदार आता है, लेकिन नहीं, इन्हें तो दौरा चढ़ता था न चौकीदारी करने का।"

"अरे, लेकिन फिर भी इन्हें मारेगा कौन? किसी का डर–दुश्मनी होती तो आदमी ख़ुद भी घर से न निकले... लेकिन इनकी तो..."

भीड़ से फिर किसी की आवाज़ आयी। सारा मुहल्ला एक–दूसरे पर चढ़कर लाश को जितना हो सके उतने क़रीब से देख लेना चाहता था। जाने किसकी बारीक नज़र से कोई सुबूत मिल जाये सलाह देने, न्याय पारित करने और निष्कर्ष निकालने में वैसे भी इस देश का बच्चा–बच्चा माहिर है।

"अरे किसी ने उसे ख़बर की कि नहीं... राधे–राधे।" ठकुराइन ने लीला के घर की तरफ़ इशारा करके कहा, फिर राधे–राधे यूँ बोलीं मानो उसकी जिह्वा पर कोई गाली आ गयी हो।

"मैं अभी बताता हूँ।" ठकुराइन का कहना था कि पिंटू, ठकुराइन का बड़ा लड़का लीला के घर की तरफ़ लपका।

"तू यहीं खड़ा रह।" ठकुराइन ने पिंटू का हाथ पकड़ा। "उसकी संगत का आदमी तेरे सामने लाश बनकर पड़ा है, फिर भी तेरी आँखों से लोच नहीं जाता।" ठकुराइन ने कहा तो पिंटू झेंप गया। उसे उम्मीद नहीं थी कि किसी दिन इस तरह उसकी चोरी सरेआम पकड़ी जायेगी। पिंटू ने पत्नी की तरफ़ देखा तो उसकी आँखों से अंगार टपकते दिखे।

"दुबे... तू ही घण्टी बजा दे।" ठकुराइन बोलीं।

दुबे ने एक नज़र अपनी पत्नी पर डाली और फिर आँख बिदकाते, "नौकरी भी जो ना कराये" कहते हुए लीला के घर की तरफ़ बढ़ गया। अब सबकी नज़रें लाश को छोड़कर उस घर पर टिक गयी हैं। दुबे ने दो–तीन बार घण्टी बजायी, तो अलसाई–सी, आँखें मलती लीला बालकनी में आकर नीचे झाँकते हुए बोली, "कौन है?"

"अरे मैडम, इधर आपकी दुनिया उजड़ गयी, आप पूछती हैं कौन है।" दुबे ने ठकुराइन की तरफ़ आँख दबाते हुए कहा।

नाशपाती के पास जमा भीड़, भीड़ से उठती सुगबुगाहट और लोगों की घूरती आँखों से लीला के चेहरे पर पसीने की नन्ही बूँदें जमा होने लगीं। भीड़ ने जब लीला को उस ओर घूरते देखा तो लाश तक का रास्ता साफ़ कर दिया ताकि उसकी आँखें वह देख पायें जिसे देखने के बाद उसकी दुनिया में तूफ़ान उमड़ने वाला है,

जिस तूफ़ान से हुई तोड़–फोड़ और लुटती दुनिया का तमाशबीन भीड़ का हर शख़्स बनना चाहता है। ज़िन्दगी में रोमांच बना रहना चाहिए, लेकिन दूसरों के दुःखों के दम पर।

लीला ने लाश देखी तो उसे पहचानने में तनिक भी देर न लगी। वह उसी अवस्था में भागते हुए लाश के पास पहुँची। वह बुदबुदायी, "तो कल रात मैंने जो देखा वो मेरा वहम नहीं था...।"

"चौकी...चौकीदार को बुलाइए।" लीला बदहवास सी हुई, "उसी के साथ तो निकले थे कल रात।"

"हाँ फ़ोन कर चुका हूँ उसे, आता ही होगा।" दुबे को लीला पर कुछ सन्देह हुआ।

"लेओ आ गओ बो भी।" ठकुराइन के कान यहीं लगे थे। उन्होंने गली में घुसते साइकिल पर सवार चौकीदार की ओर इशारा किया। उसके पास पहुँचते ही लीला उस ओर लपकी और बोली, "कल रात तुमने ही मोहनबाबू को छोड़ा था न यहाँ।"

लीला के इस हमले से चौकीदार सकपका गया। वह सँभलते हुए बोला, "हाँ मेरे साथ ही गये थे, मेरे साथ ही लौटे थे, लेकिन मैं रुका नहीं था, फौरन निकल गया था।"

"रुके नहीं थे?... औ...और... तुम्हारे पास साइकिल भी तो होती है ना?" लीला ने सवाल चौकीदार से किया था, लेकिन जैसे ख़ुद को ही कुछ समझाया हो। चौकीदार ने हामी भरी। दुबे, लीला को सन्दिग्ध निगाहों से देख रहा है। उसे कुछ समझ नहीं आ रहा। उसने फिर लीला से पूछा, "आप कुछ जानती हैं?"

"नहीं...।" लीला के मस्तिष्क में जो धुँधली छवि थी, उसमें तो उसने दो लोगों को बात करते देखा था और उस छवि में साइकिल कहीं नहीं थी, "मतलब वह चौकीदार नहीं था और चौकीदार मारेगा भी क्यों? मारा भी होता तो भाग जाता, यहाँ थोड़ी खड़ा होता।" लीला ने मन–ही–मन ख़ुद को समझाया, फिर दुबे से मुख़ातिब हुई, जो उसे ही घूर रहा था।

"नहीं मैं बस इतना जानती हूँ कि वे चौकीदार के साथ ही निकले थे... बस।"

"मैंने कहा तो मैं उनको छोड़कर निकल गया था।" चौकीदार दुबे की ओर देखकर मिमियाया तो दुबे ने उसे इशारे से तसल्ली दी।

"अच्छा तुम बताओ कल कब छोड़ा था तुमने बाबूजी को?" दुबे ने चौकीदार को मौक़ा दिया।

"मैं पौने तीन के आसपास बाबूजी को घर के बाहर छोड़कर आगे निकल गया था। दो–तीन चक्कर लगाता हूँ इस गली के, कल भी लगाये थे, तब तक सब ठीक था। बाबू को छोड़कर मैं दूसरी गलियों में होते हुए साढ़े चार के आसपास अपने घर निकल गया।"

चौकीदार की बात में कहीं भी सन्देह न भाँप दुबे बोला, "अच्छा ठीक है, तुम शाम को कोतवाली आ जाना, अपना स्टेटमेंट लिखवा देना, अब तुम जा सकते हो।"

"नहीं मैं क्रियाकरम में जाऊँगा... कब होगा?" चौकीदार ने बड़े ही श्रद्धाभाव से कहा तो लीला को खेद–सा हुआ। "जिसके साथ इतनी यारी रही मोहनबाबू की, वह उन्हें भला क्योंकर मारने लगा, वह यक़ीनन कोई और था।" लीला बुदबुदायी।

दुबे ने कान गड़ाये, लेकिन वह सुन नहीं पाया कि लीला ने क्या कहा। वह बोला, "आपने कुछ कहा मैडम?"

"नहीं" वह उस आदमी से लिपटकर रो लेना चाहती है, जो अगले कुछ मिनटों में राख होने वाला है और जिसने पिछले कुछ महीनों में लीला की दुनिया में फिर से सुन्दर रंग भर दिये थे।

"आप अभी लाश को छू नहीं सकती हैं लीला मैडम।" दुबे ने टोका तो लीला चुपचाप मोहनबाबू के शव को देखती रही, जो किसी लेनदार की प्रतीक्षा में पड़ा है। नाशपाती के नीचे बने छोटे–से चबूतरे पर लीला बैठ गयी। उसकी आँखें मोहनबाबू पर ही टिकी हैं। उसने एक नज़र मोहनबाबू के घर पर डाली, जिसके किवाड़ अधखुले हैं।

मोहनबाबू ने पार्षद बनने के बाद पूरे वार्ड की सूरत बदलने के भरसक प्रयास किये। 'मॉडर्न टाउन' की तर्ज़ पर मुहल्ले में एक पार्क बन गया। वर्षों से मुहल्ले में पार्क के लिए घेरा किया हुआ था, जहाँ क्यारियों में फूलों की जगह रंग–बिरंगी मैली–कुचैली थैलियाँ महकतीं। मोहनबाबू माली बन ऐसे भिड़े कि कुछ ही महीनों में पार्क बेला, चम्पा, चमेली, गुलाब,गुलमोहर के रंग–बिरंगे फूलों से महक उठा। पार्क में झूले–फिसलपट्टी भी थे। झूले की साँकल को पकड़ने से हाथों में जंग की मेहँदी लग जाती और फिसलपट्टी पर फिसलने से बच्चों की निक्कर फट जाती। मोहनबाबू ने उन्हें हटाकर जब बड़े–बड़े सुन्दर झूले, फिसलपट्टी आदि लगवाये तो इलाक़े के बच्चों को अपना बना लिया। यों भी उन्हें बच्चों से बहुत लगाव था; अकेले जो थे। दूसरों को बच्चों के साथ खेलते देखते तो भावुक हो उठते।

वार्ड में उन्होंने जो किया सब जनता के लिए, कभी अपने या अपनी हवेली के लिए कुछ नहीं। रंग–रोगन या जीर्णोद्धार तक नहीं। यही एक वजह थी कि जनता उन्हें सालों–साल जिताती रही।

अपने ख़ुद के मकान पर एक पाई सरकारी पैसा का ख़र्च नहीं किया। व्यक्ति के मन में लालच आता है परिवार से, गृहस्थी से। मोहनबाबू की गृहस्थी तो कभी बसी ही नहीं, तो कमाते किसके लिए और गँवाते किसके लिए। उनका घर, जिसके किवाड़ आज भी वही पैंसठ साल पुराने किवाड़ हैं; जो उनके पिताजी ने घर बनवाते समय लगवाये थे। दूर से कोई देखे तो लगे किसी पुराने महल का नाटा–सा दरवाज़ा है। हरे रंग से पुते, मोटी लकड़ी के भारी–भरकम किवाड़, जिनमें छोटे–छोटे चौखाने बने हैं, जिन चौखानों की पट्टियों पर जगह–जगह कीलों के पहाड़ बने हैं, जिन पर चढ़कर कूदने का खेल मुहल्ले के बच्चे करते। कभी–कभी तो उन्हीं चौखानों पर चढ़कर साँकल भी चढ़ा देते और मोहनबाबू भीतर से दरवाज़ा पीटते रहते। गली–मुहल्ले में सबके घरों के बाहर डोरबेल है, सिवाय मोहनबाबू के घर के, इसलिए मुहल्ले के बच्चे जो घरों की डोरबेल बजा–बजाकर भागते,

उनके लिए उस पुरानी साँकल को बजाना, उसे चढ़ाना भी एक खेल ही है।

दरवाज़ा खोलते ही ओसारा है। उससे भीतर घुसो तो बड़ा–सा आँगन है, जिसके बीचोंबीच बैठीं तुलसी मैया के चारों ओर गोबर लीपना, गेरू–चूना से चौक पूरना मोहनबाबू ने अपनी अम्मा से सीखा था, जो जीवन के अन्तिम दिनों तक निभता रहा। सुबह की सैर के बाद उनका पहला काम गली में पड़ा गोबर, तगाड़ी में भरना था। इसे वे एक पन्थ दो काज मानते। एक तो गली की सफ़ाई हो जाती दूसरा घर का आँगन लीपने भरपूर गोबर मिल जाता। आँगन से जुड़कर दो तरफ़ कमरे और सामने की ओर रसोई है। बिना दरवाज़े की रसोई। अम्मा थीं तब तक चूल्हा जलता था। अम्मा के जाने के बाद उन्होंने रसोई पक्की करवा ली। रसोई में पत्थर से बना झरोखा है। बाहर का दरवाज़ा खुला रहे तो सड़क से ही मोहनबाबू को रसोई में खाते–पकाते देखा जा सकता था। बाहर चबूतरे पर बैठी लीला की नज़र रसोई में बने पत्थर के स्लैब पर अटक गयी। इसी स्लैब पर रखे गैस चूल्हे पर मोहनबाबू पिछले कई महीनों से रोज़ सुबह लीला के लिए चाय बना रहे थे। लीला ने एक बार लाश को देखा और फिर रसोई में आँखें टिका दीं, जिसके रिक्त स्थान ने उसे मोहनबाबू के न होने की तीव्र वेदना से भर दिया। मनुष्य जब तक जीवित है, तब तक उसके द्वारा किये जा रहे छोटे–मोटे रोज़मर्रा के कामों पर किसी का ध्यान नहीं जाता, लेकिन जब उसी मनुष्य का देहावसान हो जाता है तो उसके प्रियजन रोज़मर्रा के उन्हीं छोटे–छोटे कार्यों को याद कर तड़पते रहते हैं, "वह अभी होता तो क्या कर रहा होता।"

लीला की आँखें छलक आयीं। उसका दिमाग़ बार–बार उसे कोंच रहा था कि वह ज़ोर डाले और ध्यान करे तो शायद मालूम चले हत्यारे का। ओह! हत्या... लीला यह सोचते ही फिर वर्तमान में आयी और सोचने लगी उस बीते कल, बीती रात के बारे में।

क्या–क्या हुआ था कल...क्या देखा था उसने? कौन था वह? किसने मारा होगा? कहीं वही लड़का तो नहीं!

"कहीं इसका कनेक्शन उन चिट्ठियों से तो नहीं?" सोचते हुए लीला घर में घुसने लगी तो दुबे ने फिर टोक दिया।

"आप अभी घर में भी नहीं घुस सकतीं मैडम जी... जब तक इस मामले की पूरी छानबीन नहीं हो जाती ये घर सील रहेगा।" दुबे ने आवाज़ ऊँची करके कहा, "सुन लो सब लोग, सिर्फ़ पुलिस वाले ही भीतर जायेंगे"। फिर उसने लीला की तरफ़ देख मिज़ाज में थोड़ी नरमी लाते हुए पूछा–

"आपको किसी पर शक है लीला मैडम?"

"ये क्या किसी पर शक करेगी... ये ख़ुद..." ठकुराइन आगे कुछ कहतीं उससे पहले दुबे ने आँखें दिखा दीं। लीला को ठकुराइन से इसी की उम्मीद थी। वह भाव शून्य रही।

"जी नहीं" लीला ने कहा, "मुझे भी उतना ही पता है जितना आपको।" लीला चाहती थी कि वह बताये उसने रात को कुछ देखा था। किन्तु वह ख़ुद भी जिस स्थिति के प्रति पूरी तरह से पक्की नहीं थी उसे पुलिस के सामने कैसे कहती। वह भी तब, जब कुछ उँगलियाँ उसकी तरफ़ भी उठ रही हों, कुण्ठा या सामाजिक द्वेष में ही सही। ऐसे में वह आसानी से केस को रफा–दफ़ा करने में पुलिस का ग्रास न बन जाये, विचारते हुए लीला चुप रही।

"ठीक है, मैंने कोतवाली फ़ोन कर दिया है, एम्बुलेंस भी आती ही होगी। पोस्टमार्टम की फॉर्मेलिटी के बाद बाबूजी को वापस ले आयेंगे और हम सब मिलकर ही उनकी अन्त्येष्टि करेंगे।" दुबे ने आदेश–सा सुनाया।

"आये... हाए... कितेक बेचारे हते बताओ... पूरी उमर सबके लाएँ खपा दई... आज अपनी औलाद तक नैयाँ चिता में आग देबे।" ठकुराइन बोलीं और साड़ी के पल्लू से उन आँसुओं को पोंछा, जो थे ही नहीं। दुःख दिखाने के लिए आँखें भर आने का नाटक करने

में माहिर होती हैं सामजिक स्तर पर ये आदर्श ढोती स्त्रियाँ। उन्हें लगता है यदि वे हर ज़िम्मेदारी नहीं निभाएँगी, हर जगह, दुःख में या सुख सबसे आगे रोने या हँसने नहीं पहुँचेंगी तो मानो दुनिया के काम अधूरे ही रह जायेंगे।

मोहनबाबू की लाश के जाने की बात सुनते ही लीला का मन फिर मोहनबाबू की निर्जीव देह पर थिर हो गया है। लीला उतनी ही शान्त बैठी थी जितना शान्त समन्दर लगता है। मगर समन्दर के भीतर कितने तूफ़ान होते हैं कौन जाने। वह बिलखकर करती भी क्या। कौन कन्धा बनकर उसे सँभालता। उसका अपना था ही कौन। एक मोहनबाबू थे, उन्हीं के लिए इतनी जल्दी रोना होगा यह उसने स्वप्न में भी नहीं सोचा था।

सड़क पर पड़ी छह फ़ीट की उनकी देह से ख़ून बहना बन्द हो चुका है। वे औंधे पड़े हैं। खोपड़ी दायीं तरफ़ घूमी हुई है। बायी तरफ़ से उनका फटा–कुचला सर, उससे बह–बहकर जमने लगा ख़ून उनके आसपास बालिश्त भर की ज़मीन को लाल रंगे हुए है। आँखें अब तक खुली हैं। मानो आत्मा एक झलक लीला को देखने अटका हो कि मौत के बाद ही सही देखकर विदा हो। हमेशा की तरह उन्होंने सफ़ेद कुरता और धोती पहना है, जिस पर अब जगह–जगह रक्त के रंग से चित्रकारी बन गयी है। थोड़े और ऊँचे उठ गये होते तो शायद मोहनबाबू के सफ़ेद कपड़ों और उन पर लगे ख़ून के धब्बों को सहेजकर किसी म्यूज़ियम में सालों तक उनके नाम से टिकट बेचे जा सकते थे। मरणोपरान्त ऐसा रुतबा सिर्फ़ शासकों को ही हासिल होता है; प्रजा बनकर, प्रजा के बीच रहकर प्रजा की सेवा करने वाले छोटे–मोटे नेताओं को नहीं।

तीन

लीला की आँखों के सामने रह–रहकर रात बीती घटना घूम जाती। गहरी नींद में बाथरूम जाने उठे व्यक्ति से अगली सुबह पूछो कि तुम रात दीवार से टकराये थे तो उसे कौन याद रहेगा, तब तक, जब कि टकराने से उसका कपार न फटा हो। गली में आये दिन रात को लोग घूमते दिखते हैं। ख़ुद मोहनबाबू ही कितनी बार घूमते रहते। फिर उसने जो देखा वह ऐसा था नहीं जिससे उसकी नींद उचटती। उसे तो बस लगा था कि मोहनबाबू खड़े हैं और साथ में कोई और भी खड़ा है। बस "आधी रात में भी समाज सेवा" सोचती हुई, होठों पर हल्की मुस्कान लिए अधनींद में ही वापस गहरी नींद लेने चली गयी थी।

"आधी रात को वह कौन था जिससे वे बात कर रहे थे? कल तो वे बेहद ख़ुश थे... शादी के लिए भी..." सोचते हुए फिर लीला की आँखें छलछला आयीं। उसे कहाँ पता था कि होश में रहकर शादी का प्रस्ताव रखने से पहले ही मोहनबाबू यों मँझधार में अकेले छोड़कर चले जायेंगे। उसने ख़ुद को सँभाला और एक बार फिर सब कुछ याद करने की कोशिश करने लगी। कौन हो सकता है वह? कौन था वह? लीला का दिमाग़ बार–बार चिट्ठियों की तरफ़ जा रहा है। वह उन्हें देखने के लिए उपाय खोजती, लेकिन हर बार दुबे और मुहल्ले वालों की नज़रें उसे ख़ुद पर गढ़ी मिलतीं। चिट्ठियों के अलावा एक वह लड़का है जो उसे खटक रहा है। वह कई पुरानी कड़ियाँ जोड़ने

की कोशिश कर रही है। कहीं से कुछ ऐसा याद आ जाये जहाँ से वह शुरू कर सके। इन्हीं कड़ियों को जोड़ने के सिलसिले में लीला को कुछ दिन पहले की एक शाम याद आयी, जब पहली बार वह लड़का क़रीब से दिखा था। उस दिन भी मोहनबाबू कुछ बेचैन–से थे। वे चिट्ठियों की वजह से थे या कोई और मसला था उन्होंने ज़िक्र नहीं किया।

"उस दिन कुछ परेशान तो थे... कुछ बताना चाहते थे..." लीला बुदबुदायी। उसके दिमाग़ ने उसे कुछ और धकेला। वह उस दिन की पूरी रील रिवाइंड करके एक–एक बात को याद करने लगी।

* * * *

उस दिन लीला के स्कूल में कार्यक्रम था। लीला, कुछ अन्य अध्यापिकाएँ और कुछ बच्चे मिलकर एक नाटक का मंचन करने वाले थे। वह दिन तो सामान्य ही था। शाम कुछ अलग सुगबुगाहट लिए थी। सुबह की सैर के समय मोहनबाबू की ख़ामोशी से लीला महसूस कर सकती थी। "आज आप कोई क़िस्सा नहीं सुनायेंगे?" सैर से वापस लौटते समय लीला ने मोहनबाबू से कहा था। वे हर रोज़ सैर से लौटते हुए लीला को कोई मज़ेदार क़िस्सा सुनाते।

"सुनाऊँगा, लेकिन तुम्हारे शो के बाद... कुछ दिलचस्प और अहम क़िस्से।" मोहनबाबू ने कहा और जाकर बेंच पर बैठ गये थे।

"आप आज कुछ बेचैन लग रहे हैं।" लीला ने कहा था।

"हाँ कभी–कभी बेचैनी ज़रूरी होती है... इसकी तपिश उन भावों को बढ़ाती, जो मन की तपेली से भीतर कुलबुला रहे निष्कर्षों को उफनाकर बाहर लाने में मदद करे।" मोहनबाबू ने कहा तो लीला मुस्कुरायी। बोली,"मेरे साथ रह–रहकर आप भी डायलॉग मारना सीख रहे हैं।"

दोनों की खिलखिलाहट कुछ देर तक पार्क में गूँजती रही। वह समझ रही थी कुछ तो है जो मोहनबाबू उससे कहना चाहते हैं।

"चलिए फिर आज नाटक के बाद आपको बड़े तालाब के पास भेल पूरी खिलाई जाये।" लीला ने कहा था।

"तुम जानती हो कि मन की बातों को बाहर निकलवाने के लिए दरिया के आगे बैठाना मुनाफ़े का सौदा है।" मोहनबाबू बोले थे।

"अगले नाटक में आपको भी रोल दिलवाऊँगी... अदायगी में महारत हासिल होती जा रही है आपको।" कहते हुए लीला उठकर आगे बढ़ गयी थी। उसे दिनचर्या को रफ़्तार देनी थी, ताकि समय से फाइनल रिहर्सल के समय स्कूल पहुँच सके।

लीला मंच पर होते हुए भी मोहनबाबू की बेचैनी भाँप सकती थी। मंच के ठीक सामने दूसरी पंक्ति में बैठे मोहनबाबू का ध्यान आज शायद पहली बार ही लीला के अभिनय से भटका होगा, वरना लीला को अभिनय करता देख वे टकटकी लगाये उसके चेहरे के बदलते भावों के साथ बदलती कहानी का रसास्वादन करते रहते। वह जब मंच पर उतरती तो लोगों को अपने सम्मोहन में बाँध लेती। लीला भी अपने आब से भली–भाँति परिचित थी। लेकिन उस दिन ऐसी क्या बेचैनी थी कि कभी पलक भी न झपकाने वाले मोहनबाबू की पुतलियाँ लीला के चेहरे की जगह बार–बार ज़मीन पर तो कभी लाइट पर अटक जातीं। वे जैसे बार–बार कहीं खोकर लौटते और फिर मच पर मन टिकाने की कोशिश करते। नाटक को रिवाइंड तो किया नहीं जा सकता, इसलिए जहाँ से दिखता वहीं से देखने लगते और फिर खो जाते। लीला ने उनके इस भटकाव को भाँप लिया था और यह भी कि कोई तो अंगार है जो मोहनबाबू का मन सुलगा रहा है।

"क्या बात है आज आप दोनों का हड्डी को साथ ले जाने का प्लान नहीं?" नाटक ख़त्म होने के बाद लीला और मोहनबाबू कार में बैठने को ही थे कि वसु ने पीछे से आकर कहा, "चल पगली... कुछ भी बोलती है।"

लीला ने वसु का हाथ पकड़ा, "आज तुम्हारी मैम को ज़रा लॉन्ग ड्राइव पर ले जा रहा हूँ।"

मोहनबाबू ने हल्की मुस्कान के साथ कहा, "तू भी अपने लिए पार्टनर ढूँढ़ ले, कब तक हमारे बीच हड्डी बनी रहेगी।"

"हाव्व।" वसु ने मुँह फुलाकर नाराज़ होने की एक्टिंग की।

"कुछ भी बोलते हैं आप।" लीला ने उन्हें टोका।

"अच्छा अब अपना ये ड्रामा अगले नाटक में दिखाना, अभी लड़के की खोज में लग जा।" मोहनबाबू ने कहा तो तीनों हँस दिये।

"आज के लिए सॉरी।" लीला वसु से बोली, "मैं तो खाना बनाकर आयी थी तेरे लिए भी, लेकिन इनका कुछ और ही प्लान है।" कहते हुए लीला मुस्कुरायी।

"अरे अब इतना फॉर्मेलिटी की ज़रूरत नहीं है, जाओ मज़े करो।" वसु ने उन्हें विदा किया और अपने ऑटो की तरफ़ बढ़ गयी।

"आज आप मुझे डरा रहे हैं।" गाड़ी में बैठते हुए लीला ने मोहनबाबू की तरफ़ देखकर कहा। वह समझ रही थी कि ये कोई आम लॉन्ग ड्राइव नहीं है।

"अरे इतनी भी बुरी स्थिति में नहीं है मेरी खटारा कि तुम्हें अब बैठने में भी डर लगने लगे।" मोहनबाबू ने ठिठोली की, ताकि नाटक ठीक से देखने की चोरी को छुपाने की कोशिश की जा सके।

"क्या मैं जानती नहीं कि आपके इस चेतक और आपके महल के बारे में कुछ भी कहना आपको गवारा नहीं... आप जानते हैं मैं किस बारे में बात कर रही हूँ।" लीला ने अपनी आँखें मोहनबाबू के चेहरे पर टिका दीं और उन्होंने सामने बिछी तारकोल की उस सड़क पर, जिस पर उनकी ग्रे रंग की मारुति 800 सरकने लगी थी। कुछ ही सेकंड बाद जब स्ट्रीट लाइट की पीली रोशनी कार के फ्रंट मिरर और खिड़की से कटती–छँटती मोहनबाबू के चेहरे पर पड़ी तो लीला को वहाँ से हर भाव नदारद दिखा सिवाय एक के। जो था डूबने का भाव। व्यक्ति जब किसी टीस में, किसी अपराध बोध में या किसी दर्द की तड़प में डूब रहा होता है तो उसके चेहरे के भाव वैसे ही हो जाते हैं जैसे पतझड़ में सड़क किनारे पत्ते होते, बेरंग, बेजान, उजड़े हुए से। मोहनबाबू भी लीला को वैसे ही दिखे।

"अरे हम तो लेक व्यू जाने वाले थे... आपने तो गाड़ी"... गाड़ी जब लेक व्यू की जगह न्यू मार्केट वाले रास्ते पर मुड़ी लीला ने आश्चर्य से पूछा।

"हम्म... आज तुम्हें कुछ दिखाना है। पानी के पास बैठकर मैं भी उसकी तरलता में घुल न जाऊँ इसलिए डर रहा हूँ तालाब किनारे जाने से... मैं बहुत कुछ बताना चाहता हूँ तुम्हें, लेकिन उससे पहले कुछ दिखाना चाहता हूँ।" कहते हुए मोहनबाबू ने गाड़ी न्यू मार्केट से लिंक रोड पर मोड़ दी। कुछ दूर तक गाड़ी ही बोलती रही, बाक़ी दोनों सवारी ख़ामोश रही। रेडक्रॉस से थोड़ा पहले एक मोड़ पर गाड़ी रोक दी गयी। दोनों गाड़ी से उतरकर बाहर आये और गाड़ी से टिककर खड़े हो गये।

"यहाँ गाड़ी रोकने की ज़रूर कोई ख़ास वजह होगी।" लीला ने कहा। असल में उस मोड़ से रीधे निकल जाने पर उनके घर का रास्ता था।

"हम्म... वो सामने देख रही हो।" मोहनबाबू ने सड़क के उस पार किसी गली की तरफ़ इशारा किया। लीला ने आँखों पर ज़ोर डालते हुए देखा। स्ट्रीट लैम्प की रौशनी में नहाई एक काली सड़क उस गली में घुस रही थी, जिसके एक किनारे पर किसी सरकारी इमारत की सीमा है और दूसरे किनारे पर कचरा घर बना एक ख़ाली प्लाट। उसके बाद कच्चे–पक्के मकानों की कुछ पंक्तियाँ।

"अगर आपको वो गली दिखानी थी तो सड़क के उस तरफ़ गाड़ी लगानी थी, अब इस बुढ़ापे में इतनी दूर से कुछ देखने को कहेंगे तो कैसे देखूँगी।" लीला ने तुनककर कहा।

"जितना दिख रहा है फ़िलहाल उतना काफ़ी है आगे की बात समझने के लिए।" मोहनबाबू ने एक लम्बी साँस छोड़ते हुए कहा, जिसे उन्होंने शायद तब से रोका हुआ था जब से गाड़ी वहाँ आकर रुकी थी।

"अब आप आगे कुछ बता रहे हैं या मैं यहाँ से ऑटो पकड़कर घर चली जाऊँ...। आप जानते हैं सस्पेंस मुझे बेचैन कर देते हैं।" लीला ने भवें सिकोड़ते हुए मोहनबाबू का हाथ पकड़ लिया।

लीला की हथेली की गर्माहट पाते ही जैसे मोहनबाबू के ठण्डे पड़ते शरीर और इरादों में जान आयी, बोले, "हाँ जानता हूँ तुम कितनी अधीर हो, पर फ़िलहाल यहाँ से चलते हैं... घर चलकर बात करते हैं। बस इतना जान लो कि वो सामने जो बस्ती दिख रही है वहाँ भी मेरे गुनाहों की सज़ा काटते कुछ ऐसे लोग रहते हैं जिन्हें मुझसे, मेरे जीवन से और मेरे जीवन से जुड़ी हर बात से नफ़रत है।''

"भी से आपका क्या मतलब है?" पूछते हुए लीला के माथे पर बल पड़ आये थे।

"इस शहर के अलावा एक और जगह है जहाँ..."

"जहाँ?"

"जहाँ शायद मेरे गुनाहों की सज़ा किसी और ने भोगी है।" मोहनबाबू ने जैसे ख़ुद से ही सवाल किया हो।

"अब इसमें शायद से क्या समझूँ।" लीला चिहुँककर बोली।

"शायद इसलिए कि मैं अभी ख़ुद ठीक से नहीं जानता कि जो मैं सोच रहा हूँ वो सच है भी या नहीं।" मोहनबाबू अभी भी उस गली की तरफ़ टकटकी लगाये देख रहे थे।

"जब आपको यूँ पहेलियों में ही बात करनी थी तो मुझे ये सब बता ही क्यों रहे हैं; ऐसे न तो मुझे कुछ पता चलेगा, उल्टा मेरी बेचैनी और बढ़ जायेगी।" लीला गुस्से में गाड़ी के भीतर जाने को हुई तो मोहनबाबू ने उसका हाथ पकड़ लिया, बोले, "अब क्योंकि तुम भी मेरे जीवन से जुड़ती जा रही हो इसलिए कभी कहीं मेरा अतीत तुम्हें किसी मोड़ पर आकर चोटिल न करे इसलिए तुम्हें इस सबके बारे में बताना चाहता हूँ।" इतना कहकर मोहनबाबू ने गाड़ी का दरवाज़ा खोला ही था कि एक युवक आकर टकराया, "क्या अंकल बुढ़ापे में भी रोमांस" अँधेरे में एक पल को मोहनबाबू उस युवक का चेहरा नहीं देख पाये,

लेकिन आवाज़ सुनकर वे कुछ घबराते हुए बोले, "लीला, गाड़ी में बैठो, यहाँ देर तक रुकना ठीक नहीं।"

"कौन था वो?" लीला ने मोहनबाबू के माथे पर आये पसीने से स्थिति की गम्भीरता भाँपते हुए कहा।

"कोई नहीं...। इस मोड़ पर लफंगे अक्सर ही टकरा जाते हैं... चोरी–चकारी, छेड़छाड़ बस इतना ही उद्देश्य होता है उनका।" कहते हुए मोहनबाबू ने माथे का पसीना पोंछा, फिर लीला को आश्वस्त करते हुए बोले, "अरे इतना परेशान मत हो, अब इस बुढ़ापे में कोई तुम्हें छेड़ेगा तो मैं लड़ भी नहीं पाऊँगा...दोनों की हड्डी पसली टूट जायेंगी। बस इसलिए थोड़ा डर गया था और कोई बात नहीं।" कहते हुए मोहनबाबू ने गाड़ी स्टार्ट की तो लीला ने खिड़की से झाँककर देखा। वह युवक स्ट्रीट लाइट के खम्भे से टिका मुस्कुरा रहा था। अँधेरे के बीच पीली रौशनी में उसका चेहरा एकदम सटीक तो समझ नहीं आया, लेकिन एक अक्स लीला की आँखों में उतर गया था। वह इलाक़ा यूँ भी वारदातों के लिए मशहूर था। लीला ने कई दफ़ा अख़बार में पढ़ा था। उसने भी वहाँ से निकल जाना उचित समझा। इस उम्र में कोई ज़्यादती होने की सम्भावना भी उसे कँपा गयी। उसने मोहनबाबू के हाथ पर हाथ रखा और तसल्ली दी कि वह उनकी बातों से आश्वस्त है।

मोहनबाबू ने एक्सीलरेटर पर पैर जमाया और जितना वह गाड़ी झेल सकती थी उतनी रफ़्तार में दौड़ा दी। अन्य गाड़ियों के मुक़ाबले वह सड़क पर सरकती ही दिख रही थी, लेकिन उसके एक्सीलरेटर और स्टेयरिंग पर मोहनबाबू जितनी कड़क पकड़ और दबाव बनाये हुए थे, उससे लीला को अन्दाज़ा लग रहा था कि उनके भीतर दबा अतीत पूरी ताक़त से बाहर निकलने को मचल रहा है।

गाड़ी जब चली तो सीधे सुभाष फाटक की चौपाटी पर आकर रुकी। मोहनबाबू ने गाड़ी साइड में लगाकार खिड़की से हाथ बाहर निकाला और एक गुमटी की ओर इशारा किया। वहाँ से दौड़ता हुआ एक बच्चा गरमागरम डोसे से भरी थैली मोहनबाबू को पकड़ा गया।

मोहनबाबू ने थैली लीला को थमायी तो बोली, "मैं खाना बनाकर गयी थी।"

"जब शाम हो, जाम हो और साथ में तुम जैसी ख़ूबसूरत चाहने वाली तो बुढ़ापे में भी कभी–कभी चौपाटी और गुमटियों का खाना खा लेना चाहिए। जवानी के दिन याद करने में हर्ज है कोई? बोलो।" मोहनबाबू ने फिर गियर पर हाथ साधा और गाड़ी अबकी खिर्रर–खिर्रर–खच्च की ध्वनि के साथ लीला के दरवाज़े पर आकर रुकी। झटका लिए बिना और सवारी को झटका दिये बिना मोहनबाबू की गाड़ी रुकती कहाँ थी।

इधर गाड़ी की हेडलाइट बन्द हुई, उधर ठकुराइन ने मुंडी हिलाते हुए 'राधे! राधे!' कहकर अपनी बालकनी की लाइट बन्द की। जबसे लीला आयी थी, ठकुराइन की आदत बन गयी थी। वे दोनों कहीं बाहर जाते तो जब तक वापस नहीं आ जाते, तब तक वार्डन की तरह दोनों के दरवाज़ों पर नज़र टिकाये रहतीं। यह देखकर ही फिर कमरे में घुसतीं कि दोनों अपने–अपने घरों में घुस रहे हैं या फिर लीला के यहाँ अड्डा जमने वाला है, "राधे! राधे! इस बुढ़ापे में इन्हें शरम ना आती, अरे बाबूजी तो मरद हैं, लेकिन वो कैसी कुलटा है राधे! राधे!" कहते हुए अपने कमरे में चली जातीं।

"लीजिए, आपका चौकीदार फिर तैनात था।" लीला ने गाड़ी से उतरते अँधेरे में छुपकर खड़ी ठकुराइन को देखा तो शरारत से मोहनबाबू से कहा, "उनके जीवन में यही तो एक रस है, तुम वह भी छीन लेना चाहती हो।" टेढ़ी मुस्कान के साथ कहते हुए मोहनबाबू ने भी एक नज़र ठकुराइन की बालकनी पर डाली, फिर गाड़ी की चाबी कुरते की जेब में रखते हुए लीला के घर की तरफ़ बढ़ गये।

लीला पहली मंज़िल पर रहती थी। बड़े से लोहे के दरवाज़े के भीतर बने बारह सौ स्क्वारफ़ीट के उस घर में दो ही मंज़िलें थीं। एक 'नीचे' यानि ग्राउंड फ्लोर और दूसरा 'ऊपर' यानि पहला माला। ये नीचे ऊपर इसलिए क्योंकि आने–जाने वाले इसी तरह पुकारते थे।

नीचे मालिक–मकान का सामान रहता था। वे ख़ुद देश से बाहर अपने बच्चों के पास रहते। साल में महीने भर को आते थे बस वीज़ा रिन्यू कराने। यह मकान भी लीला को मोहनबाबू की वजह से ही मिला था। उन्हीं के सुपुर्द करके मालिक–मकान विदेश जाते थे। उन्हीं का ज़िम्मा होता था कोई बढ़िया किरायेदार वहाँ सेट कराना। इस बार यह मकान लीला को मिल गया।

मोहनबाबू बड़े ख़ुश होते थे, जब भी सीढ़ियाँ चढ़कर ऊपर के पोर्च में पहुँचते। लीला ने घर को कलात्मकता से भर रखा था। पोर्च में घुसते ही सामने की तरफ़ दीवार पूरी मनीप्लांट से ढँकी थी। उसके नीचे लकड़ी का एक सोफ़ा, जो रंग–बिरंगे कुशंस से सजा रहता। ठीक बगल में एक फ्लोर–सोफ़ा और उसके सामने एक टेबल। टेबल के ठीक सामने दीवार से सटी खड़ी थीं किताबों से भरी दो बड़ी–बड़ी लकड़ी की अलमारियाँ, जिनमें तमाम तरह की किताबें थीं। मनीप्लांट के बगल वाली दीवार पर जूट की रस्सी से कुछ खाँचेनुमा आकृतियाँ थीं। लीला ने यह दीवार ख़ुद बुनी थी। इन खाँचों में टँगे थे नन्हे–नन्हे काँच के गमले और उनसे लटकती थीं गहरे हरे रंग की कई बेलें, जो कत्थई जूट के रंग पर अलग ही रूमानियत छोड़तीं।

मोहनबाबू ने जब लीला को यह बुनते देखा था तो जूट के खाँचों में अपने हाथ फँसाकर बोले थे, "तुम्हारी उँगलियों ने इन्हें यूँ बुना है जैसे बूढ़ी औरत अपने नाती–पोतों के लिए स्वेटर बुनती है। जूट की सख़्ती महसूस ही नहीं होती इनमें, बल्कि इन्हें जब भी छूता हूँ, तुम्हारे हाथों की नरमाहट महसूस करता हूँ।"

"आप जवानी में भी इतनी ही रूमानी बातें करते थे या बुढ़ापे में ही जोश भर रहा है।" लीला ने डोसे की थैली टेबल पर रखते हुए कहा। फिर मुस्काती हुई भीतर चली गयी। कुछ देर में जब वह माशी रंग के कुरते और काले रंग की सलवार में, जिसे वह अपना नाइटसूट भी कहती थी, आयी तो उसके हाथों में ट्रे थी। ट्रे में एक ओल्ड

मोंक की बोतल, दो गिलास, कुछ चिप्स, मूँगदाल और दो प्लेट्स थीं। लीला के आने तक मोहनबाबू फ्लोर सोफ़े पर रखे मसनद से टिककर आँख मूँदकर लेट चुके थे। लीला उनके पैरों की तरफ़ सोफ़े पर बैठी और गिलास में शराब डालने लगी। गिलास भरकर उसने हुक़्क़ा सुलगाया और धुएँ के छल्ले बनाते हुए वह मोहनबाबू के पैरों से टिक गयी।

"अगर मैं कहूँ कि मैंने अपने जीवन में हत्याओं से भी बड़े गुनाह किये हैं, तब भी क्या तुम मेरे साथ रहोगी?" आँखें मूँदे–मूँदे ही मोहनबाबू ने कहा।

"मैं जब आपसे मिली, तब आपने परिष्कार की राह पकड़ ली थी।" लीला समझ रही थी आज मोहनबाबू बहुत ही गहरे उतरने के मूड में हैं। उसने गिलास उनकी तरफ़ बढ़ाते हुए कहा, "उठिए।"

"पश्चात्ताप कर लेने से वो ज़िन्दगियाँ फिर से ख़ुशहाल तो नहीं हो जायेंगी जिन्हें मैंने बर्बाद किया।" लीला के हाथ से गिलास लेकर उन्होंने साइड में रख दिया और उसका हाथ थाम लिया।

"राजनीति बहुत कुत्ती शै है, इसका नशा शराब के नशे से भी बुरा है, जहाँ ओहदा बनाये रखने के लिए इन्सान अपने भीतर की सच्चाई को मारता जाता है।" मोहनबाबू बोले। उनकी आँखें ज़मीन में धँसी थीं और हाथ लीला के हाथों में, अफ़सोस में घुली साँस छोड़ते हुए बोले, "मैंने इसके चक्कर में न जाने कितने लोगों के साथ अन्याय किया है।"

"आप मात्र एक पार्षद थे, फिर इतना क्यों?" नाक से निकलते धुएँ के साथ लीला ने आश्चर्य से कहा।

"तुम्हें क्या लगता है, पार्षद स्तर पर राजनीति नहीं होती, इसे जड़ ही मानो..." मोहनबाबू ने लीला की आँखों में देखते हुए यूँ कहा मानो लीला ने उनके ओहदे को ऊपर से नीचे धकेल दिया हो।

"पार्षद बनना और पच्चीस सालों तक हर बार चुने जाना, टिके रहना आसान नहीं था। मैंने अपनी तो दुनिया बसाई नहीं, दूसरों की भी उजाड़ दी।" मोहनबाबू बोले।

"आपने कई सुन्दर काम भी तो किये हैं इस ओहदे पर रहकर। ख़ुद पर कभी एक पैसा ख़र्च नहीं किया। वार्ड के लिए लोगों के लिए इतने काम किये... फिर इतना हताश क्यों हैं।" हुक़्क़े का पाइप छोड़ लीला ने अपना दूसरा हाथ भी उनके हाथ पर रख दिया, "शान्त हो जायें... यूँ मन बैठाने से अब क्या।"

"शान्त होना चाहता हूँ, तुम्हारे साथ अब एक नयी शुरुआत करना चाहता हूँ, लेकिन अतीत इतनी आसानी से पीछा कहाँ छोड़ता है।"

"अच्छा तो अब ये बतायें कि उस मुहल्ले में ऐसा कौन रहता है जो आपको इतना परेशान कर रहा है?"

"तुम मोनू को जानती हो ना? जानती हो वो पहले पागल नहीं था, मैंने ही उसे पागल बनाया, मैंने ही उस लड़की की ज़िन्दगी बर्बाद कर दी, मेरी ही वजह से वह बच्चा दर–दर भटका और मैं अपने स्वार्थ में, अपने ओहदे, अपने गुरूर को बचाये रखने के लिए इन सबकी अनदेखी करता रहा। मेरी कमज़ोरी रही कि मैं उनकी भी खाल न बन सका, जिनसे अकूत प्रेम पाया।" मोहनबाबू की आवाज़ भर्राने लगी थी, उनका गला रुँध रहा था। लीला के हाथों में फँसा उनका हाथ काँप रहा था

"मोनू आपकी वजह से पागल बना? मैं समझी नहीं।" लीला चाहती तो थी कि फ़िलहाल के लिए इस बात को यहीं ख़त्म करे और किसी दिन अच्छे मन से उनसे सब पूछे। दिल के मरीज़ के लिए इतना दर्द में उतरना ठीक नहीं, लेकिन वह पूछ बैठी।

"कोई नहीं कहेगा, न कोई बतायेगा, लोग कहते हैं उसकी क़िस्मत थी... पर मैं जानता हूँ कि दोषी मैं हूँ।" तीन पेग के बाद मोहनबाबू अब वही करने लगे जो अक्सर ही नशे में डूबने के बाद इन्सान करता है या तो अति हर्ष में अपने भीतर का सारा उन्माद बाहर निकालकर साथी पर सारा प्रेम लुटाने लगता है या अति दर्द में अपने भीतर की सारी पीड़ा और अपने अतीत के सारे अपराधों के लिए ख़ुद को कोसने लगता है।

"अच्छा शान्त हो जाइए..." लीला ने उनके बालों को यूँ सहलाया मानो बाहर से रूठकर घर में घुसते ही माँ से लिपटे बच्चे को माँ सहलाती है। "हम इस बारे में ज़रूर बात करेंगे, लेकिन आज नहीं... जल्द ही किसी और दिन जब आप होश में रहेंगे।"

"हा हा हा मैं सदैव ही होश में रहता हूँ।" मोहनबाबू ने लीला ने कन्धे पर सर टिका दिया।

"अच्छा तो अब खाना खा ले, आपको आज डोसा खाना था न।" लीला ने खाना प्लेट्स में लगा दिया।

"डोसा... ओह ठण्डा ही हो गया होगा। जानती हो मैं चाहता हूँ कि घर के पिछवाड़े में खड़ी अपनी राजदूत निकालूँ और तुम्हें उस पर बैठाकर बड़े तालाब के चक्कर काटूँ, जैसे ये आजकल के बच्चे काटते हैं अपनी महबूबा को पीछे बैठाकर।" मोहनबाबू ने कहा तो लीला की रंगत लाल हो उठी। मुस्कुराते हुए बोली–

"बुढ़ापे में आपको सारे शौक़ पूरे करने हैं।"

"दुनिया वालों की नज़रों में मोहब्बत तब भी बुरी थी, जब मैं जवान था, आज भी बुरी है जब मैं सठियाने की उम्र में हूँ। तब शौक़ पूरे नहीं कर सका, अब तो कर लूँ... सारे शौक़ पूरे किये बिना मरने नहीं वाला मैं, तुम देखना।" मोहनबाबू ने प्लेट उठायी और खाना खाने लगे। एक निवाला खाते ही रुके, फिर रूमानियत भरी नज़रों से लीला को देखने लगे। लीला ने ख़ुद पर नज़रें पायीं तो झेंप गयी।

"ऐसे क्या देख रहे हैं?"

"देख नहीं रहा सोच रहा हूँ।"

"क्या सोच रहे हैं?"

"तुमने एक बार ज़िक्र किया था कि तुम लिखती भी हो।"

"हाँ कभी–कभार, मन की बातें बस।"

"क्या लिखती हो? कविताएँ, शाइरी?"

"जो मन करे, कभी लिखा हुआ कविता जैसा लगता है, कभी यूँही बस मन का हाल।"

"तो दिखाओ मुझे भी।"

"नहीं, अब तक जो लिखा उस सब में कड़वी यादों की मिलावट है और वह सब मैं इसलिए लिखती थी, क्योंकि मेरे पास कोई नहीं था जिससे बात कर सकूँ, जिसे मन की सुना सकूँ। यहाँ आने के बाद आपसे मिलने के बाद लिखना छोड़ दिया।"

"मतलब मुझे तुम्हारा लिखा कभी सुनने–पढ़ने को नहीं मिलेगा?" मोहनबाबू ने मासूमियत से सवाल किया।

"अब आप ऐसी शक्ल बनाकर कहेंगे तो कैसे इनकार करूँगी?"

"तो लाओ दिखाओ, कहाँ लिखती हो।"

"आपको सुनाने के लिए मुझे डायरी उठाने की ज़रूरत नहीं।" लीला कुछ पल रुकी, "और प्लीज़ फिर कभी डायरी उठाने के लिए मत कहिएगा, मैं नहीं चाहती कि ज़िन्दगी में दोबारा कभी उतनी अकेली होऊँ कि कहने–सुनने के लिए किसी निर्जीव का सहारा लेना पड़े।"

"अगर ऐसा है तो कभी नहीं कहेंगे।" मोहनबाबू ने अपने होंठ सीते हुए कहा, "पर जो सुनाने वाली थीं, वो तो सुना दो, पहली और आख़री बार।" मोहनबाबू ने आँखों से गुज़ारिश की तो लीला ने आँखें मूँद लीं और कहना शुरू किया–

तुम नहीं जानते प्रेम को बाँधना
किसी निहित दिन या हफ़्ते की बेड़ी में
ना ही उबलता है प्रेम तुम्हारा
किसी वार्षिक उत्सव के नाम पर

तुम्हें याद नहीं रहता
दुनिया में हम–तुम आये कब थे
या मेरी माँग में सितारे तुमने
सजाये कब थे

तुम अक्सर ही भूल जाते हो
किसी नये लिबास में मेरी तारीफ़ें गढ़ना
या बनी–सँवरी मेरी काया के नाम
चाशनी में लिपटे क़सीदे पढ़ना

तुमने ख़रीदा नहीं मेरे नाम का
कोई तोहफ़ा ही कभी,
ना ही चमकी मेरी आँखों में
कभी अचरज भरी ख़ुशी
पर तुम जानते हो
शरीर से इतर मेरी आत्मा को तुष्ट करना
विपरीत घड़ियों में उपजी

मेरी असन्तुष्टि को सन्तुष्ट करना
तुम करते हो प्रेम एक लय में
एक जैसा, एक बराबर
हर मिनिट, हर घण्टे,
हर दिन, हर हफ़्ते
तुम मना लेते हो मेरे होने की ख़ुशी
बिना किसी तयशुदा दिन के
नहीं जीते तुम हमारे एक होने के हर्ष
तारीख़ें गिन–गिन के

तुम मुझे अहसास कराते हो
कि मैं सुन्दर हूँ हर रूप में
मैंने पाया है तुम्हारा चरम प्रेम
जब जी रही थी जीवन के
क्षण सबसे कुरूप मैं,

तुम देते हो तोहफ़े में अक्सर ही
मेरे लिंग के नाम पर बनी
बेड़ियों को आहुतियाँ
भर देते हो मेरे रोम–रोम को अचरज से
देकर नित–नयी विभूतियाँ

जब भी रुकी हूँ हताशा से
तुमने उत्साह से आगे बढ़ाया है
जब भी जकड़ा है रोष ने
तुमने प्रेम से शान्त कराया है

तुम समेट लेते हो
मुझे बिखरने से पहले
तुम कहते हो मन से
कि मन का हर काम कर ले

तुम फँसने नहीं देते मेरे ख़याल
छल और प्रपंच में
तुम खड़े हो सीना तान आगे यूँ
कि नहीं लुट पाती लुटेरों से रंच मैं

तुममें भौतिकवाद का दंश नहीं
और सुनो
तुम सा निराला दुनिया में
दूसरा कोई अंश नहीं।

लीला ख़ामोश हुई तो कुछ देर ख़ामोशी ही रही। लीला ने आँखें नहीं खोली थीं, तो मोहनबाबू ने सवाल किया, "अब ये भी बता दो कि ये किसके लिए लिखी थी? यक़ीनन ये न तो तुम्हारे पति के लिए है न ही मेरे लिए।"

"क्यों आपके लिए क्यों नहीं हो सकती?" लीला ने आँखें खोलते हुए सवाल किया।

"अभी वक़्त ही कितना हुआ है हमें मिले हुए और न ही मैंने तुम्हारी माँग में सितारे सजाये हैं न ही बहुत वक़्त ही साथ बिताया है।"

"यह बस उस काल्पनिक चरित्र के लिए कभी लिखी थी जिससे मुझे ऐसी उम्मीदें थीं। पर उम्मीदें तो उम्मीदें हैं, पूरी होना ज़रूरी तो नहीं। काश कि ऐसा कोई जीवन के यथार्थ में भी मिलता।" कहते हुए लीला ने गहरी साँस छोड़ी और मोहनबाबू की तरफ़ देखा।

"हाय! काश ऐसा कोई हमारी मोहब्बत में लिखता।" मोहनबाबू ने माहौल को बदलते हुए कहा।

लीला उनकी शरारती मुस्कान और आँखों में उमड़ती मोहब्बत देखकर बोली, "मोहब्बत रोग दिल का है, लेकिन लकवा दिमाग़ को मारता है, इसके लिए भी शहर के बाहर मकानों की कुछ दीवारें सफ़ेदी से ख़राब होनी चाहिए, लिखकर 'गुप्त रोग वाले यहाँ आकर मिलें'।"

लीला का इतना बोलना था कि देर तक मोहनबाबू के ठहाके उस कमरे में गूँजते रहे।

****

"मैडम जी वैन आ गयी है पोस्टमार्टम के लिए बॉडी भेजनी होगी।" दुबे आज लीला पर कुछ अधिक नरम, कुछ अधिक मेहरबान था। उसे अन्दाज़ा था शायद कि लीला की मोहब्बत का अन्त सुखद नहीं। वह सहानुभूति नहीं जता सकता था, लेकिन कुछ नरमाई तो बरत

ही सकता था; ये और बात है कि उसे मोहनबाबू से कई बार जलन हुई थी कि लीला उन्हें मिली, उसे नहीं।

दुबे ने टोका तो लीला आज में वापस आयी। उसे जब कुछ समझ नहीं आया तो बीते हफ़्ते की ही बात याद कर उसने एकाएक कहा, "मोनू और उसकी मम्मी दिखाई नहीं दे रहे?"

दुबे ने लीला को यूँ देखा मानो कह रही हो, वही तो था जो चिढ़ता था मोहनबाबू से, उसी ने मारा होगा, मारकर ग़ायब हो गया।

"हाँ कल शाम तक तो यहीं थे वे लोग, आज पता नहीं कहाँ गये... आप ज़्यादा ही सोच रही हैं मैडम जी, वो पागल क्या किसी को मारेगा।" कहते हुए दुबे ने लीला के शक को यूँ झाड़कर फेंक दिया मानो उसे यक़ीन है कि मोनू के बारे में सोचना सिवाय समय व्यर्थ करने के और कुछ नहीं। लीला भी उस समय शान्त हो गयी। उसके पास न कोई सुबूत था ना कोई ऐसी बात जिसकी बिनाह पर वह इलज़ाम लगा सकती, उल्टा इस समय वह ख़ुद ही उलझी हुई थी कि कल रात मोहनबाबू के साथ किसी को देखने वाली बात वह दुबे को बताये या नहीं।

बीते दिन से लेकर बीते हफ़्ते तक की पूरी रील रिवाइंड करने के बाद भी उसे कुछ ऐसा नहीं मिला, जिसके दम पर वह दुबे से कह सके कि मोहनबाबू को किसने मारा। हाँ लेकिन उसके दिमाग़ के घोड़े हर दिशा में दौड़ने लगे थे। उसे सबसे पहले उन चिट्ठियों का राज पता करना था। उस बस्तीसे जुड़े बच्चे और लड़की की कहानी भी पता लगाना चाहती थी, जिसका ज़िक्र मोहनबाबू ने किया था। वहीं से कुछ सुराग शायद हाथ लग पाते। रात किसे देखा था और वे लोग कौन थे यह उलझन उसके दिमाग़ में कई अक्स बना रही थी। अब उसे उन सभी अक्सों को धरातल में लेकर आना था और उन लोगों से मिलाना था।

चार

एम्बुलेंस से उतरकर कर्मचारी शव ले जाने लीला के सामने आकर खड़े हो गये हैं। फिसलते वक़्त को देख लीला का दिल फिर आज़र्दाह हुआ। चाहत मचली कि एक बार अपने मोहन का सर गोद में रखकर चीख़ ले, दहाड़ मारकर रो ले, ताकि बँधे अबसार आज़ाद हो सकें। उसका दिल चाहा कि उनकी हथेलियों में अपनी हथेलियाँ फँसा ले। लीला ने गले में कसती आँसुओं की डोर को ढील दी तो वे तेज़ धार बन बह निकले। उसका नसीब फिर अब्तर हुआ। अभी कुछ ही दिन तो हुए थे उसे इस नये संसार में ख़ुद को सजता–सँवरता देखते हुए। न जाने कितने सपने, कितनी ख़ुशियाँ उसने सहेजनी शुरू ही की थीं कि फिर एक बार लहराते हुए एक कैक्टस आया और उसके ख़यालों के गुब्बारे में काँटे चुभो गया।

"अब रोने से क्या होगा बेटा, जाने वाला तो चला गया।" लीला को मोहनबाबू का हाथ थामे बिलखता देख ठकुराइन ने लीला के कन्धे पर हाथ रखा। औरत चाहे कितनी ही चुगलीखोर हो, पितृसत्ता की पोषक हो, सीरत की तेज़ हो, लेकिन जब किसी दूसरी औरत को रोते–बिलखते देखती है तो क्षण में पिघल जाती है। ठकुराइन यूँ तो लीला को कतई पसन्द नहीं करती थीं। एक अधेड़ उम्र की औरत को यूँ खुल्लम–खुल्ला इश्क़ में पड़ते देखना, हुक़्क़े के छल्ले बनाते देखना उन्हें फूटी आँख नहीं सुहाता था। लेकिन आज लीला का संसार उजड़ा है, जैसा भी था, जो भी था वह जो मर गया लीला

के लिए सब कुछ था। बस इसी ख़याल ने शायद ठकुराइन को पिघला दिया और कुछ देर के लिए ही सही उन्होंने लीला के कन्धे पर सहानुभूतिपूर्वक हाथ रख दिया।

वार्डब्वॉय ने लाश को एम्बुलेंस में रखा। दरवाज़े बन्द हुए और कुछ ही देर में एम्बुलेंस गली से ओझल हो गयी। लीला के कानों में बस देर तक उसका सायरन गूँजता रहा।

लीला आँसू पोंछते हुए अपने घर की तरफ़ बढ़ गयी। अब उस जगह पर कुछ नहीं बचा था सिवाय चौक के उस सफ़ेद निशान के जो मोहनबाबू की लाश के चारों तरफ़ खींचे गये। उस पीली पट्टी के जो मोहनबाबू के घर को सील करने के लिए लगायी गयी थी और ख़ून के उन धब्बों के जो अब सड़क का अभिन्न अंग जान पड़ते थे। घर के दरवाज़े से भीतर घुसने से पहले लीला ने एक बार फिर उस ओर मुड़कर देखा मानो मोहनबाबू चाय पीने के लिए आवाज़ दे रहे हों।

पीड़ादायी होता है वह लम्हा जब फ़ोन करने को एक इन्सान भी न दिखे, जिसके आगे मन ख़ाली किया जा सके, जिसके आगे रोया जा सके। जिसके आगे हर सच ज़ुबाँ पे लाया जा सके। ऐसे इन्सान की तलाश में लीला को कुछ हाथ न लगा। उसका प्रेमी मर चुका है। तसल्ली या श्रद्धांजलि देने कौन है उसके पास वह न तिया कर सकती है न तेरहवीं। न फ़ेसबुक, व्हाट्सएप पर स्टेटस डाल सकती है कि उसने किसी को खो दिया है, किसी अपने को। सिवाय अपनी नाटक मण्डली की वसु के अलावा वह किसी को यह नहीं बता सकती कि वह ग़मगीन है। इन्सान को इतना भी अकेला नहीं होना चाहिए।

वसु यूँ तो लीला से घुली–मिली थी, लेकिन लीला के एकान्तप्रिय स्वभाव के कारण वह वसु से मन की बातें नहीं कह पाती थी। उनकी दोस्ती साथ कुछ समय बिताने, हँसी–ठिठोली करने तक ही सीमित थी।

घर के दरवाज़े पर खड़ी, दरवाज़े से अपना वज़न टिकाये लीला बस उस घर की ओर एकटक देखे जा रही थी, जहाँ से निकलने वाली ठहाकों की आवाज़ कुछ घण्टों पहले तक पूरा मुहल्ला गुँजा रही थी। जो घट चुका था उस पर यक़ीन कर पाना लीला को असम्भव जान पड़ता। वह रेंगते हुए सीढ़ियाँ चढ़ने लगी। अन्तिम सीढ़ी तक पहुँचकर वहीं निढाल हो बैठ गयी। मानो किसी ने उसकी सारी ताक़त खींच ली हो। आँखें मूँदे वह ग़म के दरिया में गोते लगाती कि दरवाज़े पर दस्तक हुई। घण्टी बजने के साथ आवाज़ आयी, "कुरियर है...कुरियर।"

इस आवाज़ ने लीला की हृदयगति बढ़ा दी। उसके लिए पहचानना कठिन नहीं था कि यह आवाज़ पहले कई बार सुनी गयी। आवाज़ से कुछ भिन्न अवश्य थी, मगर किसी ने इरादतन वही सुर पकड़ने की कोशिश की थी। वह बालकनी की ओर भागी। आँखों ने सड़क पर दायें–बायें टटोला। बायीं ओर के मोड़ पर एक आदमी शॉल लपेटे मुड़ता दिखा। वह चिल्लायी, "अरे कोई रोको उसे!" लेकिन उसे रोकने वाला गली में कोई नहीं दिखा। हत्या से सबके मन में भय व्याप्त है। सब घरों में दुबके हैं। ऐसे निपट सन्नाटे में लीला की पुकार कौन सुनता।

अगले ही क्षण वह फुर्ती से सीढ़ियाँ उतरी। दरवाज़े के नीचे से एक लिफ़ाफ़ा सरकाया गया था। उसने लिफ़ाफ़ा उठाया। उस पर न कोई पता था न ही कोई स्टाम्प। लिफ़ाफ़ा फाड़ा तो भीतर से एक पर्ची निकली। जिस पर लिखा था, "मारने वाला तुम्हारे आसपास ही है... सँभलकर रहना।"

लीला कुछ देर वहीं स्तब्ध खड़ी रही। "मतलब कोई ऐसा है जो जानता है कि चिट्ठियाँ आ रही थीं, या शायद वही है जो भेज रहा था।" लीला के दिमाग़ के घोड़े दौड़ने लगे। आस–पास के कई चेहरे उसके ज़हन में उतरे, मगर किसी पर भी उसका शक न ठहर सका, सिवाय मोनू के।

"मैं इसे मार दूँगा।" पिछली सुबह मोनू के कहे शब्द उसके कानों में गूँजे। उसने तय किया कि वह एक बार फिर दुबे से मोनू के बारे में कहेगी; अबकी दृढ़ता से।

****

कुछ ही देर में वसु भी वहाँ पहुँच गयी। घर के दरवाज़े का एक पल्ला खुला था। लीला वहीं नज़दीक एक हाथ में लिफ़ाफ़ा और दूसरे हाथ में पर्ची पकड़े बेसुध खड़ी थी। वसु के ऑटो की आवाज़ सुन उसने लिफ़ाफ़ा व पर्ची सलवार में खोंस लिया। वह इस समय वसु को कुछ नहीं बताना चाहती थी, जब तक वह ख़ुद यह गुत्थी न सुलझा ले।

"ये सब क्या है?" वसु ने पीछे से आकर लीला के कन्धे पर हाथ रखा। वसु का स्पर्श मिलते ही लीला उससे लिपट गयी। विरह और भय वसु के गले लगते ही आँसू बन बहने लगे।

"आख़िर बात क्या है? हुआ क्या है आप कुछ बताओगी?" वसु ने लीला के गालों को अपनी हथेलियों में लेकर पूछा तो लीला की सिसकियों ने और ज़ोर पकड़ लिया।"

"बाबूजी कहाँ हैं? ये सब क्या चल रहा है उनके घर के बाहर?"

"वो चले गये वसु... मुझे फिर अकेला कर गये।" लीला बस इतना ही कह पायी।

मोहनबाबू के घर पर पीली पट्टी से सील, ज़मीन पर बना सफ़ेदी से लाश का घेरा, मुहल्ले वालों की खुसर–पुसर से वसु को इतना तो समझ आ ही गया था कि कुछ सन्दिग्ध मामला है लेकिन क्या? यह उसे लीला के कहने के बाद कुछ–कुछ समझ आया। वसु लीला को लेकर ऊपर आ गयी। उसे पानी दिया।

लीला सोफ़े पर लुढ़की तो वसु उसके पास बैठ गयी। वसु ने लीला के कन्धे पर आश्वस्ति भरा हाथ रखा। अपनत्व की गर्माहट मिलते ही लीला ने वसु की गोद में सर रख लिया। ख़ामोश माहौल में देर तक उसकी सिसकियाँ गूँजती रहीं। वसु चुपचाप लीला के

बाल सहलाती रही। वह लीला का स्वभाव जानती थी, इसलिए इससे अधिक वह न कुछ पूछ पायी कि "क्या हुआ था?" और लीला भी इससे अधिक कुछ न बता पायी कि "किसी ने कल रात उन्हें मार दिया।"

कुछ देर तक दोनों यथास्थिति बैठी रहीं, फिर वसु ने टेबल पर चाय के दो कप लाकर रख दिये। उसने लीला से भी ज़बरदस्ती की, "भूखे पेट रहने से बाबूजी लौट तो नहीं आयेंगे, कुछ तो खा–पी लो, आपको दवाइयाँ भी खानी हैं।" वसु की मिन्नतों पर लीला ने बमुश्किल कुछ घूँट पानी के गटके। चाय तो उसके हलक से न उतरी। वसु ने ही ख़ामोशी के उस माहौल में दो कप चाय पी डाली। लीला फ्लोर–सोफ़े पर लेटी हुई थी। उसके सर के नीचे रखा मसनद आँसुओं से भीग गया। कुछ आँसू गाल पर भी सूखकर धार के निशान छोड़ गये। वसु सामने वाले सोफ़े पर किसी मैगज़ीन को अपने ऊपर औंधे रखे अधलेटी पड़ी रही। इसके अलावा दोनों के बीच कोई संवाद नहीं हुआ। समय चुप्पी साधे बढ़ता रहा।

ख़ामोशी के इस माहौल में दोनों की तन्द्रा तब टूटी, जब वसु का फ़ोन बजा। रिंगटोन तेज़ होने की वजह से सन्नाटे में ज़्यादा कर्कश लगी। वसु ने झट से फ़ोन साइलेंट किया और लीला की ओर देखकर "काम का नहीं है" कहकर फ़ोन उल्टा करके रख दिया। कुछ देर बाद फ़ोन फिर बज उठा। उसके बाद जब तीसरी बार बजा तो वसु ने फ़ोन उठाकर डपटते हुए कहा, "फ़ोन नहीं उठा रही हूँ तो समझना चाहिए कि मैं अभी बात नहीं कर सकती, तुम अभी रहने दो मैं देख लूँगी।" कहकर उसने फ़ोन काट दिया।

वसु ने देखा कि लीला उसे ही सवालिया नज़रों से देख रही है, "क्या बात है? कोई काम है तो तुम निकल जाओ।"

"अरे नहीं ऐसी कोई बात नहीं, वो ऑटो का कुछ काम कराना था, एक को बोला था देखने, मैं बाद में देख लूँगी।" वसु ने लीला को आश्वस्त किया। लीला कुछ और पूछती या वसु कुछ कहती इससे पहले ही घण्टी बज उठी।

मोहनबाबू के ख़यालों में गुम लीला उस घण्टी की आवाज़ से यूँ चहककर उठी मानो घण्टी उन्होंने ही बजाई हो।

"अरे मैडम जी!" घण्टी के साथ ही दुबे ने आवाज़ लगाई तो लीला का क्षणभर का हर्ष मर गया। वह उठकर बालकनी तक आयी। दुबे ऊपर ही देख रहा था, बोला, "बॉडी... मेरा मतलब है बाबूजी को अस्पताल से ले आये हैं, क्रियाकरम की तैयारी होनी है, आप भी आ जायें।"

दुबे ने कहा तो लीला ने हाँ में गर्दन हिलायी। एक नज़र फिर मोहनबाबू के घर की तरफ़ देखा जहाँ एम्बुलेंस से सफ़ेद कपड़े में लिपटी मोहनबाबू की लाश को उतारा जा रहा था।

लीला को फिर अपने भीतर सुइयाँ चुभती महसूस हुईं। पिछले तीन घण्टे में धीमे–धीमे शान्त हुआ विरह का लावा फिर खौलने लगा। गला फिर रुँधने लगा। वसु ने उसे पीछे से आकर सँभाला। दो घूँट पानी पिलाया और कुछ देर बाद लीला को थामे मोहनबाबू के घर के बाहर लगी भीड़ को चीरते हुए सबसे आगे जाकर दोनों खड़ी हो गयीं।

दो मिनिट वहाँ खड़े रहने के बाद लीला मोहनबाबू के घर के चबूतरे पर जाकर बैठ गयी। मर्द की अर्थी की तैयारी में यूँ भी औरत के लिए कोई काम इस समाज ने निहित नहीं किया है। सम्भवतः इसलिए कि उन्हें छाती पीटकर शौक़ की रस्म अदायगी के लिए चुना गया है, ताकि वे यह अन्तर्निहित कर सकें कि उनका भार उठाते मर्द के गुज़र जाने से अब वे बेसहारा हो गयी हैं न कि वे निर्लिप्त होकर जाने वाले की अन्तिम यात्रा से भविष्य के लिए कुछ ढाढस बाँध सकें या वैराग्य जी सकें।

"मैडम जी अन्तिम दर्शन कर लें।" कहते हुए दुबे ने एक नारियल लीला की तरफ़ और एक वसु की तरफ़ बढ़ा दिया। वसु की आँखों में भी आँसू छलछला आये। वह लीला के साथ उठी और मोहनबाबू की अर्थी की फेरी देकर नारियल चढ़ाकर पैर छू लिए।

लीला अभी पैर छूकर उठी ही थी कि बगल में एक लम्बा–चौड़ा आदमी हाथ जोड़कर खड़ा हो गया। उसके पीछे दस–बारह और लोग हाथ जोड़े खड़े थे। उस आदमी ने झक सफ़ेद कुरता–पायजामा पहना था। उसके कुरते के गले में एक काला चश्मा लटका था। उसके हाथ में सोने का कंगन चमक रहा था। लीला ने बैठे–बैठे ही सर उठाकर देखा तो हाव–भाव से कोई नेता लगा।

"लो आ गया सपोला, नौटंकी देख लो अब सब इसकी।" उस आदमी को देख कल्लू घुन्नाया

"नौटंकी तो तुम बहुत अच्छी कर रहे हो, रास्ता तो तुम्हारा साफ़ हुआ है।" उस आदमी ने कल्लू से कहा।

"तेरे जैसा हरामी..." कल्लू आगे कुछ और कहता, इससे पहले ही ठकुराइन ने उसका हाथ पकड़ लिया। लीला उन दोनों के बीच हुई इस बात को समझ नहीं पायी थी, लेकिन वहाँ पूछती किससे? वह उठकर एक तरफ़ खड़ी हो गयी। उस आदमी ने और उसके साथ वालों ने अपने साथ लाये हुए नारियल चढ़ाये, फेरी दी, फूल चढ़ाकर सब पैर छू–छूकर एक तरफ़ खड़े होते गये।

वह सफ़ेद कुरते–पायजामे वाला आदमी लीला की तरफ़ बढ़ा और हाथ जोड़ते हुए सवालिया अन्दाज़ में बोला, "आप शायद लीला जी हैं।"

"जी।" लीला के उत्तर में असहजता को भाँपते हुए वह व्यक्ति आगे बोला।

"आप मुझे नहीं जानतीं; जब से आप इस गली में आयी हैं मेरा इधर चक्कर नहीं लगा, मैं यहाँ का पार्षद हूँ, राजेश ओझा।"

"अच्छा।" लीला ने बस इतना ही उत्तर दिया। उसके दिमाग़ में चल रहे हज़ारों शक्की विचारों में एक और नाम जुड़ गया। जिसने पच्चीस सालों बाद मोहनबाबू से उनकी कुर्सी छीनी हो वह भी तो उनका हत्यारा हो सकता है। इस डर से ही मरवा दिया हो कि कहीं दोबारा मोहनबाबू चुनाव के मैदान में न उतर आयें।

"यदि आप सोच रही हैं कि मैंने बाबूजी को मारा या मरवाया तो अपने दिमाग़ से यह बुरा ख़याल निकाल दीजिएगा; वो मेरे पिता समान थे, मेरी जीत पर उनसे ज़्यादा ख़ुशी किसी और को नहीं थी।" राजेश ने वहाँ खड़े सभी लोगों की तरफ़ इशारा करते हुए कहा, "पूछ लीजिए यहाँ खड़े सभी लोगों से कि जीत के बाद उन्होंने ख़ुद कहा था कि मैंने उन्हें राजनीति के दलदल से बाहर निकालकर बड़ा नेक काम किया है और मुझे अपने बाद यहाँ का कर्ता-धर्ता देखकर वे बड़े ख़ुश हैं।"

लीला ने एक नज़र दुबे पर डाली। दुबे ने हामी में मुण्डी हिला दी। दुबे की हामी ने लीला के मन में उठे शक को तात्कालिक विराम दिया। लीला को अजीब लग रहा था कि यह आदमी जिसकी मौत पर आया है, उसके बारे में बोलने की जगह अपनी ही तारीफ़ करता जा रहा है।

"मैं कोई कसर नहीं छोड़ूँगा क़ातिल को पकड़वाने में, आप निश्चिन्त रहियेगा।" राजेश ने चुनावी वादों के अन्दाज़ में वादा किया। फिर आगे बोला, "बाबूजी बड़ा मानते थे आपको, जब भी बात हुई आपका ज़िक्र ज़रूर हुआ। बड़े भले इन्सान थे, हमेशा दूसरों के लिए जिए, अपना घर तक नहीं बसाया। उनसे तो आज की पीढ़ी को प्रेम करना सीखना चाहिए, जिससे प्रेम किया उसी की यादों के सहारे जीवन बिता दिया, कभी किसी दूसरी औरत की तरफ़ आँख उठाकर नहीं देखा...।" लीला की तीखी निगाह पड़ते ही राजेश ने ख़ुद को रोका, "मेरा मतलब है आपसे पहले; बड़े भले व्यक्ति थे।" इतना कहकर वह एक तरफ़ हो गया। लीला को लगा किसी ने उसके सीने में नश्तर घोंपा हो। किस तरह पकी उम्र के प्रेम पर हर व्यक्ति मन-मर्ज़ी की बात थोप जाता है। लीला के लिए मोहनबाबू की प्रेमिका के बारे में जानना कोई नयी बात नहीं थी। लीला से मुलाक़ात के शुरुआती दिनों में ही जब लीला ने "आपकी फैमिली नहीं है? आपने शादी क्यों नहीं की?" जैसे सवाल किये तो मोहनबाबू ने

"एक लड़की आयी थी जीवन में, शादी की उम्र थी लेकिन उससे शादी हो नहीं सकी।" इस पर लीला ने जब "क्यों?" पूछा तो मोहनबाबू ने मुस्कुराकर कह दिया, "कभी फुर्सत से बताऊँगा।" उसके बाद छह महीने में उन्हें कभी वह फुर्सत मिली नहीं। हाँ बस थोड़ा–थोड़ा कुरेदकर उसे इतना हाल मिल गया था जो थी, वह उस बिरादरी से थी जिसे समाज सभ्य नहीं मानता। मगर उस प्रेम के सम्मान और उसकी याद में मोहनबाबू ने भी तीन दशक अकेले बिता दिये। इसके आगे लीला ने जब भी यह बात उठाने की कोशिश की, मोहनबाबू कह देते, "लम्बी कहानी है, अतीत को कुरेदने में बड़ी तकलीफ़ होती है, तुम्हारे साथ ये सुन्दर समय जी रहा हूँ, अतीत में मत धकेलो।"

मोहनबाबू की इस बात पर लीला आगे कुछ नहीं कह पाती। अतीत की पीड़ा से बार–बार गुज़रना कौन चाहेगा, वह स्वयं भी नहीं। यही सोचकर उसने फिर उस बात को उठाना ही बन्द कर दिया। राजेश के कहने पर लीला को बड़ी कसक हुई कि कितनी ही बातें वह नहीं जान पायी। उसे कहाँ पता था कि इतना कम समय मिलेगा साथ का। उन दोनों ने तो कितने ही सपने देख डाले थे। उसकी आँखों से फिर आँसू ढुलक आये। दुबे ने अब तक अर्थी ले जाने की व्यवस्था बना दी थी। बे–परिवार व्यक्ति के लिए भी भीड़ जुट गयी थी। कुछ मिनिट "राम नाम सत्य है" की आवाज़ लीला के कान में गूँजती रही, जिनके साथ ही मोहनबाबू सदा के लिए ओझल हो गये। कुछ देर उसी चबूतरे पर बैठे रहने के बाद लीला घर जाने को उठी ही थी कि उसे गली के नुक्कड़ से दीवार की ओट में झाँकता एक चेहरा दिखा। लीला के माथे पर बल पड़ गये। उसने आँखें गड़ाईं मगर वहाँ कोई न दिखा। लीला ने उस ओर क़दम बढ़ाये तो वसु ने टोका, "क्या हुआ, वहाँ क्यों जा रही हैं?"

"मुझे ऐसा लगा जैसे मैंने उसे देखा।" लीला बोली।

"किसे देखा?" वसु ने उस ओर नज़र गड़ाते हुए पूछा।

"किसी को नहीं।" लीला ने न में हाथ हिलाते हुए वसु से कहा और घर की तरफ़ बढ़ गयी। वसु सन्देह से गली के नुक्कड़ की ओर देखती रही। फिर वह भी लीला के पीछे–पीछे घर की ओर बढ़ गयी। वह जब घर में घुसने लगी तो लीला ने उसे रोक दिया, "तुम अब काम पर जाओ, ऑटो का काम भी कराना है, मैं कुछ देर अकेली रहना चाहती हूँ।"

लीला का स्वभाव जानते हुए वसु ने कोई सवाल नहीं किया। वह स्वयं भी कुछ उलझ रही थी। इस पूरी घटना ने उसके मन में सन्देह का बीज बो दिया था। "बस आप कुछ खा लीजिएगा।" कहकर उसने लीला को गले लगाया और चुपचाप ऑटो स्टार्ट करके निकल गयी। वसु के जाते ही लीला तेज़ क़दमों से गली के नुक्कड़ तक गयी। उसने यहाँ–वहाँ घूमकर सब जगह देखा, लेकिन उसे वह लड़का नहीं दिखा। "मेरा वहम ही होगा फिर" लीला ने ख़ुद से कहा। उसने इधर–उधर नज़र दौड़ायी कि उसे मुहल्ले का कोई देख तो नहीं रहा। ठकुराइन उसे इस तरह यहाँ–वहाँ कुछ ढूँढ़ते देख रही थीं। उनकी आँखों के तीखेपन ने जतलाया कि उन्हें लीला पर शक है। लीला नज़रें झुकाकर तेज़ क़दमों से घर में घुस गयी।

घर आकर उसने एक बार फिर बालकनी से झाँका, मानो वह लड़का उसे दिख ही जायेगा। लेकिन वहाँ कोई नहीं था। "वहाँ कोई तो था" गहरी साँस भरते हुए वह सोफ़े पर आकर पसर गयी है। उसने कुछ देर पहले सलवार में खोंसी वह पर्ची निकाल फिर पढ़ी तो झुरझुरी आ गयी। "तो क्या कोई मुझे भी मारना चाहता है?" मन में बैठा भय बोला, "या फिर ये इशारा है कि मैं हत्यारे की खोज न करूँ।"

"सब भुला दूँ चुपचाप।" उसके दिमाग़ की नसों में खिंचाव हुआ। हर तरफ़ देखने, हर तरह से सोचने के बाद भी उसे कोई ऐसा व्यक्ति नहीं दिखा जिस पर यक़ीन से इलज़ाम थोप सके। वह लड़का, मोनू, राजेश ओझा यही तीन लोग उसके दिमाग़ में आते–जाते रहे,

मगर किसी नतीजे पर न पहुँच सकी। उसने खीझकर पर्ची लिफ़ाफ़े में रख दी। लिफ़ाफ़ा सोफ़े की गद्दी के नीचे दबा दिया।

अब वह कुछ देर अजाब का नशा करना चाहती है जिसकी उसे लत है। दुःखी रहना भी शौक़ हो सकता है। अपने दुःख को कुरेदते रहना भी शौक़ हो सकता है। यह शौक़ ज़िन्दगी ने लीला के हिस्से दिया।

उसके दिमाग़ में अतीत और वर्तमान के इतने टुकड़े बिखर गये। मोहनबाबू से जुड़े तार खोजते–खोजते वह घूमकर उसी जगह आ खड़ी हुई जहाँ उसे फ़िर अकेलेपन ने कचोटा। मोहनबाबू जा चुके हैं। अरसे बाद उसके जीवन में आयी ख़ुशी भी क्षणभर को न टिक पायी। वह हिसाब लगाना चाहती है अब तक मिले दुःखों का। शायद कोई कम हो, शायद कोई ऐसा हो जिसके बूते वह यह सोच सके कि अब जो मिला वो पिछले वाले से शायद कुछ कम है।

दुनिया में ऐसे मामले अपवाद की तरह ही देखने को मिलते हैं, जिनमें माँ अपने ही किसी बच्चे से पैदा होते ही बैर–सा बाँध ले। उसे पाले–पोसे, सारे काम करे मगर मोह न बँधे। अब इसे पिछले जन्म के कर्मों का फल कह लीजिए या वर्तमान में उपजी किसी सामाजिक या घरेलू परिस्थिति की उपज। लीला और उसकी माँ का रिश्ता भी इन्हीं अपवादों में से एक था।

लीला ने जबसे होश सँभाला तब से उसके दिमाग़ में एक सवाल बार–बार गूँजता कि आख़िर मुझसे ऐसी कौन–सी ग़लती हुई जिसकी वजह से मम्मी मुझसे नाराज़ रहती हैं। लीला से कम और उसकी बड़ी बहन से ज़्यादा प्यार करती हैं। लीला को ऐसा लगता जैसे उसका सारा जीवन अपनी माँ को ख़ुश करने में ही बीत जायेगा। वह कोई भी काम बहुत फूँक–फूँककर करती, दोस्त भी बनाती तो पहले सोचती कि कहीं इनके साथ रहने से मम्मी को बुरा तो नहीं लगेगा। प्यार मोहब्बत तो बहुत दूर की बात थी उसके लिए वह कभी लड़कों को अपने गिर्द भी नहीं भटकने देती।

अपनी तरफ़ से भरसक कोशिशें करने के बावजूद वह माँ के उतने क़रीब या उतनी प्रिय नहीं बन पायी जितनी उसकी बड़ी बहन थीं। बड़ी भी क्या ऐसा कोई उम्र का बहुत अन्तर नहीं था। डेढ़ साल का अन्तर भी भाई–बहिनों में कोई बड़ा अन्तर थोड़ी होता है। लीला को कहीं–न–कहीं लगता कि माँ की उसके प्रति नाराज़गी की इकलौती वजह यह थी कि वह एक 'एक्स्ट्रा औलाद' थी। बड़ी बहिन के बाद जहाँ एक बेटे की ख़्वाहिश थी, वहाँ लीला के हो जाने से बेटे के लिए एक और बच्चे को पैदा करना पड़ा। निम्न मध्यमवर्गीय परिवारों का 'एक्स्ट्रा औलाद' पैदा करना ख़ुद ही अपनी जेब काटना है। लेकिन क्या करें बेटा तो स्वर्ग की सीढ़ी है, उसके बिना जन्म कहाँ सफल होते हैं। इसलिए लीला के दस साल बाद बेटा हो तो गया लेकिन उन दस सालों तक उसकी माँ को जो 'दूजी की जगह बेटा ही जन देती' के ताने सुनने पड़ते और उसके पिता को दूसरी बेटी के दहेज की जो चिन्ता सताई उसने जाने–अनजाने लीला की तरफ़ उनका रुख कड़ा कर दिया, जो जीवनभर फिर कभी नहीं बदला।

बड़ी बहन इसलिए प्यारी थी क्योंकि पहली औलाद थी। छोटा भाई इसलिए प्यारा था, क्योंकि वह दो बेटियों के बाद हुआ था। लेकिन लीला उसके क्या फायदे थे? हिन्दुस्तानी माँ बाप के लिए बच्चों से बड़ा इन्वेस्टमेंट कोई नहीं होता। हर बच्चे से हजारों उम्मीदें और उन उम्मीदों से हजारों फायदे बच्चा पैदा होते ही जुड़ जाते हैं। हम जहाँ सोचते हैं कि माँ के लिए हर औलाद बराबर होती है यह स्टेटमेंट किसी फोरेंसिक एक्सपर्ट की तरह "नियर टू एब्सोल्यूट रिजल्ट" होता है 'विथ सम परसेंट ऑफ एरर'। हर माँ का अपने सभी बच्चों में कोई एक बहुत प्यारा, बहुत ज़्यादा क़रीब होता। यहाँ यह कहना भी ग़लत होगा कि माँ अपने बाक़ी बच्चों से प्यार नहीं करती, पर ये कहना भी ठीक होगा कि शायद वह अपने किसी एक बच्चे पर अधिक न्यौछावर करती है या उसके प्रति थोड़ी ज़्यादा सरल होती है, बाक़ी तो माँ का दिल जाने।

लीला के नसीब में माँ की गोद भी थी और पिता का साया भी, मगर वह उनके सुख से वंचित रही। इसके कुछ तो कारण होंगे, जिन्हें आज लीला खोजने बैठी है। कमरे में नाइट लैम्प की हल्की पीली रौशनी है। जिसमें लीला के बिस्तर पर बेडशीट में बने लाल–सफ़ेद फूल उभरकर दिख रहे हैं। यह लीला की पसन्दीदा बेडशीट है। जब मन परेशान हो और कुछ सोचना ना चाहे तब इन फूलों को गिनते रहना ही उसके लिए उबासियों को ललचा लाता है। आज भी वह इन्हें गिनकर सो जाना चाहती है, लेकिन वे फूल लीला की पुरानी डायरियों और पुराने एलबम्स के नीचे दब गये हैं। लीला एक–एक कर हर बात का हिसाब लगा रही है। जैसे चित्रगुप्त को सामने बैठाकर अपने जीवन की बही खोल रही हो और पता कर रही हो कि आख़िर वे कौन–सी ग़लतियाँ रहीं जिसकी वजह से क़िस्मत ने हमेशा ही उस पर वज्रपात किया।

उसके सामने बचपन की कुछ तस्वीरें पड़ी थीं। बहुत ही गिनती की तस्वीरें ऐसी थीं जिनमें वह सबके साथ हो। तस्वीरें खिंचाते वक़्त उसके साथ होने न होने की परवाह नहीं की जाती थी। अक्सर ही जब वह स्कूल गयी होती या सहेली के घर गयी होती तभी पापा स्टूडियो जाते तस्वीरें खिंचाने। वैसे भी तस्वीरें लेने का यह सिलसिला भाई की पैदाइश के बाद शुरू हुआ था। उसके बाद ही मम्मी–पापा को लगा कि अब परिवार की तस्वीरें होनी चाहिए। भाई के बचपन की तस्वीरें होनी चाहिए, निर्वस्त्र बाल कन्हैया सी तस्वीरें होनी चाहिए। बचपन में नंगी तस्वीरें खिंचाए बिना तो शायद ही भारत का कोई लड़का बड़ा हुआ हो। तस्वीरों में ख़ुद को सबसे अलग–थलग पाकर उसके कानों में अपनी माँ की आवाज़ें गूँजने लगी हैं। न जाने कितनी ही एक समान रातों सी वह रात भी थी। हर रात की ही तरह भीतर वाले कमरे में लीला की बड़ी बहन मम्मी के बगल में लेटी थी। पापा ड्यूटी पर गये थे। और लीला बैठक में सोने का नाटक कर रही थी। हर रोज़ चादर से मुँह ढाँककर वह ये नाटक खेलती ताकि मम्मी

और दीदी उसे सोया जानकर अपनी बातें कर सकें जिन्हें वह सुन सके। पीड़ा में भी एक नशा है। इन्सान को पता होता है कि वह जो सुन रहा है, देख रहा है उसमें उसे तकलीफ़ होगी फिर भी वह वहाँ उपस्थित रहता है। बचपन तो इतनी भोली उम्र होती है कि ऐसे न जाने कितने ही नशे करा देती है। लीला के कान उड़कर भीतर वाले कमरे के दरवाज़े से सट गये थे। उसे शब्दशः सब सुनाई दे रहा था, वे बातें जिनमें कुछ भी नया नहीं था–

"इस मनहूस की शक्ल देख लो तो दिनभर तुम्हारे पापा से डाँट खाती हूँ।" मम्मी की आवाज़ में वह तल्खी आज भी लीला को भीतर तक भेद जाती है।

"आज फिर बाबू को खिलाने की जगह जाने क्या फ़ालतू के कामों में लगी थी मम्मी।" बड़ी बहन ने मम्मी के नीम पर करेला चढ़ाते हुए कहा।

"भाई से तो इतना चिढ़ती है... जाने कहाँ से पैदा हो गयी ये।" मम्मी ऐसा कहकर अक्सर ही अपनी कोख को कोसतीं।

"मेरी तो कोई बात नहीं सुनती मम्मी; मैं जो काम करने को कहती हूँ उससे बिल्कुल उल्टा करती है।" बड़ी बहन ने कहा तो लील। का मन हुआ कह दे तुम कभी कोई काम करती भी हो, सारा दिन सिर्फ़ हुकुम चलाती हो।

"मुझे तो शकल देखकर ही गुस्सा आता है... जाने ये मर क्यों नहीं जाती।" मम्मी ने हर रोज़ की तरह अपना क्लोजिंग आर्गुमेंट दर्ज कराया और छोटे भाई को सुलाने लगीं। बहन भी मम्मी के पेट पर हाथ रखकर सो रही।

यूँ तो उस रात कही गयी कोई भी बात ऐसी नहीं थी जिसे दूसरे शब्दों में लीला ने पहले नहीं सुना हो, लेकिन उस दिन... उस दिन लीला का मन भर आया। वह देर तक चादर में मूक आँसू बहाती रही। सुबकती रही। आवाज़ निकाले बिना रोने की कला में तो वह पारंगत हो गयी थी। उस दिन लीला ने सोचा कि आये दिन खाने वाली इस उलाहना से, कुढ़न से, तानों से ख़ुद को आज़ाद कर दे।

घड़ी में रात के सवा दस बज रहे थे। पापा तो नाइट ड्यूटी पर थे। मम्मी और बहन सो चुके थे। वह उठी और बहते आँसुओं के साथ घर से निकल गयी। बारह वर्ष की नन्ही उम्र में जब लड़कियाँ अपने शरीर में हुए नये बदलावों को, छाती पर आये नन्हे उभार को, मासिक पीड़ा को और जीवन में पहली बार किसी पुरुष की तरफ़ आकर्षण महसूस करना शुरू करती हैं। उस उम्र में लीला यह समझने की कोशिश कर रही थी, उसे ट्रेन से कटकर मरना चाहिए या पानी में डूबकर।

वह रोते हुए बुदबुदाती, नंगे पैर चलती जा रही थी, "मम्मी मुझे तो कभी नहीं सुलातीं अपने पास... मुझे तो कभी अपने पेट पर हाथ रखकर नहीं सोने दिया... तो क्या हुआ अगर मैं दीदी को कुछ बोल देती हूँ... ख़ुद तो कुछ काम करती नहीं, बस पूरे दिन हुकुम चलाती रहती है... न ख़ुद पढ़ती है न मुझे पढ़ने देती है... सारा काम मैं करती हूँ और डाँट भी मैं ही खाती हूँ... इतनी ही बुरी लगती हूँ मैं तो मुझे पैदा ही क्यों किया।" लीला बड़बड़ाती जा रही थी। वह सोच रही थी कि आख़िर उसका गुनाह क्या है। आँसुओं से उसकी आँखें धुँधला गयी थीं। रास्ता समझने के लिए उसे हर दूसरे पल में आँसू पोंछने पड़ते ताकि कुछ दिखाई दे सके, जीवन के आगे तो अँधकार पसरा था।

इस बार जब आँसू पोंछे तो उसे कुआँ दिखाई दिया। उसने सोचा इसी में कूदकर मर जायेगी। कुएँ की मुँडेर पर चढ़ी तो नीचे घुप्प अँधेरा देखकर बाहर कूद गयी। नन्हा मन मृत्यु के जिस अँधकार में डूबने निकला था, वह पानी का अँधेरा देख सहम गया। उसे लगा पानी में डूबकर मरना मुश्किल होगा, तड़पना पड़ेगा। वह तड़पकर नहीं मरना चाहती। क्यों न ट्रेन से कटकर मरे! हाँ यही ठीक रहेगा... एक बार में काम तमाम। यह सोचते हुए वह कुएँ को छोड़ आगे बढ़ गयी। चन्द क़दम की दूरी पर ही रेलवे ट्रेक था। वह आगे बढ़ी तो फिर एक बार अँधेरा ही अँधेरा हर तरफ़ दिखा।

सामने दिखा इमली का वही पेड़ जिस पर रहने वाली चुड़ैल की कहानियाँ उसकी सहेली चटखारे लेकर सुनाती। उसे अँधेरे में कुछ काली–सफ़ेद परछाइयाँ दिखने लगीं। लगा मानो कोई दैत्य ही उसके सामने आ गया हो। वह वहीं ठिठककर खड़ी हो गयी।

"जय हनुमान ज्ञान गुण सागर, जय कपीश तिहुँ लोक उजागर" बुदबुदाते हुए उसने उलटे क़दम बढ़ाये और ऐसी दौड़ी कि सीधे घर के दरवाज़े पर आकर रुकी। "हे भगवन् आज तो बचा लिया वरना उस इमली के पेड़ की भूतनी खा ही जाती।"

कुछ डर, कुछ साहस और कुछ ख़ुद पर ही हँसी के साथ लीला घर में दाख़िल हुई और चुपचाप जाकर अपनी चादर में सो गयी। वह जानती थी कि उसके आने या जाने की किसी को ख़बर नहीं लगेगी। किसी को ख़बर रखनी भी नहीं थी। मम्मी और बहन बेफ़िक्र होकर सो रहे थे। वह लेटी तो पहले ख़ुद पर ही मुस्कायी, "क्यों लीला जी आत्महत्या करने गयी थीं, भूत से डरकर वापस आ गयीं...।" मन ने जब खिल्ली उड़ायी तो लीला बुदबुदायी, "वो तो अँधेरा था, अँधेरा न होता तो मैं आज पक्का मर जाती।" वह बोली और कुछ ही देर में मन–मस्तिष्क की बातें सुनते–सुनते सो गयी।

अगली सुबह जब लीला उठी तो उसने हनुमान जी के आगे हाथ जोड़े और दृढ़ संकल्प लेते हुए बोली, "थैंक यू भगवन् कल उस भूतनी से बचाने के लिए, लेकिन मैंने सोच लिया है, अब मैं नहीं जाने वाली मरने के लिए... अँधेरे–वँधेरे से नहीं डरती मैं... वो तो बात ये है कि मैं क्यों मरूँ? जिसे मुझसे तकलीफ़ है वो मरे... मैं तो अपनी मर्ज़ी से जिऊँगी।"

उस दिन के बाद से लीला ने मरने का ख़याल छोड़ दिया। अब इसे बालमन का अँधेरे का डर कह लो या फिर सबसे लड़कर जीने की ज़िद। लीला ने ठान ली थी कि अब वह किसी की परवाह नहीं करेगी।

वैसे रमज़ी असीम साहब ने ख़ूब कहा है–

कुछ अपनी फ़िक्र न अपना ख़याल करता हूँ
तो क्या ये कम है तिरी देखभाल करता हूँ
मिरी जगह पर कोई और हो तो चीख़ उठे
मैं अपने आप से इतने सवाल करता हूँ
अगर मलाल किसी को नहीं मिरा न सही
मैं ख़ुद भी कौन सा अपना मलाल करता हूँ
ये चाँद और सितारे रफ़ीक़ है मेरे
मैं रोज़ इन से बयाँ अपना हाल करता हूँ
तुम्हारी याद भी आती है अब मुझे कम कम
तुम्हारा ज़िक्र भी अब खाल–खाल करता हूँ

कई नग़्मे ऐसे लिखे जाते हैं जिन्हें पढ़कर या सुनकर लगता है वह हमारे लिए ही लिखे गये हैं। हमारे ही हाल पर लिखे गये हैं। लीला का जीवन भी ऐसा ही तो था। उसका हाल भी रमज़ी साहब के इस नग़्मे जैसा ही था। उसके जीवन में भी उस रात के बाद एक बदलाव आया कि उसने अकेले होना स्वीकार लिया। ख़ुद के लिए खड़े होने का निर्णय ले लिया था। इन्सान जब ख़ुद के बचाव में खड़ा हो जाये तो कोई हुकूमत उसे हरा नहीं सकती।

लेकिन जब लड़ाई अपनों से ही हो, तब इन्सान बाहर से मज़बूत दिखने का नाटक भले कर ले, भीतर से पल–पल पिघलता है। जीवन के इस कड़वे सच से लीला कैसे बच जाती। चुभन और टीस उसका पीछा नहीं छोड़ते। बचपन के ज़ख़्मों में जब फिर से टीस उठी तो आँसू बह निकले जो उसकी डायरी के पन्नों पर दर्ज यादें मिटा देना चाहते थे। लीला ने डायरी उठा ली। तारीख़ पर उँगलियाँ फेरने लगी तो लगा दीवार घड़ी ने उल्टा पहिया घुमाकर उसे उस कमरे में ला खड़ा किया जहाँ से उसने जीवन की दूसरी पारी शुरू की थी।

विदा होकर जब सपने, उम्मीद और ख़्वाहिशों की पोटली बाँधे लीला ससुराल पहुँची, तो उसे फ़िल्म ट्रेलर के ठीक उलट दिखी।

उसके सामने रईसी और अपनेपन की जो तस्वीर बनायी गयी थी, उसके सारे रंग नक़ली थे। लीला को लगा जैसे किसी ने ज़ोर से पानी उसके मुँह पर दे मारा हो और उसे सपनों से जगाकर यथार्थ की कठोर ज़मीन पर लाकर पटक दिया हो। सास–ससुर उतनी ही सिकुड़ी हुई मानसिकता के थे, जितने उन दिनों एक सामान्य उत्तर भारतीय सास–ससुर हो सकते थे। घर में बहू का आना उन्हें एक नयी, जवान नौकरानी का आना लगता जिसे गृहस्थी के हल में जोतकर आराम की फ़सल उगायी जा सके। सास ख़ुद भी इसी दौर से गुज़री होगी, लेकिन सास जैसे ही बहू से सास बनती है, वह अपने दिन भूल जाती है। ऐसा लगता है जैसे सास किसी प्रेत का रूप हो जो एक के बाद एक औरत में पीढ़ी–दर–पीढ़ी ट्रांसफ़र होता रहता है। लीला की सास जब उसे उसके कमरे में छोड़ कर गयी तो लीला के बचे–खुचे अरमान भी दम तोड़ने लगे। कहाँ तो उसे उम्मीद थी कि एक सुन्दर सजी हुई रोज होगी, फूल बिछे होंगे, महँगे फर्नीचर से सजा कमरा होगा। कालीन बिछा होगा। नरम बिस्तर होगा। और कहाँ कमरे में घुसते ही, "उह उह उह" की धाँस के साथ लीला की साँसों में महीनों से जमी धूल भर गयी। लीला भीतर घुसी तो बिस्तर पर दो अंगुल की धूल की परत जमी थी। लीला को यह तो ज्ञात था कि उसका पति नौकरी पर बाहर ही रहता है, लेकिन यह नहीं ज्ञात था कि बेटे के बाहर होने पर माँ उसके कमरे में झाड़–पोंछ भी नहीं करती–कराती। उसने एक नज़र कमरे में घुमायी तो गोदरेज की पैबन्द लगी अलमारी, खड़–खड़ करता एक पंखा, सीलनभरी दीवारें और लड़खड़ाते पलँग के सिवा वहाँ कुछ नहीं था। दालान में खुलने वाली इकलौती खिड़की पर लगे जाले बता रहे थे कि ये महीनों से नहीं खुली है। नयी दुल्हन घर में आती है तो सिन्दूर के पानी में उसके पाँव डलवाये जाते हैं, जिसके बाद दुल्हन जब घर में क़दम रखती है सुहाग की लाल निशानी के पैर घर भर में उछर जाते हैं। लीला जब हाल ही में उसके हुए कमरे में चल रही थी तो उसके भी

पैर उछर रहे थे, किन्तु सिन्दूर के लाल रंग से नहीं, बल्कि गन्दगी के मटमैले रंग में, धूल में।

उसने आगे बढ़कर अलमारी खोलनी चाही तो वह हत्था पकड़ते ही पूरी हिल गयी। एक पल को लगा अलमारी गिरी और वह उसके नीचे दबी। उसने थोड़ा दम लगाकर दरवाज़ा खोला तो वह "क्रिन्च्चच्च्चच्च्चच्च्च" की आवाज़ के साथ खुली। अन्दर का नज़ारा कचरे के डिब्बे जैसा था, जिसमे उसके पति के गन्दे–धुले कपड़ों का ढेर लगा था। लीला धम्म से बिस्तर पर बैठ गयी। ट्रेलर के बाद फ़िल्म इतनी धोखेबाज़ निकल सकती है उसे अन्दाज़ा न था। उसे तो बताया गया था कि लड़का अच्छा कमाता है, अच्छे रहन–सहन वाला इज़्ज़तदार परिवार है।

उसका सूटकेस कमरे में भिजवाया जा चुका था। उसने अपने ही हाथों अपना जोड़ा, अपने ज़ेवर सब उतारे और एक सामान्य सी साड़ी पहन, पल्ला कमर में खोंसकर, कमरे की सफ़ाई के लिए झाडू उठायी ही थी कि पति कमरे में दाख़िल हुआ। उसने झट झाडू एक किनारे फेंक दी। जेठ की गर्मी में कमरे में चलते पंखे की हवा भी लू फेंकती है। पसीने में तर पति को देख लीला सहम–सी गयी। उसने कल्पना भी नहीं की थी पति से पहली भेंट इन हालात में होगी। वह कुछ कहती उससे पहले ही पति उस पर भूखे बिल्ले की तरह झपट पड़ा। वह क़रीब आया तो लीला को अहसास हुआ कि शराब के नशे में धुत्त यह आदमी अपने हवास में नहीं था। उस समय में लीला सिर्फ़ एक नरम सहमी ख़रगोश थी और वह एक जंगली भूखा बिल्ला। बिस्तर पर बिछी धूल के ऊपर ही उसने लीला को पटक दिया और उस दिन पहली बार लीला का 'लीगल बलात्कार' हुआ। अपनी हवस शान्त करके वह बिस्तर पर निढाल हो सो गया। शराबी को कहाँ होश होता है कि वह किस धूल–धक्कड़ में सो रहा है। लीला को लगा कि इस कमरे का ये हाल भी इसलिए है, क्योंकि ये आदमी इसमें कभी होश में आया ही नहीं।

ख़ुद से उसका बोझ हटते ही लीला जब उठी तो उसे अपनी और कमरे की जर्जर हालत में ज़्यादा फ़र्क़ नज़र नहीं आया। उसे नोचा–खसोटा गया था। उसके शरीर पर जगह–जगह नोचने और काटने के निशान प्रेम में मिलने वाली 'लव बाइट' का विकृत रूप थे। उस दिन लीला को समझ आ गया कि उसकी क़िस्मत ऊपर वाले ने बहुत ही मनहूस घड़ी में लिखी थी। लीला के सारे सपने बिखर चुके थे।

इन्सान जैसे सोचे वैसा ही हो जाये तो दुनिया फिर इन्सान ही न चला ले, भगवान की ज़रुरत ही न पड़े। लीला ने भी सोचा कुछ था मिला कुछ। बड़ी बहिन की शादी के बाद लीला के पापा रिटायर हो गये थे, इसलिए लीला की शादी में देने के लिए जो कुछ भी था वो सिर्फ़ लीला की ट्यूशन और ड्राइविंग स्कूल की नौकरी से मिला था। यूँ तो लीला मम्मी–पापा को ख़ुश करने के लिए अपनी कमाई देती रहती थी, लेकिन जब उसने देखा कि कमाये वो और उड़ायें उसके भाई–बहिन, तो उसने पैसे देने बन्द कर दिया और अपने एकाउंट में जोड़ने लगी। बहू जब दहेज में बहुत कुछ न लाये तो ससुराल वाले अपनी नाक कटी मानते हैं, तिस पर अगर लड़का सरकारी मुलाज़िम हो, अच्छा कमाने वाला हो। जितनी बड़ी तनख़्वाह, उतनी ही ऊँची क़ीमत होती है दूल्हे की। लीला को लगता कि शायद यही वजह होगी कि उसे ससुराल में भी रुसवाई मिली। सुहागरात से जो कहानी शुरू हुई वह तिल–तिल तड़पकर आगे बढ़ती रही, फिर चाहे वह ज़बरदस्ती थोपा गया गर्भ हो या गर्भ के वे क्लेशकारी दिन जो उसने कभी मार खाकर, ठिठुरती रातों में दरवाज़े के बाहर बिताये तो कभी वैवाहिक बलात्कार का शिकार बनकर। चाहे वे अस्पताल के अकेले दिन हों, जिसमें वह रातों को लड़खड़ाते क़दमों से, हाथ में ड्रिप थामे ख़ुद ही बाथरूम जाती, चाहे अस्पताल से लौटकर फिर–फिर प्रताड़ना सहते हुए अस्पताल की राह पकड़ना हो।

मायके के दरवाज़े बहुत पहले बन्द हो चुके थे। जब बीएड के समय लीला ने मायके में ज़्यादा वक़्त बिताया तो जाते हुए उसने कहा,

"अबकी इतना रह ली हूँ, कि अब दो–तीन साल नहीं आऊँगी तो भी चलेगा।" तिस पर माँ ने कहा था, "तुम दस साल भी न आओ तो हमें फ़र्क़ नहीं पड़ता।" जैसे–जैसे भाई बड़ा हुआ मम्मी का लीला से रहा सहा लगाव भी जाता रहा। अब मम्मी की जगह भाई ही, "हमारी रोटी तोड़ रही है।" "जब देखो तब मुँह उठाके चली आती है।" "यहाँ क्या पैसा पेड़ पे उगता है।" "अपना रोना यहाँ आकर मत रोया कर।" जैसे ताने मारने लगा तो लीला का वहाँ आना दूभर हो गया।

उसके बाद मायका सिर्फ़ नाम को रहा। जीना–मरना लड़ना–भिड़ना जैसे भी जीवन जीना था अब पति के साथ जीना था। लीला अलग होना चाहती थी, लेकिन हर बार बेटी के बारे में सोचकर रह जाती। इस देश में अकेली औरत के लिए एक बेटी पालना कितना मुश्किल है यह बयाँ करना उतना ही कठिन है, जितना प्रसव पीड़ा को बयाँ करना। इसी डर, उलाहना, लानत और बेटी के लिए जीने की चाहत के साथ जीवन ढर्रे पर चलता रहता। बेटी बड़ी होती रही। लीला ने स्कूल की नौकरी कर ली। यही वह इकलौती बात थी जिस पर उसके पति ने उसे नहीं रोका था। कारण चाहे घर में आने वाली, 'एक्स्ट्रा इनकम' हो या अपने दफ़्तरी कुनबे में नौकरीपेशा बीवी से रुतबा बढ़ता हो। वजह जो भी रही, लीला नौकरी करती रही। समय के साथ ख़ुशियों से लीला की दूरी बढ़ती रही। अब उसके लिए बस वे दिन सुकून भरे होते जब उसका पति दफ़्तर के काम से कई–कई दिन घर से बाहर होता। यह सब ऐसी प्राकृतिक प्रक्रिया–सी बन गया था जैसे फ़सल बर्बाद होने में अतिवृष्टि या ओले गिरना प्राकृतिक नुक़सान माना जाता है, ऐसे ही एक दिन लीला की कहानी उस घर में ख़त्म हो गयी। जब लीला ने अपने पति को रंगे हाथों उसी के बिस्तर पर अलग–अलग लड़कियाँ लाते पकड़ा। मारपीट झगड़ा सब हुआ, हमेशा की तरह मगर इस बार लीला ने तय किया कि "अब बस"।

उसने तय कर लिया कि अब वह यहाँ नहीं रहेगी। उसे यक़ीन हो गया था कि किसी दिन इसी मारपीट में उसे अपाहिज बना दिया जायेगा, जहाँ वह दाना–पानी के लिए भी मोहताज हो जायेगी। इस संकल्प के बाद एक दिन पति के दौरे पर जाते ही लीला वह घर–शहर सब छोड़कर चलने को तैयार हो गयी। उसने बेटी के आगे साथ चलने के लिए बहुत मिन्नतें कीं। बेटी जिस उम्र में थी, उसमें सुख–सुविधाओं का लोभ होता है। दुनियादारी के आकर्षण होते हैं। हमउम्रों की संगत में पैसा ख़र्चना होता है। उसने भी पिता के साथ रहकर सुख–सुविधाएँ चुनीं न कि माँ के साथ सीमित आय, सीमित संसाधनों की वजह से मिलने वाला संयमित जीवन। बेटी ने यह क़हकर लीला के दरवाज़े पर मुँह बन्द कर दिया कि, "He Loves me, and I can't go with you to face survival on roadside"। उस दिन लीला के सामने दूसरी बार एक ऐसी स्त्री खड़ी थी, जिसने स्त्री होकर भी उसके दर्द, उसकी तकलीफ़ों को अपना नहीं समझा। लीला की माँ हो या बेटी दोनों ने उसे जिस तरह ठुकराया था, उसके बाद उसे "औरत ही औरत का दर्द जानती है" वाली कहावत पर भरोसा नहीं रहा। हालाँकि लीला जानती थी कि बेटी के साथ न आने का एक बड़ा कारण लीला द्वारा उस पर लगायी गयी पाबन्दी भी थीं। बढ़ती उम्र के बच्चे को पाबन्दी कहाँ पसन्द होती है। लीला के मन के भय, बेटी को जल्द–से–जल्द कुछ बना लेने के लिए उसके साथ की जाने वाली सख्ती, बेटी को दुनियावी, भौतिकतावादी संसाधनों से दूर रहकर त्याग तपस्या के साथ पढ़ाने की चाहत ने उसे बेटी से दूर कर दिया। दूसरी ओर पिता की शह में बेटी ने जो महँगे शौक़ पाल लिये थे, लीला उन्हें पूरा नहीं कर सकती थी, सो वह अकेले ही रात उस घर से निकल गयी, खुद की बची–खुची आबरू, स्वाभिमान और ज़िन्दगी को बचाने।

****

"ठक–ठक–ठक" के साथ, "शिरिल्ल्ललल्ल्ललल्ल्ल" की डराने वाली सीटी बजी तो लीला आज में वापस लौटी। उसके एक हाथ में बेटी के साथ की कुछ तस्वीरें थीं और दूसरे हाथ की उँगलियाँ डायरी के बीच फँसी हुई थीं। आँसू अब तक नहीं रुके थे। उसने चश्मे पर चढ़ी धुन्ध को नाइटगाउन के छोर से छाँटा और घड़ी पर नज़र डाली तो साढ़े बारह बज रहे थे। कल इसी समय तो निकले थे मोहनबाबू घर से।

पाँच

एक अरसे के बाद लीला की रात नींद की दवा के बिना गुज़री थी। जब सोने की इच्छा ही न हो, आराम से बैर लगे तो कौन दवा? कैसी दवा? वह न जाने कबसे यह चाहती थी कि इन गोलियों से पीछा छूटे, लेकिन रात बेचैनी में कटती थी और दिन बिगड़ता था। दवाइयाँ भी लत बन जाती हैं। यह उसने इन दवाइयों को शुरू करने के बाद जाना। किन्तु आज वह ख़ुद को और इन्हीं दवाइयों को दोष दे रही है। काश कि कल उसने दवा न खायी होती तो धुँधलाते जिस दृश्य ने उसे परेशान रख छोड़ा है उससे परदा हट सकता। वह होश में होती तो अपने मोहन को ही बचा सकती। आज इस समय वह बदहाल सी, सूजी आँखों के साथ बिस्तर में नहीं, बल्कि ख़ुशगवार माहौल में अपनी मोहब्बत को जी रही होती।

"अरे मैडम जी... उठिए... आप ठीक तो हैं।" ठक–ठक–ठक की ज़ोरदार आवाज़ के साथ ठकुराइन की दरवाज़े पर दस्तक हुई तो लीला ने करवट ली। वह उठना नहीं चाहती है, उसे लग रहा है मानो किसी ने सौ मन का भार उसके सीने पर रख दिया हो। उसके पैरों को जकड़ लिया हो। वह अपने शरीर को बेजान महसूस कर रही है, न मन से, न ही तन से वह कुछ भी करने या सोचने के मूड में है।

ठक–ठक–ठक "अरे मैडम जी... कितना सोयेंगी... " ठक–ठक–ठक

"बताओ ज़रा, खसम मर जाये तो कोई औरत ऐसे घोड़ा बेच के सोत है का।" ठक–ठक–ठक, दरवाज़ा पीटते हुए फिर ठकुराइन बुदबुदायी।

लीला कसमसायी। उसने मोबाइल की स्क्रीन ऑन करके समय देखा। साढ़े दस बजने को थे। आम सोमवार का दिन होता तो अब तक मोहनबाबू के लाये समोसों के साथ उन्हीं के हाथ की बनी चाय पीकर स्कूल पहुँच चुकी होती। प्रिंसिपल से दो–चार होकर बच्चों के साथ ख़ुशगवार दिन बिता रही होती। वसु के साथ कुछ गपशप हो चुकी होतीं। आर्जव ने दो–तीन बार कह लिया होता "मिस योर चीक्स आर लाइक टोमोटे...आई टू वांट इट।"

और लीला ने उसे प्यार से झिड़की देकर कहा होता, "आर्जव हिन्दी में बात करो... ये हिन्दी की क्लास है न।" फिर आर्जव कहता, "मिस आपके चीक टोमोटे जैसे हैं" और लीला खिलखिला दी होती। स्क्रीन ऑन करके जब उसने समय देखा तो साथ में 'स्कूल ऑफ़िस', 'प्रिंसिपल', 'वसु' के ढेर सारे मिसकॉल के साथ ढेर सारे व्हाट्सएप नोटिफिकेशन। बिना बताये तो वह छुट्टी करती नहीं कभी, आज अचानक ग़ायब है। हालाँकि वसु ने स्कूल में बता दिया होगा, लेकिन उसने कारण क्या दिया होगा पता नहीं। और उस कारण को जानकर प्रिंसिपल सन्तुष्ट नहीं हुई होगी ये मिसकॉल के नम्बर बता रहे थे। लीला को ख़ुद इस बात का होश नहीं था कि अगर वह प्रिंसिपल से बात करेगी तो क्या कहेगी? पड़ोसी की हत्या हो गयी इसलिए नहीं आ रही? अपनी प्रेम कहानी का ज़िक्र उसने ख़ुद से कभी स्कूल में नहीं किया था, लोगों के कानों तक इधर–उधर से ज़रूर बातें पहुँचती रहीं।

अव्वल तो उसे सुबह हो गयी इसका ही होश नहीं था। बिस्तर पर चारों तरफ़ बिखरी तस्वीरें, डायरी और सिलवटों में मिला मोहनबाबू का अंश उसे यूँ रात भर जकड़े रहा कि उसे रात के आने–जाने का होश न रहा। अब जब ठकुराइन के गरजने से हवास लौटा भी है तो फ़ोन करके किसी को क्या बताये। कैसे बताये कि उसका प्रेमी मर गया है। प्रेमियों के मरने पर विधवा–विलाप नहीं किये जाते, जिस पर अगर वह प्रेम समाज के लिए अस्वीकृत हो तो 'कौन मर गया है'

पर नामकरण और रिश्ताकरण करना उतना ही दुखदायी है जितना प्रेमी का मरना।

उसने फ़ोन की स्क्रीन ऑन की और वक़्त देखा। स्क्रीन पर कुछ नोटिफिकेशन भी चिल्ला रहे हैं, जिनसे लीला को चिढ़ महसूस हो रही है। उसने फ़ोन काटा और एक मैसेज लिखा,

मैं अस्वस्थ हूँ। तेज़ बुख़ार है, कृपया रविवार तक का अवकाश प्रदान करें।

लीला जानती है कि पढ़ने वाला भी यह जान जायेगा कि वह झूठ बोल रही है। प्रिंसिपल के ख़बरियों ने अब तक असल वजह बता दी होगी, लेकिन जब आजतक प्रिंसिपल ने ख़ुद सामने से उसके प्रेम–प्रसंग की टोह नहीं ली तो वह अपनी तरफ़ से कैसे कुछ कहे। लीला तो चाहती थी कि मोहनबाबू से ब्याह रचाये धूमधाम से। उसमें प्रिंसिपल को भी बुलाये। सारी कुण्ठा उस दिन धरी–की–धरी रह जाती प्रिंसिपल की। बड़ा जलती है। हर बात में नुक्ताचीनी। जाने क्या बैर है? लीला का प्रेम, उसकी ख़ुशी, उसके नाटक कुछ भी तो नहीं देखे जाते उससे। लीला को फिर बेचैनी महसूस हुई।

"उम्मीद है तुम प्रिंसिपल को हैंडल कर लोगी।" उसने एक मैसेज वसु को भी किया और फ़ोन उल्टा करके रख दिया। रातभर टेढ़े–मेढ़े पड़े रहने से शरीर अकड़ गया था। वह एक ज़ोर की अँगड़ाई लेकर सारी जकड़न ख़त्म करनी चाही। शरीर ने साथ न दिया। जब मन भारी हो, दिल में पीड़ा का गहरा दंश चुभा हो तब शरीर को कोई विलाप–प्रेत जकड़ लेता है और यूँ जकड़ता है मानो मनों भार से दबा दिये गये हों। हिलने–डुलने की कल्पना भी व्यर्थ लगे। लीला को भी ऐसा ही महसूस हुआ।

"अरे... मैडम जी... तुम भी मर गयीं का!" ठक–ठक–ठक ठकुराइन ने अबकी इतनी ज़ोर से दरवाज़ा पीटा कि अगर वे हाथ किसी वृद्धा के न होकर किशोरी के होते तो दरवाज़ा दरक गया होता। लीला को भी भान हुआ कि ठकुराइन किसी इरादे से आयी हैं।

पूरा किये बिना हिलने वाली नहीं। लीला ने पूरी ताक़त बटोरी। मुँह धोया। आँखें टटोलीं, जिन पर चढ़ी पीड़ा की परत हटायी नहीं जा सकती थी। कुर्ता सँभाला और दरवाज़े तक रेंगते हुए पहुँची। सिटकनी खोलने में भी ताक़त लगती है, यह उसे इस घर में आज पहली बार महसूस हुआ।

दरवाज़ा खुलते ही उसे और लीला दोनों को धकेलते हुए ठकुराइन सीधे सोफ़े में जाकर धँस गयी।

"घर तो बड़ा ही सुन्दर सजाया है मैडम जी तुमने।" ठकुराइन की चौकस नज़र हर दीवार, हर कोने से होकर यूँ गुज़र रही थी मानो वह कोई सुराग ढूँढ़ने आयी हो। "जे सोफ़ा मोहनबाबू ने दिलावाओतो और जे बेल तो तुमने बड़ी सुन्दर चिपकायी है? ओहो... राधे–राधे जे तो सुतली–सी दिख रई मैडम जी?" कौतूहल भरी नज़रों से ठकुराइन ने लीला को देखा।

कोई और दिन होता तो लीला अपने घर की तारीफ़ सुनकर चहक उठती। आज उसका मन हुआ ठकुराइन जिस बालकनी से टिककर ये सब कह रही हैं उसी से नीचे फेंक दे। यह कोई समय है घर की तारीफ़ों में पुलिन्दे बाँधने का? लीला को याद आया कि कल जब दुबे ने उससे पूछा था, "आपको किसी पर शक है।" तब ठकुराइन ही थीं जिन्होंने उस पर उँगली उठायी थी। भले सीधे शब्दों में नहीं, लेकिन जो कहते–कहते वे रुकी थीं उसे क्या लीला समझती नहीं। विछोह के विलाप में जल रही लीला रोष में भुन उठी, तमतमाती हुई बोली, "क्या चाहिए आपको?"

"अरे मेरे को तुमसे क्या चाहिए होगा है मैडम जी... राधे–राधे मैं तो तुम्हारे हाथ का..." कहते हुए ठकुराइन ने जीभ काटी। अभी मुँह से जो निकलने वाला था, उससे वह अपने ही इरादों पर पानी फेर देती। "हे... है... मेरा मतलब अभी तो मैंने पूजा भी नई करी... इसलिए कुछ नहीं चाहिए तुमसे मैडम जी।" कहकर ठकुराइन ने अपनी कुटिल मुस्कान छुपाने की नाकाम कोशिश की।

"मेरा मतलब था कोई ख़ास काम था आपको, जो आप मेरे घर आयी हैं?" लीला ने भी यह जताते हुए पूछा कि वह जानती है ठकुराइन ने किस तरह उसका तिरस्कार किया है। सिर्फ़ अपने तक ही नहीं बल्कि मोहनबाबू की प्रेमिका होने की वजह से ठकुराइन ने यह तिरस्कार त्यौहारों पर मुहल्लों में बँटने वाली मिठाई की अदला–बदली की तरह घर–घर तक पहुँचाया भी है।

"काम तो है मोय तुमसे, तुमको समझाने आयी हूँ, तुम्हारी ही भलाई के लाने।" ठकुराइन की आवाज़ में अहसान जताने की ठसक खनकते हुए लीला के कानों तक पहुँची।

"मेरी भलाई?" लीला ने हैरानी से पूछा।

"देखो मैडम जी! ठाकुर जी झूठ ना बुलाएँ, लेकिन आज नहीं तो कल तुम्हें भी थाने बुलाओ जायेगो। तुम ही तो हतीं जी के संगे मोहनबाबू इत्ते टेम रहत हते। फिर उनके चाहबे बारे ऐसेंई थोरी उनकी मौत को जाबे देंगे। पुलिस भी कोई ए ना कोई ए पकरेगी ही मामला रफा–दफ़ा करबे और..."

"आप कहना क्या चाहती हैं? आप मुझ पर इतना घिनौना इलज़ाम लगा भी कैसे सकती हैं?" कहते हुए लीला तैश में आ गयी।

"अरे राम–राम कैसी बातें कर रईं? हम काहे तुमं पे इलज़ाम लगायेंगे? हम तो बस जे केरए कि इन कोरट–कचहरी के चक्करन से बचबे के लाने अपने पे आयी उँगली बाक़ी तरफ़ मोड़ देओ जोनने सही में उने मारो है।" कहते हुए ठकुराइन ने आँखें नचाते हुए बालकनी से बाहर, सामने की खिड़की की ओर इशारा किया तो लीला चौंकते हुए सोफ़े से उठ बैठी।

"आप इतने यक़ीन से कैसे कह सकती हैं कि मोनू या उसकी मम्मी ने ही मारा होगा?" लीला ने पूछा।

"अरे अब भोली ना बनो, कल तुम भी तो दुबे से पूछ रई थीं के जे लोग कितें गये, हम का समझत नईं हैं, हमें का कछु मालूम नईं है। अरे जा मुहल्ला का पूरे इलाक़े में कोई से पूछ लेओगी

तो सब बता देंगे के वहीदा और मोनू की मोहनबाबू से का दुश्मनी हती।" ठकुराइन हाथ नचा–नचाकर यूँ सुना रही थी मानो कोई कथा सुना रही हो, "अब देखो बेटा, जगत जानत है के मोनू पागल भया मोहनबाबू की वजे से, बाके अब्बा भी उनई के वजे से मरे, ऐसे में मोनू ने भी मोहनबाबू ए मार दइ तो हो गयी ना बात बरा–ब–..." कहते हुए ठकुराइन को अहसास हुआ कि वह ज़्यादा बोल गयी। उसने अपनी जीभ काटी और फिर साड़ी के पल्लू में गाँठ बाँधते हुए बोली, "देखो मार के कैसे रफूचक्कर भय माँ–बेटा, तुम जो दुबे से कह देओगी के तुम्हें मोनू पे शक है तो बस मामला ख़त्म हो जायेगो, तुम भी फिरी और जे मुहल्ला भी इन मुल्लन से फिरी और..."

पों–पों–पों–पों...

ठकुराइन आगे कुछ कहतीं, इससे पहले किसी गाड़ी के तेज़ हॉर्न से चुप हो गयीं और उठकर बालकनी से झाँकने लगीं। उनकी आँखें चौड़ गयीं और साड़ी के पल्लू में एक और गाँठ लगाते हुए वे झट से पलटीं। माथे पर पसीने की कुछ बूँदें उग आयीं, "बड़ी गर्मी है झाँ तो, हम जा रए हैं, तुम देख लेओ। जो ठीक लगे बोई करिओ" कहते हुए वे तेज़ क़दमों से नीचे उतर गयीं। लीला को हैरानी हुई कि उन्होंने ऐसा क्या देख लिया था बालकनी से। लीला ने झाँककर देखा तो पुलिस जीप से दुबे झाँक रहा था। लीला समझ नहीं पायी कि दुबे को देखकर ठकुराइन इतनी फुर्ती से क्यों भागीं। उसने दुबे की ओर देखा जो लीला के घर से निकलती ठकुराइन की तेज़ चाल पर नज़र बनाये हुए था। ठकुराइन अपने घर में घुसीं तो दुबे ने लीला की ओर देखा। उसने पंजा दिखाते हुए ढाढस रखने का इशारा किया और कहा, "मैं आता हूँ कुछ देर में केस डिस्कस करने।" इतना कहकर दुबे गाड़ी में बैठा और अपने घर की ओर चला गया।

लीला इस समय शून्य में भटक रही थी। उसे कुछ समझ नही आ रहा था कि क्या सोचे, क्या समझे, परसों रात हुई हत्या के बाद

जो सबसे ज़्यादा सन्दिग्ध थे, ठकुराइन की बातें सुनकर अब लीला को वे सन्दिग्ध नहीं अपराधी ही लग रहे थे। उसे लग रहा था कि वह दुबे से कहकर उन्हीं के ख़िलाफ़ एफ़.आई.आर. लिखवाये और जल्द–से–जल्द अपराधी को पकड़वाये। उसने आँखें मूँदीं और उस रात जिसे देखा था उसमें मोनू को इमेजिन करती कभी वहीदा को।

दुबे को न जाने क्या डिस्कस करना था? क्या दुबे ने हत्यारे की सेंध लगा ली है? क्या उसे कल मुझे भेजी गयी चिट्ठी का पता चल गया?सोचते हुए लीला के माथे पर पसीने की बूँदें चमकने लगीं।

"मोहनबाबू बड़े ही बदक़िस्मत थे।" कुछ देर बाद दुबे, लीला के यहाँ आकर बैठा तो टेढ़ी मुस्कान के साथ बोला, "अब देखिए न सारी उमर अकेले रहे और जब बुढ़ापे में इतनी सुन्दर साथी मिली तो... क्या फ़ायदा बताइए... हें हें हें" की आवाज़ के साथ जब वह आधा मुँह खोलकर हँसा तो उसमें उसके लाल–पीले दाँतों से कहीं–कहीं गुटखा झाँक रहा था।

"क्या डिस्कस करना है आपको? क्या क़ातिल पकड़ा गया? मोनू और वहीदा ही हैं ना?" लीला ने दुबे के बेहूदे मज़ाक में दिलचस्पी न दिखाते हुए सीधे–सीधे पूछा।

"पहले आप ये बताइए।" दुबे ने ज़रा आगे खिसकते हुए पूछा, "ठकुराइन मोनू और वहीदा के गले में ही फन्दा डलवाने आयी थी ना।"

दुबे ने कहा तो लीला की आँखें क्षणभर को फैलीं, फिर उसने ख़ुद को ज़रा सँभालते हुए कहा, "वे दोनों उसी रात से ग़ायब हैं और वैसे भी ठकुराइन के कहने से क्या फ़र्क़ पड़ता है? वे क़ातिल होंगे तो पकड़े ही जायेंगे।"

"हें हें हें" दुबे ने टेढ़ी हँसी के साथ कहा, "फ़र्क़ पड़ता है मैडम जी, बहुत फ़र्क़ पड़ता है।" कहते हुए दुबे उठा। उसने बालकनी से नीचे "पिच्च" के साथ गुटखा थूका। टेबल पर रखी बोतल से पानी गटका और तनकर थानेदार की तरह सोफ़े पर बैठ गया।

"देखिए मैडम जी।" वह आगे बोला। "मोहनबाबू भले इस बार पार्षद का वोट न जीते हों, लेकिन पच्चीस सालों में उन्होंने इस शहर में एक रुतबा कमाया था, इस इलाक़े के सारे हिन्दू उनकी मुट्ठी में रहते थे। हाँ ये भी सच है कि इसी इलाक़े के कुछ मुसलमान उन्हें बहुत पसन्द नहीं करते थे। वे हिन्दू–मुसलमान के बीच की कड़ी थे। वे संन्यासी जैसे दिखते भले थे, लेकिन उन्हें दीन–दुनिया की सारी ख़बर रहती थी। अब ऐसे में कोई उन्हें मार गया है।" दुबे बोले जा रहा था। लीला टकटकी लगाये उसे सुन रही थी। मानो अगले ही पल हत्यारे का खुलासा होना हो। "अब हम में से किसी को नहीं पता मोहनबाबू को किसने मारा, लेकिन एक पागल मुसलमान को फँसाने से दूसरों का तो पता नहीं। मुहल्ले के कई लोगों को बड़ी राहत मिलेगी। एक तो मेंटल सेटिस्फेक्शन कि मुसलमान ने हिन्दू को मार दिया और देखो पकड़ा भी गया, दूसरा एक पागल से छुटकारा और फिर मारने को तो क्या पता कल्लू ने ही मार दिया हो।" दुबे ने इतना कहा तो लीला की भँवें तनीं।

उसकी आँखों में हैरानी देख दुबे बोला, "आपको राजेश ओझा याद है?"

लीला को शव के पास राजेश ओझा से हुई मुलाक़ात याद आयी। उसने "हाँ" में सर हिलाया।

"राजेश ओझा ने जब मोहनबाबू के विपक्ष में खड़े होकर चुनाव लड़ने का ऐलान किया तब कल्लू ने मोहनबाबू से कहा था कि वो सीट छोड़ दें और टिकट कल्लू को दे दें। कल्लू भले नेता के रूप में कभी सामने नहीं आया लेकिन उसने छछून्दर की तरह ज़मीन के भीतर अपने लिए हर हिन्दू परिवार में सेंध बना ली है। सब जानते थे कि राजेश ओझा के सामने अब मोहनबाबू नहीं टिक पायेंगे। और राजेश ओझा ने इस इलाक़े के हिन्दुओं को कम, मुसलमानों को ज़्यादा पूछा। उन्हीं के दम पर वो जीत भी गया।"

"लेकिन मोहनबाबू ने कल्लू को टिकट क्यों नहीं मिलने दिया?"

"क्योंकि कल्लू के पिता यानि ठाकुर साहब ऐसा नहीं चाहते थे।"

"क्यों?" लीला की आवाज़ में फिर हैरानी घुल गयी।

"क्योंकि वो लफंगा है।" दुबे ने टेढ़ी हँसी के साथ कहा, "जिस दिन टिकट मिलना था। उससे एक दिन पहले मेरे साथ ही ठाकुर साहब बाबूजी के पास गये थे, कहने कि अगर कल्लू के हाथ में पावर आयी तो या तो राजेश उसे मरवा देगा या कल्लू राजेश को, दोनों इस इलाक़े को अपना बनाने के लिए कुछ भी कर सकते हैं।"

"कल्लू ऐसा दिखता तो नहीं।"

"हाँ क़द–काठी से भले मासूम लगता हो, लेकिन दिमाग़ पूरा शैतानी है।" दुबे फिर हँसा।

"लेकिन मोहनबाबू ने तो चुनाव हारने के बाद पॉलिटिक्स छोड़ दी थी फिर कल्लू क्यों मारेगा?"

"क्योंकि वो जानता था कि बाबूजी ने भले पॉलिटिक्स छोड़ी हो, उनके रहते वो कभी टिकट नहीं पा सकता।"

"ऐसा क्यों?"

"क्योंकि पार्टी कल्लू को नहीं किसी मुस्लिम कैंडीडेट को खड़ा करके राजेश से मुस्लिम वोट छीनना चाहती थी और बाबूजी को साइड फेस बनाकर उनके 25 साल इस्तेमाल करना चाहती थी ताकि हिन्दू वोट भी न मरें।"

"आप इतना सब कैसे जानते हैं?" लीला ने तल्ख होकर पूछा।

"क्योंकि मैडम जी पुलिस वाले नेताओं के हिडन कार्यकर्ता होते हैं और जब पुलिस वाला उसी मुहल्ले का हो तो उसे न चाहते हुए भी कार्यकर्ता बनना पड़ता है।"

देश की चरमरा चुकी ईमानदारी और दीमक लग चुकी व्यवस्था के बारे में लीला अनजान नहीं थी, फिर भी राजनीति के बारे में यह सब जानना उसके लिए नया था।

"और मोहनबाबू ऐसा होने देते?"

"हें हें हें" लीला की मासूमियत पर दुबे को हँसी आ गयी, "उन्हें भी तो बची–खुची ज़िन्दगी इसी मुहल्ले में बितानी थी मैडम जी।"

"फिर तो कोई दिक़्क़त है ही नहीं, आप कल्लू को पकड़कर पूछताछ क्यों नहीं करते?"

"क्योंकि कोई सुबूत नहीं है मेरे पास और बिना सुबूत के पुलिस वाला लूला होता है।"

"सुबूत तो खोजने से मिलेंगे न।" लीला ने चिढ़कर कहा।

"मैडम जी आप कुछ नहीं जानतीं, मेरे हाथ डालते ही इस इलाक़े के सारे हिन्दू कल्लू के सपोर्ट में खड़े हो जायेंगे, मुझे अपनी जवान होती बेटियों के साथ इसी इलाक़े में रहना है।" दुबे की आवाज़ में लाचारी थी। लेकिन उसने आगे जो बोला उससे लीला भी इत्तेफ़ाक रखती थी, "वैसे मुझे नहीं लगता कि उसने मारा होगा; वो भीतरी ताक़त भले रखता हो, लेकिन अभी उसके हाथ में कोई सरकारी पावर नहीं है, ऐसे में अगर हत्या जैसा काण्ड कर दे तो राजेश उसे कभी जेल से बाहर नहीं निकलने देता, फिर हो लिया उसका पार्षद बनने का शौक़ पूरा।"

"आप बेफ़िक्र रहें, मेरी नज़र राजेश और कल्लू दोनों पर बनी हुई है।" ज़रा–सी ख़ामोशी के बाद दुबे ने कहा और जाने को खड़ा हुआ।

"हम्म" लीला ने बस इतना ही कहा। वह किसी सोच में डूब गयी। फिर अचानक बोली, "फिर ठकुराइन मोनू पर इतना ज़ोर देकर इलज़ाम क्यों लगा रही थीं?" लीला ने भँवें सिकोड़ते हुए दुबे से पूछा, "तो मतलब वो झूठ कह रही थीं कि मोनू के पिता मोहनबाबू की वजह से मरे और मोनू भी उन्हीं की वजह से पागल हुआ?" लीला के लिए अब यह भी एक गुत्थी बन गयी थी।

"देखिए मैडम जी" दुबे हाथों की उँगलियाँ आपस में फँसाते फिर बैठ गया और बोला, "हम कोई जज तो हैं नहीं कि फ़ैसला सुना दें; उस समय जो हुआ बाबूजी बस चाहते तो उसे रोक सकते थे, उस लिहाज़ से आप कह सकती हैं कि वे ज़िम्मेदार थे, लेकिन उन्होंने जानबूझकर या सुपारी देकर या अपने हाथों से न मोनू के बाप को मरवाया था, न ही मोनू को पागल किया था।" दुबे ने मोहनबाबू की तरफ़ से पैरवी भरे अन्दाज़ में कहा।

"क्या आप मुझे साफ़–साफ़ बता सकते हैं क्या हुआ था?" लीला के लहजे में विनती का स्वर उभरा।

"आप एक कप बढ़िया सी चाय पिला दें तो पूरी कहानी सच–सच सुना दूँगा।" दुबे एक बार फिर हें–हें–हें की ध्वनि के साथ हँसा।

लीला ख़ुद भी कुछ पीना चाहती थी। सुबह जबसे आँख खुली तब से यही सब चल रहा था। उसे भी कुछ खा–पी लेने की अकुलाहट होने लगी थी। कल दिनभर भी यूँही गुज़र गया था। पेट में बस उतना ही जा रहा था जितना दवाइयों के लिए ज़रूरी था। वह भीतर गयी और फुर्ती से दुबे के लिए चाय और अपने लिए कॉफ़ी बना लायी।

"आपके हाथ की चाय... आ हा हा" कहते हुए उसने चीयर्स करने के लिए कप उठाया, लेकिन लीला की भँवें सिकुड़ते ही उसने "कोई बात नहीं" कहते हुए पहला घूँट भरा।

"वाह! ऐसी चाय तो मैंने आज तक नहीं पी।" दुबे भरसक कोशिश कर रहा था कि लीला के साथ थोड़ा सामान्य माहौल बने, दोस्ताना, हँसी–ख़ुशी बात हो, लेकिन लीला की तरफ़ से निराशा और नाराज़गी का डर हर बार उसके मंसूबों पर पानी फेर देता।

"आप बताने वाले थे कि उस समय क्या हुआ था।" लीला ने दुबे की हर बात को अनदेखा करते हुए मुद्दे पर आने का इशारा करते हुए कहा।

दुबे कुछ क्षण बालकनी से बाहर देखता रहा। उसकी आँखों में वह दिन पुनः जीवित हो रहा था जो एक ऐतिहासिक दंगे के रूप में शहर के नाम के साथ दर्ज हो चुका था। वह ख़ुद भी उस काले दिन को कैसे भूल सकता था जब उसकी जान पर बन आयी थी। उसी के इलाक़े में होने वाले काण्ड की सूचना उसे दो दिन पहले ही मिल गयी थी, जब छैलू बना थाने आया था।

****

"इस बार तो कुछ भी हो जाये रामनवमी का जुलूस हम सलीमबाग़ से ही निकालेंगे।" छैलू बना ने थानेदार को आदेश–सा दिया था, "ये रही हमारी समिति की तरफ़ से लिखित दरख़ास्त और पुलिस व्यवस्था बनाये रखने की गुज़ारिश।" अपनी बात में गुज़ारिश पर विशेष ज़ोर देते हुए छैलू बना बोला था। उसके सामने थानेदार के पास दरख़ास्त लेने के अलावा कोई और उपाय नहीं था। एम.एल.ए. साहब का फ़ोन आ चुका था। पुलिस सलीमबाग़ में सम्भावित जटिलताओं को बतलाती भी तो किसे? कोई सुनने वाला नहीं था। छैलू के जाते ही जब दुबे को बुलाया गया तो वह पहले–पहल सुनकर हैरान रह गया था।

थानेदार से बोला, "ये हरामी लोग दो निजी आदमियों की लड़ाई को हिन्दू–मुस्लिम दंगे में बदले बिना नहीं मानेंगे।"

"ग़लती छैलू अकेले की थोड़ी है दुबे जी।" थाने के दूसरे कोने से किसी कांस्टेबल की आवाज़ आयी।

"हाँ–हाँ पता है, पहली ग़लती उस जुनैद मियाँ की है, लेकिन उसकी ग़लती के बदले छैलू बना भी वैसी ही ग़लती करके कोई बहादुरी नहीं दिखा रहे।" दुबे बोला।

"तो क्या अपने मन्दिरों के सामने ये लोग जानबूझकर हुड़दंग करें और हम चुपचाप सहते रहें?" थानेदार बोला। धर्म के नाम पर उसका भी ख़ून जाग गया था।

"ताज़ियों का नगाड़ा और नाच ही तो था सर।" दुबे ने समझाते हुए कहा, "चलो माना, सब जानते हैं कि जुनैद ने वो सब जानकर किया, लेकिन उससे क्या फ़र्क़ पड़ा? हमारे मन्दिर को, लोगों को तो कोई नुक़सान नहीं पहुँचाया न।"

"दुबे जी, आप लगता है धर्म परिवर्तन करने वाले हैं।" थानेदार ने चुटकी ली, "नुक़सान सिर्फ़ आर्थिक या भौतिक नहीं होता, मानसिक भी होता है; उन्होंने हमें कोई नुक़सान नहीं पहुँचाया, हम भी उन्हें कोई नुक़सान नहीं पहुँचायेंगे, क्यों पचौरी?"

"सही कहा सर।" थाने के दूसरे कोने से फिर आवाज़ आयी।

"और फिर देखो दुबे, अब एम.एल.ए. साहब का ऑर्डर है, मानना तो पड़ेगा।" थानेदार ने दुबे के कन्धे पर हाथ रखकर कहा, "बाक़ी तुम देख लो, तुम्हारा इलाक़ा है, रोक सको तो रोक लो।"

शहर में छैलू बना हिन्दू संगठन का एक युवा नेता था और जुनैद मुस्लिम युवा संगठन का अध्यक्ष। दोनों बड़े तो साथ–साथ हुए, एक ही स्कूल में पढ़े, एक ही कॉलेज में पढ़े, लेकिन कभी एक–दूसरे को पसन्द नहीं किया। एक पूरब की बात करता तो दूसरा पश्चिम की, एक सीधा कहता तो दूसरा उल्टा। मानो इनके जीवन का ध्येय ही हो एक–दूसरे से लड़ने के बहाने खोजना। शहर के जितने लोग इन दोनों को जानते थे, उतने ही इनकी दुश्मनी को भी जानते थे। दोनों ने कभी आमने–सामने आकर एक–दूसरे का गिरेबान भले न पकड़ा हो; लेकिन एक–दूसरे के काम में किसी–न–किसी तरह टाँग अड़ाकर अपने आपको बीस सिद्ध करने में लगे रहते थे उन्हीं खुराफ़ातों में से एक थी जुनैद की ताज़ियों के लिए चुनी गयी दालमण्डी। शहर में दालमण्डी हिन्दू बाहुल्य इलाक़ा था। वहाँ एक राम मन्दिर भी था। मन्दिर के आसपास ही कई हिन्दुओं के घर थे, जिनमें से एक घर छैलू बना का भी था। ऐसा नहीं था कि उस इलाक़े में मुस्लिम नहीं थे, लेकिन उनके होते हुए भी मुहल्ला आपसी सद्भावना के साथ वर्षों से रह रहा था।

जुनैद ने दालमण्डी से जब ताज़िया निकाले, तो राम मन्दिर के सामने, हिन्दू घरों के सामने ज़ोर–ज़ोर से नगाड़े बजाये। शोर किया। हुड़दंग मचाया। ताज़िया निकल गये, समय भी निकल गया। कुछ क्षण का रोष जो वहाँ रहने वाले हिन्दुओं के मन में आया था वह भी शान्त हो गया। नहीं हुआ शान्त तो छैलू बना। उसने जुनैद की इस हरकत को धर्म का अपमान मान लिया और अपनी हार मान ली। बस इसी का बदला लेने के लिए उसने तय किया कि रामनवमी का जुलूस सलीमबाग़ से निकलेगा, मस्जिद के सामने ढोल बजाकर हिसाब बराबर किया जायेगा।

जुनैद का घर सलीमबाग़ में ही था। छैलू बना वही दोहराना चाहता था जो जुनैद ने दालमण्डी में किया था।

इस खुराफ़ात की ख़बर मिलते ही दुबे ने मोहनबाबू से बहुत मिन्नतें की थीं कि कैसे भी करके छैलू बना को समझायें। सलीमबाग़ में सिर्फ़ जुनैद का नहीं, दुबे और मोहनबाबू का भी घर था। वे उसी वार्ड से पार्षद थे। दुबे की वहाँ ड्यूटी लग गयी सुरक्षा व्यवस्था में।

"आप चाहें तो इसे रोक सकते हैं।" दुबे ने मोहनबाबू से विनती भरे स्वर में कहा था, "आप तो जानते हैं जुनैद की पलटन बड़ी उजड्ड है। मैं तो यहाँ तक सुनकर आ रहा हूँ वे लोग ईंट–पत्थर फेंकने की तैयारी कर रहे हैं।"

मोहनबाबू ने एक गहरी साँस छोड़ते हुए हामी में सर हिलाते हुए कहा, "फ़ोन आया था मेरे पास छैलू का, बोल रहा था इस बार का जुलूस रुका तो अगले साल आपकी गद्दी गयी ये तय मानिये।"

"अरे तो आप एम.एल.ए. साहब से बात करिए न।" दुबे खिसियाते हुए बोला।

"जानता हूँ एम.एल.ए. साहब मेरी बात टालेंगे नहीं, लेकिन मेरे हाथ बंधे हुए हैं दुबे।" मोहनबाबू बोले, फिर थोड़ा रुककर बोले, "अपनी ही जाति वालों से दुश्मनी मोल लेकर क्या फ़ायदा, मैं बस इतना कर सकता हूँ कि मोनू के पापा से बात करके मौलाना जी को सावधान कर दूँ।"

"आप बचाइए अपनी कुर्सी" दुबे ने जाते हुए कहा था, "कोई मरा तो उसका पाप आपके सर होगा फिर धो लीजिएगा गंगा में अपने पाप।" कहते हुए गुस्से से दुबे चला गया था।

उसी रात मोहनबाबू मोनू के घर गये थे। मोनू के पापा 'सैयद इमरान साहब' जो कलाम साहब के भक्त थे। उनका जन्म मुस्लिम परिवार में भले हुआ हो, लेकिन उन्हें न ही तो मन्दिर का टीका लगवाने में बुराई लगती थी, न ही गीता पढ़ने में। वे सर्वधर्म समान की भावना वाले थे। उनके लिए मानवता सर्वोपरि थी। कॉलेज में प्रोफ़ेसर थे।

उनकी अपनी जाति के भी अधिकांश लोग भरपूर सम्मान करते थे। कुछ भिनके रहते थे जुनैद जैसे। जिन्हें लगता था कि इमरान साहब हिन्दुओं को इतना मानकर अपने धर्म का नुक़सान करते हैं, लेकिन सैयदों को मुस्लिमों में ब्राह्मणों का दर्जा प्राप्त है। फिर वे पढ़े–लिखे थे, कुरान–पाक पढ़ते–पढ़ाते थे। कभी किसी का बुरा नहीं करते थे। कई मुस्लिम लड़कों को समझाकर उनका जीवन सुधार चुके थे, इसलिए जुनैद जैसे लोगों को भी झक मारकर उनका सम्मान करना पड़ता था। उस इलाक़े में मुस्लिम समुदाय के अधिकांश समझदार लोग इमरान साहब को पसन्द करते थे, जिसकी वजह से मौलाना को भी ससम्मान उनकी बात सुननी पड़ती थी।

वो कहते हैं न कि ज़रूरी नहीं इन्सान का बच्चा इन्सान ही बने। वह राक्षस भी बन सकता है। मोनू पर अपने पिता से अधिक जुनैद का असर था। मोहनबाबू उसे फूटी आँख नहीं सुहाते थे। मोनू तब छोटा था। होंठों के ऊपर नन्हे बाल आने शुरू ही हुए थे। उमर कम थी, ख़ून गरम।

"आपसे बस इतनी विनती है कि अपने लोगों को बस एक दिन शान्त रहने को कहें।" मोहनबाबू ने इमरान साहब से हाथ जोड़कर कहा था, "उनके ताज़िया निकल गये, इनका रामनवमी का जुलूस निकल जायेगा, बस बात ख़त्म हो जायेगी।"

"आप चिन्ता ना करें।" इमरान साहब ने कहा।

"दुबे कहीं से सुनकर आया है कि इलाक़े के लोग ईंट–पत्थर रखकर बैठेंगे।" मोहनबाबू थोड़ा रुके, "आप समझ रहे हैं न मैं किसकी बात कर रहा हूँ?"

"मैं जुनैद के अब्बा से बात करूँगा। और मौलाना साहब से भी।" इमरान ने तसल्ली देते हुए कहा।

"बस आपने कह दिया अब बाक़ी सब राम के हवाले।" मोहनबाबू जाने लगे, फिर कुछ सोचकर रुके और बोले, "मोनू को ज़रा समझाइए जुनैद की संगत अच्छी नहीं।"

मोहनबाबू और इमरान साहब ने अपनी तरफ़ से पूरी कोशिश की। बात बनी नहीं। मौलाना ने उन्हें उस समय तो तसल्ली दे दी, लेकिन वह खुद उद्दण्ड मानसिकता का था। सब जानते–बूझते भी उसने लोगों को मस्जिद में पनाह दी और पत्थर जोड़ने दिये। मोनू को जब पता चला कि मोहनबाबू उसकी शिकायत कर गये हैं तो वह और बाग़ी हो गया। कुछ उम्र का असर था कुछ संगत का। उस दिन उन चन्द युवाओं के उबलते ख़ून का नतीजा यह निकला कि ऊपर वाले के नाम पर उसके बन्दों ने जमकर ख़ून–ख़राबा किया। इमरान साहब की बात मानकर पूरा इलाक़ा शान्त रहा, लेकिन जुनैद और उसके साथियों ने मौलाना की शह पर मस्जिद से ईंट–पत्थर बरसाये। जिसकी वजह से जुलूस में से कुछ लोगों के सर फट गये। हमले पर जवाबी हमला तो होना ही था। इधर से भी जब पत्थर फेंके गये तो लड़ाई फिर आमने–सामने की बन गयी। गाड़ियाँ जलीं, पुलिस वालों को मारा–पीटा, कर्फ़्यू लगा। इमरजेंसी लगी। कई लोगों की जान पर बन आयी। दो लोगों की आपसी खुन्नस मिनटों में ही एक विशाल दंगे में बदल गयी। इमरान साहब, जो उस भड़की हुई लड़ाई को भी शान्त कराना चाहते थे, बीच में पड़े लेकिन नफ़रत का शिकार बनते देर नहीं लगी। धर्म और मज़हब दोनों को मानने वालों की वजह से एक अच्छा इन्सान बलवाइयों की भेंट चढ़ गया। मोनू भी सड़क के किनारे मिट्टी में बेहोश पड़ा था।

****

"ओह! ये तो बहुत ही बुरा हुआ था।" लीला ने बालकनी से वहीदा के घर की ओर टकटकी लगाये दुबे को टोका तो वह आज में आया।

"जी मैडम जी।" दुबे ने एक ठण्डी साँस छोड़ी, "बुरा तो बहुत हुआ था।"

"इस घटना को आधार मानूँ तो मोनू के पास एक वाज़िब वजह थी मोहनबाबू को मारने की।" लीला ने शून्य में देखते हुए कहा।

"आपकी सूई फिर वहीं अटक गयी।" दुबे मुस्कुराया, "देखिए मैडम जी, हिन्दू–मुसलमान की लड़ाई को बढ़ावा देने का काम लोग करते हैं, जैसे आज आपके सामने ठकुराइन ने किया। जिनको नेता बनना होता है, उन्हें बड़े लोगों की आँखों का तारा बनना ज़रूरी होता है; उन्हें ये दिखाना ज़रूरी होता है कि वे अपने दम पर कितने लोगों को इकट्ठा कर सकते हैं। जिसके पास आँख बन्द करके बात मानने वाली भीड़ होती है न, बस वही नेता होता है। कोई पहले नेता बन जाये फिर भीड़ जुटाये न ऐसा नहीं होता।" दुबे कुछ देर रुका।

"मोहनबाबू के बाद इस इलाक़े से खड़े होने के सपने कल्लू देखता रहा है, लेकिन कुर्सी ले गया राजेश, ऐसे में उन्हें तो मसाला चाहिए ताकि फिर भीड़ जुटा सकें। लेकिन आप मेरी बात मानें तो बस एक दिन और रुक जायें।"

"कोई सुबूत लाने वाले हैं आप इनकी बेगुनाही का?" लीला बोली।

"ऐसा ही रागझ लीजिए।" दुबे हँसा, 'हें–हें–हें' फिर बोला, "वहीदा के एक रिश्तेदार रहते हैं पुराने मुहल्ले में, मैं कल गया था उनके घर। वहीदा का फ़ोन बन्द था। जब उनसे पूछा तो पता चला कि वहीदा और मोनू उन्हीं रिश्तेदार के बेटे के साथ अजमेर शरीफ़ गये हैं उसी रात 2:30 बजे की ट्रेन से।"

"क्या सबूत है कि वे उसी ट्रेन से गये थे?" लीला ने त्योरियाँ चढ़ायीं।

"अच्छा सवाल है" दुबे हें हें हें के साथ हँसा, "मैं अभी रेलवे स्टेशन से ही आ रहा हूँ। उस दिन का उस ट्रेन का चार्ट देखकर, जिस ट्रेन का नाम उनके रिश्तेदार ने बताया था, उन तीनों के नाम वहाँ हैं।"

"और अब मैं शाम को अजमेर निकल रहा हूँ ताकि वहाँ के रेलवे स्टेशन, होटल और अजमेर शरीफ़ के सी.सी.टी.वी. से भी कुछ सुबूत मिल सकें।" दुबे ने मुँह में जीभ फिराकर दाँतों में अटके गुटके को निगला।

"ऐसा भी तो हो सकता है वहीदा ने किसी को सुपारी दी हो और ख़ुद उसी दिन उसी समय अजमेर जाने का प्लान बनाया हो ताकि इन लोगों पर किसी को शक न हो।" लीला बोली।

"होने को तो कुछ भी हो सकता है मैडम जी।" दुबे ने अपने माथे को सहलाया, "लेकिन मेरी छठी इन्द्री यही कहती है कि क़ातिल ये लोग नहीं हैं।"

"आप तो इस तरह बात कर रहे हैं जैसे आप क़ातिल को पकड़ने के लिए नहीं बल्कि वहीदा और मोनू को बचाने के लिए तफ़तीश कर रहे हों।" लीला बोली।

"मैं क़ातिल को ही पकड़ने की कोशिश कर रहा हूँ, लेकिन असली क़ातिल को... मुहल्ले वालों की कानाफूसी से उपजे क़ातिल को नहीं।" दुबे ने तीखी मुस्कान के साथ लीला की आँखों में देखा, "क्योंकि मुहल्ले वालों की कानाफूसी मानूँगा तो आप भी सन्दिग्ध बन जायेंगी।"

दुबे का इतना कहना था कि लीला ने उसे घूरकर देखा। लीला की आँखों में गुस्सा भी था और तिरस्कार भी। "वैसे ताज्जुब है कि उनकी पार्टी उनके लिए कुछ नहीं कर रही। इतने सालों तक उन्होंने पार्टी का काम किया और...।"

"अच्छा ही है, नहीं कर रही।" दुबे ने लीला की बात को बीच में ही काटा। आगे बोला, "ये नेता और पार्टी सब सिर्फ़ राजनीति करना जानते हैं और मौत पर राजनीति करते समय गिद्ध बन जाते हैं इसलिए अच्छा है नहीं कर रहे।"

"ख़ैर, जो भी है जल्द पता चल जायेगा, आप चिन्ता न करें।" दुबे अब खड़ा होकर ठकुराइन के घर की तरफ़ देख रहा था। "इन लोगों का क्या जायेगा। ये तो झट नमक–मिर्च लगाकर आग की तरह ख़बर फैला देंगे कि मोनू मुसलमान ने मोहनबाबू को मार दिया। मुश्किल तो हमें हो जायेगी। बिना मतलब का काण्ड जिसके न सर न पैर। दंगा भड़काने में लगता ही क्या है मैडम जी?

एक अफ़वाह या एक उद्दण्डता। इन दोनों के अलावा आप बताइए कोई दूसरी वजह होती है दंगे की?"

लीला चुप रही। दुबे की बातें सुनकर उसे समझ नहीं आ रहा था कि क्या करे। जो मालूम हुआ था उस हिसाब से तो मोनू या वहीदा दोनों ही क़ातिल नहीं लग रहे थे। "लेकिन क्या हो जो इन्होंने किसी को सुपारी दी हो?" लीला बुदबुदायी "और अगर मोनू नहीं तो फिर कौन?" उसका मन फिर वहीं जा रहा था। "अब कहाँ से ढूँढूँ? किससे पूछूँ?'' वह सोचती कि वसु और दुबे को चिट्ठियों के बारे में बता दे। बस यह सोचकर सब्र कर लेती कि चिट्ठियों में कहीं कुछ ऐसा हुआ, जिससे मोहनबाबू की बदनामी हो तो बिला वजह मरने के बाद उनका नाम ख़राब होगा। वे अपनी वकालत भी न कर सकेंगे। वह किसी तरह पहले ख़ुद चिट्ठियों तक पहुँचना चाहती है। उसे यक़ीन है उनमें कोई सुराग ज़रूर मिलेगा। लेकिन दुबे से ज़्यादा मुहल्ले वालों की नज़र उस पर थी। ठकुराइन ने तो मानो सोना ही छोड़ दिया था। लीला कैसे उस घर में घुस सकती थी?

दुबे ख़ुद भी क़ातिल को खोजना चाहता है या नहीं उसे नहीं पता, लेकिन उसे इतना ज़रूर पता है कि उसे बड़ी आसानी से इस सब में फँसाया जा सकता है, पर कहीं से तो शुरुआत करनी होगी। इसी उधेड़बुन में बिस्तर पर पड़े–पड़े, घूमते पंखे को देख–देख वह दिन गुज़र गया।

छह

अगली सुबह लीला जब बाथरूम जाने बालकनी में आयी तो आदतन उसकी नज़र मोहनबाबू के घर की तरफ़ चली गयी। उसने देखा दो पुलिस कांस्टेबल मोहनबाबू के घर के बाहर खड़े हैं। पीली पट्टी जस–की–तस लगी है, लेकिन घर का दरवाज़ा खुला है। लीला को लगा अब इन लोगों के हाथ वे चिट्ठियाँ लग ही जायेंगी। वह फुर्ती से कपड़े बदलकर मोहनबाबू के घर के बाहर पहुँची। कांस्टेबल ने उसे अन्दर झाँकते देखा तो बोला–

"फ़िल्म नहीं चल रही मैडम... चलिए हटिए यहाँ से।"

लीला कुछ जवाब देती उससे पहले ही सामने बालकनी में खड़ी ठकुराइन ऊँचे स्वर में बोलीं, "अरे खड़ी रेन दे बेचारी को, जो मरा उसकी वो है।"

जब से पुलिस टीम आयी थी तब से ही ठकुराइन नज़र गड़ाये खड़ी थी। उसने 'वो' पर जैसा ज़ोर दिया और जितना चटखारा भरा, कांस्टेबल टेढ़ी मुस्कान से मुस्कुरा दिया। लीला ने घर के भीतर झाँककर देखा। एक आदमी रसोई में दाल–मसालों के डब्बे खँगालते दिखा। दूसरा, आँगन की ज़मीन को टटोल रहा था, मानो कोई दबा ख़ज़ाना ढूँढ़ रहा हो। लीला को दोनों के ही काम करने में सुस्ती, बे–मनी, लापरवाही दिखाई दी। दोनों ही खानापूर्ति करते नज़र आये। लीला ने भँवें सिकोड़ते हुए कांस्टेबल से पूछा, "क्या चल रहा है यहाँ?"

"फोरेंसिक की टीम आयी है।"

"दो दिन बाद?" लीला बोली।

"आ तो गयी न? एक बुड्ढे के मरने पे सब काम छोड़ के आ जायें क्या?" कांस्टेबल ने भारतीय पुलिस–व्यवस्था के माथे पर लगे लापरवाही के कलंक को पोषित करते हुए उतना ही लापरवाह जुमला फेंका। लीला के बोलने से पहले फिर बोला, "वो तो दुबे जी का ज़ोर है वरना ऐसे मामलों की फ़ाइल पोस्टमार्टम की रिपोर्ट आने से पहले ही बन्द हो जाती है मैडम।"

कांस्टेबल वहीं चबूतरे पर अपनी तशरीफ़ जमाते हुए आगे बोला, "अब आप ही बताइए मैडम, न इसका कोई परिवार, न मुखाग्नि देने वाला, न कोई अरबों, खरबों की सम्पत्ति, न ही जानी दुश्मन, ऐसे बुड्ढे को मार के कोई अपने माथे पर पाप क्यों मोल लेगा? ज़बरन का केस है, फॉर्मेलिटी पूरी होते ही बन्द हो जायेगा। आपसे भी इतनी बात इसलिए बता रहा हूँ क्योंकि आप उसकी वो हैं।"

कांस्टेबल ने 'वो' पर वैसा ही चटखारा लेते हुए साथी सिपाही को आँख मारी। लीला चुपचाप ख़ून का घूँट पीकर रह गयी। किसी से कुछ कह तो सकती नहीं थी। अब बस यही इन्तज़ार कर रही थी कि वे चिट्ठियाँ मिल जायें तो उसकी मुश्किल भी थोड़ी आसान हो।

कांस्टेबल के कहने से लीला घर तो लौट गयी, लेकिन उसकी नज़र मोहनबाबू के घर पर और क़दम अपने घर की बालकनी में ही जमे रहे। क़रीब एक घण्टे बाद फॉरेंसिक वाले बाहर निकले और घर को फिर से सील करके निकल गये। लीला जानती थी इनसे पूछने से कोई उत्तर नहीं मिलेगा। उसने कुछ मिनिट इन्तज़ार किया, फिर दुबे को फ़ोन मिलाया।

"क्या बात है मैडम जी?"

"आज फॉरेंसिक वाले आये थे, कुछ मिला?"

"नहीं, कुछ नहीं मिला।" दुबे ने थोड़ा रुककर पूछा, "क्यों कुछ मिलना चाहिए था?"

लीला ने झेंपते हुए कहा, "नहीं, मेरा वो मतलब नहीं था, बस पूछा।"

"आपसे पहले ही कहा है मैडम जी, भरोसा रखिए और मुझे मेरा काम करने दीजिए, बाक़ी बात आकर करता हूँ।" इतना कहकर दुबे ने फ़ोन काट दिया।

अब इसके बाद लीला के पास एक बार फिर इन्तज़ार के अलावा कुछ नहीं बचा था। वह सोफ़े पर आकर बैठी ही थी कि डोर–बेल बजी। लीला का कतई मन नहीं था किसी से मिलने का, किसी को देखने का। उसे लगा फिर से ठकुराइन होगी और दिमाग़ ख़राब करेगी, इसलिए उसने अनसुना कर दिया। अगले ही मिनिट वसु सीढ़ियाँ चढ़कर आ रही थी, "अरे दरवाज़ा बन्द रखा करें, इट्स नॉट सेफ।" कहते हुए उसने एक डब्बा सेंटर टेबल पर रखा और लीला के सामने वाली कुर्सी पर बैठ गयी।

"इट्स नॉट सेफ" सुनकर लीला को "सँभलकर रहना" याद आया। उसे लगा वसु से इस बारे में बात करे, मगर कुछ सोचकर चुप्पी साध गयी।

"मुझे पता है आपने कुछ खाया नहीं है, इसलिए अपने हाथ से गरमागरम पराँठे बनाकर लायी हूँ, कोई ना–नुकुर नहीं चलेगी, फटाफट मुँह धोइए और खाइए।"

वसु का इतना कहना था कि लीला के आँसू छलक आये। रोज़ सुबह मोहनबाबू का नाश्ता लेकर आना और अपने हाथों से चाय बनाकर पिलाना उसकी आँखों के सामने मोहनबाबू फिर जीवित हो उठे।

वसु ने उठकर उसे गले लगाया और फिर जैसे–तैसे मनाकर कुछ निवाले लीला के गले से उतरवाये।

"मैं चाहती तो हूँ कि सारा दिन आपके पास बैठी रहूँ, लेकिन 10 बज रहे हैं और मुझे स्कूल पहुँचना है, वरना वो खड़ूस प्रिंसिपल हम दोनों को नौकरी से निकाल देगी।" कहते हुए वसु उठी तो लीला ने

उसका हाथ पकड़ लिया, बोली, "मुझे बड़े तालाब वाले शिव मन्दिर पर छोड़ सकती हो?"

"लो ये भी कोई पूछने की बात है, आप जहाँ कहेंगी आपका ड्राइवर छोड़ आयेगा। प्रिंसिपल दस मिनिट मेरा इन्तज़ार कर लेगी।" वसु भरसक कोशिश कर रही थी कि लीला मुस्कुरा दे, लेकिन लीला की ख़ुशियों में लगा दंश इतना गहरा था कि हँसी–मुस्कुराहट उसे छू भी नहीं पा रहे थे। वसु ने उसे शिव मन्दिर पर छोड़ा और स्कूल के लिए निकल गयी।

****

भोपाल से मोहब्बत करने की यूँ तो कई वजह हो सकती हैं। एक सुन्दर, शान्त ऐतिहासिक शहर। लेकिन सबसे बड़ी वजह अक्सर ही लोगों के लिए बड़ा तालाब बन जाती है। बड़े तालाब को लेकर भी अलग–अलग लोगों की अलग–अलग पसन्दीदा जगह हैं। किसी को लेक–व्यू की लम्बी रोड पसन्द आती है, किसी को मरीन रोड़ तो किसी को लम्बी सीढ़ियों के ऊपर बना यह शिव मन्दिर। मन्दिर के पीछे बैठकर सूर्यास्त देखने से लगता है मानो समन्दर किनारे ही बैठे हों। शाम के समय कई सारे युवा यहाँ तैराकी के लिए इकट्ठे हो जाते हैं। साथ ही चलती रोड है, हलचल भी दिखती रहती है। लीला की भी यही पसन्दीदा जगह थी। मोहनबाबू के साथ आती तो लेक–व्यू पर घूमना पसन्द था उसे, लेकिन जब अकेले आती तो शिव मन्दिर के पीछे बैठना। अभी जिस मनःस्थिति में वह है, उसमें न तो उसे जगह की सुन्दरता से और न ही लोगों की मौजूदगी से कोई सरोकार है। वह तो बस भाग रही है, कभी मोहनबाबू की यादों से, तो कभी उन ख़यालों से जो हर मिनिट एक नये हत्यारे की तलाश में उसे चैन से कुछ पल मोहनबाबू को याद भी नहीं करने देते।

लीला, मन्दिर के पीछे जाकर बैठ गयी। सुबह के दस बज रहे हैं। मन्दिर में इक्का–दुक्का लोग जल–ढारने और फूल चढ़ाने आ रहे हैं,

जिनके आने से रह–रहकर मन्दिर की घण्टी बज जाती। धूप सर पर चढ़ने लगी है। कुछ बच्चे तैराकी कर रहे हैं। एक खिवैया नाव लेकर सैलानियों के इन्तज़ार में अभी से बैठ गया है। एक–दो नाव तालाब में तैरती दिख रही हैं। ज़िन्दगी भी तो नाव की ही तरह किसी बड़े से दरिया पर तैरती रहती है, बिना इस बात की तह तक गये कि दरिया कितना गहरा है, सब अनुमान और अन्देशों पर चलता रहता है। जन्म एक किनारा है और मृत्यु दूसरा; इसके बीच कितने ही तूफ़ान, हवा के थपेड़ों से नाव डगमगाती है। जो मज़बूत हुई वह डटी रह पाती है, यात्रा पूरी करके दूसरे किनारे पर पहुँचती है; जो अस्थिर हुई वह पहले ही डूब जाती है। लीला के जीवन की नाव भी न जाने कितनी बार बीच में डूब जाती, लेकिन जाने क्या है ऐसा जो इतने थपेड़ों के बाद भी उसे आगे बढ़ाये जा रहा है।

उसका मन दरिया की लहरों की तरह हिलोरें भरता हुआ उस दिशा में बढ़ रहा है, जब वह भोपाल पहुँचते ही मोहनबाबू से उसकी मुलाक़ात हुई थी।

जिस रात वह सब कुछ छोड़कर अकेले ही घर से निकली, उस रात भी उसके मन में एकबारगी यह ख़याल आया था कि "अब जीकर क्या करेगी" इन्सान के जीवन में माँ–बाप, भाई–बहन, पति नहीं तो बच्चा, कोई तो ऐसा होता ही है जिसके लिए या जिसकी वजह से वह जीना चाहे। जिसे फ़र्क़ पड़ता हो हमारे जीवित रहने से लेकिन यदि ऐसा कोई न हो तो? मर जाना चाहिए? नहीं... बिल्कुल नहीं, बल्कि तब तो जीवन शुरू करना चाहिए, सिर्फ़ और सिर्फ़ अपने लिए। किसी के भी सहारे के, उम्मीद के बिना जीना कठिन तो बहुत होता है, लेकिन ऐसे जीने में भी हर रूप से आत्मनिर्भरता का बोध होता होगा जब हम सब कुछ सिर्फ़ अपने लिए, अपनी ख़ुशी के लिए अपने सुख के लिए करना चाहें। यही सब सोचते हुए लीला ने भी उस दिन भोपाल का रुख किया था।

भोपाल। लीला की कोई बहुत झोला भरकर यादें इस शहर से नहीं जुड़ी थीं, पर जितनी भी थीं बहुत ख़ास थीं। 16–17 की उम्र में थी जब उसके पिता का तबादला यहाँ हुआ। यही वह उम्र थी जब लीला, परिवार में सबसे ज़्यादा उद्दण्ड, बत्तमीज़ और मनमौजी कहलाने लगी थी। अपनी ज़िद से पढ़ाई–लिखाई तो मन की कर ही रही थी, बच्चों को ट्यूशन देना और ड्राइविंग सीखना भी उसने यहीं शुरू किया था। घर में माँ चिल्लाती रह जातीं "लीला, बर्तन पड़े हैं", "लीला, कपड़े इस्त्री को पड़े हैं। पापा की यूनिफॉर्म तो इस्त्री करके जा", "लीला, भाई के लिए चाय बना दे" लेकिन लीला कहाँ सुनने वाली थी। जब बहुत हो जाता तो कह देती "दीदी से करा लो, ख़ाली तो बैठी रहती है"। लीला का इतना कहना होता कि माँ उसकी चोटी पकड़ने को होतीं और लीला फुर्र हो जाती।

भोपाल तबादला होने से लीला के लिए नयी राह खुली। शहर बड़ा था। छोटे शहरों की अपेक्षा मौक़े भी अधिक थे। बच्चों को ट्यूशन पढ़ाकर इसी शहर में उसने अपनी पहली कमाई पायी। यहीं उसने ड्राइविंग सीखी और ड्राइविंग स्कूल में प्रशिक्षिका बनकर पार्ट–टाइम नौकरी भी की, धन कमाना, जोड़ना, बचाना सीखा। तब यहाँ बस ढाई साल ही रह पायी। फिर पिताजी का तबादला हो गया और इस शहर का साथ छूट गया। लेकिन जब ज़िन्दगी में एकबार फिर नयी शुरुआत करने का समय आया तो लीला ने इसी शहर को चुना, क्योंकि यही वह शहर था जिसने उसकी आत्मनिर्भरता की राह खोली थी। स्त्रियों की परवरिश भी बड़े तिलिस्मी तरीक़े से होती है। कौन कहेगा कि लीला, जिसे घरवाले उद्दंड, बत्तमीज़ और मनमौजी कहने लगे थे, वह वर्षों तक पति द्वारा दी गयी शारीरिक–मानसिक प्रताड़ना झेल लेगी। परिवार बचने की उम्मीद, बच्चों के प्रति ममता और 'कभी तो सब ठीक हो जायेगा' के भरोसे में स्त्रियाँ वह सब करती हैं जो उनका मन गवारा नहीं करता। यह उन्हें तिल–तिल भीतर से तोड़ता रहता है। कुछ पूरी तरह टूट जाती हैं, कुछ लीला

की तरह दोबारा खड़ी होती हैं, भले ही जीवन के किसी भी पड़ाव पर हों, किसी भी उम्र में हों। 50 वर्ष की लीला जब भोपाल स्टेशन पर उतरी, तब वह बीते 34 साल भुलाकर वापस वही सोलह वर्ष की लीला बन जाना चाहती थी जो भोपाल में अपने अस्तित्व की ज़मीन तलाश रही थी। उसके पास चंद कपड़े, थोड़ा–सा बैंक बैलेंस और ढेर सारी उम्मीदें थीं। इन्सान के पास कपड़े–लत्ते या बैंक–बैलेंस ना भी हो बस भरपूर उम्मीदें हों तो भी वह अच्छा जीवन जीने के लिए दुनिया में अपनी जगह बना ही लेता है।

इतने वर्षों में यह शहर भले ही बदल गया हो, लेकिन यहाँ की हवा में अब भी वह बात थी। लीला उस हवा को महसूस करते ही थोड़ा अधिक जीवित महसूस करने लगी। इस जानी–पहचानी सी हवा में साँस लेकर लीला को लगा मानो वह नरक की यातनाओं से मुक्ति पाकर नयी दुनिया में जन्म ले रही हो। अपनी स्वतन्त्रता के स्वप्न तो हर स्त्री देखती होगी, लेकिन वे स्वप्न इसी जन्म में पूरे हो जायेंगे और जिन शारीरिक मानसिक प्रताड़नाओं से वह हर दिन दो–चार हो रही है, उनसे बचकर वह स्वतन्त्र, सुखी, आत्मनिर्भर जीवन भी जी सकती है यह यथार्थ देखने का सुख सबको नहीं मिल पाता। कहाँ जायेंगे? क्या खायेंगे? लोग क्या कहेंगे? परिवार क्या कहेगा? इन बातों के जवाब ढूँढ़ने में वह ख़ुद को इतना असहाय मान लेती है कि हर तरह का अत्याचार चुपचाप झेलती जाती है। लीला ने भी कई वर्ष झेला, लेकिन जब तय किया कि अब और नहीं तब भोपाल उसके लिए वह दरवाज़ा बना, जिसकी दहलीज से उसने अपना जीवन बदलना तय किया। भोपाल स्टेशन के तीसरे प्लेटफॉर्म पर लीला की ट्रेन रुकी थी। वह भोपाल पहुँच तो गयी थी लेकिन करेगी क्या? रहेगी कहाँ? इसका कोई ठौर–ठिकाना नहीं था। वह बस आ गयी थी, आगे जो होगा देखा जायेगा सोचकर।

"यहाँ तो सब कुछ बदल गया।" स्टेशन पर एलीवेटर से नीचे, प्लेटफॉर्म नम्बर एक की तरफ़ बाहर निकलते हुए वह बुदबुदायी। एलीवेटर से उतरी ही थी कि ऑटो वालों ने उसे घेर लिया।

"अशोका गार्डन... प्रभात...सुभाष नगर...एमपीनगर कहाँ जायेंगी मैडम।" इतने वर्षों बाद वह इन सभी नामों को दोबारा सुन रही थी। नाम सभी जाने–पहचाने थे, लेकिन वे जगहें कैसी हैं उसे कुछ भी ठीक से याद नहीं था।

"अभी कहीं नहीं भैया।" कहकर वह किनारे से हो गयी। सोचा पहले खुद तय करे कि जायेगी कहाँ। शहर से भले पुरानी जान–पहचान है लेकिन लोगों से नहीं। कोई इधर–उधर ले गया तो मुश्किल हो जायेगी। हालाँकि शाम होने में अभी समय था। साढ़े चार ही बजे थे लेकिन समय का कोई भरोसा थोड़े है, अकेली अधेड़ औरत को चकमा देना इतना भी कठिन नहीं।

लीला साइड में खड़े होकर किसी भद्र महिला की तलाश में थी, जिससे बात करके यह समझा जा सके कि यहाँ अच्छी और सस्ती धर्मशाला कहाँ मिलेगी। अच्छे होटल में रहना उसकी जेब के लिए ठीक नहीं और सस्तो होटलों का उसे भरोसा नहीं था इसलिए उसने तय किया कि किसी ठीक सी धर्मशाला में रहकर शहर को समझेगी, नौकरी तलाशेगी।

ऑटो वालों की लाइन में उसे एक ऑटो में महिला ड्राइवर दिखी। लीला झट से उसके पास पहुँची। उसने ज़रा नीचे झुककर झाँका, "हाँ लड़की ही है" खुद को तसल्ली दी। 27–28 वर्षीय, छरहरे बदन की, साँवली रंगत वाली आम–सी लड़की जो लीला के लिए बेहद ख़ास थी, क्योंकि वह भरपूर आत्मविश्वास के साथ मर्दों के बीच खड़ी थी। उस पेशे में जिसमें लड़कियों का दिखना कम–से–कम अभी तो आम नहीं।

"अरे बेटा ज़रा सुनोगी!" लीला ने जब उसे पुकारा, लड़की ने पलटकर देखा।

"कहाँ जाना है आपको।" लड़की बोली। उसकी बोली भी लीला को बड़ी मीठी लगी।

"यही तो तुमसे जानना है कि मैं कहाँ जा सकती हूँ।" लीला ने मुस्कुराते हुए कहा।

"क्या मतलब?" लड़की ने हैरानी से देखते हुए सवाल किया।

"असल में इस शहर में नयी हूँ, क़िस्मत आज़माने आयी हूँ, पेशे से टीचर हूँ। पिछला जीवन छोड़कर आयी हूँ, अब यहाँ रहना है और नौकरी भी ढूँढ़नी है, तुम्हें कोई सुरक्षित और सस्ती धर्मशाला पता है जहाँ रह सकूँ?" लीला ने बेझिझक उस लड़की से अपनी बात कह दी। कितना फ़र्क़ होता है न, स्त्री अनजान स्त्री पर झट विश्वास कर लेती है, वहीं अनजान पुरुष के साथ दिन के उजाले में भी जाने से कतराती है। लीला के मन में यह ख़याल एक बार भी नहीं आया कि वह लड़की भी चालबाज़ हो सकती है। लीला तो बस उसके चेहरे पर बिखरे आत्मविश्वास और उसके पेशे से ही इतनी भावविभोर थी कि उसका उसे गले लगाने का दिल कर रहा था।

"धर्मशाला, हम्म सोचना पड़ेगा, पर आप चिन्ता न करें कोई–न–कोई जगह तो होगी ही।" लड़की ने भी पूरी आत्मीयता से कहा।

"चलो अब तुम कह रही हो तो मिल ही जायेगी।" लीला मुस्कुरायी, "तुम्हारा नाम क्या है?" लीला ने पूछा।

"वसु" लड़की ने कहा, वह इधर–उधर देखती हुई किसी को खोज रही थी, शायद अपने किसी पहचान वाले को।

"तुम कहाँ रहती हो वसु? तुम्हारे घर के नज़दीक नहीं है कोई धर्मशाला?" लीला ने पूछा, फिर हँसते हुए बोली, "देखो ये मत सोचना कि मैं तुम्हारे गले पड़ रही हूँ, बस अनजान शहर में कोई भरोसे लायक दिख जाये तो अच्छा लगता है।"

"अरे नहीं–नहीं ऐसी कोई बात नहीं; मैं किसी को ढूँढ़ रही हूँ जिसे इस शहर की हर धर्मशाला, हर होटल का नक्शा याद है।" वसु ने हँसते हुए कहा।

"कैसी धर्मशाला चाहिए आपको?" साथ ही खड़े एक आदमी ने पूछा। लीला ने उसकी ओर देखा। सफ़ेद धोती पर झक्क सफ़ेद कुरता। बालों में हलकी चाँदी और माथे पर लम्बा तिलक।

पहली नज़र में लीला को कोई भद्र पुरुष जान पड़ा। यूँ तो किसी अनजान पुरुष का बीच में घुसना उसे अच्छा नहीं लगा, लेकिन वेशभूषा से वह व्यक्ति भलमानुष जान पड़ा। लीला को बात करने में कोई हर्ज़ नहीं हुआ।

"सस्ती और सुरक्षित, जहाँ नौकरी मिलने तक तसल्ली से रहा जा सके और आसपास ही कहीं खाने की व्यवस्था हो जाये।"

"अच्छा मिल तो जायेगी।" आदमी ने कुछ सोचा फिर संकोच के साथ बोला, "माफ़ कीजिएगा आपका उपनाम क्या है? वो क्या है कि यहाँ अलग–अलग जातियों के हिसाब से कई धर्मशाला बनी हुई हैं वे अपनी जाति वालों को पूरी सुविधा देते हैं।"

"ये भी ख़ूब बात है, मेरा नाम लीला कौल है। कश्मीरी पण्डित हूँ लेकिन अभी मजबूरी में जो धर्मशाला अच्छी होगी उसी कास्ट के बन जायेंगे।" लीला का इतना कहना था कि वह आदमी और वसु दोनों हँस दिये, "अरे अब आप पण्डित ही बनी रहें, एक अच्छी जगह है आपके लिए। एक धर्मशाला है, उसका संरक्षक मेरा जानने वाला है, आप कहें तो मैं आपको वह जगह दिखा देता हूँ।"

"आप मुझे पता बता दें मैं ऑटो से जाकर देख लूँगी, आप फ़िज़ूल ही परेशान होंगे, यहाँ किसी काम से ही आये होंगे।"

"जिस काम से आया था वह हो गया। किसी से मिलने आया था। अब घर ही निकल रहा था। आपको असहजता है मेरे साथ जाने में तो कोई दिक़्क़त नहीं, मैं पता बताये देता हूँ, मैं तो बस इसलिए कह रहा था कि साथ जाऊँगा तो संरक्षक थोड़ा ख़याल रख लेगा।"

"तो हम इसी ऑटो से चलते हैं।" लीला ने वसु के ऑटो की तरफ़ इशारा करते हुए कहा।

"हाँ–हाँ ज़रूर" वह आदमी बोला, "वैसे लोग मुझे मोहनबाबू के नाम से जानते हैं।"

वे लोग ऑटो में बैठकर निकल गये। लीला को वह सही आदमी लग रहा था, लेकिन अनजान शहर में किसी का क्या भरोसा इसलिए

उसने वसु के साथ ही जाना उचित समझा। एक लड़की के साथ रहने से कुछ तो तसल्ली बनी रहेगी, उसने मन–ही–मन सोचा। ऑटो में बैठने के कुछ सेकंड बाद लीला ने वसु से बात करनी शुरू की। वह वसु के प्रति उत्सुकता से भरी थी।

"तुम्हारी उम्र में तो लड़कियाँ शादी के सपने देखती हैं और तुम हाथों में मेहँदी की जगह इंजन ऑइल मल रही हो। कोई तो ख़ास वजह होगी।" लीला ने इतनी ज़ोर से कहा था कि ऑटो की घर्रर–घर्रर और बाहर से आती हवा के बीच भी वसु को सुनाई दे जाये लीला की बात, पर पास में बैठे मोहनबाबू भी मुस्कुरा रहे थे। उन्हें भी उत्सुकता थी, लेकिन वे ज़ाहिर नहीं कर रहे थे।

"जब पालने वाला कोई न हो तो ख़ुद को पालने के लिए काम करना पड़ता है; मुझे यही काम ठीक लगा तो यही शुरू कर दिया।" वसु कहते हुए ध्यान रख रही थी। पलक झपकते रियर मिरर में लीला को देखती, फिर सामने सड़क पर। वह आगे बोली, "माँ बीमार है मेरी, यहीं कैंसर अस्पताल में भर्ती है। हम दोनों का एक–दूसरे के अलावा कोई नहीं। जब वो कमाती थी तब तक उसने मुझे पाला अब मैं उसे पाल रही हूँ।"

"पर ऑटो के अलावा कोई और काम भी कर सकती थीं, जिसमें रिस्क कम हो।" लीला ने कहा।

"कर सकती थी, अगर हाथ में किसी बड़े कॉलेज की बड़ी डिग्री होती तो... प्राइवेट से बीए करने वालों को पाँच–सात हज़ार से ज़्यादा नहीं देते कम रिस्क वाली नौकरी करने में और मुझे ज़्यादा कमाना था ताकि माँ का इलाज करा सकूँ।" वसु ने बड़ी सहजता से अपने जीवन की सारी मुश्किलें बता दीं

"अच्छा है इस जन्म का क़र्ज़ इसी जन्म में चुकता हो रहा है।" मोहनबाबू बोले तो वसु ने बस उन्हें देखा, फिर मुस्कुरा दी। उसकी मुस्कान ख़ुशी की नहीं थी यह लीला ने भाँप लिया था। वह बात को बदलते हुए बोली, "इसमें कितना कमा लेती हो?"

"सुबह 10 से ढाई बजे तक एक स्कूल में बच्चों की आया का काम करती हूँ, वहाँ थोड़ा ठीक–ठीक पैसा मिल जाता है, उसके बाद आधा घण्टे माँ को देखने में खाना–वाना में निकल जाता है। सुबह पाँच से सात और दिन में तीन से रात दस तक ऑटो चलाने में निकल जाता है।"

"तुम्हें तो मोटिवेशनल स्पीकर होना चाहिए।" वसु की बात सुनकर लीला बोली, "आज जहाँ आये दिन युवा आत्महत्या कर रहे हैं, वहाँ इतनी मुश्किल ज़िन्दगी जीते हुए भी तुम्हारे चेहरे पर थकान नहीं है।"

"माँ है थकने के लिए, मैं थक गयी तो उसका क्या होगा।" वसु कहते हुए फिर मुस्कुरायी।

"अच्छा ये तो ब–"

"अरे, बस–बस यहीं... इसी गली में मोड़ लो।" लीला, वसु से आगे बात करती उससे पहले ही मोहनबाबू ने बीच में रोक दिया, "हाँ वो जो सामने गुलाबी रंग की बिल्डिंग दिख रही है वही धर्मशाला है।"

"चलिए मैं आपकी बात करवा देता हूँ।" ऑटो से उतरते हुए मोहनबाबू ने लीला से कहा।

"तुम यहीं रुकना, जाना मत।" उतरकर भीतर जाने से पहले लीला वसु के हाथ पर हाथ रखते हुए बोली, फिर भीतर चली गयी।

धर्मशाला में मोहनबाबू के कहे अनुसार लीला को सस्ते किराये पर वी.आइ.पी कमरा मिल गया।

"चलो हम तो यहाँ सेटल हो जाते हैं, लेकिन तुम्हें कभी अख़बार में इस इलाक़े में किसी बुढ़िया के साथ दुर्घटना का पता चले तो आ जाना।" लीला, वसु से बोली तो मोहनबाबू ने बीच में टोका, "आप नाहक ही इतना परेशान हो रही हैं, आप बेफ़िक्र रहें; हमारे शहर में हैं अब हमारी ज़िम्मेदारी हैं।" फिर वे ऑटो में बैठते हुए बोले, "और सुनें मैं कोई व्यवस्था देखता हूँ ताकि आपको नौकरी भी जल्द मिल जाये और अच्छा घर भी।"

"अरे नौकरी के लिए मैं कल अपने स्कूल में बात करती हूँ, आप क्या पढ़ाती हैं?" वसु ने पूछा।

"ह...उम्म" लीला कहते–कहते रुक गयी, "वहाँ तो सेकंडरी को हिन्दी पढ़ाती थी, यहाँ कुछ भी पढ़ा लूँगी, बस जीवन गुज़ारने लायक तनख़्वाह जिसमें मिले।"

"मैं कल बात करके आपको बताती हूँ।" वसु ने कहा, फिर मोहनबाबू से मुख़ातिब होते हुए बोली, "आपको किधर जाना है अंकल जी?"

"देखो बिटिया हमको अंकल–वंकल नहीं पसन्द। हमें बाबूजी रहने दो, सब यही कहते हैं।"

वसु को थोड़ी असहजता हुई लेकिन उसने मुस्कुराकर फिर पूछा, "अच्छा बाबूजी आपको कहाँ छोड़ू?"

"बस यहाँ से मेन रोड पर बाहर निकलोगी तो वहाँ से सीधा ले लो फिर चार गली छोड़कर दाहिने हाथ पर अन्दर ले लेना, फिर वहाँ से बायाँ" मोहनबाबू ने कहना शुरू किया तो वसु ने टोका, "आप सीधे कहिए न सलीमबाग़ में जाना है, कहाँ दायें–बायें कर रहे हैं।"

"हाँ–हाँ वही।" मोहनबाबू बोले और फिर हँस दिये।

उसके बाद लीला की ज़िन्दगी में लम्बे समय तक चला तूफ़ान जैसे थमने लगा था। वसु की सहायता से उसे प्राइमरी के बच्चों की हिन्दी टीचर की नौकरी मिल गयी थी वसु के ही स्कूल में और मोहनबाबू की बदौलत उसे मोहनबाबू की ही गली में दो कमरे–किचन का एक छोटा–सा घर मिल गया था। घर अच्छा था। ऊपर होने को तीन कमरे थे, लेकिन भीतर वाला कमरा जिसमें गुसल जुड़ा हुआ था–उस पर भी मकान मालिक ने ताला डाला हुआ था। उस कमरे से सटी रसोई थी, फिर एक कमरा। उस कमरे से निकलते ही सीढ़ी और सीढ़ी चढ़कर दायीं ओर मुड़ते ही एक छोटा–सा कमरा।

"बड़ा अजीब–सा कंस्ट्रक्शन है इसका।" उस कमरे को पहली बार देखते ही लीला बोली थी।

"इतना सुन्दर तो है, खुला–खुला।" मोहनबाबू ने मुस्कुराकर कहा था

"कुछ ज़्यादा ही खुला नहीं है।" लीला ने मुआयना किया। वह कमरा असल में ऊपरी मंज़िल का पोर्च एरिया था, जिसे बाद में किरायेदार के हिसाब से कमरे में तब्दील किया गया। कमरे की बाहरी दीवार ओपन थी, जो चार फ़ीट की एक बालकनी में खुलती थी। इस ओपन एरिया को काँच की स्लाइडिंग से बन्द किया गया था और बालकनी को आधा–आधा फुट चौड़े बर्फ़ीनुमा लोहे के जाल से। इस जाल में बीचोंबीच उस जाल जैसी ही एक खिड़की थी। खिड़की क्या थी, रहने वाला भीतर से पूरी तरह बाहर झाँक सके इसके लिए जाल को ही काटकर ढाई फ़ीट का दरवाज़ा बना दिया था। जाल भी बस नाम का ही था, कोई पर्देदारी नहीं थी उससे। भीतर वाला बाहर और बाहर वाला भीतर पूरी सफ़ाई से देख सकता था। रहने वाले को अपने हिसाब से जाल में या फिर भीतर काँच के दरवाज़ों पर परदे लगाने होते। शुरू–शुरू में जब वह इस घर में आयी थी, उसे यह बालकनी बड़ी बुरी लगती। "पूरा घर छोड़कर ऐन सड़क पर भी कोई बाथरूम बनाता है क्या? दिन–रात सड़क चलता हर आदमी देख सके कि कब हगने जा रहे हैं कब नहाने।" बालकनी के एक कोने पर बने अटेच लेट–बाथ लीला को बिल्कुल पसन्द नहीं थे, पर गली मुहल्ला और सबसे अधिक मोहनबाबू की सुरक्षा के घेरे में रहने के लिए उसने इस बालकनी को ख़ुशी–ख़ुशी स्वीकार लिया। स्वीकार क्या लिया, धीमे–धीमे वही बालकनी और उसकी वह खिड़की लीला के अकेलेपन की साथी बन गयी। अपने ख़ाली समय का अधिकांश हिस्सा लीला उसी बालकनी में खिड़की पर लदकर बिताती। कभी वहीं किताबें पढ़ती, कभी आते–जाते लोगों को देखती रहती और ये सब सिर्फ़ बहाने होते मोहनबाबू के घर और उन्हें देखते रहने के। मोहनबाबू और लीला एक–दूसरे के व्यक्तित्व से प्रभावित होने लगे थे, इसका उन्हें अन्दाज़ा भी लग रहा था।

बस उम्र और समाज की नज़रें उन्हें सीमा में बाँधे रखतीं और वे दोनों ही जब मिलते तो सकुचाये से रहते। मन की बातें कहना चाहते, अपना अकेलापन बाँटना चाहते, लेकिन इधर–उधर की बातों में ही समय बीत जाता। बस इतना था कि वे दोनों ही एक–दूसरे की आदत बनने लगे थे। अपने–अपने काम के अलावा जितना समय बचता, वे कोशिश करते कि किसी–न–किसी बहाने से एक–दूसरे के साथ गुज़ारा जाये। मोहनबाबू के पास यूँ कोई भारी काम नहीं रहता था। लीला की तो नौकरी थी। शनिवार–रविवार को वसु ने उसे नाटक–मण्डली में बाँध दिया था। वसु रंगमंच से जुड़ी थी। दिन–रात की मेहनत, माँ की बीमारी के बाद एक रंगमंच ही था जहाँ जाकर वसु को सुकून मिलता, जो उसे उदासीनता का शिकार होने से बचाये रखता।

"वैसे कभी–कभी तुम्हारी पर्सनेलिटी मुझे हैरान करती है।" जब पहली बार वसु, लीला को अपनी नाटक मण्डली से मिलाने ले जा रही थी तब लीला ने पूछा था।

"क्यों ऐसा क्या है मेरी पर्सनेलिटी में?" वसु ने मुस्कुराते हुए पूछा

"तुम ऑटो चलाती हो, तुम स्कूल में भी काम करती हो, माँ की देखभाल भी करती हो और एक्टिंग भी करती हो।" लीला ने मुस्कुराते हुए कहा।

"एक्टिंग का तो ऐसा है कि मैं पहले स्कूल के दिनों में थोड़ा बहुत करती थी। सरकारी स्कूलों में वैसे तो ऐसा ज़्यादा कुछ होता नहीं, लेकिन हमारे एक मास्टर जी थे हिन्दी के, उन्हें बड़ा शौक़ था। ख़ुद हीरो बनना चाहते थे, लेकिन क़िस्मत ने साथ नहीं दिया... लेकिन हमें इस बढ़िया कला से जोड़ दिया।" वसु अपनी कहानी सुना रही थी।

"उसके बाद दिल्ली में ही एक–दो नुक्कड़ नाटकों वालों से जुड़ना हुआ। जब यहाँ भोपाल आयी तो कुछ ही महीने बाद अपने जो डायरेक्टर साहब हैं ना... वो एक दिन ऑटो में बैठे। एक लड़की को ऑटो चलाते देख बड़े ख़ुश हुए, फिर बातचीत में उन्हें पता लगा कि

मुझे रंगमंच की दुनिया पसन्द है, तो अपने किसी नाटक के लिए बुला लिया मुझे।" वसु ने साँस छोड़ी फिर आगे बोली, "वरना शहर के सबसे मेन स्टेज पर नाटक करने वाले ग्रुप से जुड़ना और उसका हिस्सा बन जाना हम जैसों की क़िस्मत में कहाँ?"

लीला ने उसकी पीठ थपथपाते हुए कहा था, "जहाँ चाह, वहाँ राह ... फिर तुम तो चमत्कारी बाला हो, जो चाहो कर सकती हो।" लीला की इस बात पर दोनों हँस पड़े थे।

लीला के लिए भी रंगमंच ने दवा का काम किया था। मोहनबाबू भी लीला के साथ मानो नया जीवन जीना शुरू कर रहे थे। इतने सालों तक राजनीति ने उन्हें जितना नीरस और सिमटा हुआ बना दिया था, लीला का साथ उन्हें उतना ही प्रेमिल, रंगीन और दुनियावी बना रहा था। कहाँ तो वे सोचते थे अब सब छोड़कर हरिद्वार जा बसेंगे मुक्ति के लिए और कहाँ लीला ने उन्हें फिर से मोहपाश में बाँध लिया था।

****

"लोग बुढ़ापे में मुक्ति की राह पकड़ते हैं, तुम मुझे अपने बन्धन में बाँधती जा रही हो।" एक दिन शाम के समय बड़े तालाब के किनारे टहलते हुए मोहनबाबू ने लीला से कह ही दिया था। उन्हें मिले तब बहुत समय नहीं हुआ था, कोई डेढ़–दो माह ही बीते होंगे।

"आप अब तक यहीं बैठी हैं?" लीला, मोहनबाबू के साथ हुई शुरुआती मुलाक़ात के लम्हे टटोल रही थी कि वसु ने आकर उसके कन्धे पर हाथ रखा। वह सहम गयी,

"उफ़्फ़, कैसे करती हो अभी मैं गिर ही गयी होती पानी में।" लीला ने अपनी धड़कन सँभालते हुए कहा।

"ऐसे कैसे गिरने देंगे आपको?" वसु उसके बाजू में बैठते हुए बोली, "मैं वैसे इसी चिन्ता में यहाँ आयी हूँ, स्कूल भी ढंग से नहीं कर पायी। लग रहा था कहीं आप पानी में कूद ही ना जायें।"

वसु मसखरी करने की नाकाम कोशिशें कर रही थी। वह जानती थी कि यह समय उचित नहीं है, लेकिन उसका स्वभाव ही ऐसा था कि उससे बहुत ज़्यादा गम्भीर माहौल झेला नहीं जाता।

"अब मरने की इच्छाएँ भी मर चुकी हैं वसु। ज़िन्दगी ने इतना दिखा दिया है कि हर हाल में जीना सीख लिया है।"

"दस बजे छोड़कर गयी थी आपको यहाँ, अब ढाई बज रहा है।" वसु ने लीला के हाथ में बँधी घड़ी उसे ही दिखाते हुए कहा, "इसी तरह भूखी–प्यासी यहाँ बैठी रहीं तो चक्कर खाकर इसी पानी में लुढ़क जायेंगी और दुनिया कह देगी आत्महत्या कर ली।"

इतना कह वसु उठी और अपने कपड़े झाड़ते हुए बोली, "चलिए, भारत भवन में एक बढ़िया नाटक शुरू होने वाला है 3 बजे से, वहीं कैंटीन में पहले कुछ खायेंगे फिर नाटक देखेंगे, आपको इसकी बहुत ज़रूरत है।"

लीला की ना–नुकुर पर ज़रा भी भाव न देते हुए वसु ने उसे उठाया और अपने साथ ले गयी। भारत भवन पहुँचकर पेट–पूजा के बाद दोनों भीतर पहुँच गये। नाटक शुरू हो चुका था। नाम था *"आख़री मुलाक़ात"*। *दो प्रेमी बरसों बाद किसी पार्क में टकरा गये और उनके बीच की बातचीत का दृश्य था। प्रेमी, पार्क में कुर्सी के एक छोर पर बैठा था, प्रेमिका दूसरे छोर पर।*

"लिखना क्यों छोड़ दिया?" प्रेमी ने पूछा।

"प्रेम लिखती थी, अब जीवन में प्रेम बचा नहीं तो किस पर लिखूँ?" प्रेमिका ने कहा।

"पति प्रेम नहीं करता?" प्रेमी ने पूछा।

"पतियों का प्रेम गृहस्थी के बोझ तले दबकर बड़ी ही फुर्ती से मुरझा जाता है।" प्रेमिका ने प्रेमी की आँखों में देखा, "प्रेम तो बस प्रेमियों का ही चिरयौवन रहता है।"

"ऐसा तो नहीं, तुम न लिखने के बहाने खोज चुकी हो।" प्रेमी ने कहा।

"बिल्कुल नहीं।" प्रेमिका के चेहरे के भाव बदले और उसने चिहुँककर कहा, "मैंने अपनी न लिखने की इच्छा पर भी पूरा मन्थन किया है।"

टेढ़ी मुस्कान के साथ प्रेमी बोला, "ओह मन्थन! ज़रा मैं भी तो सुनूँ।"

लीला ने मन–ही–मन सोचा कि वह जानती होती कोई प्रेम कहानी चल रही है तो कभी न आती, यह तो मानो उसके ज़ख़्म को कुरेदने जैसा है। लेकिन मंच पर, जो अभिनय था वह और डायलॉग भी इतने आकर्षक थे कि उसका मन, जो उसे अब भी मोहनबाबू की यादों में खींच रहा था, मस्तिष्क उसे झिड़ककर मंच पर उसकी आँखें टिका देता। चन्द सेकंड के लिए लीला को गुम महसूस हुआ, फिर उसके कानों में वापस प्रेमिका की आवाज़ आने लगी, जो अपने किरदार में डूबी कह रही थी।

"उस दिन जब मैंने महसूस किया कि मैं प्रेम पर लिखना भूलने लगी हूँ तो बिस्तर पर लेटे–लेटे ही अपने आसपास टटोलने लगी। ढूँढ़ने लगी वे सलवटें जो बिखरी रहती थीं निशानी बनकर। वे नदारद थीं। मैं उठी और आईने की तरफ़ बढ़ गयी। मैं भूल चुकी थी अपनी देह को उसकी नज़रों से देखना। अब तो हर दिन सुबह होती थी, पानी के कुछ छींटे भर बदन पर पड़ते थे और आईना रोज़ बिदक जाता, जब मैं बालों को सँवारने, बदन को लोशन से मलने और माथे पर टीका सजाने की जगह एक टेढ़ी नज़र भर मारते हुए बालों की गठरी लगभग सड़ चुके रबरबैंड से बाँधते हुए एक ढर्रे पर बैठकर दिन की सैर को निकल जाती। आइना पुकारता रहता। लेकिन मेरा ढर्रा इस तेज़ी से रेंगता कि आईने को सुन पाने की मेरी आवश्यकता ख़त्म हो चुकी थी।"

"स्त्रियों को सँवरने की इतनी चाह क्यों होती है? यूँ भी तुम्हारी अदा ख़ालिश आसमानी है, सँवरने की क्या आवश्यकता।" प्रेमी ने छेड़ते हुए कहा।

"आवश्यकता? प्रेम में सँवरने की आवश्यकता वैसे ही पनपती है, जैसे बगिया में लगे गुलाब की जड़ों के पास तिकुनिया की घास और प्रेम डूबने लगे तो उस घास को उखाड़ फेंकना भी आवश्यकता बन जाती है।" प्रेमिका ने तीखी नज़र से प्रेमी को देखते हुए कहा, फिर आगे बोली।

"मैंने दिनभर के काम अवेरे। बच्चों के पेट भरे और दुलारकर मन भी, फिर जा बैठी अपने उसी कोने में जहाँ बैठकर मैं अक्सर ही प्रेम लिखा करती थी, प्रेम पर लिखा करती थी। मुझे उम्मीद थी कि मुझे वहाँ दुलार मिलेगा और कोना मुझे अपने आगोश में पाते ही खिल उठेगा। भर देगा मेरे ख़ाली मन को किसी हमसाये की महक से और गन्धित हो उठेगा मेरा मुरझाया तन भी। कहीं सुना था... स्थान का बहुत फ़र्क़ पड़ता है, मसलन ताजमहल के सामने जाकर नीरस–निर्मोही भी हाथों में हाथ डाल तस्वीरें उतरवा लेते हैं। ऐसे ही मैं सोचा करती कि शायद उसी कोने में बैठे रहने से मैं फिर प्रेम पर लिख सकूँ, लेकिन प्रेम पर लिखने के लिए प्रेम में होना पड़ता है... ये भी तो सत्य है न।" प्रेमिका ने फिर एक नज़र प्रेमी पर डाली, जिसकी गहरी आँखें उसी पर टिकी हुई थीं। वह रुकी नहीं अपनी लय में बोलती गयी।

"और प्रेम... वो मुझ बावली के जीवन में कहाँ टिकता।" उसने हँसते हुए कहा, "मेरे सपने हज़ार थे... मुझे प्रेमी भी चाहिए था तो दीवाना सा। मैंने पति में ही प्रेमी खोजना शुरू कर दिया। अल्हड़, मदमस्त... जान छिड़कने वाला प्रेमी। मैंने हर बीती बात भुलाकर उसके ख़याल को ही अपना फितूर बना लिया और चाहने लगी कि मैं भी उसका फितूर बनूँ। लेकिन ये लेकिन भी न बेशरम की बेल है... हज़ार दफ़े उखाड़ो फिर भी उग आती है।" प्रेमिका ने गहरी साँस छोड़ते हुए कहा।

"फिर एक दिन "लेकिन" ख़त्म हो गया मुझे यह जतलाकर कि मैं बावली तो थी ही दिमाग़ से दिवालिया भी थी। मैं जीती थी ख़्वाबों में...

कल्पनालोक से बाहर ही नहीं आ पाती थी। मैं देखती सिनेमा और पढ़ती किताबें, जहाँ प्रेम में दो दीवाने होते हैं...। सिर्फ़ एक दीवानी नहीं। उस ख़त्म होते "लेकिन" के साथ मैंने महसूस किया मैं प्रेम पर लिखना भी भूल चुकी हूँ।"

कहकर प्रेमिका ने अपनी बात ख़त्म की। क्षणिक सन्नाटे के बाद जब हाल में तालियाँ गूँजीं तो लीला वर्तमान में लौटी। वह भीगी आँखों के साथ बाहर निकल आयी। यही भारत भवन तो वह जगह है जहाँ पहली बार मोहनबाबू ने हिम्मत दिखाई थी और अपने मन की बात लीला के सामने रख दी थी। प्रेमी–प्रेमिका के बीच की बातों ने उसके मन को कुरेद दिया। वह चाहकर भी मन को वहाँ जाने से रोक नहीं पा रही थी।

"आप ठीक हैं?" वसु ने पीछे से उसके कन्धे पर हाथ रखा तो लीला के आँसू छलक आये।

"जानती हो यहीं इसी भारत भवन में कहा था उन्होंने यूँ मेरा हाथ पकड़कर।" लीला ने वसु की हथेली अपनी हथेली में लेते हुए कहा, "लीला सोचा नहीं था जीवन में कभी फिर से प्रेम होगा। जिससे हुआ उसके साथ नहीं रह पाया और किसी और के साथ रहने का मन नहीं हुआ इसलिए अब तक अकेला ही जीता रहा। तुमने जीवन में अलग रंग भर दिये हैं, अब फिर से किसी के साथ रहने का मन करता है।" इतना कह लीला वसु से लिपटकर फूट–फूटकर रोने लगी। तीन दिन से रोके हुए उसके आँसू आज बह चले थे। कोई कितना भी मज़बूत बने, कितना भी रोक ले अपने दर्द को, बस एक मौक़ा चाहिए होता है और सब छलछलाकर आँखों से बाहर निकल जाता है। लीला कुछ सँभली तो वसु ने उसे घर छोड़ आने का पूछा। लीला ने इनकार कर दिया, "मैं कुछ देर और लेक पर रुकूँगी। तुम जाओ अपना नुक़सान मत करो ये कमाई का टाइम है।"

वसु ने भी ज़बरदस्ती नहीं की। वह समझती थी कि लीला को अकेले में समय चाहिए। वसु के जाने के बाद लीला पैदल ही भारत

भवन से लेक की तरफ़ बढ़ गयी। फिर शाम तक वहीं बैठी रही। आँखें बीच–बीच में भर आतीं, हथेलियाँ आँसुओं को समेटती जातीं। शाम हो चली थी। अँधेरा घिरने लगा था। लीला उठी और घर की तरफ़ चल दी। घर तो लौटना ही था।

****

ऑटो से उतरकर लीला गली में घुसी। मुख्य सड़क से लगी इस गली में पचास क़दम चलकर दाहिने मुड़ते ही लीला के घर की गली शुरू हो जाती। गली में खास चहल–पहल नहीं थी। यूँ इस समय गली की औरतें किसी एक घर के आगे जमघट लगातीं और निजी स्तर पर की गयी पत्रकारिता, खोजबीन का बुलेटिन होता। स्त्रियों का यह खोजी स्वभाव समाप्त हो जाये तो गली–मुहल्लों की रौनक न मिट जाये? जब से मोहनबाबू की हत्या हुई थी गली में सन्नाटा पसर गया था। मुहल्ले की औरतों का सन्ध्या बुलेटिन भी नहीं हो पा रहा था। लीला को यूँ भी उस बुलेटिन में कोई दिलचस्पी नहीं थी। उसे यह सब बुद्धि और समय की बर्बादी लगता। लीला सोचती कितना अच्छा होता यदि ये स्त्रियाँ समय का सदुपयोग कुछ सीखने में लगातीं, अपने सपनों को पूरा करने में लगातीं या कुछ और नहीं तो देश–दुनिया में घट रही घटनाओं पर कोई सार्थक विमर्श ही कर लेतीं। लेकिन इनकी परवरिश ही ऐसी होती है, इन्हें पैदाइशी इसी तरह बुना–गुना जाता है कि वे अपने और आसपास के माहौल में तोल–मोल से किसने क्या पहना, क्या ख़रीदा, कहाँ गया, किससे मिला आदि से बाहर ही नहीं निकल पाती हैं। लीला अभी अपनी गली के मोड़ पर पहुँची ही थी कि किसी ने उसे रोका, वह पहले थोड़ा घबरायी फिर देखा तो ठाकुर साहब थे, "आप एक बार सब्ज़ी वाली की थाह ले लें, मुझे यक़ीन है वहाँ से कुछ ज़रूर मिलेगा।" इतना कहकर वे आगे बढ़ गये। गली में यूँ तो स्ट्रीट लाइट के चार खम्भे लगे हैं, लेकिन तीन की लाइट साल में दस महीने ख़राब रहती है।

एक अकेला खम्बा कितना उजाला करेगा। उसी एक खम्बे से आती हल्की पीली रोशनी में लीला ने ठाकुर साहब को पहचाना था, जो उससे सब्ज़ी वाली का ज़िक्र करके फुर्ती से यूँ आगे बढ़े कि कोई उन्हें लीला से बात करते देख न ले। लीला ठिठकी–सी वहीं खड़ी रही। ठाकुर साहब ने अपनी दुकान का शटर गिराया, ताला लगाया और लीला की ओर आत्मीय निगाहों से देखा। फिर राम–राम कहते हुए अपने घर की तरफ़ बढ़ गये।

अब तक लीला भी अपने घर के दरवाज़े पर पहुँच गयी थी। लीला समझ गयी कि वे काफ़ी देर से लीला की प्रतीक्षा में गली के चक्कर लगा रहे थे। "लेकिन सब्ज़ी वाली..." लीला ने खुद से सवाल किया और उसकी हैरानी कुछ और बढ़ गयी। वह घर के भीतर गयी और आते ही बालकनी में टँग गयी। उसकी नज़रें ठाकुर साहब की दुकान पर टिक गयीं।

कुछ ही पलों में उसे खीज होने लगी, गुस्सा आने लगा। एक–के–बाद–एक कोई कहीं से भी आकर उसके मन में किसी के बारे में शक डाल जाता है और वह है कि किसी से कह भी नहीं पाती, किसी से पूछ भी नहीं पाती, किसी से बाँट भी नहीं पाती। *कहीं ये ठकुराइन और उनके पति की चाल तो नहीं? कहीं यही दोषी तो नहीं? देखा तो सबसे पहले ठकुराइन ने ही था? ये इधर–उधर सबके बारे में कह रहे हैं खुद को बचाने के लिए? लेकिन ठकुराइन के पति तो मोहनबाबू के अच्छे दोस्त थे वो क्यों ऐसा करेंगे? ठकुराइन के कहने पर? उनका बेटा राजनीति में आना चाहता था, दुबे कह रहा था क्या इसलिए।*

इतने सारे सवाल लीला को कोंचने लगे तो वह खीज उठी। उसने अपनी बन्द मुट्ठियाँ सोफ़े में मारीं जैसे खुद को किसी बात के लिए रोक रही हो। वह उठी और भीतर के कमरे में जाकर टंडी पर रखे एक कार्टन को उतारने लगी। गुस्से में थी, हाथ काँप रहे थे इसलिए वह कार्टन भी फिसलकर ऊपर से गिर गया।

लीला ने टेप फाड़ा और कार्टन में कुछ खँगालने लगी। कुछ ही सेकंड में उसके हाथ में कत्थई रंग की एक मोटी डायरी थी। वह डायरी लेकर बाहर के कमरे में आयी और टेबल पर पटकते हुए बोली–

"तुम फिर आ गयीं न, एक तुम ही हो जो मुझे अकेला नहीं छोड़ोगी।" कहते हुए वह सोफ़े से टिककर लेट गयी। कुछ देर आँख बन्द किये हुए पड़ी रही। आँखों के कोर भीग गये थे। रोये भी तो किसके सामने, किससे कहे और क्या कहे। जब ससुराल और पति की ओर से मिलने वाली तकलीफ़ें बढ़ने लगीं तो उसने डायरी लिखना शुरू किया था। यही उसका एकमात्र सहारा था जहाँ वह अपना गुस्सा निकाल लेती, अपना प्रेम ज़ाहिर कर देती, अपना दिल ख़ाली कर लेती। भोपाल आने के बाद उसने इस डायरी को भी उस सामान के साथ बाँधकर रख दिया था जो उसके कड़वे अतीत का हिस्सा थे। तय किया था कि अब डायरी नहीं लिखेगी बल्कि ऐसे साथी ढूँढ़ेगी, जिनके साथ रहकर उसे अकेले से बातें न करनी पड़ें। जीवन्त मनुष्य हों, उसे सुनने, समझने, सहेजने, दुलारने, प्यार करने के लिए। भोपाल में क़दम रखते ही मोहनबाबू और वसु मिले भी, पर जैसा हम सोचते हैं वैसा कहाँ होता है। कम समय में वह उसी डायरी में लिखने के लिए बेचैन और मजबूर हो उठी, जिससे वह अलग होना चाहती थी। ऐसा भी नहीं था कि वह रोज़ ही डायरी लिखती हो, या सबकुछ ही उसमें लिखती हो। जब–जब मरने का ख़याल आता, जब–जब थक जाती मन से तन से, जब–जब अध्यात्म और वैराग्य जैसी भावनाएँ उमड़तीं सिर्फ़ तब यह डायरी उसकी साथी बनती, ऐसी बातों के लिए जिन्हें वह किसी और से नहीं बाँट पाती थी।

"क्या लिखूँ अब इसमें भी?" कहते हुए उसने डायरी सोफ़े पर पटक दी और बालकनी में आकर टँग गयी। फिर ठाकुर साहब का चेहरा उसके सामने झूलने लगा।

"ग़ज़ब है ठकुराइन का रुतबा भी, सारी दुनिया इस आदमी को ठकुराइन के पति के नाम से ही जानती है।" लीला ने ख़ुद से

कहा और एक हल्की–सी मुस्कान उसके होंठों पर तैर गयी। उसने मोहनबाबू से सुन रखा था कि ठाकुर साहब फ़ौज में चले गये थे। इकलौते थे इसलिए उनकी अम्मा ने रो–रोकर उन्हें वापस बुला लिया और हमेशा अपनी आँखों के सामने रखने के इरादे से ये छोटी–सी दुकान खुलवा दी। काम मन का नहीं था इसलिए दुकान बहुत तरक़्क़ी नहीं कर पायी। दो वक़्त की रोटी मिलती रही। धीमे–धीमे ठाकुर साहब बुझते चले गये और ठाकुरों का रुतबा बनाये रखने के लिए ठकुराइन को आगे आना पड़ा। बस तभी से ठाकुर साहब ठकुराइन के पति के नाम से अधिक जाने जाने लगे। लीला ने दुकान का मुआयना किया। छह बाई बारह की एक छोटी–सी दुकान थी, जिसमें आगे किराना, जनरल स्टोर, मेडिकल सबकी मिली–जुली सुविधाएँ उपलब्ध थीं और पीछे एक आटा चक्की लगी थी। अपनी गली के अलावा पास–पड़ोस की चार–छह गलियों का गेहूँ भी यहीं पिसता था। शटर बन्द थी और दुकान पर तरह–तरह के पोस्टर चिपके थे। कुछ चुनाव प्रचार के अधफटे पोस्टर थे, उन्हीं पर कोचिंग्स के ताज़े–ताज़े पोस्टर लगे थे। दुकान की छत से कुरकुरे, डेरी–मिल्क के होल्डर्स लटक रहे थे। लीला ने पहली बार इतने ध्यान से उस दुकान को देखा था। पूरे मुहल्ले में एक ठाकुर साहब ही थे जो मोहनबाबू के सच्चे हमदर्द थे। दोस्त थे। शुभचिन्तक थे। लीला को वे इन सब कारणों से तो पसन्द थे ही साथ ही इसलिए भी पसन्द थे कि उनकी दुकान पर मिलने वाली बेर की गटागट पूरे मुहल्ले के बच्चों की पसन्दीदा थी। लीला के साथ–साथ वसु को भी इसकी लत लग गयी थी। लीला ने आज जब ठहरकर ठाकुर साहब के बारे में सोचा तो उसे पिछले छह महीनों की छवि दिखने लगी। वह वापस आकर सोफ़े पर बैठी और डायरी खोली। आख़री तारीख़ क्या थी और उसने क्या लिखा था इस पर रत्तीभर भी भावनाएँ ज़ाया नहीं कीं। सीधे ठाकुर साहब के बारे में लिखने लगी। मानो हत्यारे को पकड़ने के नोट्स बना रही हो, जो उसे काम आयेंगे।

उसने नये पन्ने पर बड़े अक्षरों में हैडिंग डाली "ठकुराइन के पति" और लिखने बैठ गयी–

"गली के बीचोंबीच है उनकी दुकान। ठकुराइन के पति जिन्हें देखते ही मन में श्रद्धा सी उमड़े। बूढ़े, थके हुए बरगद जैसे। हँसते हैं तो दाँतों की क़तार ख़ाली दिखती है। पिछले छह महीनों में शायद ही कभी मैंने उनके बेटों को इस दुकान पर बैठते देखा हो। ठकुराइन भी कहती हैं कि वे थक जाती हैं दुकान पर आते–जाते। कोई कुँआरी बेटी होती तो ज़रूर पिता का हाथ बँटाने दुकान पर बैठा करती। निम्न मध्यमवर्गीय आदमी के बेटे जब किसी इम्तिहान की तैयारी कर रहे होते हैं तो पिता उम्मीद लगाता है कि इम्तिहान पास करते ही ग़रीबी की उस दुकान को ढाँप देगा जिसकी शटर वो हर रोज़ मजबूरी में खोलता है। मगर, उसे कहाँ मालूम होता है कि जब बेटा इम्तिहान पास करके नौकरी करने लगता है तो उसे अपना परिवार चलाने की जद्दोजहद में पहले सेविंग्स और फिर ख़र्चे गिनने पड़ते हैं। माँ–बाप तो दुकान से पेट भर ही रहे हैं न। ठकुराइन का भी छोटा बेटा निचले दर्जे की सरकारी नौकरी में है और बड़ा बेटा नेताओं का पिछलग्गू। बस इसी उम्मीद में कि कभी तो उसे इस इलाक़े से पार्षद का टिकट मिलेगा। काम–वाम करके नहीं वह ऊपरी दर्जे के नेताओं की सेवा–शुश्रूषा करके टिकट पाने में विश्वास रखता है। ख़ैर... ठकुराइन के पति समय से दुकान खोलते–बढ़ाते। वे सभी को देखकर मुस्कुराते हैं। पड़ोस वाली गिन्नी से कितनी आत्मीयता से मिलते हैं, पहले उससे कहते थे बेटा हॉस्टल का खाना रास नहीं आता बहुत दुबली हो गयी हो, अब कहते हैं बेटा ससुराल का पानी रास नहीं आता बहुत दुबली हो गयी हो। जितना गिन्नी की माँ को वह दुबली दिखती है, उतना ही उन्हें भी। मुहल्ले के अधिकांश बच्चों से उनका रिश्ता वैसे गटागट के उस डब्बे तक का है जिसे वे बच्चों को देखते ही आगे निकाल देते हैं। लोगों से उनकी मुस्कुराहट की लेन–देन बिना किसी उम्मीद के और एक दूसरे के लिए सुख की

दुआ तक सीमित है, पर असल में लगता है कि जो दुआएँ कभी बुरे वक़्त में काम आती हैं न वो इसी तरह बटोरी गयी दुआएँ होती होंगी जिन्हें बिना किसी उम्मीद के हम अपने गली–मुहल्लों में इकट्ठा करते जाते हैं। उन पर शक करने की कोई वजह नहीं दिखती। फिर वे मोहन के इतने क़रीब थे।"

इतना लिखकर लीला ने डायरी में पेन फँसाया और फिर आँख मूँद लीं।

"मेरे लिए भी बिना दिखाये, बिना जताये यदि किसी ने दुआएँ माँगी होंगी, दुःखी हुआ होगा, इस पूरे मुहल्ले में तो वे शायद ठाकुर साहब ही हैं।" कहते हुए लीला भीतर चली गयी। बिस्तर पर पसर गयी और मोहनबाबू की ठकुराइन के पति के साथ होने वाली मीठी नोंक–झोंक, उनकी शतरंज की बाज़ियाँ और उसमें होने वाली लड़ाई सब कुछ उसकी आँखों के सामने किसी रील की तरह चलने लगा। यही सब सोचते–सोचते उसकी आँख लग गयी। इन दिनों उसे न भूख–प्यास से मतलब था न ही नींद की गोली से। **बहुत अधिक दुःख और बहुत अधिक सुख दोनों ही स्थितियों में व्यक्ति को आँखें मूँदकर सो जाने के लिए नींद की गोलियों की ज़रूरत नहीं लगती, तब विचारों का, दुःख का या सुख का ही इतना गहरा नशा होता है कि उन्हीं में डूबकर व्यक्ति की पलकें भारी रहती हैं।**

सुबह क़रीब चार बजे जब गश्त वाले ने सीटी मारी तब लीला की नींद खुली। वह ख़ुद भी हैरान थी कि कैसे बिना चादर के, बिना टेबलेट के आज वह सो गयी थी और बड़ा लम्बा सोयी थी। "थका हुआ मन कितना बेसुध होकर सोता है।" वह बुदबुदायी। फिर बाथरूम जाने के लिए बालकनी में आ गयी। बाथरूम से निपटकर भीतर जाने का मन नहीं किया। एक बार फिर ठाकुर साहब की बातें उसके दिमाग़ में घूमने लगीं।

"उन्होंने सब्ज़ी वाली के लिए क्यों कहा?" वह खुद से बोली। उसे दिमाग़ पर बहुत ज़ोर नहीं डालना पड़ा यह याद करने में कि जब भी मोनू मोहनबाबू को मारने की बात कहता था वह हँस देती थी और ख़ुद भी दो लाइन जोड़कर मोहनबाबू के मरने की दुआ माँगती थी, लेकिन सब्ज़ी वाली क्यों मारेगी? ऐसी क्या कहानी है उसके पीछे? "वह हत्या वाले दिन तो आयी थी।" लीला को याद आया कि उस दिन जब मोहनबाबू की लाश पोस्टमार्टम के लिए जा रही थी तब उसने गली में घुसते हुए सब्ज़ी वाली को देखा था। लेकिन वह माहौल देखकर रुकी नहीं थी न ही सब्ज़ी बेचने के लिए आवाज़ लगायी थी। यदि उसी ने मोहनबाबू की हत्या की होती तो वह गली में क्यों आती? "शायद देखने कि रात के हमले के बाद मोहन मरे या नहीं?" लीला अपने ही ख़याल पर चौंकी। उसने याद करने की कोशिश की, लेकिन उसे याद नहीं आया कि हत्या के अगले दिन यानि सोमवार को और कल यानि मंगल को वह आयी थी या नहीं। उसे हैरानी थी कि यदि सब्ज़ी वाली इतनी सन्दिग्ध है तो दुबे ने उसके बारे में क्यों नहीं पता लगाया।

लीला ने बालकनी से ही गली में नज़र डाली। निपट सन्नाटा था। कुत्ते भी शान्त थे। मोहनबाबू के घर के बाहर लगी पीली पट्टी दूर से ही चमक रही थी। सड़क पर उनकी लाश के गिर्द खींची गयी सफ़ेद रेखा भी जस की तस थी। कोई नहीं था जिससे बात कर ले जिससे पूछ ले कि यह सब क्या हो रहा है? वह किसके पास जाये?

लीला ने बीन बैग बालकनी में खींच लिया और उसी में धँस गयी। उस पर सर टिकाकर वह आसमान में चमकते गिने–चुने तारों से ही जवाब–तलब करने लगी। जब इन्सान के पास कोई अपना नहीं होता तब वह चाँद तारों को ही अपना बना लेता, फिर उन पर कविताएँ, कहानियाँ लिखकर उनकी तुलना मनुष्य से करता है और जब मनुष्य उसकी उम्मीदों पर पूरे नहीं उतरते तो हताश होकर फिर चाँद–तारों भरी रात में डूब जाता है।

लीला की आँखों के आगे सब्ज़ी वाली का चरित्र, हाव–भाव सब कुछ तैरने लगा। वह तसल्ली से एक–एक बात याद करने की कोशिश कर रही थी, जिससे वह उस बात को ढूँढ़ सके, जिसमें सब्ज़ी वाली को शक की निगाह से देखा जा सके। लीला को याद आया जब उसने इस घर में आने के अगले ही दिन सब्ज़ी वाली को देखा था। अल्हड़–सी मुँह फट सब्ज़ी वाली यूँ उसने पहली बार देखी हो ऐसा भी नहीं था, लेकिन लीला के स्वभाव में था हर उस व्यक्ति को तसल्ली से देखना समझना जो उसे तनिक भी अलग होने का अहसास कराता। लीला ने फिर डायरी खोली और ख़ाली पन्ने पर सबसे ऊपर लिखा "सब्ज़ी वाली" फिर लिखने बैठ गयी–

"उस दिन स्कूल से लौटते में जब मैं गली में घुसी तो सड़क ख़त्म होते ही सामने जो घर है उसी के चबूतरे पर बैठी थी वो यानि सब्ज़ी वाली। उसका यही नाम जानते हैं सब, असली नाम न मैंने कभी सुना न पता करने की कोशिश की। हरे रंग की लाल लकीरों वाली सिंथेटिक साड़ी में, जो उसने सीधे पल्ले से पहनी थी। गाथा ढँका था। माथे पर बिन्दी भी थी। हाथों में चूड़ियाँ और मांग में सिन्दूर भी। एक सुहागन सब्ज़ी वाली। जबसे मेरे जीवन में सुहाग के मायने बदले हैं मेरा ध्यान अनचाहे ही स्त्रियों द्वारा पहने हुई सुहाग की निशानियों पर चला जाता है। सोचने लगती हूँ कि "क्या ये निशानियाँ इन स्त्रियों को सुखी रखने की गारंटी भी देती हैं?" उस दिन भी यही सोचते हुए मैं आगे बढ़ गयी थी और बालकनी में आकर कुछ देर दूर बैठी उस सब्ज़ी वाली को अपने काल्पनिक माइक्रोस्कोप से देखती रही थी।

गली के नुक्कड़ का वो मकान और उसका चबूतरा जो सार्वजनिक चौराहे जैसा है, सब्ज़ी वाली के सुस्ताने की एक जगह भी है। छोटे शहरों के गली–मुहल्लों में ऐसे चबूतरे वाले चौराहे लगभग हर घर में होते हैं,जिनमें सुबह से शाम तक चौराहों सी ही चहल–पहल रहती है। सुबह घर–मुहल्ले के कुछ बूढ़े उन पर बैठ साथ मंजन घिस

लिया करते हैं, जहाँ अपनी घिस चुकी ज़िन्दगी की कुछ बातें कुछ अनुभव भी कुल्ले के साथ थूकते जाते हैं। दोपहर कोई सब्ज़ी वाला या फेरी वाला सुस्ता लेता है। शाम मुहल्ले की औरतें पंचायती करते मिल जाती हैं और रात में मुहल्ले के आदमी बैठक लगाते। वो सब्ज़ी वाली भी दोपहर का अपना कुछ सुस्ताने वाला वक़्त वहाँ बिता रही थी। उसकी आँखों में स्थिरता थी। वह चबूतरे के ठीक सामने बने घर के जाली वाले दरवाज़े को घूर रही थी, या कम–से–कम दिख तो यही रहा था। हो सकता है बस आँखें बाहर देख रही हों, वह नेपथ्य कहीं कुछ और ही ढूँढ़ रही हो। एक सन्नाटा था, एक गहराई थी, एक उदासी भी। उससे सटी हुई उसकी सब्ज़ी की डलिया रखी थी। बाँस की एक मध्यम आकार की डलिया, जिसमें से तोरई, कद्दू, धनिया, भिंडी झाँक रहे थे। एक मूर्तिकार के लिए जैसे तैयार करके बैठा दी गयी किसी मूरत सी वह क्या सोच रही होगी? घर में पीछे छोड़ आये बच्चों के बारे में, या पति जो शायद काम पर गया होगा या शायद दारू पीकर घर की किसी खाट पर डला होगा। कितने रुपये आज कमा ले जाने की चाहत होगी उसकी कि थोड़ा राशन ख़रीद सके, बच्चों के लिए फ़ीस जोड़ सके या कपड़े दिला सके। या शायद बीमार हो, थक चुकी हो रोज़–रोज़ उन्हीं आवाज़ों को लगाते–लगाते जिन्होंने उसे उसके नाम की जगह सब्ज़ी वाला बना दिया। क्या कभी उसका मन नहीं करता होगा कि इन सब्ज़ियों की टोकरी को किसी घूरे पर फेंक, किसी बस में बैठ चली जायें कहीं दूर, कोई नयी दुनिया खोजने। जहाँ उसे अपनी ख़ुशियों के लिए ग्राहकों से मोल–भाव न करना पड़े। महँगाई की मार और हालात की हार उसे न देखनी पड़े...। "तुरईया क्या भाव चल रही हैं"... उस जाली वाले दरवाज़े के पीछे से वह ख़ुद को आज़ाद होता देखती उससे पहले ही किसी ग्राहक ने आकर उसकी तन्द्रा तोड़ी। उसने साड़ी का पल्लू उठाया, टोकरी को सर पर रखा और फुर्ती से खड़ी हो गयी। "बीस की किलो... रोज़ भाव पूछबे से कम नहीं हो जायेगा अम्मा।"

अपनी सारी उदासियों को तंज़ में लपेटकर एक मुस्कान के साथ अपने ग्राहक पर फेंकती हुई, वह दूसरी गली में मुड़ गयी थी और मैं बहुत देर तक उसकी आवाज़ "सब्ज़ी लेलो सब्ज़ी, तोरई, भिंडी, धनिया लेलो।" मैं उसकी उदासी को घुलते हुए सुनती रही थी।"

लिखते–लिखते लीला रुक गयी। उसके कानों में अब भी वही आवाज़ गूँज उठी। कुछ देर ठहरकर उसने फिर लिखना शुरू किया।

"मैंने जब–जब सब्ज़ी वाली को देखा उसके चेहरे पर उदासी ही पढ़ी। कुछ ऐसा था जिससे वह असन्तुष्ट सी दिखती। वह हँसती भी तो खुलकर नहीं, दिल से नहीं। अब से पहले मुझे लगता था कि यह सब ग़रीबी और मेहनत की मार की वजह से है, लेकिन अब लग रहा है कि इसके पीछे कोई और राज़ छुपा है। गहरा राज़ जो मुझे आजतक समझ नहीं आया या मैंने इतनी परवाह ही नहीं की कि समझूँ।

भीतर से टूटी हुई, क्षण–क्षण अपने अस्तित्व के लिए लड़ाई लड़ रही स्त्रियाँ अपने आस–पास हर रोज़ हज़ारों ऐसी स्त्रियों को देखती हैं जिन्हें देखकर उन्हें लगता है कि यह तो मेरे जैसी ही दुःखी है, लड़ रही है और तब उनके भीतर क्षणिक ममत्व उमड़ता है, या फिर वे उसकी बेहतर स्थिति से मन–ही–मन थोड़ा जल लेती हैं और तब अपनी स्थिति के प्रति तनिक अधिक तकलीफ़ बढ़ जाती है। लेकिन दोनों ही स्थितियों में न के बराबर ही ऐसा होता है जब यूँही राह चलते स्त्रियाँ एक–दूसरे के पास बैठकर मित्रता कर लें, उनके सुख–दुःख पूछ लें, उन्हें ख़ुद के प्रति चेताएँ या समाज से लड़ने के लिए प्रेरित करें। वे ऐसा करना भी चाहें तो उसी समाज के भय से हिम्मत नहीं जुटा पातीं जिससे लड़ना सिखाना चाहती हैं। मैंने भी कभी कोशिश नहीं की उससे बात करने की। बस दूर से अनुमान लगाती उसे देखती रहती।"

इतना लिखकर लीला ने फिर डायरी बन्द कर दी। आज तक सब्ज़ी वाली के लिए जितनी भी संवेदना थी वह अब स्वयं लीला द्वारा

शक के दायरे में पहुँचा दी गयी थी। यदि उसने मारा है या मरवाया है तो क्यों?बस इसी एक सवाल पर आकर वह अटक जाती। सुबह हो चली थी। लीला ने तय किया कि यूँही सोचने में समय बर्बाद नहीं करेगी। वह आज सब्ज़ी वाली से मिलेगी और जितना हो सके पता लगायेगी। सब्ज़ी वाली गली में दो बार दिखती थी, एक बार सुबह सात से आठ के बीच दूसरी बार दोपहर में एक से दो के बीच। सुबह जब सब्ज़ी वाली नहीं आयी तो लीला उसे ढूँढ़ने को व्याकुल हो उठी। उसे लगा ठाकुर साहब यदि सही हुए तो हत्यारा अब तक जाने कहाँ छुप गया होगा। उसने मुहल्ले में लोगों से पूछकर सब्ज़ी वाली का घर पता करने का तय किया। वह जानती थी कि अपनी गली में किसी से पूछेगी तो ठकुराइन की और दूसरे लोगों की नज़र में आयेगी, इसलिए उसने अपनी गली से बाहर निकलकर किसी से पूछना चाहा। कोई आम नागरिक तो इसके बारे में क्या ठीक से बता पाता, लेकिन कोई उसी पेशे का हो तो जानकारी मिल सकती थी। क़िस्मत से लीला को वहाँ से गुज़रता एक ठेले वाला दिखा जो सब्ज़ी ही बेच रहा था। लीला ने जब सब्ज़ी वाली का हुलिया बताते हुए उसके घर के बारे में पूछा तो जवाब मिला, "सब्ज़ी वालियों के पते कौन रखता है मैडम जी।" कहते हुए ठेले वाला हँसने लगा, "हाँ बस इतना पता है कि महेशपुरा से आती है।"

"महेशपुरा?" कहकर लीला चौंकी, "वही रेडक्रॉस के पास वाला?"

"हाँ मैडम जी वही।" सब्ज़ी वाले ने कहते हुए अपनी सब्ज़ियों पर पानी मारा, "लेकिन बात क्या है? आप इतना परेशान हैं, कुछ चोरी–वोरी कर लिया क्या उसने आपका?"

"नहीं ऐसी कोई बात नहीं।" लीला ने ख़ुद को सँभालते हुए कहा, "बस वो आयी नहीं दो–तीन दिन से तो थोड़ी चिन्ता हो गयी थी।"

"अजीब लोग हैं, सब्ज़ी वालों की भी चिन्ता करते हैं" कहते हुए ठेले वाला आगे बढ़ गया, "अच्छा है, अच्छा है।" जाते–जाते उसने मुड़कर लीला को देखा तो लगा वह लीला पर तंज़ कर रहा है।

लीला ने मुँह फेर लिया और फुर्ती से मुख्य सड़क की तरफ़ बढ़ गयी। वह महेशपुरा का नाम सुनकर परेशान थी। यही तो वह जगह थी जो मोहनबाबू ने उसे दिखाई थी। यहीं तो वह लड़की रहती है जिसके जीवन का दोषी मोहनबाबू खुद को मानते हैं। "मतलब उस लड़की का और सब्ज़ी वाली का कनेक्शन है, या हो सकता है वो इसी की बेटी हो।" लीला बुदबुदायी। वह ऑटो ढूँढ़ रही थी ताकि फुर्ती से वहाँ जा सके। वह सब्ज़ी वाली का वर्तमान–इतिहास सब जान लेना चाहती थी और उसका इतिहास ये है कि सब्ज़ी वाली सागर की रहने वाली है। पति मरा तो ससुराल वालों ने पीटकर घर से निकाल दिया। वह घर से निकल आयी। स्टेशन पर जो ट्रेन मिली उसमें चढ़ गयी। ट्रेन ने उसे भोपाल ला छोड़ा। स्टेशन से निकलकर सोचा कि कुछ नहीं मिलेगा तो बच्चों की ख़ातिर भीख ही माँग लेगी। सो चलते–चलते कोई ऐसा मन्दिर ढूँढ़ने लगी, जिसके बाहर कुछ भिखारी दिख जायें और भीतर घुसते कुछ अमीर पुजारी मिल जायें। ऐसे मन्दिर की तलाश ने उसे न्यू–मार्केट के प्रांगण में बने मन्दिर के बाहर पहुँचा दिया। वहाँ अभी भीख माँगते एक ही शाम गुज़री थी कि अगली शाम मन्दिर में प्रतिदिन आने वाले किसी बेऔलाद दयालु दानवीर भक्त का मन इसके बच्चों को देखकर पसीजा तो उसने इसे सब्ज़ी की छोटी–सी दुकान डलवा दी और बस्ती में एक खोली दिलवा दी। सागर में भी पति के साथ सब्ज़ी ही बेचती थी, सो उसे दुकान चलाने में दिक़्क़त नहीं हुई। सुबह कुछ मुहल्लों में फेरी लगाती। दोपहर बाद दुकान पर बैठती। इतने सालों से भोपाल में रह रही थी, लेकिन बोली अब भी बुन्देलखण्डी ही बोलती थी। हाँ, बच्चे उसके शहरी हिन्दी बोलने लगे थे।

****

ऑटो पकड़कर लीला वहाँ पहुँची तो सड़क के इस पार ही उतर गयी। वहीं, जहाँ से पहली बार मोहनबाबू ने उसे वह गली दिखाई थी।

उसे वह लड़का भी याद आ गया जिससे डरकर मोहनबाबू फुर्ती में निकल गये थे। लीला इस संयोग को समझ नहीं पा रही है। सभी के तार एक ही गली से कैसे जुड़ते जा रहे हैं।

वह आगे बढ़ना चाहती थी, लेकिन मन में डर भी था। पुलिस का, दुबे की उस बात का, "आप शान्ति से बैठिए हम कर रहे हैं कार्यवाही।" और सबसे अधिक हत्यारे का। क्या होगा यदि हत्यारे की अगली शिकार वही हुई तो। "सँभलकर रहना।" मन ने चिट्ठी की बात दोहराई। एक मन हुआ कि लौट जाये लेकिन वह यूँही इस सब को नहीं छोड़ सकती। उसने ख़ुद को तैयार किया और सड़क पार कर गयी। अभी गली में घुसकर कुछ क़दम चली ही थी कि उसे दूर से ही एक घर के बाहर सब्ज़ी वाली दिखी। सन्तुष्टि से उसने राहत भरी साँस ली, "चलो इसका पता तो मिला।" वह उसके घर की ओर बढ़ती कि अचानक पीछे से आये एक हाथ ने उसे रोक लिया। लीला बुरी तरह काँप उठी जब उसने देखा कि यह वही लड़का है। पसीने की कुछ बूँदें उसके माथे पर चमक उठीं। उसने थूक गटका और हिम्मत करके कुछ बोलती उससे पहले ही लड़का बोला–

"क्या मैडम क़ातिल ढूँढ़ने आयी हो यहाँ?"

कुछ क्षण को लीला सकपका गयी। उसे लगा वही लड़का क़ातिल है और अब उसकी जान भी ख़तरे में। बार–बार गली में इसका दिखना न उसका भ्रम था न ही संयोग। सुबह का समय था, पास में ही चलती सड़क थी लेकिन गली में बहुत चहल–पहल नहीं थी। लीला ने एक नज़र अपने चारों ओर डाली फिर भीतर से पूरी हिम्मत बटोरकर बोली, "तुम ही हो न जो उन्हें डराते थे, तुम्ही ने मारा है न उन्हें।"

लीला की इस बात पर लड़का ज़ोर से हँसा। उसकी हँसी में कुटिलता तो थी ही, लीला के प्रति उपहास भी था। अपनी हँसी को रोकते हुए वह बोला, "ऐसे क़ातिल ढूँढ़ने निकलोगी तो उस बुढ़ऊ को मारने वाले इस शहर में हज़ार मिलेंगे। जितना सज्जन बनकर

वो तुम्हारे सामने रहता था, उतना था नहीं समझीं।" इतना कहकर लड़के ने सड़क पर थूका, मानो मोहनबाबू पर ही थूक रहा हो। उसके चेहरे के भाव बदल गये थे, क्षणभर पहले चेहरे पर लीला के लिए जो उपहास था, अब क्रोध, और धमकी के मिले जुले भाव तैर आये। उसने भौंहें सिकोड़ते हुए लीला से कहा, "फ़िलहाल तुम अपनी फ़िक्र करो और चुपचाप यहाँ से निकल लो और मुझे दोबारा कभी इस गली में दिख मत जाना।" इतना कहकर लड़के के चेहरे के भाव फिर बदले। अबकी बार उसके चेहरे पर हवस देख लीला काँप उठी, रही–सही कसर लड़के ने पूरी कर दी, वह बोला, "वैसे माल एक़दम सही पटाया था मोहनलाल ने, गोरी दमड़ी एकदम..." कहते हुए लड़के ने अपना हाथ आगे बढ़ाया ही था कि लीला उछलकर चार क़दम पीछे हट गयी। लीला के लिए यह धमकी कोई हल्की–फुल्की बात नहीं थी। उसकी हिम्मत जवाब दे गयी थी। कहाँ तो वह इस शहर में अपने आगे की ज़िन्दगी को खुलकर–हँसकर जीने आयी थी और कहाँ आज उसे यूँ धमकी मिल रही थी। आज यदि वह मर भी जाती है तो किसे फ़र्क़ पड़ेगा? यही सोचकर वह उलटे पैर वहाँ से निकल आयी, सब्ज़ी वाली से मिलने की उसकी इच्छा जाती रही। उसने तय किया कि कोई और रास्ता निकालेगी, लेकिन फ़िलहाल जान बचाना ज़रूरी है। उसे यूँ तेज़ क़दमों से जाते देख वह लड़का फिर हँस पड़ा। एक बार फिर उसकी हँसी में लीला ख़ुद के लिए उपहास सुन सकती थी, लेकिन उसने मुड़कर नहीं देखा, वह बस चलती ही गयी।

लीला जितने मज़बूत इरादों के साथ क़ातिल को ढूँढ़ने निकली थी उसके इरादे अब उतने ही पस्त पड़ चुके थे। सब्ज़ी वाली का ख़याल रह–रहकर उसके दिल में आता, लेकिन उस लड़के ने जो उसके साथ किया, सोचकर ही वह काँप उठती। "अख़बार में आये दिन आने वाली बलात्कार की एक ख़बर कल को उसी पर बन जाती।" यह सोचकर ही उसकी रूह वैसे ही काँप उठती,

जैसे अफ्रीका के नंगे मैदान में कोई हिरन किसी शेर को देखकर काँपता है और वह अपनी पूरी ताक़त लगा देता है वहाँ से भागने में। भागने के अलावा उसकी कोई भी हरकत मूर्खतापूर्ण ही कहायेगी। ऐसा ही गुमान और दम्भ तो भरता है न पुरुष, अपनी शक्ति का, अपने लिंग का, अपने अस्तित्व का। कितना आसान है उसके लिए औरत को डराना और कितना दुर्बल है औरत का यूँ डर जाना। औरत ख़ुद भी तो अपनी इस दुर्बलता से घृणा करती है, क्यों है वह इतनी दुर्बल कि एक हाथ बढ़ने से काँप उठी? क्यों उसने हिम्मत नहीं दिखाई और वहीं उस हाथ को मज़बूती से पकड़ लिया, मरोड़ दिया, तोड़ दिया। आज की पीढ़ी तो फिर भी यह हिम्मत यहाँ–वहाँ से बटोरकर बड़ी हो रही है, लेकिन लीला की उम्र की औरतें यह हिम्मत बटोरने की भी हिम्मत नहीं कर पातीं। उनकी परवरिश ने उन्हें यही सिखाया है कि मर्द की वह कुटिल हँसी और बढ़ते हाथ जहाँ दिखें अपने पैर दो क़दम पीछे खींच लेना। काश... काश कि हर औरत में यह हिम्मत आ जाये कि वह दो क़दम पीछे खींचने की जगह दो पटखनी दे और बुरे इरादों से बढ़े हाथों को, हाथ बढ़ाने वाले को चारों खाने चित कर दे।

लीला यह सब सोच तो रही थी, लेकिन पैर थे कि जम गये थे। उस गली से आने के बाद लीला जो घर में घुसी तो बाहर निकली ही नहीं। वसु से कहकर एक मेडिकल सर्टिफिकेट बनवाया और स्कूल में लगवा दिया। वसु मिलने आयी तो उससे भी बहाने बना दिये। वह अकेले ही लड़ना चाहती थी अपने भीतर बसे भय, उदासी, विरह से। उस लड़के की बात "इतना सज्जन भी नहीं था बुढ़ऊ" लीला के कानों में गूँजता रहता। उसे क्यों कभी मोहनबाबू में कोई बुराई नहीं दिखाई दी। क्या उसके आते ही वे बदल गये थे या उसे बदले हुए रूप में ही मिले थे। ऐसा क्या था उनके जीवन में कि शहर भर के लोग उनसे घृणा करें? दुबे तो कहता है उन्होंने कई अच्छे काम भी किये थे। "राजनीति में रहने वाला इन्सान बिलावजह भी अपने दुश्मन बना लेता है।"

जब लीला मोहनबाबू की ख़ामियाँ खोज–खोजकर थक जाती तो यही सोचकर मन को शान्त कर लेती। दो दिन न लीला घर से निकली न सब्ज़ी वाली आयी। लीला एक–एक करके हर शख़्स को शक के घेरे में डालती, फिर जब दिमाग़ फटने लगता तो मोबाइल में कॉमेडी वीडियो देखने लगती। यह भी मोहनबाबू ने ही सिखाया था उसे, कहकर "दुनिया के ग़म भुलाने हों तो ये देख लो"। इसी उधेड़बुन में दो दिन बीत गये। वह और एक पूरा दिन कमरे में घुसे–घुसे ख़राब कर देती, यदि शुक्रवार की सुबह दुबे का फ़ोन न आता।

"आधा घण्टे में कोतवाली पहुँच जाइए मैडम जी।"

"क्या क़ातिल मिल गया?"

"आपको भी चैन नहीं है, सबकुछ फ़ोन पर ही जानना है; आप कोतवाली पहुँचिए फिर बात करता हूँ।" कहकर दुबे ने फ़ोन काट दिया। लीला को फिर धड़का हुआ। "दुबे तो मोनू और वहीदा को लेने गया था, तो क्या वही क़ातिल है? वरना दुबे उन्हें घर लाता, मुझे कोतवाली क्यों बुलाता।" लीला के दिमाग़ के घोड़े फिर दौड़ने लगे थे और वह भी तैयार होकर कोतवाली की ओर दौड़ पड़ी।

सात

पुलिस को लेकर लीला का अनुभव शून्य हो ऐसा भी नहीं था। पिता पुलिस में कांस्टेबल रहे, उनकी बातों के माध्यम से वह पुलिसिया माहौल से परिचित तो थी, लेकिन पुलिस स्टेशन के भीतर पैर रखना उसके लिए काल के गाल में जाने जैसा था। पुलिस, वकील और डॉक्टर ये तीन ऐसे पेशे हैं, जिनमें काम करने वाला कभी नहीं चाहता कि उनका बच्चा बिना वर्दी के इन जगहों पर कभी आये। खुद जब अपना सब कुछ छोड़कर आयी तब सोचा था कि पति की शिकायत कर दे, फिर सोचा कि जितना उलझेगी वह उतना ही उलझायेगा। घर छोड़ने के बाद न उसे किसी ने ढूँढ़ने की कोशिश की न ही उसने किसी को अपना पता ही बताया। बस एक मित्र की सहायता लेकर तलाक़ के काग़ज़ भिजवा दिये थे, जिन पर उसके पति ने बिना लीला की ख़ैर–ख़बर पूछे चुपचाप दस्तख़त कर दिये। अब, जब कोतवाली जाने की जरूरत आन पड़ी है तो लीला का मन घबरा रहा है।

"क्यों बुलाया होगा दुबे ने?"

"क़ातिल पकड़ा गया या वहीदा...? उसी ने कहीं कुछ...।"

उसने वसु को फ़ोन मिलाने के लिए फ़ोन निकाला। नम्बर डायल करना चाहती थी, फिर यह सोचकर छोड़ दिया कि "हर बात में उस बेचारी को घसीट लेना ठीक नहीं। मेरी वजह से उसकी कमाई डिस्टर्ब होती है। मैं खुद तो उसकी कोई सहायता करती नहीं और उसे परेशान करती रहती हूँ।"

लीला ने फ़ोन वापस रख लिया। रोड पर पहुँचकर ऑटो पकड़ी और कोतवाली चलने का कह दिया। रास्ते भर उसे तरह–तरह के विचार आते रहे। कैसे देखेंगे लोग उसे कोतवाली में? कोतवाली में तो मुजरिम ही जाते होंगे? पुलिस वालों के बीच कैसे बर्ताव करना होगा? कहीं उसे ही तो नहीं फँसाया जा रहा? जैसे ख़याल उसके दिमाग़ को कोंचते रहे। अनजान शहर में फ़िलहाल दुबे और वसु के अलावा वह किसी और पर भरोसा नहीं कर सकती थी। वसु को इस समय बुलाना नहीं चाहती थी और दुबे तो ख़ुद ही पुलिस वाला है। "पुलिस वाले किसी के सगे नहीं होते।" लीला की माँ उसके पिता को अक्सर यह ताना मारा करती थीं। आज उसके मन ने भी दोहराया। दस मिनिट बाद वह कोतवाली के सामने थी।

उतरकर भीतर घुसी। मन में भय था, लेकिन वह इस भय को बाहर आने से भरसक रोक रही थी, वरना हाथ–पैर सब लड़खड़ाने लगते। चारों तरफ़ लोग थे, कुछ वर्दी में, कुछ सामान्य कपड़ों में। कुछ बन्दूकधारी भी थे। कोई ऊँघ रहा था, कोई तन कर खड़ा था; कुछ काम निपटा रहे थे, कुछ बैठकर गप्पें हाँक रहे थे।

"यह फ़िल्मों जैसा तो बिल्कुल नहीं।" लीला बुदबुदायी। वह इधर–उधर देख ही रही थी कि दूर एक कमरे से दुबे ने आवाज़ दी, "मैडम जी, इधर।"

लीला ने उधर देखा तो दुबे वही लाल दाँत वाली हँसी हँस रहा था, लीला ने उस ओर क़दम बढ़ा दिये। लीला कमरे में पहुँची तो जो सामने दिखा उसे देखकर वह अवाक् थी,

"ओह!"

लीला के मुँह से निकला। सामने मोनू खड़ा था, वहीदा के साथ। साथ ही एक आदमी और था, शायद यही वह रिश्तेदार था जिसके साथ ये लोग गये थे। लीला की नज़र मोनू पर ही अटक गयी थी। जैसे उसे उसमें कुछ निराला दिखा हो। उसने ग़ौर किया कि मोनू

आज पूरे कपड़ों में है। हमेशा की तरह फटे पैंट और उघड़ी छाती में नहीं। सँवरे हुए बाल, पैरों में चप्पल, नीली–धुली जींस और गहरे हरे रंग की कॉलर वाली टी–शर्ट में वह उस मोनू जैसा लग ही नहीं रहा, जिसे पिछले कुछ महीनों से लीला देखती आयी है। इस हुलिए में तो यह एक सामान्य–सा युवक दिखता है। लीला की आँखों में हैरानी की बिजली कौंधी, मन में उपजा, "तो क्या यह पागल होने का नाटक करता रहा है आजतक? कहीं ठकुराइन सच तो नहीं कहती कि इसी ने..." मन में उलझती गुत्थी में जैसे ही लीला की नज़र वहीदा पर पड़ी वह झेंप गयी। उसे लगा वहीदा ने उसकी चोरी पकड़ ली कि वही है जो उसके बेटे पर हत्या का आरोप लगा रही है।

लीला ने नज़रें हटा लीं।

"देखिए मैडम जी।" लीला कुछ और सोच पाती इससे पहले ही दुबे ने टोका, "ज़रा इधर आइए।"

दुबे उसे एक किनारे ले जाकर बोला, "बात ऐसी है कि सारी छानबीन के बाद यही पाया कि वहीदा और मोनू ने हत्या नहीं की है। ये लोग उस ट्रेन में थे और उसके बाद सीसीटीवी फुटेज से इनके अजमेर में होने की, दर्गाह पर होने की पुष्टि भी हुई है।" उसने वहीदा को देखा, वह उन्हीं लोगों को देख रही थी।

"ये सब मैं आपको निजी रूप से बता रहा हूँ। आधिकारिक रूप से आप यह सब जानने का अधिकार सिर्फ़ कोर्ट में रखती हैं, ख़ैर, तो फ़िलहाल इन्हें छोड़ा जा रहा है, आपका भी बयान दर्ज होगा।"

"ऐसा भी तो हो सकता है कि इन्होंने किसी से मरवाया हो और ख़ुद चले गये हों ताकि बच सकें।" दुबे जाने को मुड़ा ही था कि लीला ने कहा। मोनू के बदले हुलिये से वह अब तक स्तब्ध थी।

"अगर ऐसा हुआ होगा तो वह भी मैं खोज लूँगा। मेरा काम है आप निश्चिन्त रहें, फ़िलहाल इन पर कोई चार्ज नहीं बनता।" कहते हुए दुबे चला गया। उसने लीला को जता दिया था कि सिर्फ़ उसके

कह भर देने से या ठकुराइन के आरोप लगा देने से ये लोग गुनहगार नहीं हो जायेंगे। सबूतों के बिना किसी को भी पकड़कर सज़ा नहीं दी जाती। लीला ने एक बार फिर मोनू को देखा।

"आप इधर आइए मैडम जी।" दुबे ने आवाज़ लगायी तो लीला उसकी टेबल के पास पहुँच गयी।

"हाँ तो अब बताइए, आपको किसी पर शक है? उस रात और अगली सुबह क्या–क्या हुआ उसका पूरा ब्यौरा दीजिए।"

"उस रात?" लीला ने हिचकते हुए पूछा मानो उसकी चोरी पकड़ी गयी हो कि उसने मोहनबाबू के साथ किसी को देखा था।

"जी उस रात मतलब आपके यहाँ बैठकी जमती थी न रोज़।" दुबे ने कुटिल मुस्कान के साथ कहा तो लीला झेंप गयी। उसके चेहरे पर कड़वे भाव तैर गये। अपने भावों और आवाज़ में कठोरता घोलते हुए उसने उस रात और अगली सुबह का पूरा ब्यौरा लिखवा दिया। इस ब्यौरे में उसने वह बात छुपा ली जो अब तक उसके लिए भी गुत्थी थी।

"आपको किसी पर शक है?" दुबे ने दोहराया।

लीला ने फिर एक नज़र वहीदा और मोनू पर डाली, फिर सिकुड़ी हुई भँवों के साथ बोली, "नहीं"। वहीदा चुपचाप खड़ी थी, मोनू का हाथ पकड़े। लीला की हैरानी सिर्फ़ मोनू का बदला हुआ बाहरी हुलिया नहीं बल्कि उसकी ख़ामोशी भी थी। उसने मोनू को इस तरह चुपचाप एक जगह खड़े पहले कभी देखा हो उसे याद नहीं आ रहा था।

"वहीदा जी आप भी आ जाइए।" दुबे ने कहा तो लीला ख़यालों से बाहर निकली। वह बीच में ही बोली, "मैं जा सकती हूँ?"

"आप थोड़ी देर रुक जायें तो मैं ही इनके साथ आपको छोड़ दूँगा घर।" दुबे ने कहा।

"आपको आपत्ति न हो और अब यहाँ मेरा कोई काम न हो तो मैं जाना चाहूँगी।" लीला ने कहा।

"जैसी आपकी मर्ज़ी।" दुबे ने कहा।

लीला फुर्ती से वहाँ से निकल गयी। वह मोनू और वहीदा के सामने से जितना जल्दी हो हट जाना चाहती थी। उसका माथा गरम हो रहा था। दिमाग़ के भीतर भी मानो मथनी चल रही हो। वह घर जाकर सो जाना चाहती थी और चारों ओर से आ रही आवाज़ों को कुछ समय के लिए शान्त कर देना चाहती थी।

वह अभी घर के बाहर ऑटो से उतरी ही थी कि सामने से सब्ज़ी वाली आती दिखी। लीला बेचैन तो थी ही। कोई सूत्र हाथ नहीं लग रहा था। कोई कड़ी नहीं मिल रही थी और ऐसे में सब्ज़ी वाली का दिख जाना, जिसके इन्तज़ार में वह कई दिनों से थी उसे लगा मानो गीदड़ ख़ुद ही शेर की तरफ़ आ रहा हो।

सब्ज़ी वाली जैसे ही लीला के पास पहुँची, लीला भड़क पड़ी। भीतर का सारा लावा बाहर फूट पड़ा।

"हो गयी न तुम्हारी भी इच्छा पूरी?"

"हैं! जो का बोल रईं मैडम जी।" सब्ज़ी वाली ने सर पर टोकरी सँभालते हुए हैरानी से लीला को देखा।

"क्या बोल रही, बनो मत, तुम्हीं कहती थीं न कि एक दिन बेमौत मरेगा बुड्ढा।" लीला लगभग चीख़ी, "लो मार डाला किसी ने उसे।"

लीला की आवाज़ से इक्का–दुक्का लोग वहाँ जमा होने लगे थे। कुछ अपनी–अपनी बालकनियों से झाँकने लगे थे। ठाकुर साहब हाथ बाँधकर यों दुकान से बाहर आ खड़े हो गये थे मानो लीला से कह रहे हों, "लीला तुम संघर्ष करो, मैं तुम्हारे साथ हूँ।" लेकिन उनकी यह आवाज़ बुलन्द होकर बाहर निकलती, उससे पहले ही ठकुराइन अपनी बालकनी में आन खड़ी हुईं और उनके पति के हाथ ढीले पड़ गये। वे दुकान में थोड़ा भीतर सरक गये।

"मार डारो सो मैं का करूँ, मोयकाए खेंच रईं जबरन ईमें?" सब्ज़ी वाली की आवाज़ भी तेज़ हो गयी थी।

"इतनी भी भोली मत बनो, वो लड़का... वो... तुम्हारे ही मुहल्ले में रहता है न?"

"कौन सो मोड़ा? की को मोड़ा?" सब्ज़ी वाली ने इतना कहा और अपनी टोकरी नीचे रखकर रोने लगी। उसका बस चलता तो छाती ही पीटने लगती, "हाय! हाय! जे अमीरन के चोंचले... देखो इने। हाँ! हाँ! सबरे शहर में ख़ून तो हम ग़रीब ही करत फिरतै...काय? कोई ने मिलहेसो बस ग़रीबनए पकड़ लेओ। अरे! मैं का ढेर लोग हते को सबे वाले ऊ बुढ़ऊ खों। बिलात लोग गारी देत ते। बेमौत तो बाय मरनेई हतो मगर मैंने मार दओ... हैं? ऊसईं मु उठा के इलज़ाम लगाबे निकल पड़ीं।" कहते हुए जब सब्ज़ी वाली ने लीला के हाथ पकड़ लिए तो वह सकपका गयी।

"जे हाथ मेनत करबे बारे हैं मैडम जी, ख़ून करबे बारे नईं।" अपने हाथों से लीला की हथेलियों को हिलाते हुए वह बोली। "तुम काय दुनिया पे इलज़ाम लगात फिर रईं? जो कोई के दे कि तुमई ने मारो तो, हम तो ऊखों सालन से झेल रएहते...तुम तो अबईं आयीं हतींछे मईना पेलें और देखो आतेई काण्ड हो गओ।"

लीला अपने हाथ छुड़ाने की भरसक कोशिश कर रही थी। सब्ज़ी वाली की बातों से अब वह काँपने लगी। माथा पसीने से भर गया और आँखों में भय के आँसू झलक आये। ले–देकर हर कोई उसे ही क्यों फँसाने की बात कर देता है। वह कुछ कहती इससे पहले ही पुलिस गाड़ी का हॉर्न बजा। पुलिस की गाड़ी देखकर भीड़ छँट गयी। दुबे गाड़ी से झाँका। लीला के दरवाज़े के सामने का दृश्य देखकर वह थोड़ा हैरान हुआ।

"अबे हटो सालो!" उसने हाथ से हटने का इशारा करते हुए भीड़ से कहा।

दुबे के हड़काने से बाक़ी लोग भी अपने–अपने घरों की तरफ़ बढ़ लिए। दुबे ने लीला के घर के आगे गाड़ी रोकी। वह अभी गाड़ी से उतरा भी नहीं था कि सब्ज़ी वाली ने लीला के हाथ दुत्कारते हुए छोड़े और दुबे की तरफ़ बढ़कर रोने लगी–

"देख लेओ, आप नईं हते तो जेहमई एहत्यारों बनाबे में लगीं।" सब्ज़ी वाली इतना कहकर बुक्का फाड़कर रोने लगी। उसका रोना, दुबे की सिकुड़ी हुई भँवें, आँखों में नाराज़गी और पुलिस गाड़ी से पीछे से उतरते वहीदा और मोनू इस सबने लीला को बेहद अनमनी स्थिति में डाल दिया। उसे लगा मानो उससे बहुत बड़ा गुनाह हो गया। वह कैसे एक के बाद एक किसी को भी पकड़कर हत्यारा कहने लगी है। दुबे की आँखों का भय उसे भीतर तक कँपा गया। वह फुर्ती से घर में घुसी और दरवाज़ा खोलकर ऊपर चढ़ गयी।

ऊपर पहुँचते ही उसने पहले ठण्डे पानी के छींटे मुँह पर मारे, मानों ख़ुद को किसी नींद से जगाना चाहती हो। उसे समझ नहीं आ रहा था कि अब क्या करे? अब आगे क्या होगा? दुबे ज़रूर उसे फटकारने आयेगा। वह यह सब सोच–सोचकर ही मरी जा रही थी। उसने दो घूँट पानी हलक से उतारा और एक बार फिर सोफ़े में आकर धँस गयी। कोहनी मोड़कर उसने कलाई माथे पर टिका ली और एक पैर की एड़ी को दूसरे के पंजे पर टिका फिर शून्य में भटकने लगी। उसने आँखें मूँद लीं।

जैसे ही आँखें बन्द कीं उसे वहीदा की आँखें दिखीं। उन आँखों में उसे अपने लिए क्रोध के साथ–साथ तरस के भाव भी दिखे। "क्या सोच रही होगी वह मेरे बारे में कि उसे छोड़ा तो सब्ज़ी वाली को पकड़ लिया।" लीला का अशान्त मन उसे ही दुत्कारने लगा, "कितनी बेचारी सी स्थिति बना ली है मैंने अपनी कि बिना किसी सुबूत के, बिना किसी बात के किसी के भी कहने भर से सब पर शक करने लगी हूँ।"

"शक न करूँ तो क्या करूँ; कितने दुश्मन पाल रखे थे मोहन आपने?" ख़ुद से कहते–कहते वह सुबकने लगी, "इसी तरह चले जाना था तो मेरी ज़िन्दगी में आये ही क्यों?" उसका गला रुँध गया। कुछ देर वह उसी हाल में पड़ी रही। जब आँख खोली तो वहीदा सामने ही खड़ी थी अपनी खिड़की में। लीला से आँखें मिलीं तो लीला

को लगा मानो वह दूर से उसे सहला रही हो, थपथपा रही हो। मन को शान्त रख जब उसने विचारने की कोशिश की। उसे वहीदा की ख़ामोशी में क्रोध तो नज़र नहीं आया बल्कि सहानुभूति दिखी, अपने लिए, अपनी उजड़ी प्रेम कहानी के लिए, अपने अकेलेपन के लिए। मानो वहीदा वह कह रही हो कि, मैं भी अकेली हूँ, समझ सकती हूँ, कैसे खलता है यह अकेलापन औरत को। इस स्थिति में औरत अपने आसपास नज़र आने वाले हर सम्भव व्यक्ति को दोषी बनाने लगती है जिसकी वजह से वह अकेलापन झेल रही है।"

कुछ सेकंड्स की, आँखों से हुई बातचीत के बाद लीला का मन हुआ कि वह वहीदा के गले लगकर जी भरकर रो ले। ऐसा नहीं था कि उसके मन ने वहीदा को पूरी तरफ़ से निर्दोष मान लिया था, लेकिन उसे अपनी ही स्थिति इतनी शंकापूर्ण लग रही थी कि वह कुछ देर किसी पर भी शक नहीं करना चाहती थी। वह विचारना चाहती थी कि जिन पर वह शक कर रही है उनमें अब तक उसने क्या देखा।

लीला का दिमाग़ अब वहीदा के बारे में ही सोचने लगा। अब तक उसने वहीदा को कितना देखा था, कितना समझा था सब उसके सामने घूमने लगा। वहीदा ही इस मुहल्ले की एक ऐसी औरत थी जिसे अब तक लीला ने कितनी बार देखा होगा यह भी वह उँगलियों पर गिनकर बता सकती थी। मुहल्ले में रहते हुए भी सबसे कम नज़र आने वाली औरत थी वहीदा। वह ख़ुद से ही सवाल करने लगी कि क्या वहीदा अपने पति की हत्या का बदला लेने के लिए मोहनबाबू की हत्या कर सकती है? वहीदा के पति के साथ घटी दुर्घटना का पूरा ब्यौरा दुबे ने उसे दे दिया था। उसके पास वजह तो थी, लेकिन पति के गुज़र जाने के बाद वह क्यों इतने सालों बाद इस सब में पड़कर अपना जीवन बर्बाद करेगी। वह भी ऐसे पति की संगिनी, जो आजीवन दूसरों के लिए जीता रहा, मानवता और प्रेम जिसका स्वभाव था। वहीदा को भी दूर से देखने पर करुणा का भाव ही उपजता है।

लेकिन वह कैसे मुस्कुरा देती थी जब सब्ज़ी वाली मोहनबाबू के मरने की बात कहती थी। उसने मारा भले न हो, लेकिन दुआ तो माँगी ही होगी मोहनबाबू के मर जाने की।

वहीदा कभी मोहनबाबू से बात नहीं करती थी। बात तो छोड़ो उनकी ओर देखती तक नहीं थी। कितनी राज़दार ज़िन्दगी जी रही थी वहीदा; अब भी जी रही है। लीला का मन अब ख़ुद से वहीदा के बारे में बात करने को मचल रहा है। अब वह अकेली नहीं है। वह जहाँ वहीदा में हत्यारा ढूँढ़ रही है, वहीं दूसरी ओर वह एक विधवा स्त्री का, ख़ामोश रहकर अपना अस्तित्व बनाये रखने वाली वहीदा के जीवन का विश्लेषण कर रही है। उसने फिर डायरी उठा ली, इसके अलावा उसके पास कोई और तरीक़ा नहीं था इन बातों को जाँचने का। लिखकर ख़ुद की बातें ज़्यादा बेहतर समझ आती हैं। उसने नये पन्ने पर हेडिंग डाली "वहीदा" और लिखने लगी–

"अपने घर में सोफ़े पर बैठती हूँ तो उसके घर में लगे आईने में शक्ल दिख जाती है, सामने ही लगा है वाश बेसिन के ऊपर। दो मकानों के बीच इतनी कम दूरी होते हुए भी दो औरतों के बीच बहुत दूरी रही है। ये दूरी उसकी बनायी हुई है, क्योंकि ये दूरी सिर्फ़ मुझसे नहीं, बल्कि मुहल्ले के हर परिवार से, हर औरत, हर मर्द, हर बच्चे से है। पिछले कुछ महीनों में मैंने उसे कभी मुहल्ले की किसी औरत से खड़े होकर हँसते बोलते नहीं देखा। शाम को गली में जब औरतें कभी किसी के तो कभी किसी के चबूतरों पर अपनी पंचायत बैठाती हैं, तब भी वह साथ नहीं होती। मुहल्ले की हर औरत को वो बुरी लगती है, किसी को जाति की वजह से, किसी को उसके पागल बेटे की वजह से, किसी को विधवा के साये की वजह से तो किसी को उसकी चुप्पी की वजह से। मुझे वह न अच्छी लगी न बुरी। बेहद ही अजनबियों की तरह रहे हैं, न सलाम–दुआ न मुस्कुराहट का ही लेन–देन। कोई आमने–सामने रहकर भी इतना अजनबी हो सकता है इसकी मिसाल हमें देखकर दी जा सकती है। हमारी तो खिड़कियों ने भी कभी एक–दूजे से बात नहीं की होगी।

मैं आजतक इस सन्नाटे की वजह नहीं समझ पायी। वैसे देखा जाये तो मुझे और उसे दोनों को ही तो मुहल्ले की औरतों ने अलग–थलग करके रखा हुआ है। बस मेरे साथ मोहन थे जिसकी वजह से कोई अनबोला रह नहीं पाता था। एक मर्द के होने से औरत का मान इतना बढ़ जाता है क्या झूठा ही सही, कितनी जाली है ये दुनिया। अब देखो, ठकुराइन के अलावा कोई दूसरी औरत मुझे दिलासा देने नहीं आयी, लेकिन वहीदा... उसकी आँखें, उनमें जो था वह दिलासा ही तो लगती थी।

सोचती हूँ क्या अलग है उसमें मुहल्ले की बाक़ी औरतों से। वहीदा मुहल्ले की अकेली ऐसी औरत है जो नौकरीपेशा है। वह पुरानी औरतों की जमात से है; उस जमात से, जिसमें औरतें नौकरी नहीं बल्कि घर गृहस्थी और बच्चों को पालना ही अपना सबसे बड़ा धर्म और कर्म मानती आयी हैं। ऐसे में चालीस घरों वाले मुहल्ले में उसका नौकरीपेशा होना उसे अलग तो बनाता है पर क्या सबसे कटकर रहने की बस यही एक वजह है या शायद वह सोचती हो कि उसके पास फ़ालतू गप्पें लगाने का, तेरी–मेरी, दो की चार करने का समय नहीं, जिसके लिए छोटे शहरों के मुहल्ले की औरतें जानी जाती हैं।

वो टीवी भी तो नहीं देखती। शाम होते ही मुहल्ले के कई घरों से "ये रिश्ता क्या कहलाता है", "नागिन", "बालिका वधू" और ऐसे ही न जाने कितने सीरियल्स की आवाज़ें आती हैं। कुछ आवाज़ें इतनी साफ़ होती हैं कि डायलॉग के साथ म्यूज़िक इफेक्ट भी सुना जा सकता है। मगर उसके घर से मुझे कभी टीवी की आवाज़ नहीं आयी। वो मनोरंजन के लिए फिर क्या करती होगी? क्या कुछ भी नहीं? बिना मनोरंजन के इन्सान कैसे जी सकता है, एक ही दिन को हर रोज़ एक ही तरह से।

किसी तीज–त्यौहार पर भी जब मुहल्ले भर में मिठाइयों और बधाइयों की अदला–बदली होती है, तब भी वहीदा उसमें हिस्सा नहीं लेती। कभी–कभी सोचती हूँ जाकर उसके घर में ज़ोर से गाने चली

जाऊँ ताकि एक सन्नाटा कटे जो सालों से उस घर में पसरा हुआ है। उस घर के सभी भागों को अलग–अलग करके थोड़ा घिस–माँज दूँ ताकि वह कुछ नयी चमक के साथ जगमगा उठे। पर मैं ऐसा सिर्फ़ सोच ही सकती हूँ,कर नहीं सकती। वह औरत जिसके घर की घण्टी भी मैंने इतने महीनों में नहीं बजायी, जिसे मुहल्ले की दूसरी औरतें घमण्डी कहती हैं, उसे वैसा ही देखने की आदत हो चुकी है, मुझे और मुहल्ले के बाक़ी लोगों को भी।

रूप–रंग के मामले में देखा जाये तो वह इन्हीं औरतों में घुल–मिल जायेगी जो उसे ख़ुद से अलग करती हैं। लगभग पाँच फीट चार इंच की सामान्य सी क़द–काठी वाली है। नज़र के लिए एक मोटा चश्मा है, जो नाक पर धरा रहता है। चश्मे के ठीक ऊपर, भौंहों के बीच एक तिल है, मानो ऊपर वाले ने काली बिन्दी लगाकर ही भेजा हो। बालों की सफ़ेदी और चेहरे की झुर्रियाँ हर दिन किसी पैसेंजर गाड़ी की रफ़्तार से बढ़ती नज़र आती हैं। लम्बी चोटी जो कमर पर बिना किसी रबरबैंड के लहराती रहती है। शायद बालों को आदत हो चुकी है इस कदर ख़ुद में उलझे रहने की कि उन्हें बँधे रहने के लिए किसी रबर या क्लिप की ज़रूरत नहीं पड़ती। रंग सामान्य भारतीयों से मेल खाता हुआ, जो उसे मुहल्ले की औरतों से अलग बनाता है वो है उसकी हर रोज़ सलीके से बाँधी हुई साड़ी। उसे मैंने कभी मुहल्ले की दूसरी औरतों की तरह गाउन में नहीं देखा। वो सिर्फ़ साड़ी पहनती है। घड़ी के काँटों से बँधी उसकी दिनचर्या में कभी कोई परिवर्तन नज़र नहीं आता। सुबह उठना फिर घर के कुछ काम निपटाना और दफ़्तर चले जाना, शाम को आना और फिर घर के कुछ काम निपटाकर सो जाना। सोचती हूँ कि वो इस नीरस ज़िन्दगी से बोर नहीं होती? वह कैसे दिन भर घर के बाहर अपने पागल बेटे को दुनिया के भरोसे अकेला छोड़ जाती है। किसी दिन वह कहीं चला गया तो? या शायद उसे इन मुहल्ले वालों पर भरोसा है कि वे इसे कहीं जाने नहीं देंगे। घर के मेन गेट के भीतर और बाक़ी पूरे घर के बाहर लगे चैनल गेट में वह ताला डाल जाती है।

दालान में ही मोनू के लिए दो वक़्त का खाना और पानी रख जाती है, जैसे वह उसका बेटा नहीं कोई आवारा कुत्ता हो जिसे उसने अपने घर में पनाह दे दी है।

यदि इतनी ही निर्मोही है तो मोनू को पागलखाने क्यों नहीं भेजती और यदि इतना ही मोह है तो उसे यूँ अकेला किसके भरोसे छोड़ जाती है? आज सोचती हूँ तो लग रहा है मानो वह मोनू को जान–बूझकर इन मुहल्ले वालों के भरोसे या अब तक शायद मोहन के भरोसे ही छोड़ जाती थी कि तुमने ही पागल बनाया है तो तुम ही सँभालो।"

इतना लिखकर लीला ने डायरी बन्द कर दी। आँख मूँदकर लेट गयी। मन को कुछ पल के लिए चुप कराया। उसकी भँवें सिकुड़ गयीं। उसके मन में करुणा भर आयी। मोहनबाबू की तस्वीर उभरने लगी। तो क्या वाकई मोहनबाबू ही मोनू की रखवाली करते थे? क्या यही कारण था कि उन्होंने कभी मोनू को मुहल्ले के दूसरे लोगों की तरह डाँटा–फटकारा नहीं?

"ये बाक़ी के दो समोसे किसके लिए हैं?" शुरुआती दिनों में एक बार लीला ने सुबह के नाश्ते के समय दो अतिरिक्त समोसे देखकर पूछा था।

"मोनू के लिए हैं।" मोहनबाबू ने हल्की मुस्कान के साथ कहा था।

"वो पागल... लेकिन उसकी तो माँ है ना, उसके लिए खाना भी बनाती है?" लीला ने कुछ आश्चर्य से पूछा था।

"हाँ बनाती तो है, लेकिन मोनू को ये समोसे, डोसा, चाउमीन खाने का बहुत शौक़ था। अब उसकी माँ ये सब नहीं बनाती। पागल है तो क्या हुआ, है तो अब भी बच्चा ही, जीभ भी है और स्वाद भी आता ही होगा, बस इसलिए ले आता हूँ कभी–कभी।"

मोहनबाबू ने कहा था तो लीला उनकी महानता पर प्रफुल्लित हो उठी थी। कितने सुन्दर और ख़याल रखने वाले इन्सान के साथ है वह। आज उसे अहसास हुआ कि वो ख़याल किसी समाजसेवा की

वजह से नहीं बल्कि अपराधबोध से रखते थे। मोहनबाबू ही तो थे जो मुहल्ले के बच्चों को फटकार देते थे मोनू को सताने पर, वरना वहीदा को तो लीला ने कभी किसी को कुछ कहते नहीं देखा। मोहनबाबू ही उसकी सारी खोज–ख़बर रखते थे। वह मुहल्ले से बाहर कहीं पहुँचे तो मोहनबाबू के ख़बरी फ़ोन करके बता देते थे और वापस गली तक छोड़ जाते थे। लीला को लगता कि वहीदा ने तो जैसे मोनू, इस मुहल्ले और मोहनबाबू को दान कर दिया है। लेकिन अब वह समझ पा रही है कि असल में वह दान या माँ की क्रूरता नहीं बल्कि टूट चुकी अकेली औरत का क्रोध है, उसके गुस्सा जताने का तरीक़ा। समाज के प्रति और उस आदमी के प्रति भी, जिसे वह अपने जीवन में अँधेरों का ज़िम्मेदार मानती है।

आज पहली बार उसने अपने सबसे क़रीब रहने वाली स्त्री के दर्द को, उसके मन को, उसके जीवन को समझा था। समझा क्या स्वीकारा था। इससे पहले तो वह बस नज़रों में थी, वजूद में आज आयी तो लीला को लगा कि बस जाकर उसके गले लग जाये। अपने साथी से बिछड़ जाने की पीड़ा क्या होती है यह इस समय केवल वहीदा ही समझ सकती है। लीला मन–ही–मन झेंप गयी। अब तक जिससे दो बोल नहीं बोले, आज उससे लिपटकर रोने की हूक क्यों उठने लगी? दो आँसू आँखों में दोनों कोनों से लुढ़ककर लीला के कान में डूब गये। वह सोफ़े से उठ बैठी। उसे दिल पर पत्थर रखा महसूस हुआ। गले में जैसे किसी ने गाँठ बाँध दी हो और भीतर से दर्द का सैलाब फूट पड़ने की जंग लड़ रहा हो।

लीला का मन वहीदा को देखने के लिए मचल उठा, "नहीं यह हत्यारी नहीं हो सकती, न ही इसका बेटा।" लीला इतनी ज़ोर से बुदबुदायी कि उसके कानों के रास्ते बात उसके दिमाग़ में जाकर सारे भरम तोड़ दे और इन माँ–बेटे को उसकी निजी जेल से रिहा कर दे। वह वहीदा को जाकर बता देना चाहती है कि वह यक़ीन करेगी वहीदा पर और उसके बेटे पर भी।

पर बेटे पर कैसे यक़ीन करेगी? कोतवाली में वह जिस हुलिए में दिखा, उसके बाद कोई भी उस पर शक करे। कैसा जेंटलमेन–सा दिख रहा था। कौन कह सकता था उसे देखकर कि वह पागल है। लीला अभी सोच ही रही थी कि उसे गली के बच्चों का शोर सुनाई दिया। उसने उठकर झाँका तो दृश्य कुछ नया नहीं था, लेकिन लीला के मन में उपजे भाव से उसे कुछ तसल्ली हुई, कुछ अपराधबोध। कैसा होता है न मन। मोनू फिर से उसी फटी पैंट में दिखा, वैसे ही बच्चों के बीच परेशान् होते हुए तो उसे तसल्ली हुई। एक सभ्य बना लड़का उसे शक के घेरे में डाल रहा था और फिर से अपने पागलपन में आ गया तो तसल्ली हुई।

"माफ़ करना भगवान" कहते हुए लीला ने आसमान की तरफ़ यूँ देखा मानो वह ख़ुद को ही मोनू के पागलपन का दोषी मानकर भगवान से माफ़ी माँग रही हो।

"घर से बाहर यूँ साफ़ सुथरा बनाकर भगवान के सामने शायद वह उसे इसलिए भी ले गयी होगी ताकि आशीर्वाद मिले और वह वैसा ही सभ्य और सुन्दर बन जाये तो माँ–बेटे दोनों का जीवन सुधर जाये।" लीला ने कहते हुए ख़ुद को ही तसल्ली दी, फिर मोनू को देखने लगी। वहीदा के बाद अब वह उसे समझने की कोशिश कर रही थी।

उसने डायरी का अगला पन्ना खोला और अबकी ऊपर बड़े अक्षरों में लिखा, "मोनू" फिर आगे लिखने लगी–

"वह अक्सर दिखता है। तफ़रीह करते हुए, गली में यहाँ से वहाँ विचरते हुए। कुछ न होते हुए भी ध्यान खींचता है या शायद ध्यान ही इसलिए जाता है कि वो कुछ नहीं है सिवाय एक पागल के। एक ऐसा पागल जो पत्थर नहीं फेंकता, जो आते–जाते लोगों को छेड़ता नहीं, जो ज़ोरों से हँसता नहीं। जो रोता नहीं और न ही कोई दूसरी ऐसी हरकत करता है जिन्हें पागलों के लिए निहित कर दिया गया है। वो तो बस फिरता–रहता है, आवारा की तरह, रमता–जोगी की तरह।

अपने चारों ओर अपनी एक दुनिया बनाकर। उसे अक्सर मैंने गुड़ ले जाते हुए और फिर किसी हैंडपम्प या बहते नल से पानी लाते हुए देखा है। वो किसके लिए लाता है ये पानी? ख़ुद के लिए? जिसे ये भान है कि पीने के लिए पानी किसी बर्तन में भरकर लाना होता है वो पागल कैसे हुआ? पर फिर भी वो पागल है, क्योंकि वो अपने पैंट में नाड़ा बाँधकर उसे कस लेता है। उसे नहीं पता कि बटन टूटने के बाद दोबारा नये बटन लगाये जा सकते हैं या शायद कोई है ही नहीं उसकी इतनी परवाह करने वाला। वहीदा है जो कमाने की जद्दोजहद में ज़िन्दगी खपा रही है। कितनी बार उसने इसे साफ़–सुथरे कपड़े पहनाये होंगे, गले में ताबीज़ें बाँधी होंगी लेकिन वह फिर अपने उसी हुलिए में आ जाता है। उसी पैंट में, नंगे धड़ के साथ।

उस पैंट को जिसमें जगह–जगह पैबन्द और हवा पार होने के लिए छेद बन गये हैं, कुछ–कुछ वैसा ही दिखता है जैसा किसी मॉल का महँगा स्टाइलिश रिप्ड जीन्स, पर उसे देखने वालों के लिए वो फटा पैंट है क्योंकि वो पागल है। वो नहाता नहीं, उसे मैंने एक बार नहाते देखा था, उस दिन बारिश हो रही थी। ठकुराइन की छत से जो पाइप निकलता है, उसी से नहा रहा था। मंजन का अर्थ पागल होने से पहले तक जानता होगा या कौन जाने कभी वहीदा ज़बरन मुँह पकड़कर दाँत घिस देती हो तो। जूते पहनता है बिना पैर में डाले, ऊपर ही ऊपर से हवा में। चलता भी वैसे ही जैसे उड़ रहा हो। कभी शर्ट पहनता है कभी उघाड़ा ही घूमता है। कई बार अपने घर के बाहर लूँगी लपेटे हुए, हाथ पीछे बाँधे इस तरह घूमता है जैसे किसी गहन चिन्ता में हो, क्या सोचता होगा वो उस वक़्त? या शायद कुछ सोचता ही नहीं होगा। पागल सोचते भी हैं? अक्सर मुहल्ले में किसी के भी चबूतरे पर बैठ जाता है, कुछ कहता नहीं, बस चुपचाप देखता रहता है। लोग बोलते हैं पहले आते–जाते लोगों से, उल्टे–सीधे सवाल करता था, फिर किसी दिन किसी ने पीट दिया तब से बोलता भी नहीं, बस देखता है या घूरता है।

मैंने उसे कभी किसी स्त्री को छेड़ते या सताते नहीं देखा, तो भी क्या वो पागल है? बच्चे उसे छेड़कर भागते हैं तो वो अपनी गुण्ड को हवा में ही उनकी तरफ़ उछाल देता है। ठन–ठन–ठना–ठन की आवाज़ के साथ गुण्ड कुछ दूर गोल–गोल लुढ़क जाती है। वो भागकर फिर उसे उठा लेता है और फिर किसी हैंडपम्प की दुम मरोड़ने लगता है।

सुबह जिसके हुलिये को देखकर मैं परेशान हो उठी थी वो अभी दोनों हाथों की कलाइयों पर नीली स्याही पोत रहा है। कहीं से रबर स्टेम्प ले आया है और पूरे शरीर पर ठप्पे लगा रहा है। एक ठप्पा उसने अपने सर पर जिसके सामने के आधे बाल उड़ चुके हैं, लगा लिया है। कुछ देर ख़ुद के ही घर के बाहर चबूतरे पर रखे बोरों में से गेहूँ निकालता रहा, उनकी जाँच करता रहा, देखता रहा, फेंकता उछालता रहा। फिर मुट्‌ठीभर गेहूँ खिड़की पर रखकर चला गया घर के भीतर।"

उसके भीतर जाते ही लीला ने डायरी बन्द कर दी और सोफ़े पर आकर बैठ गयी। मन कुछ शान्त हुआ तो भूख का अहसास हुआ। मोहनबाबू के जाने के बाद आज उसे पहली बार भूख का अहसास हुआ है। वरना तो कभी दवाइयों की ख़ातिर कभी वसु के डाँटने से निवाले उतार रही थी। वह उठी और पोहा बना लायी। खाने बैठी ही थी कि घण्टी बजी।

लीला ने बालकनी से झाँका तो दुबे खड़ा था, "बात करनी है आपसे।"

दुबे की आवाज़ में तल्खी लीला ने भाँप ली। वह समझ गयी कि दुबे भड़केगा सब्ज़ी वाली से भिड़ने के लिए। उसने दरवाज़ा खोला और वापस आकर पोहा खाने बैठ गयी।

"बढ़िया है।" दुबे ने बालकनी से गुटके की पींक छोड़ते हुए बोला। "दूसरों के गले में फन्दा डाल के ख़ुद पोहा गटक रही हैं सेव डालके।"

लीला चुप रही। उसने दुबे की ओर देखा और चुपचाप खाती रही। उसने दुबे से न खाने के लिए पूछा न बैठने के लिए। मन में खलबली थी, लेकिन वह ज़ाहिर नहीं कर रही थी।

"देखिए मैडम जी" दुबे ने लीला के ठीक सामने बैठते हुए कहा, "पोस्टमार्टम रिपोर्ट कहती है कि मोहनबाबू के सर पर कोई बहुत भारी पत्थर नहीं मारा था। उनके सर पर जो पत्थर मारा गया होगा वो किसी पाँच–सवा पाँच फ़ीट के आदमी ने मारा। डॉक्टर का कहना है कि मोहनबाबू के सर पर दो बार चोट लगी। अनुमान है कि एक चोट वो है जो उन्हें किसी ने पत्थर मारा और दूसरी वो जब वो पहली चोट के बाद पलटकर गिरे तो उन्हें उस पत्थर से लगी, जिसके पास में उनकी लाश पड़ी थी। उनकी मौत बहुत ज़्यादा ख़ून बहने से हुई।"

लीला ने अब तक अपनी प्लेट टेबल पर रख दी थी और दुबे को देख रही थी। दुबे उठा और बोला, "लगता है आप समझी नहीं, देखिए मैं समझाता हूँ।" वह लीला की तरफ़ पीठ करके खड़ा हो गया और बोला "आप उठिए ज़रा।"

लीला नहीं उठी तो वह कड़ककर बोला, "अरे उठिए तो मैडम जी।"

लीला चुपचाप उठ गयी।

"देखिए मोहनबाबू मेरे जितने लम्बे थे।" दुबे ने मुड़कर लीला को देखा और आगे बोला, "और मारने वाला... उम्म... आपकी हाइट कितनी है?" उसने भँवें सिकोड़ते हुए लीला से पूछा तो लीला ने हैरानी से उसे देखा। बोली "पाँच फ़ीट तीन इंच।"

दुबे मुस्कुरा दिया, "मारने वाले की हाइट भी डॉक्टर के हिसाब से इसी के आसपास की है मैडम जी।"

"आप कहना क्या चाहते हैं?"

दुबे ने मुड़कर लीला की आँखों में आँखें डालते हुए ग़ुस्से से कहा, "बस इतना कि आप इस तरह हर किसी को पकड़ेंगी तो मुझे आपको बचाना मुश्किल हो जायेगा।" वह फिर मुड़ गया। बालकनी से गुटके की पींक छोड़ी और लीला के सामने उलटकर खड़ा होते हुए बोला।

"अब देखिए ज़रा" उसने अपने दायें हाथ से खोपड़ी के दायीं ओर कान के ठीक पीछे हाथ रखा, "उन्हें यहाँ एक चोट थी, जो डॉक्टर के हिसाब से हत्यारे ने मारी, क्योंकि उसका हाथ यहीं तक पहुँच पाया। इसके बाद मोहनबाबू मुड़े होंगे, ऐसे" कहते हुए दुबे, लीला की तरफ़ मुड़ा, "मारने वाले को हैरानी से देखा होगा, जैसे अभी मैं आपको देख रहा हूँ।" दुबे ने कहा तो वह झेंप गयी। उसे कुछ समझ नहीं आ रहा था, मानो दुबे की आवाज़ की कैसेट "फिर मैं भी आपको नहीं बचा पाऊँगा" पर अटक गयी हो। उसके माथे से पसीना चूने लगा और वह धम्म से सोफ़े पर बैठ गयी। दुबे अब भी सीन रीक्रिएट कर रहा था।

"और क्योंकि पत्थर से मिली पहली चोट के बाद उन्हें बेहोशी आयी और वे धड़ाम से उस पत्थर पर गिरते हैं जो वहाँ पड़ा था, जिसके बाद उनका शरीर एक पलटी खाता है और ख़ून बहने की वजह से उनकी मौत हो जाती है।" इतना कहकर दुबे ने जब लीला की ओर देखा तो वह भाव–शून्य सी सोफ़े पर बैठी थी।

"क्या हुआ मैडम जी?"

"आपको... आपको लगता है कि मैंने मारा होगा उन्हें।" कहते–कहते लीला की आँखें भर आयीं।

"मैं ऐसा नहीं कह रहा, लेकिन आप जिस हिसाब से मुहल्ले और उसमें आने–जाने वालों को पकड़ रही हैं न वो लोग ज़रूर आप पर उँगली उठाने लगेंगे।"

"लेकिन मैं उन्हें क्यों मारूँगी?" अब तक वह सिसकने लगी थी।

"बस यही एक बात है जिसका जवाब किसी के पास नहीं और जब तक इसका जवाब नहीं आप बची हुई हैं।" दुबे ने गुटका निगला।

"देखिए मैडम जी मैं आपको बस इतना समझाने की कोशिश कर रहा हूँ कि हत्यारा ढूँढ़ने का काम हम ख़ुद कर लेंगे, आप बस कुछ दिन शान्ति से बैठिए।" दुबे उठा और बालकनी की खिड़की से सड़क पर झाँका, "अच्छा ये बताइए कि सब्ज़ी वाली से भिड़ने के लिए भी आपको ठकुराइन ने कहा था?"

"मोहनबाबू ने क्या किया था सब्ज़ी वाली के साथ?" दुबे के सवाल को अनदेखा करते हुए लीला ने अपना सवाल उसकी ओर उछाला।

दुबे मुस्कुराया, "मेरी बात मानिए, आप कुछ दिन ठकुराइन से भी दूर ही रहिए।"

"क्या मोहनबाबू ने उसके साथ कोई..." लीला कहते–कहते रुक गयी। उसने जो कहा था उसे ख़ुद से कहने में भी वह अब तक डर रही थी। यह कोई छोटी–मोटी बात नहीं थी, मोहनबाबू के चरित्र पर लगने वाला सबसे बड़ा कलंक था, जिसे वह अपने वहम की वजह से नहीं लगाना चाहती थी।

"छी–छी कैसी बातें करती हैं आप मैडम जी।" दुबे ने कान पकड़े, "मोहनबाबू राजनीति वाले आदमी ज़रूर थे, लेकिन उनके चरित्र में कोई दोष नहीं था। उनकी ज़िन्दगी में दो ही औरतें आयीं" दुबे ने लीला को देखा, "एक जवानी में, जिसके साथ वो रह नहीं पाये और दूसरी बुढ़ापे में, आप, जिसके साथ रह सकते थे, लेकिन फिर क़िस्मत ने धोखा दे दिया।"

दुबे की बात से लीला को वैसी ही राहत मिली जैसी जलते हुए तलवों को ठण्डे पानी के स्पर्श से मिलती है। वह ख़याल जिसे ख़ुद से कहने में भी वह कतरा रही थी, वह झूठा था। उसके मोहनबाबू ठरकी नहीं थे, लँगोट के ढीले नहीं थे, चरित्र से हीन नहीं थे; औरतबाज़ तो कतई नहीं थे, यह सब उसे तसल्ली दे रहा था।

"फिर सब्ज़ी वाली उनसे इतनी कुढ़ती क्यों थी? न जाने कितनी बार उसके मुँह से सुना मैंने बेमौत मरेगा बुड्ढा।"

"उसकी बेटी की वजह से?" दुबे गहरी साँस छोड़ते हुए बोला।

"क्या हुआ था उसकी बेटी को? क्या किया था मोहनबाबू ने?" लीला ने हैरानी से पूछ।

"मोहनबाबू ने कुछ नहीं किया था, किया तो राजेश और उसके आदमियों ने था, बस मोहनबाबू ने अपने आदमियों पर कुछ ज़्यादा ही भरोसा कर लिया था।"

"राजेश? वो नया पार्षद?" लीला ने पूछा।

"हाँ वही।"

"आप बतायेंगे हुआ क्या था?"

"क्या बताऊँ मैडम जी, आप ख़ुद तो पोहा डकारकर बैठी हैं, हमसे न खाने का पूछ रही हैं न चाय का।" दुबे ने फिर वही 'हें हें हें' की तीखी आवाज़ के साथ हँसी छोड़ी। लीला चुपचाप उठकर चाय बना लायी, साथ में कुछ नमकीन भी, "पोहा उतना ही बनाया था।" कहते हुए उसने नमकीन की प्लेट और चाय टेबल पर रख दी।

दुबे ने टेबल पर रखी बोतल से कुल्ला किया और बालकनी से बाहर थूक दिया, फिर 'सुड़क' की आवाज़ के साथ चाय का पहला घूँट गटका और बोला, "सब्ज़ी वाली की लड़की ने राजेश के एक ख़ास आदमी से पंगा ले लिया था। तब राजेश पार्षद नहीं था, लेकिन मोहनबाबू के बहुत से काम वही देखने लगा था। बात ज़्यादा पुरानी नहीं है। अभी तीनेक साल ही हुए होंगे। मोहनबाबू के चुनाव हारने के दो–एक साल पहले की बात है।"

"क्या पंगा किया था लड़की ने?" लीला ने पूछा।

"सुमन कॉलेज जाने वाली, पढ़ने–लिखने वाली लड़की है। थोड़ी मुँहफट और क्रान्तिकारी टाइप भी है। राजेश के एक आदमी ने उसकी सब्ज़ी की दुकान ज़बरदस्ती हटवानी चाही थी। वही लफड़ा हुआ था।"

"आप खुलकर पूरी कहानी बतायेंगे क्या हुआ था?" लीला ने खीजते हुए पूछा।

"वो सुभाष फाटक वाली चौपाटी देखी है आपने?"

"हाँ।"

"वहाँ आगे की तरफ़ जो सब्ज़ी वाले बैठते हैं वहीं एक दुकान ये अपनी गली में जो सब्ज़ी वाली आती है उसकी लगती थी। दुकान पर सुबह से बेटा बैठता था, उस समय सुमन कॉलेज जाती थी और सब्ज़ी वाली गली–गली सब्ज़ी बेचने। दोपहर बाद उस दुकान पर

सुमन और उसकी माँ बैठते थे। बेटा ऑटो चलाता था। उसी जगह पर राजेश का कोई आदमी शाम के टाइम अपना ठेला लगाना चाहता था। चाट वग़ैरह का।"

"पति नहीं है उसका?"

"कई साल पहले ये बच्चों को लेकर भोपाल आ गयी थी। पति के मरने के बाद ससुराल वालों ने बहुत परेशान कर दिया था। इसने अकेले ही दोनों बच्चों को पाला। एक लड़की और थी इसकी सबसे बड़ी। वो हैजा से मर गयी।"

"ओह!" लीला को आत्मग्लानि महसूस हुई। बिना कुछ जाने–सोचे वह सब्ज़ी वाली पर चढ़ जो पड़ी थी। अपनी भावनाएँ दुबे से छिपाते हुए वह बोली, "राजेश के आदमी को क्या समस्या थी?"

"समस्या ये थी कि वहाँ दो ही सब्ज़ी वाले बैठते थे। दोनों को हटाकर राजेश का आदमी और उसका कोई रिश्तेदार खाने–पीने का ठेला लगाना चाहते थे। सब्ज़ी वाले जगह ख़ाली करते थे दस बजे और इन्हें जगह चाहिए थी 5 बजे से। सब्ज़ी वालों ने मना कर दिया तो राजेश हड़काने पहुँच गया गुण्डे लेकर। सुमन ने डरने के जगह उल्टा मोहनबाबू से शिकायत कर दी। मोहनबाबू ने राजेश को फटकारा। राजेश भड़क गया और..." कहकर दुबे ने साँस छोड़ी।

"और?" लीला ने चिन्ता से पूछा, "और क्या? राजेश ने सुमन को मार डाला?"

"मारा नहीं, लेकिन वह ख़ुद मर जायें ऐसे हालात बना दिये।"

"क्या उसका बलात्कार?" कहते–कहते लीला के गले में कोई फाँस–सी चुभी।

"नहीं बलात्कार तो नहीं किया था, लेकिन सुमन को उठवा लिया दिन दहाड़े दुकान से। एक दिन कहीं बन्द रखा और फिर वापस दुकान में पटक गये। पूरे इलाक़े में यही अफ़वाह उड़ा दी कि उसका बलात्कार हुआ है।"

"दम्भी आदमियों को औरत से लड़ने का जब कोई और तरीक़ा नहीं मिलता न तो वो यही करके अपनी नीचता और कमज़ोरी का प्रमाण दे देता है। थू है।" लीला ने ग़ुस्से से कहा।

दुबे ने लीला के चेहरे को देखा। वह क्रोध और करुणा से दहक रहा था। वह कुछ पल शान्त रहा, फिर बोला, "उसके बाद उन सब्ज़ी वालों ने जगह ख़ाली कर दी। राजेश के ख़िलाफ़ केस–वेस बनाने की उनमें से किसी की हिम्मत नहीं पड़ी। मैंने कोशिश की थी कि केस बने, लेकिन मैडम हम पुलिस वालों के भी हाथ बँधे होते हैं।" दुबे ने लाचारी ज़ाहिर की, "फिर मैं भी बेटी वाला आदमी हूँ।" कहकर उसने लीला की आँखों में झाँका। "मोहनबाबू तक राजेश ने यह बात पहुँचने नहीं दी। कुछ दिन बाद जब उन्हें पता चला तो उन्होंने राजेश को पार्टी से अलग कर दिया, उसी के बाद उसने निर्दलीय लड़कर चुनाव जीता।"

"अब कहाँ है सुमन?" लीला ने पूछा।

"कुछ महीनों तक तो वो बाहर ही नहीं निकली। फिर अभी कुछ एक साल पहले ही उसकी शादी हुई। शहर के बाहर कहीं। बड़ी मुश्किल से हुई। मुहल्ले वालों ने, आस–पड़ोस वालों ने उसका जीना हराम कर दिया था।"

"समाज की बीमार मानसिकता तो यही है कि लड़की का दोष नहीं होता, फिर भी समाज उसी का जीना हराम करता है, उसी से कहता है कि इज़्ज़त चली गयी।" लीला पूरे तैश में थी, "अरे इज़्ज़त तो राजेश जैसे हरामियों की जानी चाहिए, लेकिन नहीं, देखिए वे लोग कैसे सीना तानकर जनता के सामने खड़े हो जाते हैं, वोट माँगते हैं और जनता उन्हें जिता भी देती है, बहुत बीमार है यह समाज।"

दुबे ने लीला का गुस्सा निकल जाने दिया। वह चुपचाप सुनता रहा।

"और अगर दोषी राजेश था तो सब्ज़ी वाली मोहनबाबू को दोषी क्यों मानती है?" लीला ने कुछ सोचते हुए कहा।

"क्योंकि राजेश ने यही फैलाया कि उसने जो किया मोहनबाबू के कहने पर किया और जब उसे अपनी ग़लती का अहसास हुआ तो वह पार्टी से अलग हो गया।"

"वरना कौन उसे जीतने देता? है न?" लीला ने पूछा।

"देखिए मैडम ऐसा है कि हमारे देश में बलात्कारी हो या हत्यारा, नेता बनने से उसके सारे पाप धुल जाते हैं। राजेश भी ये बात जानता है, बस थोड़ी–सी तिकड़म और जनता तो मूर्ख है ही।"

"तो कहीं राजेश ने ही तो नहीं?" लीला ने आशंका जतायी।

"इसकी सम्भावना मुझे इसलिए नहीं लगती, क्योंकि राजेश के पास मोहनबाबू को मारने की कोई वजह नहीं थी। उन्होंने राजनीति छोड़ दी, राजेश के कामों में अड़ना छोड़ दिया। चुनाव हारने के बाद ख़ासकर पिछले कुछ समय से वे अलग ही दुनिया में रहने लगे थे, कुछ उधेड़बुन जैसी करते रहते थे और जबसे आप आयीं तो दुनिया–संसार से जैसे उन्होंने वैराग्य ही ले लिया था।" दुबे ने चुटकी ली। वह अपनी वही लाल दाँत दिखाती हँसी हँसा। लीला वैसे ही भावशून्य बैठी रही, लेकिन उसके दिमाग़ में कुछ कुलबुला रहा था। वह असमंजस में थी कि दुबे से पूछे या नहीं।

"फॉरेंसिक वाले आये थे न?" लीला कहते–कहते रुक गयी।

"हाँ आये तो थे, लेकिन कुछ मिला नहीं ऐसा जिससे कुछ पता चल पाता।" दुबे ने कहा।

"कुछ भी नहीं" जब लीला ने दोबारा पूछा तो दुबे ने शक्की निगाह से उसे देखा और बोला, "क्यों, कुछ मिलना चाहिए था?"

"नहीं–नहीं मेरे कहने का वो मतलब नहीं था।" लीला ने सकपकाते हुए जवाब दिया। "मुझे लगता है आप मुझसे कुछ छिपा रही हैं।" पूछते हुए दुबे ने लीला के मन की थाह ली।

"कुछ भी नहीं।" लीला न में सर हिलाती हुई वहाँ से उठ खड़ी हुई।

दुबे कुछ क्षण वहाँ बैठा रहा, फिर उठकर जाने लगा। सीढ़ियों तक पहुँचकर रुक गया, "देखिए मैडम जी मैं आख़री बार आपको चेतावनी दे रहा हूँ, आप केस को बिगाड़ने की कोशिश मत कीजिए और हर किसी पर इलज़ाम लगाती मत फिरिए। आप अभी इस मुहल्ले में न तो सबको अच्छे से जानती हैं न ही मोहनबाबू को पूरा जानती थीं; किसी ने आप पर इलज़ाम लगाकर लिखित शिकायत कर दी तो फिर मेरी मजबूरी हो जायेगी आपको थाने ले जाना।" दुबे रुका और दो सीढ़ी उतरते हुए बोला, "फिर आपकी हाइट भी हत्यारे की हाइट से मैच खाती है।" इतना कहकर वह "हें हें हें" करता हुआ चला गया।

दुबे के जाते ही लीला ने माथे का पसीना पोंछा और आधी बोतल पानी गटक गयी।

"क्या करूँ मैं? क्या?" उसने ग़ुस्से से चीख़ते हुए पानी की बोतल को फेंक दिया। "मोहनबाबू आप तो चले गये, मेरी ज़िन्दगी में बवाल छोड़ गये। आपके हत्यारे को नहीं ढूँढ़ती हूँ तो दिमाग़ शान्ति से नहीं बैठने देता और ढूँढ़ती हूँ तो ये दुबे, क्या करूँ मैं?" लीला ने अपना माथा हथेलियों में भींच लिया। दुबे की बातें उसके दिमाग़ में ऊधम मचा रही थीं। उसके माथे की नसें खिंच रही थीं।

"सही तो कह रहा था दुबे। मैं यहाँ किसी को नहीं जानती, लेकिन मोहनबाबू, उन्हें तो जानती थी। क्या छह महीने का समय काफ़ी नहीं किसी को जानने के लिए?" लीला ख़ुद से ही बातें कर रही थी।

वह फिर अपनी डायरी लेकर बैठ गयी।

"कई बार ख़ुद से नफ़रत होती है कि क्यों कमज़ोर पड़ती हूँ मैं। मज़बूती का ढोंग तो नहीं करती, मज़बूत हूँ, फिर अचानक किसी लम्हे में, कभी किसी के प्रेम में तो कभी किसी की ज़िम्मेदारी में, कभी किसी के भरोसे में तो कभी बहकावे में कमज़ोर पड़ती हूँ, फिर दर्द से छटपटाती हूँ, उस मछली की तरह जो ख़ुद उछाल मार पानी से

बाहर आ जाती है, पर मरती नहीं। बस कुछ देर तड़पती है और फिर क़िस्मत की हिलोरें जो कुछ बूँदों के रूप में वो ले आती है अपनी उछाल के साथ, उन्हीं की फिसलन से पहुँच जाती है वापस पानी में। पानी कितना भी गन्दा हो उसे रहना है उसी में, क्योंकि पानी ही मछली का जीवन है, जैसे ये समाज, घर, परिवार, पितृसत्ता और पुरुष–प्रेम हम स्त्रियों का। मानते रहेंगे जब तक ख़ुद को मछली तब तक यूँही क़ैद रहेंगे इस भ्रम के जल में।"

इतना लिखकर उसने डायरी में पेन फँसाया और आँखें मूँद लीं। पुरुष के प्रति अपनी उम्मीदों से भागी थी, फिर एक पुरुष से उम्मीदें लगा बैठी थी। क्यों वह अकेले नहीं जी सकती या मन में आसक्ति होते हुए भी क्या ख़ुद को अकेले जीने के लिए मजबूर करना ज़रूरी है? उसके मन ने ख़ुद से सवाल किया। "मोहनबाबू को नहीं जानती" यह वाक्य उसके दिमाग़ में तीर की तरह चुभ रहा था। वह उनके साथ बिताये कुछ और लम्हे खँगालने लगी।

****

"तुमने ये निर्णय क्यों लिया ये तो समझ गया हूँ और बेहतर ही किया। जब सम्बन्ध असहनीय हो जाये तो उसे तोड़ देना ही बेहतर होता है। पति का तो समझ आता है, लेकिन बेटी, उसकी याद नहीं आती कभी? कोशिश नहीं की कभी बात करने की?" शुरुआती दिनों में ही लीला ने जब मोहनबाबू को अपनी जीवन गाथा सुनाई तो उन्होंने उसका सर अपनी गोद में रखकर वैसे ही सहलाया था जैसे पिता, पुत्री को सहलाते हैं। लीला को इसी की ज़रूरत भी थी। यह वह पहला अहसास था जिससे उसे महसूस हुआ कि वह मोहनबाबू के बारे में आगे सोच सकती है।

"मैंने उसे समझाने की बहुत कोशिश की थी, लेकिन उसे अपने पिता के साथ ही रहना था।" लीला ने आँखें मूँदे–मूँदे कहा था। उसकी आवाज़ भर्रा आयी थी और आँखों के कोर भीग गये थे।

वह रुकी नहीं, कहती रही, "कुछ समय तक उससे मोह और नाराज़गी दोनों रहे, लेकिन जब तलाक़ के बाद मैंने उसे फ़ोन किया तो उसने "आइन्दा फ़ोन मत करना" कहकर फ़ोन काट दिया। बस उस दिन मेरा मोह भंग हो गया। उस दिन के बाद न उसके ख़याल आये न आँसू। माँ का अपनी औलाद से भी मोह भंग हो सकता है यह मैंने तब जाना। यह मोह भंग भी बड़ा चतुर है लेकिन, टीस की तरह कभी–कभी फिर–फिर उठता रहता है, लेकिन आपको पता है" कहते हुए लीला उठी और आँसू पोंछते हुए मोहनबाबू की तरफ़ देखकर बोली।

"जब मोह भंग हो जाता है तो सारे सवाल–जवाब, ख़याल, आह, कसक, दर्द, सब भंग हो जाते हैं। हम मुक्त हो जाते हैं। आज़ाद महसूस करते हैं। बिल्कुल आज़ाद, जैसे कोई परिन्दा अभी–अभी किसी क़ैद की जकड़न से आज़ाद हो पंख पसार रहा हो, मैं भी वैसे ही पंख पसारे शून्य में उड़ रही थी। जहाँ अतीत का अँधेरा डूब गया था, बस नयी रोशनी पसरी हुई थी। कभी–कभी बस एक बात चाहिए होती है, एक जवाब, एक अहसास, एक विचार, आगे बढ़ जाने के लिए बस इतना ही काफ़ी होता है।"

मोहनबाबू का मन हुआ लीला को कसकर गले लगा लें। लीला भी जैसे भीतर से तड़प रही थी किसी अपनत्व भरे आलिंगन के लिए। लेकिन तब दोनों के बीच की सीमाएँ ढही नहीं थीं। दोनों के भीतर और परख लेने की, अपने समर्पण और आत्मसम्मान के बीच की एक अनदेखी खाई थी, फिर उम्र का लिहाज़ तो था ही। लीला उनके भावों को समझ रही थी, उसने पूछा–

"आप कुछ कहना चाहते हैं?"

"कहना तो बहुत कुछ चाहता हूँ, लेकिन..."

"लेकिन क्या?"

"बहुत अरसे बाद प्रेम महसूस कर रहा हूँ, तुम्हारे साथ होता हूँ तो अलग ही मन होता है।"

"हम्म" लीला ने यूँ हामी भरी मानो वह भी यही कहना चाहती हो।

"आप प्रेम से डरते हैं न?" लीला ने पूछा।

"कह सकती हो।"

"लेकिन क्यों?"

"प्रेम बड़ा ही सतरंगी होता है। कभी जी चाहता है कि दिल का सारा हाल प्रेमी के सामने उड़ेल दो और कभी दिल का हाल सुनाने पर खुद को कोसने लगते हैं। कभी दिल चाहता है कि सारी दुनिया की मोहब्बत उस पर लुटा दो और कभी उससे दो बातें कह देने पर ही ख़ुद को फटकारते हैं। समर्पित हो जाने और आत्मसम्मान के बीच झूलता पेंडुलम है प्रेम जो चाहता है कि जितना ख़र्च हो रहा है उतना या उससे ज़्यादा ही मिले और जो न मिले तो पल–पल में ख़ुद के लिए समझाइशें और फिर कुर्बानियों की नोक–झोंक चलती रहती है। प्रेम चीज़ ही ऐसी है।"

"तो आपको लगता है कि मुझसे आपको उतना ही नहीं मिलेगा जितना आप देंगे?" लीला ने पूछा।

"ऐसी भी बात नहीं है।"

"फिर कैसी बात है?"

"बस डर लगता है कि एक बार फिर प्रेम करके उसे निभा नहीं पाया तो क्या होगा।"

इसके बाद काफ़ी देर तक सन्नाटा पसरा रहा।

****

"अरे दरवाज़ा खोलिए!" ठक–ठक की तेज़ आवाज़ से लीला आज में आयी। डायरी उसकी गोद में थी और आँसू गालों पर। ऐसा लगता है मानो आँसू उसके अस्तित्व का हिस्सा बन गये थे। लीला ने आवाज़ पहचानी, वसु थी।

"ठीक हैं आप?" वसु ने बैठते हुए कहा, "कितनी देर से घण्टी बजा रही हूँ, खटखटा रही हूँ, देखिए ज़रा बाहर पूरा मुहल्ला इकट्ठा हो गया।"

"फ़ोन कर देतीं।" लीला ने कहा।

"देखिए ज़रा इसे।" वसु ने टेबल पर रखा लीला का फ़ोन उसके सामने किया। पाँच मिस्ड कॉल्स थे। लीला ने कुछ नहीं कहा बस आँखें मूँदे पड़ी रही।

"क्या बात है, कुछ पता चला क्या?" वसु ने उत्सुकता से पूछा।

"काश!" लीला ने कहते हुए गहरी साँस छोड़ी।

"मोनू दिखा था नीचे वो लोग आ गये क्या?"

"हम्म।"

"आप कुछ बोलेंगी भी, कुछ बताइए भी। मोहनबाबू के घर की छानबीन हो गयी?"

"हम्म, कल ही आये थे फॉरेंसिक वाले।"

"कुछ मिला?" वसु की आवाज़ में लीला ने उत्सुकता भाँपी तो आँखें खोलीं।

"नहीं" लीला ने वसु को भाँपते हुए कहा। पहले–पहल उसने वसु की आवाज़ में कुछ अधिक ही उत्सुकता या पता लगाने की चाह महसूस की थी, लेकिन फिर लगा वह अब पागल हो जायेगी। हर तरफ़ एक ही चीज़ नज़र आने लगी हो जैसे। "अब क्या यही रह गया है कि वह वसु पर भी शक करे?" लीला के सामने ही तो वह पहली बार मोहनबाबू से मिली थी।

"तुम आज अस्पताल नहीं गयीं?"

"जाऊँगी।" वसु बोली, "सोचा आपको देखती चलूँ।" कहकर वह उठ गयी। "चलिए निकलती हूँ। आपको शायद कुछ टाइम अकेले में चाहिए।"

लीला बैठी रही। उसे किसी को रोकने का, किसी के साथ बैठने का, किसी से कुछ कहने का मन नहीं है। उसका दिमाग़ विचारों की

आँधी की ज़ब्त में है। एक ओर मोहनबाबू से की गयी बातें, उनके साथ बिताया गया समय, दूसरी तरफ़ सब्ज़ी वाली और उसकी बेटी की कहानी उसे परेशान कर रही थी। उसका मन हुआ कि सब्ज़ी वाली के घर जाकर उससे माफ़ी माँग लें। कितना कुछ सहा है उसने। जो उसकी बेटी के साथ हुआ, वह अगर उसके साथ होता तो वो क्या करती? क्या मोहनबाबू की हत्या कर देती? शायद नहीं। हत्या करके तो ज़िन्दगी और बर्बाद ही होनी है। वह भी वही करती जो सब्ज़ी वाली ने किया। लीला का मन किया सब्ज़ी वाली के साथ बैठकर ही सारी बातें कर ले, उसी से पूछ ले कि कौन मार सकता है? वह उठी और एक बार फिर हिम्मत की उस गली में जाने की। वह जानती है कि दुबे को पता चला तो बुरा होगा लेकिन वह अपने मन को यूँ बेचैन नहीं रख सकती। वह कोई क़ानून हाथ में नहीं ले रही और न ही अब किसी पर इलज़ाम लगायेगी, लेकिन बात तो कर ही सकती है न!! यही सोचकर वही उठी और डायरी को बैग में रखकर निकल पड़ी। अभी घर से निकली ही थी कि दुबे अपने घर के बाहर खड़ा किसी से बात कर रहा था। उसने लीला को देख लिया। उसने इशारे से पूछा, "कहाँ?"

लीला ने मुजरिम की तरह मिमियाते हुए जवाब दिया, "कहीं नहीं, बस बाज़ार तक जा रही हूँ।" दुबे ने मुस्कुराकर सर हिला दिया।

लीला फुर्ती से गली से निकली और साँस ली। वह इतना क्यों और किससे डर रही है? उसने खुद को ही फटकारा, लेकिन अब सब्ज़ी वाली की तरफ़ जाने की हिम्मत पस्त पड़ चुकी थी। एक तरफ़ दुबे उसे देख चुका था, दूसरी तरफ़ वह लड़का था, जिससे डरकर वह पिछली बार भागी थी। लीला ने घड़ी देखी, चार से ऊपर हो गये थे। शाम भी हो रही थी। वह निकल तो गयी थी, अब तुरन्त वापस लौटती तो दुबे को शक हो जाता। उसकी शक्की निगाह से बचने के लिए वह झूठ–मूठ ही बाज़ार का एक चक्कर लगाने निकल पड़ी ताकि दुबे यदि उसका पीछा करे भी तो वह झूठी न कहाये।

उसका अन्दाज़ा सही निकला। रास्ते भर दो आँखें उसके ऑटो की पीठ से चिपकी रहीं। दुबे भी लीला को यह अहसास कराना चाहता था कि वह उसकी नज़र में है। लीला को घबराहट तो हुई, लेकिन कुछ राहत भी मिली। उसने दुबे की नज़रों में ख़ुद को झूठा होने से बचा लिया था। यह विश्वास आगे काम आने वाला है, जब दुबे से नज़र चुराकर वह पड़ताल करेगी। लीला के बाज़ार पहुँचते ही दुबे रास्ता बदलकर आगे निकल गया। लीला की जान में जान आयी। वह फुर्ती से बाज़ार में घुस गयी। बाज़ार में चहल–पहल है। जिसका मन अशान्त हो उसे बाज़ार के रंग, भाँति–भाँति के लोग, चाट–पकौड़ी की सुगन्ध, गुब्बारे वाले, आइसक्रीम खाते बच्चे, कुछ भी उसका मन नहीं बहला पाते। एक समय था जब लीला को बाज़ार में भटकना, लोगों को देखना, उनके चेहरे से मन के भावों को समझना बहुत भाता था। आज यह सब भी उसके कचोटते मन को फुसला नहीं पा रहे हैं। उसने बाज़ार का एक चक्कर लगाया। मन नहीं बहला तो बाज़ार के दाहिनी ओर बने पार्क में जाकर बैठ गयी। आँखें अब भी लोगों की भीड़ देख सकती हैं, मगर मन कुछ कह–सुन लेने को बेचैन है, ऐसे में डायरी ही बस सहारा है–

"बढ़ती उम्र के रोग लगने लगे हैं मुझे क्या? या ज़िन्दगी के रंग सूखने लगे हैं। सुनो, मुझे इस नीरसता से बहुत डर लगता है इसलिए मैं अक्सर ही आजकल निकल जाती हूँ घर से, सड़कों पर रस ढूँढ़ने। पर वहाँ से भी हताश होकर ही लौटती हूँ। मुझे अकेलेपन से डर लगने लगा है, ख़ालीपन से डर लगने लगा है। कितना अच्छा होता अगर तुम होते, फिर तुम और मैं शाम को रंग–बिरंगी कंदीलों से रोशन कर देते।"

लिखते–लिखते डायरी के पन्ने पर कुछ बूँदें आँसू की भी दर्ज हो गयीं। गले में तड़प उठी तो बोतल निकाल पानी के दो घूँट हलक से उतार लिए। पानी अगर भीतर की प्यास बुझा पाता तो दुनिया के सारे समन्दर सुखा डालती। लीला की प्यास भी कहाँ पानी से बुझती।

वह घर लौट आयी। रसोई में जो मिल गया उसे ही खाकर पेट भरा। दवाएँ भी तो निगलनी हैं। खा–पीकर सोफ़े पर लेट गयी। आज उसने फिर हुक़्क़ा सुलगाया और उसके छल्लों में अपने मन की फ़िक्र, ग़ुस्सा, डर सब उड़ाने लगी। यूँ ये हुक़्क़े का शौक़ भी उसे मोहनबाबू का ही दिया हुआ है। वे चले गये, लीला को इसके अंगारों में खाक होने छोड़ गये। जब तक हुक़्क़ा जलता रहा लीला सोफ़े पर ही लेटी रही। जाने कितने ही ख़याल उसके मन में उमड़ रहे थे और वह हर ख़याल पर एक कश लगाती और उसे जलाकर धुएँ में उड़ा देती। डायरी जो सिरहाने ही रखी थी, वह उठी और फिर कुछ लिखने लगीं–

"कुछ रातें इस उम्मीद में स्याह बीत जाती हैं कि कभी तो वह सुबह होगी जो थकी और उदास न हो। रातभर अपने कुकून में करवटें बदलते हुए जो ख़्वाब मैं देखती हूँ वे मुझे अक्सर ही कल्पना के उस लोक में ले जाते हैं, जहाँ दुनिया "वाक़ई" ख़ूबसूरत है। जहाँ प्रेम माँगने से नहीं बल्कि हर किसी के लिए सहज ही हासिल है। कभी यही ख़्वाब यथार्थ का ऐसा लोक सामने ला देते हैं कि मैं तरबतर बिस्तर से उठती हूँ जैसे अभी–अभी किसी दैत्य से सामना हुआ है। मैं जो लड़ती हूँ धरातल पर हर लड़ाई, डटी रहती हूँ चूर न होने तक, भूल जाती हूँ देह के ज़ख़्मों को, दर्द को, रोगों को जीवित रहने के लिए... मुझे घेरा जाता है ख्वाबों में, रात के सन्नाटे में, अकेले में। कहो भला... अकेलेपन से तो मैं लड़ लूँ लेकिन क्या ख़्वाबों में हमला करने वाले हमलावरों से कोई जीत सकेगा? कैसा होगा वह दिन जब इन्सान अपने जीवन की हर लड़ाई ख्वाबों में हार जाये? जीवन की सुबह ही न हो उस शाम के बाद, जिस शाम में वह ख्वाबों में अनदेखे, अनजाने, हैवानियत से भरे दुश्मनों से घेरा जाये

कहते हैं मनुष्य को जीने के लिए भोजन से भी अधिक आवश्यक है नींद... मैं सोचती हूँ कितना अच्छा है कि इस उकताये जीवन से पीछा छुड़ाने नींद का न आना या लगभग हर रात ही उन दैत्यों

से लड़ते–भिड़ते नींद को पलकों से ही विदा देना उसके जीवन में धीमे–ज़हर का काम कर रहा है।"

इतना लिखकर लीला ने डायरी बन्द की। हुक़्क़े की आग भी ठण्डी होने लगी थी। उसने आख़िरी कश खींचा और भीतर आ गयी। नींद की दो गोलियाँ गटक आँखें मूँद लीं, इस निर्णय के साथ कि "कल कुछ भी हो जाये सब्ज़ी वाली से मिलकर उससे माफ़ी माँगेगी और उस लड़के से भी बात करेगी, यदि मिला तो। वह डरेगी नहीं... बिल्कुल नहीं!"

आठ

रात ली गयी दो गोलियों का असर सिर्फ़ तब तक रहा, जब तक चौकीदार की सीटी नहीं बजी थी। सीटी बजते ही लीला फिर हड़बड़ाकर उठी। वह तेज़ी से बालकनी की तरफ़ भागी, मानो मोहनबाबू की हत्या होने से बचाने जा रही हो। बालकनी से देखने पर सड़क ख़ाली थी सिवाय चौकीदार के। गली के अन्त तक पहुँच गया था वह। हाथ से डण्डा बजाते, सीटी बजाते। सामान्य दिन होते तो उसकी हिम्मत नहीं होती सीटी की आवाज़ से यूँ सामना कर लेने की। जी बैठ सा जाता था उसका हमेशा इस आवाज़ को सुनकर। मानो कोई प्रेत हो जो आवाज़ लगाता हो। अब पता नहीं कैसे? कहाँ से हिम्मत आ गयी। **हम तब तक ही कमज़ोर पड़ते हैं, जब तक हमें किसी के सहारे की उम्मीद होती है। उम्मीद होती है कि कोई हमारे पीछे खड़ा होकर कन्धे पर हाथ रख सँभाल लेगा। जिस दिन यह उम्मीद और विश्वास टूट जाता है, हममें वह हिम्मत आ जाती है, जिसे पाने की कोशिश में हम हर पैंतरा अपना चुके होते हैं।** लीला के साथ भी यही हो रहा था। जिस हिम्मत को बटोरकर भोपाल आयी थी उसे सँभालने के लिए मोहनबाबू मिल गये थे। जिसकी वजह से वह फिर ख़ुद को ढीला छोड़ने लगी थी। अब जब वे भी चले गये हैं तो किसी से न कोई उम्मीद है न आसरा। अब जो है वह ही है। स्त्रियों के मन में पैदाइशी यह बात डाली जाती है कि वे चाहे–अनचाहे अपने लिए

एक सहारा खोजने लगती हैं। "कोई तो हो हमदम मेरा" की चाहत स्त्रियों में पुरुषों की तुलना में अधिक भर दी जाती है।

सूनी सड़क पर जब चौकीदार के जाने के बाद कुत्ते भौंकने लगे तो लीला भीतर आकर बैठ गयी। सोफ़े पर पसर गयी और डायरी को छाती पर रख लिया। आँखों में नींद थी, लेकिन दिमाग़ में खलबली मची हुई थी। आँखें मूँदते ही न जाने कितने चेहरे उसके सामने नाचने लगते। उसने आँखें खोल फिर लिखना शुरू किया—

"रात अकेलापन लाती है। भीतर बरबस ही टीस उठने लगती है कि मैं दुनिया की सबसे अकेली औरत हूँ। रास्ते—गलियाँ सब यूँ सन्नाटे से तर हो जाते हैं कि उन पर जो दिनभर चहल—पहल थी उसकी गूँज भी सुनाई नहीं पड़ती। काश! कि मैं किसी पुराने खण्डहर में ही रह रही होती तो रात के वक़्त फड़फड़ाती चमगादड़ ही किसी जीवित प्राणी के होने का अहसास कराती। रात घिरते ही मुझे लगता है कि दुनिया में कुछ भी जीवित नहीं बचा। घर की बेजान निर्जीव वस्तुओं से मेरा सारा प्रेम रात को ख़त्म हो जाता है। जिन्हें मैं दिन में सजाती हूँ रात में वे मेरे सूने मन को क्यों नहीं सजातीं? मैं हर सुबह जीना चाहती हूँ और हर रात मरना।"

"काश! मैं ही मर जाती" खिरियाकर उसने डायरी बन्द करके टेबल पर पटक दी। अकेलापन भी कुफ्र बन जाता है, तिस पर यदि मन आत्मग्लानि से भरा हो तो और ज़्यादा। **किसी सहारे की आस के बाद आत्मग्लानि एक ऐसा भाव है जो स्त्रियों में पुरुषों से अधिक होता है। होता क्या है, यह भी उनमें भरा जाता है। घर की ज़िम्मेदारी, मेहमानों की सेवा—चाकरी, हमेशा बेहतर बनकर दिखाने की चाहत, बच्चों की परवरिश, परिवार की इज़्ज़त उसे सब में ही तो अव्वल आना है। यदि यह सब नाप—तौल कर नहीं कर पाये तो ख़ुद ही आत्मग्लानि से भर जाती है।** लीला भी तो स्त्री है। *"सब्ज़ीवाली का पति सालों पहले मर गया था। उसने बमुश्किल बच्चे पाले। एक बेटी मर चुकी है,*

दूसरी के साथ जो हुआ वह दिल दहलाने वाला था। ऐसे में एक ग़रीब औरत जो स्वाभिमान से अपना और अपने बच्चों का पेट पाल रही है, उस पर हत्या का इलज़ाम लगाकर उसने अच्छा नहीं किया।" यह ख़याल ही उसे आत्मग्लानि से भर रहा था। वह बार–बार यही सोचती कि सब्ज़ीवाली को मारना ही होता तो वह तीन साल इन्तज़ार क्यों करती? जब सब कुछ ठीक हो गया था तो वह अपनी ज़िन्दगी हत्या करके क्यों ख़राब करती? हाँ बस, सब्ज़ी वाली की हाइट भी हत्यारे की हाइट से मेल खाती है। "और उसके बेटे की हाइट?" यह ख़याल आते ही लीला ख़ुद को दुत्कार देती। उसका बेटा भी तीन साल बाद, बहन का घर बस जाने के बाद, ऐसा काम करके अपना जीवन बर्बाद नहीं करेगा। वह इन ग़रीबों पर बेबुनियाद इलज़ाम लगाकर नाइन्साफ़ी कर रही है। वह अपनी हर तल्ख़ी के लिए सब्ज़ी वाली से माफ़ी माँगेगी। इन्हीं ख़यालों में उलझी लीला की फिर आँख लग गयी।

मौसम बदलने में कौन से महीनों लगते हैं? एक हफ़्ते में मौसम ने भी कई रंग दिखा दिये हैं। बारिश भी हो गयी, सर्द हवाएँ भी लौट–लौट आयीं और हफ़्ता बीतने तक फिर उमस बढ़ गयी। छह दिन में ही हाल इतना बदल गया है बिना पंखे के बैठा न जा सके। पीछे छोड़ जाती है कसमसाती उमस और चिपचिपाते बदन। लीला की नींद भी पसीने की इसी चिपचिपाहट से खुली। सुबह जब बालकनी में आकर सोयी तो ब्रह्ममुहूर्त की हल्की ठण्डक थी। पंखा चलाने का होश नहीं रहा। अब उठी है तो सूरज रूठा–सा सर पर चढ़ रहा है। गर्मी से कसमसाती वह उठी। बालकनी से एक जायज़ा गली का लिया। सब रोज़ जैसा ही है। या आज उसका मन पहले से थोड़ा शान्त है, इसलिए उसे सब सामान्य–सा दिख रहा है। मोहनबाबू के घर पर लगी पीली पट्टी, ठाकुर साहब की खुली दुकान, मोनू का हैंडपम्प पर पानी खींचना, इक्का–दुक्का गली में दौड़ते बच्चे और आते–जाते लोग। बड़े दिनों बाद उसे यह सब सामान्य–सा

होता दिख रहा था या शायद सब पहले से ही सामान्य था उसने आज ध्यान दिया।

ठाकुर साहब से नज़र मिली तो वे कुछ उखड़े हुए से मालूम पड़े। लीला को लगा कल वह मुहल्ले में ही सब्ज़ी वाली से यूँ भिड़ गयी शायद इसलिए। वाज़िब भी था, उन्होंने तहकीकात करने को कहा था, बिना किसी सर–पैर के सरेआम भिड़ने थोड़ी।

"हो सकता है दुबे ने फटकारा हो इन्हें।" सोचते हुए लीला ने मोबाइल में घड़ी देखी। साढ़े आठ बज रहे थे। सब्ज़ी वाली के आने का समय था। लीला को उम्मीद नहीं थी वह आज आयेगी, फिर भी उसने तय किया कि पहले एक घण्टे यहीं इन्तज़ार करेगी, नहीं आयी तो उसके घर चली जायेगी। वह झटपट तैयार हुई। ठाकुर साहब की दुकान से ब्रेड का पैकेट ख़रीदा। चार ब्रेड सेंककर सॉस और भुजिया लगाने लगी तो फिर मोहनबाबू याद हो आये। अभी होते तो कहते, "कैसे बच्चों जैसा स्वाद है तुम्हारा, सॉस और भुजिया से कौन ब्रेड खाता है भाई।" और वह मुस्कुरा देती। वे होते तो अभी ब्रेड थोड़ी गरमागरम समोसा और उनके हाथ की चाय का लुत्फ उठा रही होती। लीला ने आँखों के कोर से दो बूँदें लुढ़कने से पहले ही पोंछ लीं। झटपट सब निपटाकर बालकनी में सब्ज़ी वाली का इन्तज़ार करने लगी।

इन्तज़ार में समय रबर की तरह खिंचता चला जाता है। लीला हर पाँच मिनिट में घड़ी देखती और फिर गली का नुक्कड़। समय काटने के लिए उसने मोबाइल में ख़बरें पढ़नी, व्हाट्सएप में लोगों के स्टेटस देखने और फ़ेसबुक पर भुलाये जा चुके पासवर्ड को रीसेट करना शुरू किया। आभासी दुनिया का जाल कई बार यथार्थवादी ज़िन्दगी की पीड़ाओं को ख़ुद में उलझाकर मन को पीड़ित होने से बचाता है। देखते–देखते दो घण्टे बीत गये, लेकिन सब्ज़ी वाली नहीं आयी। लीला बिना देरी किये घर से निकली। ऑटो खोज ही रही थी कि फ़ोन बजने लगा। फ़ोन वसु का है।

लीला का मन किया आज उसे भी मिलकर सब बता दे, क्या पता वह ही कुछ ऐसा देख ले जो उसे न दिख रहा हो।

"ठीक हैं आप?" फ़ोन उठाते ही वसु ने पूछा।

"हाँ कुछ काम से निकली हूँ" लीला बोली।

"आपको क्या काम आ गया?" वसु ने उत्सुकता से पूछा। "कहाँ हैं आप? बताइए कहाँ जाना है मैं छोड़ देती हूँ।"

"नहीं काम तो मैं अकेले निपटा लूँगी।" लीला ने मुस्कुराकर कहा, "लेकिन तुमसे आज ज़रूर मिलूँगी, कुछ बातें करनी हैं।"

"लेकिन बताइए तो कहाँ जा रही हैं, मेरा मतलब है कौन–सी जगह।"

"कहा न सब बताऊँगी, जब मिलूँगी।"

"कोई गुप्त जगह जा रही हैं क्या जो नाम नहीं बता सकतीं।"

"ऐसा ही समझ लो।" हँसते हुए लीला बोली। "अरे खो नहीं जाऊँगी।" लीला हँसी, "इतना परेशान मत हो, मिलती हूँ शाम को।"

"शाम को? मेरा शो देखने नहीं आ रहीं?"

"ओह हो! सॉरी मैं बिल्कुल भूल गयी थी।"

"ऐसे हालात में भी इन्सान नहीं भूलेगा तो कब भूलेगा।" वसु ने कहा, "जाइए माफ़ किया आपको, टाइम पर पहुँच जाइएगा।"

"पक्का" इतना कहकर लीला ने फ़ोन काट दिया। सामने से एक ख़ाली ऑटो आता दिख रहा था। उसने रोका और महेशपुरा के लिए निकल गयी। मन में धुकधुकी थी। उस लड़के से पिछली बार जो भिड़न्त हुई थी उसके बाद दोबारा वहाँ जाने की हिम्मत करना भी बहुत हिम्मत का काम था। लेकिन लीला ने ठान किया था कि वह डरेगी नहीं। वह मिल भी गया तो आँखों में आँखें डालकर बात करेगी। **कई बार हमलावर महज़ हमारा हौसला देखकर ही अपने इरादे बदल लेता है, क्योंकि उसे आँखों में आँखें डालकर डटकर खड़ी स्त्री की उम्मीद नहीं होती। यह हमलावर कोई भी हो सकता है। प्रताड़ित करते ससुराल वाले, दफ़्तर में डिमोशन**

की धमकी देता बॉस, स्कूल में पीठ टटोलता मास्टर, सड़क पर चलते लफंगे या भीड़भाड़ में हाथ मारते गुंडे। बस डटने और डाँटने की एक कोशिश ज़रूर करनी चाहिए, बिना डरे। इसी हौसले के साथ लीला वहाँ पहुँच गयी।

मुख्य सड़क पर ही ऑटो छोड़कर गली में मुड़ी। गली में घुसो तो दाहिने हाथ पर एक सरकारी बिल्डिंग की बारह फ़ीट ऊँची बाउंड्री है, जिस पर जगह–जगह नेताओं के प्रचारक चेहरे छपे हुए हैं। नीचे दो–दो चार–चार फ़ीट की दूरी पर कचरे का ढेर लगा हुआ है। वैसे भी सरकारी बिल्डिंगों के बाहर दुनिया में कितनी गन्दगी मची है, इससे किसे फ़र्क़ पड़ता है। गली के बायीं ओर एक नाला है, उसके किनारे कुछ बच्चे जो देर से सोकर उठे होंगे, नित्यक्रिया में लगे हैं। सड़क पर नाले के लिए जो पुलिया बनी है, उस पर ज़िन्दगी की जद्दोजहद से विरक्त हो चुके युवा ताश की बाज़ियों में जीवन का रस ढूँढ़ रहे हैं। ऐसा दृश्य देखकर ही भव्य आत्माओं को वैराग्य उत्पन्न होता होगा, जहाँ एक ओर गन्दे पानी के नाले की इतनी दुर्गन्ध है कि वहाँ क्षणभर खड़े होना भी मुश्किल हो और उसी नाले के ऊपर बैठकर वर्तमान युवा पीढ़ी तनिक भी नाक–भौं सिकोड़े बिना मनोरंजन का आनन्द ले रही है। नाले के दोनों छोर पर कच्चे–पक्के घरों का जमावड़ा है। इन घरों में रहने वालों की नाक भी इस दुर्गन्ध में गन्ध ढूँढ़कर कब का गन्ध–दुर्गन्ध के भेद से वैराग्य ले चुकी होगी।

लीला के दिल में उस लड़के का भय धड़क रहा है, जिसे अनदेखा कर वह नाक पर दुपट्टा रखे लीला बढ़ती जा रही है। घरों के दरवाज़े खुले हुए हैं। सभी घरों में स्त्रियाँ सुबह–सबेरे के काम निपटा रही हैं। गली में बच्चे दौड़ रहे हैं। लीला जिस घर के आगे से निकलती, उस घर के बाहर खड़ा शख़्स उसे घूरता, फिर अपने काम में लग जाता। गली में मुड़ते ही लीला को सब्ज़ी वाली दूर से ही अपने घर के बाहर ही बैठी दिखी। वह घर के बाहर बने दो फ़ीट के चबूतरे पर बासुन रगड़ रही है।

लीला उसकी तरफ़ बढ़ती जा रही है। सब्ज़ी वाली की पीठ देख–देख सोचती जा रही है कि जब सामना होगा तो क्या कहेगी? कैसे कहेगी?

लीला अभी सब्ज़ी वाली के दरवाज़े पर जाकर उसके पीछे खड़ी ही हुई थी, क्या बोलूँ? कैसे बोलूँ? सोच ही रही थी कि भीतर से एक लड़की बड़े से पतीले में पानी लेकर आयी। वह सब्ज़ी वाली के बरतन धोने वाले तसले में पानी उड़ेलती कि उसकी नज़र लीला से मिली। लीला की नज़र ने लड़की की आँखों में यूँ झाँका मानो वहाँ भी उसे कोई क़ातिल छुपा दिख रहा हो। उसे क़ातिल तो न दिखा, लेकिन लड़की के होंठ के पास एक घाव दिख गया। लीला को अपने दिन याद आ गये, जब उसका पति पीटता था, इसी तरह थप्पड़ के ज़ोर से उसका होंठ कट जाया करता था।

"रे डाल काय नई रइ पानी!" सब्ज़ी वाली ने बरतन रगड़ते–रगड़ते उस लड़की की ओर देखा। जब समझी कि वह सब्ज़ी वाली के पीछे खड़े किसी शख़्स को देख रही है तो उसने भी हाथ रोके और पीछे मुड़कर देखा।

"अब झाँ का लेबे आयी हो?" लीला को देखते ही सब्ज़ी वाली ने हाथ में थामा बरतन ज़ोर से नीचे फेंका और तमतमाते हुए खड़ी हो गयी। उसने लीला की नज़र लड़की पर टिकी देखी तो उसे हड़काया।

"तू का झाँ खड़ी होके तमाशो देख रइ, जा पानी डार और भीतरे जा।" माँ के हड़काने पर लड़की तपेली का पानी तसले में डालने लगी। लीला को उसके हाथों पर भी ज़ख़्म दिखे। घाव कुछ ही दिन पुराने लगते थे।

"सुनत नइयाँ बिल्कुलै।" सब्ज़ी वाली लड़की पर गुर्राई, "ऐसे इ पति की नई सुन रई होएगी, जिद्दन है सोयी पिट्कें आ गयी। अरे चार बातें पति की सुन लेती तो का मौत आ जाती, अपनो नई तो अपने पेट की तो सोचने चैये की नई? अब मायके से जायेगी तो

जाकी जिनगी को धड़का लगो रेएगो।" सब्ज़ी वाली बड़बड़ाती जा रही थी। उसे इस बात की कतई फ़िक्र नहीं थी कि वह लीला के सामने अपनी बेटी के रिश्ते की परत हटा रही है, "उतें बो बुढ़ऊ मरो तो सबने हम पे नज़र टिका लइ, इतें जे पूरे दिना चढ़ते पिट्कें आ गयीं, हम ग़रीबन खों तो कितऊँ चैन नैएं।"

लीला को अपनी माँ याद आयी। वह कैसी भी थी, मगर लीला का पति पीटता था तो संग-संग रो लेती थी। लीला सोचती, "बेटी के शरीर पर ज़ख़्म देखकर तड़पने वाली माँ को उसके दिल की किरचियाँ क्यों नहीं रुलातीं?" वह सब्ज़ी वाली से कहना तो चाहती थी, कि घरेलू प्रताड़नाओं ने स्त्रियों के लिए अमीरी-ग़रीबी के सारे फ़र्क़ मिटा रखे हैं, हर वर्ग में मिल जाते हैं शोषक, लेकिन वह चुप रही। अपनी स्थिति पर दया पाना अब उसे सुहाता नहीं था और वह भी शोषित हो चुकी है, यह जानकर कोई दया किये बिना रहता नहीं। ऐसी स्थिति में बस एक दया ही तो है जो लोग पूरे दिल से करते हैं।

"तू अब तक झईं खड़ी है!" सब्ज़ी वाली ने लड़की को फिर हड़काया। लीला से नज़रें हटाकर वह भीतर जाने लगी। लीला की नज़र अब भी उसी पर थी। इतना तो वह समझ ही गयी थी कि लड़की सुमन है, सब्ज़ी वाली की बेटी। इतनी देर में सुमन ने न एक शब्द बोला था न ही उसके चेहरे पर कोई भाव ही लीला पढ़ पायी थी। हाँ, उसकी आँखों की फीकी पड़ चुकी रंगत और चेहरे पर स्थापित हो चुका वेदना का भाव लीला ने ताड़ लिया था। घरेलू प्रताड़नाओं के बाद स्त्रियाँ ऐसी ही तो हो जाती है, रसहीन, भावहीन, ये लीला से बेहतर कौन समझ सकता था। स्त्रियों के ऐसे दर्द साझा होते हैं, जिन्हें वे बिना कहे ही समझ जाती हैं। लीला का मन सुमन के लिए करुणा से भर गया, लेकिन यह भाव ज़्यादा देर न टिक सका। वह अपने प्रेमी के हत्यारे की खोज में निकली थी और हर क्षण सन्देहास्पद था।

लीला ने सुमन की लम्बाई आँखों–ही–आँखों में नापने की कोशिश की। वह लीला जितनी ही लम्बी थी। क्षणभर को लीला का माथा ठनका, लेकिन वह कुछ और सोचती उससे पहले लीला की नज़र उस लड़की के गोल पेट पर गयी, जिसे देखकर ही अनुमान लगाया जा सकता था कि वह आठ–नौ माह की गर्भवती है। लीला ने अपने शक को वहीं दफ़ना दिया। उसके मन में रही–सही शंका की बेल सूख गयी। इतने वर्षों बाद, ज़िन्दगी की नयी–शुरुआत करती लड़की आधी रात गये मोहनबाबू की हत्या करने जायेगी यह ख़याल ही उसे निहायती बेतुका लगा। आत्मग्लानि के जिस बोझ को ढोकर वह यहाँ तक आयी थी, वह भार थोड़ा और बढ़ गया। लड़की के भीतर जाते ही सब्ज़ी वाली ने फिर दुत्कारा।

"चैन ना पड़ी तुमें जो अब घर तक चली आयीं लाँछन लगाबे।"

लीला ने इधर–उधर आँख घुमायी। कुछ समय पहले घरों के बाहर से जो लोग उसे घूर रहे थे, वे शायद मुफ़्त के इसी तमाशे की प्रतीक्षा में थे। उन्होंने अपने–अपने काम छोड़कर यहीं नज़र गड़ा ली।

"मैं... वो मैं... मैं तुमसे माफ़ी माँगने आयी हूँ।" लीला ने बहुत धीमे स्वर में कहा। माफ़ी माँगते समय यूँ भी इन्सान का स्वर धीमा हो जाता है कि कहीं उसका अपना अहम् सुन न ले।

"जे बी ख़ूब है, पेले इलज़ाम लगाओ बिना सोचे–समझे, फिर माफ़ी माँग लेओ।" सब्ज़ी वाली का ग़ुस्सा माफ़ी की बात सुनकर भी कम नहीं हुआ।

"क्या हम अन्दर चलकर बात करें?" लीला ने इधर–उधर देखते हुए कहा।

"काय? जब इलज़ाम लगा रइ तीं तब तो नई सोची कि बीच सड़क पे होगी।" सब्ज़ी वाली मानो अपनी हर अवहेलना का बदला लेना चाहती हो।

"देखो" लीला रुकी, उसे आजतक इसका नाम तो पता ही नहीं, वह क्या कहकर पुकारे। "देखो, मेरी स्थिति भी तो समझो न, मैं ख़ुद बहुत परेशान हूँ।" कहते–कहते लीला की आवाज़ भारी हो गयी।

"अपनी बारी आयी तो आँसू आ गये।" सब्ज़ी वाली ने दुत्कारा, "लेकिन हम तुमाए जैसे नईयाँ मैडम जी कि आँसू में भी अमीर–ग़रीब देखें।" फिर वह, "आ जाओ।" कहकर भीतर चली गयी।

लीला भीतर जाकर खड़ी हो गयी। अन्दर के कमरे को परदे से बाँटती दीवार से सटी वही लड़की खड़ी हुई थी।

"बैठ जाओ अछूत नईं हैं हम।" सब्ज़ी वाली ने कहा।

"नहीं ऐसी बात नहीं।" कहते हुए लीला सेलो की उस कुर्सी पर बैठ गयी, जिसे शायद सोफ़े की कमी पूरी करने, कमरे में चार की जोड़ी से, बीच में एक लकड़ी की टेबल के साथ लगाया गया था।

"जे लड़की है हमारी... सुमन।" सब्ज़ी वाली ने परदे के पीछे से झाँकती लड़की का हाथ पकड़कर आगे खींचा, "पूरे महीना पेट से है, पति से पिटकर आयी है। एक बेटा है, काम पे गओ है; अब बताओ इन लोगन खों छोड़ कें हम बा बुढ़ऊ को मार कें अपएँ हाथ ख़राब करबे जेहें, जाकी जिनगी देखेंगे, जाये जाके पर बापरा भेजबे की देखेंगे के ख़ून करत फिरेंगे।" लीला के साथ वाली कुर्सी पर बैठते हुए सब्ज़ी वाली बोली, "अरे बा बुढ़ऊ ए मारबे तो हमें कोई पइसा भी देतो तो ना मारते हम बाय। ऐसे पापियन खों मारकें कोई अपएँ हाथ काहे ख़राब कर हे।"

"मुझे दुबे ने बताया जो तुम लोगों के साथ हुआ... लेकिन" कहते–कहते लीला झिझकी, लगा सब्ज़ी वाली यह न समझे कि वह मोहनबाबू की पैरवी करने आयी है। जो घट चुका उसे बदला नहीं जा सकता, लेकिन एक बार सच तो कहा जा सकता है, सोचकर वह आगे बोली, "लेकिन जो हुआ वह उन्होंने नहीं कराया था, चाहो तो दुबे से सच पूछना।"

"तुम हमें मत समझाओ। तुम अबे आयी हो मैडम जी। हम जा मुहल्ला में सालों से सब्ज़ी बेच रए।" सब्ज़ी वाली ने लीला की हर पैरवी पर लगाम कसते हुए कहा, "और कछु केना है?"

"नहीं, मैं बस तुमसे माफ़ी माँगना चाहती हूँ।" लीला रुकी, सुमन की ओर देखा, फिर बोली, "तुम लोगों के साथ जो हुआ वो मुझे पता नहीं था, अनजाने में मैंने बहुत कुछ ग़लत कह दिया, लेकिन जब सच जाना तो दुःख हुआ। पहले ही दिल पर बहुत बोझ है। मोहनबाबू जैसे भी थे, मैं उनका अतीत नहीं जानती, लेकिन जबसे मैं उनसे मिली थी, तबसे अबतक उन्हें जितना भी जाना था, मैं उनसे प्यार करती थी। उनके जाने के बाद जीवन से प्रेम मिलने की रही–सही उम्मीद भी छूट गयी है।" लीला एक धुन में कहे जा रही थी। इससे पहले उसने अपने मन की ये बातें किसी से नहीं कही थीं, मुहल्ले के किसी शख़्स से नहीं। "उनका क़ातिल कौन है ये सवाल मुझे हर पल बेचैन रखता है और इसी उलझन में कोई मुझे किसी पर शक करने को कहता है तो मैं करने लग जाती हूँ। तुम्हारे बारे में भी किसी ने कहा और मैं भड़क गयी; लेकिन जब सारा सच जाना तो ख़ुद को ही दुत्कारा कि पहले से पीड़ित को और पीड़ित कर रही हूँ।" इतना कहते–कहते लीला की आँखें फिर भर आयीं।

"हर इन्सान बैसा नईं होता जैसा लोग हमें उसके बारे में बताते हैं या हम उसके बारे में सोचते हैं।" इतनी देर में यह सुमन थी जो पहली बार बोली थी। इतना कहकर वह भीतर चली गयी। लीला भी उठ खड़ी हुई। बाहर निकलते समय सब्ज़ी वाली की आँखों में देखकर बोली, "तुम मुझे माफ़ कर दोगी न?"

"हम औरतें बेसे भी दूसरी औरत के आँसू देखकें पिघल जाती हैं मैडम जी।" इतना कहकर सब्ज़ी वाली मुस्कुरा दी।

"तुम्हारा नाम क्या है? तुम्हें आजतक सब्ज़ी वाली के नाम से ही जाना।" लीला ने पूछा।

"सुनीता" सब्ज़ी वाली ने मुस्कुराकर कहा, "बा मुहल्ला में लोग हमें सब्ज़ी वाली के नाम सेई जानत।"

"सुमन का ख़याल रखना सुनीता।" इतना कहकर लीला निकल गयी। उसे लगा मानो दिल से किसी ने बहुत बड़ा पत्थर हटा दिया हो।

सब्ज़ी वाली के घर से निकली तो लीला का मन हल्का था। उसके सामने सुमन की छवि घूम रही थी। नीले रंग का सफ़ेद धारी वाला लोअर और उस पर नारंगी रंग का कुरता पहने हुई थी। शक्ल–सूरत से आम भारतीय लड़की जैसी, लेकिन आँखों में कुछ था उसकी; कुछ ऐसा जो किसी को भी अपनी तरफ़ खींचे, जैसे लीला को खींचा; शक्ल भी भोली सी। हल्की–हल्की सूजन देखी जा सकती थी। हाथ गोल–मोटल थे। गर्भावस्था का असर दिख रहा था। लीला को उसका बड़ा–सा उभरा पेट याद आया और मन पसीज गया। जबसे अपनी ही औलाद से चोट खायी है, लीला माँ, मातृत्व जैसी हर बात से भागती है। सुमन को देखकर उसे अपने वे दिन याद आ गये, जब उसने बच्चे के आने से अपना दाम्पत्य सुधर जाने की उम्मीद पाली थी। लेकिन कुछ बदला नहीं। वह अनुभव, समर्पण सब उसके जीवन में अगर कुछ छोड़ गया तो सिर्फ़ टीस, गहरी दर्दभरी टीस। दुपट्टे से अपने भीगे कोर पोंछते हुए लीला गली से मुड़ी ही थी कि किसी ने हाथ अड़ाकर उसका रास्ता रोका। वह घबराकर पीछे हटी तो पैर लड़खड़ाये। वह गिरने ही वाली थी कि जिस हाथ ने उसका रास्ता रोका था, उसी ने झटके से ऊपर खींचा। लीला की आँखों में भय के बादल उमड आये। सामने जो था वह कोई और नहीं, वही लड़का था जिससे घबराकर पिछली बार वह भागी थी। वही लड़का जो मोहनबाबू को डराता रहता था। लीला कुछ बोलती, उससे पहले ही लड़के ने दाँत पीसते हुए कहा–

"तो अब तुम मेरे घर तक पहुँच गयीं।" लड़के ने जितनी तेज़ी से लीला को खींचा था, उतनी ही तेज़ी से उसे सरकारी बिल्डिंग की दीवार की तरफ़ झिड़का और हाथ टेककर उसके बगल में खड़ा हो गया।

लीला के हाथ–पैर फूल रहे थे। उसकी साँसें तेज़ थीं। डर हावी था। जीभ लड़खड़ा रही थी। लेकिन उसने फिसलती हिम्मत का दामन कसके थामा और भरसक मज़बूती से बोली, "तुम्हारा घ... घर? त...तु...तुम...तुम सब्ज़ी वाली के बेटे हो?"

"तुम तो हकलाने लगीं।" लड़का हँसा, "हाँ हूँ, तुम्हें कोई समस्या है?" लड़के ने कान खुजाया।

"तब तो पक्का तुमने ही।" कहते–कहते लीला रुकी।

"क्या?" लड़के की आँखें लाल हुईं। आवाज़ में कर्कशता बढ़ी और दीवार की ओर थोड़ा और झुककर वह बोला, "क्या? मैंने क्या? बोलो मैंने क्या?"

"मैं बताऊँगी दु... दुबे को तुम्हारे बारे में।" कहकर लीला ने माथे का पसीना पोंछा। कहना तो वह बहुत कुछ चाहती थी, बहुत कुछ सोचकर आयी थी, लेकिन जिन हालात में खड़ी थी वहाँ बोली भी फूट जाये तो बड़ी बात थी उसके लिए।

"हा हा हा!" राक्षसी अट्टहास के साथ लड़का हँसा और अपनी हँसी सँभालते हुए बोला, "क्या बता दोगी? किसको बता दोगी?"

"यही कि तुम ही हो जो मोहनबाबू को डराते रहते थे, तुम ही हो जो उनकी हत्या वाले दिन गली में आये थे, तुम ही उन्हें चिट्ठियाँ भेजते थे।" लीला एक साँस में कह गयी।

"तो तुम्हें चिट्ठियों के बारे में पता है?" लड़के ने लीला की खिल्ली उड़ाते हुए कहा।

"सब पता है मुझे, तुम्हीं उन्हें ब्लैकमेल करते थे।"

"हाँ करता था... तो? क्या कर लोगी तुम?"

"मैं बताऊँगी दुबे को तुमने ही उन्हें मारा है।" लीला ने कहा तो लड़का फिर अट्टहासी हँसी हँसा।

"हा हा हा देखो मैडम तुम कितना भी ज़ोर लगा लो तुम ये कभी साबित नहीं कर पाओगी कि मैंने दुबे को मारा, क्योंकि मैंने उसे मारा ही नहीं।" लड़का फिर हँसा "और अगर किसी के बारे में दुबे को बताना ही है न, तो अपनी उस सहेली के बारे में बताओ जो तुम्हारी दुनिया की विभीषण है।"

"मेरी सहेली?" लीला की आँखें चौड़ी हो गयीं। ये क्या नयी बला सामने आयी। मेरी कौन–सी सहेली? उसने सोचा।

"हाँ तुम्हारी सहेली, वही इस पूरे खेल को चला रही है।" लड़का मुस्कुराया, "तुम्हें पागल बनाकर तुम्हारी सगी बन रही है और अपने कुकर्मों के लिए हम ग़रीबों को फँसा रही है, पकड़वाना ही है तो उसे पकड़वाओ।" लड़के की आवाज़ में फिर तैश और कर्कशता थी।

"तुम... तुम वसु की बात कर रहे हो?" लीला की आँखों में अब भी कौतूहल था।

"जी हाँ!!" लड़के ने कहा, "वही है जो ख़ुद साफ़ रहकर हमारे हाथ गन्दे करना चाहती है... कहा तो था तुम्हें सँभलकर रहना... तुम समझी ही नहीं।" टेढ़ी मुस्कान के साथ लड़के ने हुँह किया।

"वो तुम थे जिसने मुझे चिठ्ठी भेजी?"

"जी हाँ।"

"मैंने उसे मोहनलाल की हत्या वाले दिन बहुत फ़ोन किया लेकिन वो मेरा फ़ोन कहाँ से उठाती वो तो तुम्हें फुसलाने में लगी होगी। बाद में मुझे बस एक फ़ोन किया था, बोली *कुछ दिन बिल्कुल चुपचाप बैठो, मुझे फ़ोन मत करना, उस गली में भी मत जाना।*"

लीला का सर घूम गया। उसे लगा वह गश खाकर गिर जायेगी। उसने दीवार का सहारा लिया। यह क्या हो रहा है उसके साथ। हर रोज़ वह एक नये शख़्स को कठघरे में खड़ा पाती है। हर रोज़ वह उन पर शक करती है, जिनके बारे में वह कभी भी आशंकित नहीं थी। हर रोज़ एक नया व्यक्ति उसे किसी दूसरे व्यक्ति के बारे में नये सुराग दे देता है। लेकिन वसु, उसके बारे में तो वह कभी भी कहीं से भी नहीं सोच सकती थी, कभी नहीं।

"नही..." लीला इनकार में सर हिलाते हुए चीख़ी, "झूठ कह रहे हो तुम, वसु ऐसा क्यों करेगी? तुम ख़ुद को बचाने के लिए उसे फँसा रहे हो।"

"असल वजह तो मुझे भी ठीक से नहीं पता।" लड़के ने कहा, "मुझे बस इससे मतलब था।" लड़के ने उँगुलियों से नोट गिनने का इशारा किया। आगे बोला, "मेरा काम बस उस तक चिट्ठियाँ पहुँचाने

का था और बीच–बीच में कहीं–कहीं टकराकर डराने का। और..." कहते हुए वह रुका

"और?" लीला ने पूछा।

"और मोहनलाल को तड़पता हुआ मैं भी देखना चाहता था, लेकिन हमारे प्लान में उसकी हत्या कहीं नहीं थी।" लड़के ने कहा, "बेहतर होगा कि तुम अब उसी से पूछो कि उसने क्यों मार डाला?"

"उन चिट्ठियों में क्या लिखा रहता था?" लीला ने पूछा।

"वो सब मेरे को नईं पता। मुझे बन्द लिफ़ाफ़ा मिलता था।"

"तुम्हें कभी किसी ने चिट्ठी डालते देखा नहीं वहाँ?"

"मैं थोड़ी डालता था, एक आदमी पकड़ लिया था, वही कुरियर वाला बनकर डाल आता था; मैं तो बस नज़र रखने जाता था कि आदमी ठीक से काम कर रहा है या नहीं।"

लीला तिलमिला उठी। उसकी पीठ में छुरा भोंका गया था। उसकी नाक के नीचे वसु क्या–क्या करती रही, उसे भनक भी न लगी। वह समझ नहीं पा रही थी कि अब क्या करे? वह तो आज वसु के साथ बैठकर हत्यारे के बारे में बात करना चाहती थी। वसु ही हत्यारी हो सकती है यह तो उसने सपने में भी नहीं सोचा था और वसु के पास ऐसी कौन–सी वजह थी मारने की? डगमगाते क़दमों से लीला वहाँ से चल दी। लड़के ने पीछे से आवाज़ लगायी–

"सच पता चल जाये और हत्यारा मिल जाये तो मुझे भी बता जाना, सोनू साहू यहीं मिलेगा" कहकर लड़का हँसा। लीला के कानों में उसकी चुभती हँसी पहुँची तो उसका मन हुआ कि सड़क से एक पत्थर उठाकर लड़के को मार दे। क्यों उसने सँभलते मन को फिर खाई में धकेल दिया। उसे कभी चैन मिलेगा भी कि नहीं।

चलते–चलते लीला को लगा वह गिर जायेगी। उसका दिमाग़ घूम रहा था। कुछ समझ नहीं आ रहा था कि अब कहाँ जाये? क्या करे? वह सड़क किनारे बनी बेंच पर बैठ गयी। तेज़ रफ़्तार से गाड़ियाँ लिंक रोड से गुज़र रही थीं। उसने घड़ी देखने को मोबाइल

स्क्रीन ऑन किया तो तीन बजने को थे। वसु के तीन मिस्ड कॉल्स थे। ढाई बजे से उसका शो है। उसी के लिए फ़ोन कर रही थी। लीला को वसु का नाम देखकर मन हुआ कि फ़ोन को सड़क पर ही दे मारे। इतना बड़ा खेल उसकी नाक के नीचे चलता रहा और उसे कभी शक तक नहीं हुआ। लीला को हत्या वाला दिन याद आया, जब वसु का फ़ोन बार–बार बज रहा था और वह साइलेंट कर रही थी, जिसकी सच्चाई अभी–अभी सोनू ने उसे बतायी।

"अगर वसु ने हत्या की होती वो सुबह पहले मेरे पास क्यों आती? उसके चेहरे के हाव–भाव भी हैरानी वाले थे। वह तो ख़ुद हैरान थी कि क्या हो गया।"

"सब नाटक था–सब नाटक।" लीला चीख़ी।

उसने फ़ोन उठाया और दुबे को फ़ोन मिलाया। दुबे ने फ़ोन उठाते ही बिना किसी औपचारिकता के सीधे कहा, "अब क्या हुआ मैडम जी? अब कौन–सा बकरा मिल गया आपको?"

दुबे की बात से लीला का रोष कुछ कम हुआ। वह समझ गयी कि उसका कुछ भी कहना दुबे को तब तक नहीं हिला सकता जब तक उसके पास कोई सुबूत न हो।

"अब बोलेंगी भी!" लीला की चुप्पी पर दुबे बोला।

"क्या मुझे एक बार मोहनबाबू के घर में जाने की इजाज़त मिल सकती है?" लीला ने सोचा कि यदि वह किसी तरह उन चिट्ठियों को खोज सके तो उसके पास कुछ तो होगा जिसके सहारे वह दुबे को समझा पाये।

"मैंने आपको बताया था न कि फॉरेंसिक एक्सपर्ट्स को वहाँ कुछ नहीं मिला।" दुबे ने समझाइश भरी आवाज़ में कहा, फिर ठहरकर बोला, "कोई गुप्त ख़ज़ाना छुपा रखा था क्या मोहनबाबू ने?" दुबे ने छेड़ने के अन्दाज़ में कहा, "जो हमें नहीं मिला और सिर्फ़ आपको पता है, बता दीजिए मैं आपको भी कुछ हिस्सा दे दूँगा।" कहकर दुबे "हें हें हें" के साथ हँसा।

"मतलब मुझे जाने को नहीं मिलेगा?" लीला ने सख़्ती से पूछा।

"आपको मेरे साथ चलना है तो चल सकती हैं, अकेले नहीं जा सकतीं।" दुबे ने भी उतनी ही सख़्ती से जवाब दिया।

"एक बात और कहनी थी।" लीला ने झिझकते हुए कहा।

दुबे ने बला टालने वाले अन्दाज़ में कहा, "अब क्या?"

"वो सब्ज़ी वाली का बेटा" लीला इतना ही कह पायी थी कि दुबे ने उसे टोका। वह थाने में अपनी कुर्सी से उठा और उठकर बाहर आया। लोगों से दूर हटकर एक हाथ से पैंट ठीक करते हुए बोला, "देखिए मैडम जी, अब मैं जो आपसे कहने जा रहा हूँ उसे ध्यान से सुनिए और गाँठ बाँध लीजिए।"

लीला चुपचाप सुनती रही। "ये सच है कि जनता हमें ठुल्ला समझती है, लेकिन हम लोग इतने भी निकम्मे नहीं हैं कि कोई काम न करें। आपने मेरी नाक में दम कर रखा है। हत्या हुई है उसकी पड़ताल मैं कर रहा हूँ। आपके कहने पर वहीदा और मोनू के पीछे भागा, कुछ हासिल नहीं हुआ। आपके शक की वजह से ही हत्या वाली रात के सब्ज़ी वाली, उसकी बेटी और उसके बेटे तीनों के मोबाइल लोकेशन ट्रेक किये। सब्ज़ी वाली और उसके बेटे की लोकेशन उनका घर थी और उसकी बेटी की लोकेशन उसकी ससुराल। मैंने मालूम किया तो वो अगली सुबह ही घर पहुँची और अपना फ़ोन ससुराल में ही भूल गयी थी। मैंने अपने तरीक़े से सब्ज़ी वाली के और उसके बेटे के लिए भी पता किया वे लोग जहाँ तक है घर पर ही थे। अब आपके कहने से मैं उसकी बेटी के ससुराल जाकर आग तो नहीं लगा सकता, वो भी बिना किसी सुबूत के, न ही उसके बेटे को उठा सकता हूँ। जानता हूँ कि बाबूजी से आपके क्या ताल्लुक थे, लेकिन मौत के लिए किसी बेगुनाह को फँसाना ठीक नहीं है मैडम जी... समझ आयी के नहीं।"

दुबे एक साँस में बोल गया। साँस लेने रुका। लीला को कुछ बोलने का मौक़ा दिये बिना फिर आगे बोला, "अब बस, मैं आपको

पहले भी समझा चुका हूँ मुझे मेरा काम करने दें और मेरे काम में टाँग अड़ाना बन्द करें।" कहते–कहते दुबे की आवाज़ में जो क्रोध भरा उसे लीला भाँप सकती थी। वह आगे बोला–

"और आपको भी इतनी वेल्यू इसलिए दे रहा हूँ क्योंकि आप बाबूजी की लवर थीं, बाबूजी मानते थे आपको। आपके अलावा कोई और है जिसे उनके मरने से फ़र्क़ पड़ा हो?" दुबे ने सवाल किया। लीला फिर भी ख़ामोश रही।

"बोलिए, एक आदमी नहीं बता सकतीं आप मुहल्ले का या पूरे वार्ड का, जो उनकी हत्या के बाद थाने आया हो कहने कि पता लगाइए किसने मारा। जब तक लोगों को उनसे मतलब था तब तक था, उनके मरने से किसी को घण्टा फ़र्क़ नहीं पड़ा और मरने के बाद कौन पुलिस के चक्कर में पड़ेगा। आप पड़तीं अगर आपका उनसे चक्कर न चल रहा होता तो? बताइए मैं फिर भी इन्सानियत के नाते खोजबीन कर रहा हूँ, नहीं तो हमारे देश में रोज ऐसी सैकड़ों हत्याएँ होती हैं, जिनके बारे में, किसी को हवा तक नहीं लगती, मारने वाला भी मज़े से घूमता रहता है... समझ आयी के नहीं।"

"मतलब ये केस भी ऐसे ही बन्द हो जायेगा?" लीला ने पूछा।

"देखिए मैडम जी, आउट ऑफ द रिकॉर्ड आपको बता रहा हूँ; उनके सर पर सिर्फ़ एक वार हुआ, मौत उनकी नीचे पड़े पत्थर पर गिरने के बाद हुई। घर से कोई चोरी नहीं हुई, शरीर पर कोई और निशान नहीं मिला, ऐसे में कोई मामूली झड़प का मामला भी हो सकता है। रात को कोई वहाँ से निकल रहा होगा, मोहनबाबू ने आदतन उसे कुछ कह दिया होगा; कोई शराबी भी हो सकता है, उसने वहीं से उठाकर पत्थर दे मारा, बस कहानी ख़त्म।"

"पत्थर मिला आपको?" लीला ने पूछा।

"अब आप वकील मत बनिए।" दुबे खिसियाया।

"मैंने कहा न कहानी ख़त्म, समझ रही हैं आप; इसके अलावा कुछ पता चलेगा तो अब मैं आपको बताऊँगा, आप मुझे नहीं...।

समझ आयी के नहीं।" लीला के सामने आज पहली बार अपना तकियाकलाम "समझ आयी के नहीं" बोला था, जो उसके मुँह से क्रोध में अपराधियों के लिए निकलता था।

लीला की साँसों की आवाज़ बस उसके फ़ोन पर होने की गवाही थी, वरना उसके मुँह से अब बोल नहीं फूट रहे थे। हिम्मत नहीं हुई कि वह आगे कुछ भी कहे। उसके पास न सुबूत थे, न ही कोई गवाह। बस इधर–उधर के लोगों से सुनी–सुनाई बातें थीं। उसने हार मानते हुए बस इतना कहा, "आपको जब समय हो मुझे एक बार मोहनबाबू के घर ले चलिएगा।"

"हम्म" कहकर दुबे ने फ़ोन काट दिया। लीला के आगे फिर से अँधेरा था। दुबे ने अपनी तरफ़ आते सारे दरवाज़े बन्द कर दिये थे। सब्ज़ी वाली के बेटे ने पहले ही उसे धक्का दे मारा था। अब सिर्फ़ एक ही रास्ता था आगे, वसु का। उसने दुपट्टे से पसीना पोंछा, बेंच से टिककर कुछ साँसें बटोरीं और ऑटो पकड़ने उठ गयी। उसे भारत भवन पहुँचना था ताकि वसु से बात कर सके।

नौ

लीला भारत भवन पहुँची। मध्यान्तर के बाद नाटक पुनः शुरू होने को है। लीला चाहती तो है कि मंच से हाथ खींचकर वसु को बाहर ले जाये और उससे पूछे कि क्यों वह उससे नेह के धागे बाँधे रही और दूसरी तरफ़ उसी की ज़िन्दगी में जलती प्रेम और उम्मीद की लौ को बुझा दिया। लेकिन लीला जहाँ खड़ी थी वहाँ यह पूछताछ तमाशा ही लगता, सो चुप्पी साध गयी। लीला जब भी वसु को मंच पर देखती, उसका मन गद्गद हो उठता। "इतनी–सी उमर में ये लड़की कितना कुछ सँभालते हुए अपने हुनर को भी तराश रही है।" वह ख़ुद से कहती और अपने से आधी उम्र की वसु को मन–ही–मन गुरु मान लेती, जिससे बहुत कुछ सीखा जा सकता है। जीवन जीना, लड़ते रहना और इस सबके बावजूद ख़ुश रहना। लेकिन आज वह दिन नहीं था, वैसे भाव नहीं थे। आज तो मन उचाट था, क्रोधित था, उदास था, नाख़ुश था। उसने धीमे–से दरवाज़ा खोला और भीतर आ गयी। कुछ अनजान निगाहें उसकी लेट–लतीफ़ी पर तिरस्कार करने उठीं, फिर अँधेरे में गुम हो गयीं। सामने मंच पर बस रौशनी थी। उसने अपने मोबाइल की टॉर्च से बैठने की जगह खोजी और बैठ गयी।

लीला दाख़िल हुई तब मंच पर एक स्त्री भी दाख़िल हुई। गाँव में जैसे औरतें पेटीकोट को छाती से बाँधकर तालाब किनारे नहा लेती हैं, उसी लिबास में वह स्त्री थी। उम्र झलकाई पैंतीस के आसपास।

पेटीकोट को छाती से बाँधे मंच पर वह आकर बैठ गयी। उसके सामने एक लोहे की बाल्टी पानी से भरी रखी है। एक कोने में कुछ घरेलू सामान टूटा–फूटा पड़ा है। कुछ कपड़े सूख रहे हैं। वह कपड़ों से बनाये गुसल के भीतर बैठी बाल्टी को निहारे जा रही है। वह कोई और नहीं वसु ही है जो नाटक के किरदार में पूरी तरह डूबी हुई है। वह फोकस लाइट में है। मंच के बायीं ओर वह बैठी है और दायीं ओर अँधेरा है। क्षण भर बाद अँधेरे में प्रकाश का एक गोला फूटा और मंच पर दायीं ओर बँधे एक परदे पर पड़ा जिसमें से एक और स्त्री की छवि उभर आयी। एक मर्दाना आवाज़ मंच के पीछे से गूँजी "सूत्रधार"! जिसके बाद परदे के पीछे वाली स्त्री ने कहना शुरू किया–

सर्दियों की एक सुबह जब गिलहरी तख़्त पर रखी उसकी रूखी रोटी में अपना हिस्सा–बट्टा कर रही है, जब लोहे की बाल्टी में ठिठुरता पानी सूरज की तपिश से तप जाने के लिए मचल रहा है, जब अम्मा की एक भी आवाज़ उसके कानों तक पहुँचने से पहले ही हवा में विलीन हो रही है, तब वह धूप से ढँके एक कोने में सुबक रही है।

"अरी कहाँ मर गयी!"

"आजकल जाने कौन–सा साँप सूँघ जाता है इसे। हाय मेरे घुटने भी जवाब दे चुके हैं, नहीं तो छत पर जाकर चोटी पकड़कर ले आती। अरीईई कहाँ मर गयी?"

उसके कानों तक इनमें से एक भी आवाज़ नहीं पहुँच रही है। वह हिसाब लगा रही है अब तक के जीवन का। दिन–महीने–तारीख़ उँगलियों पर यूँ गिनती है मानो शाम ख़रीदे राशन की लिस्ट से ख़र्चा मिला रही हो। ज़िन्दगी रेगमाल बन उसके समय को घिसती जा रही है, मगर अब तक का हासिल कुछ नहीं। सिवाय उन चन्द रुपयों के जो हर शाम उसकी देह उसे कमाकर देती है और हर रात उसके पेट में अन्न के कुछ दाने पहुँच जाते हैं।

समय की फिसलन की टीस हर सुबह और गहरी हो जाती है। जब आईना बालों में चढ़ती सफ़ेदी उसे दिखाता है जिसे वो काजल की कारोंछ से अब तक छुपाती आयी है। ये देह भी अब उसका साथ छोड़ने लगी है। इसकी लज्जा–सज्जा ही तो उसका हासिल है, यही न होगी तो भूख की आग, लाल ऊँची लपटें बन उठेंगी जिसमें उसकी बूढ़ी माँ और वह दोनों एक दिन जल मरेंगे। इस ख़याल ने फिर उसकी सुबकन को तेज़ कर दबी चीख़ों में बदल दिया और फिर अम्मा की आवाज़ें दिनभर हवा में विलीन होती रहीं, गिलहरी उसके हिस्से की रोटी खाती रही, धूप से तपकर गरम हुआ पानी साँझ की लहर से फिर ठण्डा होने लगा और वह बत्तियों की चमक बढ़ने तक ज़िन्दगी के बही–खाते के पन्ने पलटती रही।

"अरी सुरैया आज मर ही गयी क्या... ग्राहकों के आने का टाइम हो गया।"

"अरीईईईईई कहाँ मर गयी! कमल बाबू आ गये हैं, अब तो आ जा।"

'जोऽऽऽऽ' की आवाज़ धीमे–धीमे मंच से नीचे उतर गयी और दायीं ओर का प्रकाश बुझ गया। अब सारा फोकस सुरैया पर ही था।

कमल बाबू का नाम सुनते ही मंच पर बैठी सुरैया की देह में हरकत हुई। उसने अपने हाथ देखे जिन पर रोंगटे उग आये थे। उसके कानों ने नीचे से आती आवाज़ों को पकड़ा और पक्का किया कि आने वाला मेहमान कमल बाबू ही हैं। इन आवाज़ों से उसकी तन्द्रा टूटी। उसने ठण्डे पानी की बाल्टी सर पर उड़ेल ली और सारे हिसाबों के चिट्ठे फाड़कर, एक बार फिर तैयार होने लगी। कालिख से बाल रंगे, लाली से होंठ रंगे, बालों में फूल लगाये। ब्लाउज़ को साड़ी से यों ढँका कि छाती के उभार दिखते रहें। फिर आईने में अपने ही उभार देखकर शरमायी। एक बार घूमकर ख़ुद को आईने में देखा और नीचे उतर गयी।

मंच पर क्षणिक अँधेरा हुआ और अब जबकि प्रकाश आया तो दोनों ओर आया। एक ओर सुरैया बैठी थी जिसकी लाली मिट चुकी थी। बाल बिखरे हुए थे। साड़ी बिस्तर पर फैली थी और वह एक घुटना मोड़कर दूसरे पर हाथ टेके उसी हाथ से माथा टिकाये, आँखें मूँदे बैठी थी। कमल बाबू बिस्तर से उठे, कुरता पहना और दरवाज़ा खोल दिया।

"दरवाज़ा बन्द कर दें।" सुरैया ने आँखें खोले बिना कहा।

कमल बाबू ने मुड़कर उसे देखा, फिर दरवाज़े पर खड़ी उसकी माँ को देखा जो कबसे दरवाज़ा खुलने का इन्तज़ार कर रही थी। कमल बाबू ने माँ के हाथ में दुगने पैसे रखे और दरवाज़ा बन्द कर दिया।

कमल और सुरैया कुछ देर के लिए स्थिर हो गये। मंच के पीछे से सूत्रधार की छवि फिर उभरी–

कमल बाबू ही एक ऐसे इन्सान थे जिनसे सुरैया ख़ुद पैसे नहीं लेती थी। वह तो उनसे पैसे लेना ही नहीं चाहती थी, लेकिन अम्मा सबका हिसाब रखती थी तो कमल बाबू को कैसे छोड़ देती। कमल बाबू आज आख़िरी बार सुरैया के पास आये हैं। पिछली बार जब आये थे तब भी आख़िरी बार था। तब उन्होंने सुरैया को बता दिया था कि उन्होंने उससे जो वादे किये थे वे सभी समाज के घाट पर फींचकर धो डाले गये हैं। उनके सफ़ेद कुर्तों में लगे दाग़ों के साथ सुरैया नाम की गन्दगी को भी समाज ने अस्वीकार कर दिया है। कुर्तों में नील लगाकर दाग़ का नामोनिशान मिटा दिया है। फटकार कर धूप में तपने डाल दिया है कि जो बचा–खुचा हो वह भी तपकर जल जाये जब उन्होंने सुरैया को यह सब बताया तब उसे हैरानी नहीं हुई। वह तो जानती थी कि यही होगा। उसने ज़्यादा ख़्वाब भी नहीं बुने थे। कुछ उम्मीदें पाली थीं। इज़्ज़तदार आदमी के संग कुछ इज़्ज़त अपने हिस्से मिल जाने की। लेकिन उसे कहाँ पता था कि इज़्ज़तदार आदमियों की दुनिया इतनी कठोर होती है, उनके दिल इतने छोटे और आदर्श इतने ओछे होते हैं। उस दिन कमल बाबू चले गये थे।

सुरैया ने बस इतना कहा था, "बस एक आख़िरी बार चले आना और इस बार मुझे तृप्त करने आना।"

सूत्रधार की छवि फिर बुझ गयी। मंच पर वही दृश्य था।

कमल बाबू उठे और सुरैया के समीप आकर बैठ गये। सुरैया ने उनके कन्धों पर गर्दन टिका दी। कुछ क्षण बाद वह उठी और कमरे में लकड़ी के ऊपर रखी मिट्टी की दो गुल्लकें ले आयी। बारी–बारी उसने दोनों कमल बाबू के पैरों के पास फोड़ दीं। कमल बाबू स्तब्ध से उसे देखते रहे। पहली गुल्लक फोड़ी तो उसमें से सिक्के और नोट बिखर गये।

"बहुत ज़्यादा नहीं है ये, पर ये मेरी देह ने नहीं कमाये; ये मैंने लोगों के कपड़े सीकर कमाये। सोचा था जब तुम्हारे साथ जाऊँगी तो अपना सब कुछ छोड़ जाऊँगी और इनसे अपने लिए सारे कपड़े नये ख़रीदूँगी। हराम की कमाई का एक पैसा अपनी नयी ज़िन्दगी में दाख़िल नहीं होने दूँगी।" सुरैया कहती जा रही थी और उन नोटों को, सिक्कों को बटोरकर अपनी साड़ी के पल्लू में समेटती जा रही थी।

"जानते हो अब इनका क्या करूँगी?" सुरैया ने कमल बाबू की आँखों में देखा।

"क्या?" उन्होंने पूछा

"एक पालना ख़रीदूँगी।" उसने कमल बाबू की आँखों में झाँकते हुए कहा। पालने की बात सुनकर उनकी आँखें थोड़ी फैलीं फिर एक ठण्डी साँस के साथ मुँद गयीं। कमल बाबू बिस्तर पर करवट लेकर लेट गये। सुरैया जानती थी ऐसा ही होगा। वह बोलती रही, "नयी ज़िन्दगी तो अब भी शुरू होगी, बस तुम नहीं होगे, लेकिन जो आयेगा उसके जीवन में हराम का एक पैसा नहीं लगाऊँगी।"

"गुल्लक भरे हफ़्ता हो गया। ठूँस–ठूँसकर भरती जा रही थी, सोचती थी अब गुल्लक की ज़रूरत नहीं पड़ेगी, अब कल ही जाकर नयी लाऊँगी।" कहते हुए सुरैया उठी और अलमारी में उन पैसों को रख दिया। फिर आकर बिस्तर के नीचे बैठ गयी और दूसरी गुल्लक उठाई।

"देखेंगे नहीं इसमें क्या है?" सुरैया ने कमल बाबू के कन्धे पर हाथ रखा।

वे मुड़े। आँखों से बहते आँसू रोके नहीं। सुरैया उठी और अपनी साड़ी से उनके आँसू पोंछे। फिर चुपचाप नीचे बैठ गयी। गुल्लक फोड़ी तो उसमें कुछ मुड़े हुए काग़ज़ निकले।

कमल बाबू ने इस बार हैरानी से सुरैया की आँखों में देखा।

"कहते हैं मोहब्बत इन्सान को दार्शनिक बना देती है।" सुरैया ने उन मुड़े हुए काग़ज़ों को उठाया और कमल बाबू के बगल में जाकर औंधी लेट गयी, "देखिए न मुझ मैट्रिक फेल को भी दार्शनिक बना दिया।"

"दार्शनिक बनने के लिए डिग्री की ज़रूरत नहीं होती।" उन्होंने सुरैया को निहारा। "क्या लिखा है इनमें?" उन्होंने हाथ बढ़ाकर काग़ज़ों को लेना चाहा तो सुरैया ने हाथ हटा लिया।

"सोचा तो था कि अपने दहेज में इसे लेकर जाऊँगी और सुहागरात वाले दिन सब आपको पढ़कर सुनाऊँगी, यूँ भी हमें सुहागरात तो मनाने की कोई हड़बड़ी होती नहीं।" कहकर सुरैया अपनी ही बात पर हँसी। मंच उसकी खिलखिलाहट से गूँज उठा। कमल बाबू के साथ–साथ दर्शकों के चेहरों पर भी शरारती मुस्कान तैर गयी। लीला जो वसु से चीख़–चीख़कर सवालों के जवाब माँगना चाहती थी। नाटक की जीवन्तता और कहानी में यूँ गुम हो चुकी थी कि सुरैया की हमदर्द बन गयी थी।

"सुहागरात न सही, विरागरात ही सही।" कहते हुए सुरैया ने पहले काग़ज़ को खोला। दर्शकों के चेहरों पर भी दर्द की पीड़ा उभर आयी।

सुरैया ने पढ़ना शुरू किया–

तुम्हारा होना और होकर भी न होना जैसे जीवन की अबूझ पहेली बन गया है। कभी तुम ऊँचे पेड़ की सूखी टहनी पर बैठे उस पंछी से लगते हो जो सारे जहान की हरियाली छोड़कर एक सूखी

टहनी पर जाने क्या करने आ बैठता है, तो कभी उस तितली से जो हाँफते हुए भी नीचे खिले बौर छोड़ पेड़ की चोटी पर चमकते बौर से आकर्षित होती है।

सुनो मैं और तुम एकमेक हैं, मगर फिर भी बहुत अलग, इसलिए हम उलझ जायेंगे कई बार बेमतलब मसलों में, ऐसे में तुम सँभाल लेना और धागों की गाँठ पड़ने से पहले सारी उलझन सुलझा लेना, सुलझा लोगे न? क्योंकि तुम्हारे बिन जीवन की कल्पना भी कल्पित नहीं होती।

पढ़कर सुरैया ने आँखों के कोर पोंछे और बोली, "अब तो जीवन भी जीना होगा और तुम्हारे बिना ही जीना होगा, पर तुम ख़ुद को दोष मत देना कभी।" कमल बाबू की आँखों से अश्रुधारा बह रही थी। वे चुपचाप बहने दे रहे थे। दर्शकों की आँखें भी उनके साथ भीग रही थीं।

सुरैया ने काग़ज़ मोड़ा और कमल बाबू के कन्धे पर सर रखते हुए बोली, "तुम थे तब भी विरक्ति भरा जीवन ही जी रही थी। अब तुम नहीं होगे तब भी वैसा ही जिऊँगी। बस फ़र्क़ इतना होगा कि तुम्हारे प्रेम से जन्मी यह निशानी मुझे तुमसे कभी विरक्त होने नहीं देगी।"

कमल बाबू ने सुरैया को अपनी बाँहों में कसते हुए कहा, "तुम जिससे प्रेम करते हो वह तब तक ही तुम्हारा है जब तक उसके हृदय में भी प्रेम है, बन्धन की चाह है। जिस क्षण से उसके हृदय में विरक्ति होगी उस एक क्षण के बाद तुम्हारे प्रेम की प्रगाढ़ता भी उस बन्धन में माथे पर उगी बूँद मात्र है, जिसे कभी भी उँगली से झटककर गिराया जा सकता है। उम्मीद करता हूँ वक़्त तुम्हें भी मुझ जैसे पापी को भूल जाने में सहायक होगा।"

सुरैया ने अगला काग़ज़ उठाया। उसकी आवाज़ भर्रा रही थी। गले से बोल नहीं फूटते थे। वह बिस्तर से उठी। आँसू पोंछे। नज़दीक ही रखे घड़े से कुछ घूँट गटके और वहीं नीचे बैठ गयी।

कमल बाबू ने करवट बदली। पलँग से टिकी सुरैया के नज़दीक खिसक आये और उसकी पीठ में मुँह छुपाकर सुबकने लगे। उनकी सिसकियों के बीच से सुरैया की आवाज़ गूँजी।

"अँधेरी रात में चमकती तेज़ बिजली की तरह हो तुम, जो मेरी बन्द खिड़कियों से झाँकती है।"

धीमे–धीमे सिसकियों की आवाज़ कम होती गयी और सुरैया की बढ़ती गयी, *"जो अँधेरा नहीं मिटा सकती, सिर्फ़ लुभा सकती है। खोल देती हूँ जब खिड़कियाँ भी, तब भी तुम भीतर नहीं पहुँच पाते, भीतर आते हैं तो सिर्फ़ बारिश की फुहार और तेज़ गड़गड़ाहट। फुहार मेरा बिस्तर भिगो देती है और गड़गड़ाहट मेरे बच्चे से मन को उठा देती है। मैं खिड़कियाँ नहीं खोल सकती। अँधेरी रात में गीले बिस्तर को बदलना और डरे हुए, थके हुए, उनींदे मन को सुलाना, एक थकी हुई औरत के लिए...। छोड़ो तुमसे क्या शिकायतें करूँ... पलभर को चमकती बिजली को मुट्ठी में भींच कोई शिकवे करेगा भला, मैं बस उपाय जान गयी हूँ कि ऐसे हालात में खिड़की ही बन्द कर दूँ। इन्हें बन्द रखकर ही जीना होता है मुझे अँधेरा। कृत्रिम रोशनी ऐसे वक़्त में साथ छोड़ देती है, जब मैं डर रही होती हूँ, आसमान के गरजने से और तेज़ बारिश के बरसने से भी। तुम लुभाते हो। मगर मेरे जीवन में लोभ के लिए स्थान नहीं। मुझे भोगने हैं अपने सिकुड़े हुए सपने और निचुड़ते हुए अरमान। तुम आये और चले गये, बिजली की तरह कुछ वक़्त चमककर, तुम्हारे होने के क्या मायने मानूँ? न तुम ठहरे न रौशन किया। देखो मगर, फिर भी मैं तुमसे प्रेम करती हूँ, अटूट प्रेम; उतना ही गहरा जितनी ये रात काली है, उतना ही ज़िद्दी जितनी ये हवा और उतनी ही मजबूर जितनी ये बारिश जो बादल को छोड़कर 'गिराती' है, ख़ुद को अपनी ज़मीन पाने।"*

सुरैया ने काग़ज़ को हथेली में ही भींच लिया। फिर हथेली खोल दी। वह एक मुड़ी हुई बॉल की तरह उसकी हथेली से लुढ़क गया। कमल बाबू उसकी गोद में सर रखकर फूट–फूटकर रो रहे थे,

"मुझे माफ़ कर दो सुरैया, मुझे माफ़ कर दो; मैं कायर हूँ, लेकिन तुम तो एक माँ हो न। औलाद का दुःख भी समझोगी। मेरी माँ ने अपनी जान बिछा दी है, जाने क्यों वह औरत होकर एक औरत को नहीं अपना सकती। मैं मजबूर हूँ।" कहते हुए कमल बाबू ने सर उठाया। छोटे बच्चे की तरह कुरते से अपना मुँह पोंछा और सुरैया के पेट पर हाथ रखकर बोले, "लेकिन मुझे भी सौगन्ध है अपनी औलाद की, यदि तुम मेरी अर्द्धांगिनी नहीं बन सकतीं तो मैं किसी और और ब्याह नहीं करूँगा।"

सुरैया ने उन्हें पुचकारा। एक बच्चे की तरह उन्हें दुलारा। फिर उठी और बोली, "उठिए मुँह धो लीजिए, ऐसा मुँह लेकर विदा लेंगे।"

कमल बाबू गर्दन झुकाये बैठे रहे। सुरैया ने उन्हें कन्धे पकड़कर उठाया, "अम्मा अब और देर दरवाज़ा बन्द नहीं रखने देगी।"

कमल बाबू ने उसे गले लगाया। सुरैया खड़ी रही। उसके हाथ गले लगाने नहीं उठे। कमल बाबू मुड़कर जाने लगे तो सुरैया ने बिस्तर से आख़री कागज़ उठाया। कमल बाबू की देह मंच से अँधेरे की ओर बढ़ रही थी और सुरैया अपनी आख़री चिट्ठी पढ़ रही थी–

"एक वक़्त आयेगा जब कसक उठेगी। लगेगा जैसे छाती के नीचे सीने में कोई दर्द–सा उठा है। मगर वो दर्द नहीं होगा। एक आवाज़ होगी, तुम्हारी ही किसी पुरानी दबी चाहत की। उसे सुनना पड़ेगा। समझना भी। फ़र्क़ करना पड़ता है अपनी ही कसक में जब वो भीतर कहीं बहुत गहरे से उठे। जैसे कोई आवाज़ कोसों दूर का सफ़र करके हल्की–सी तुम्हारे कान से टकरायी हो। जिसे तुम दर्द समझ रहे हो, हो सकता है वो दर्द न हो। भीतर तुम्हारी कोई चाहत वर्षों से कुदाली चला रही हो, हथौड़ा–कील लेकर अपनी नोक को तुम्हारे सीने से बाहर निकालने की कोशिश कर रही हो ताकि तुम उसे सुन सको। समझ सको कि जिसे तुम दर्द मानकर उदासी की चादर लपेटे कभी ख़ुद से तो कभी ग़ैरों से मोहब्बत और अपनत्व की भीख माँगते रहते हो, असल में तो वो दर्द है ही नहीं।

वो तो चाहत है जिसकी आवाज़ सुन् ही नहीं पाये या सुनकर अनसुना कर दिया या दबा दिया। अब वो चाहती है कि तुम सुनो। इसलिए किसी ग़ैर की मोहब्बत से तुम्हारी दर्द की चादर उतरी नहीं, बल्कि तुमने उसे और कसकर लपेट लिया था। अब सुनो, उतार दो उस चादर को। समझो उस दर्द और चाहत की चीख़ में अन्तर। पूरा करो उसकी माँग को और जी लो एक बार अपने लिए, अपने से मोहब्बत करके, अपने पर भरोसा करके। जब तक किसी ग़ैर के प्रेम के लिए तड़पते रहोगे तब तक् तुम असल में तड़पते रहोगे। सुनो, इसे अपना स्थायी भाव मत बनने देना। यह जानलेवा है।"

सुरैया की चिट्ठी के शब्दों के साथ मंच से लाइट बुझती गयी। उसके आख़री शब्दों के साथ सुरैया की छवि भी ओझल हो गयी। भारत भवन में क्षणिक सन्नाटा रहा, फिर तालियों की गड़गड़ाहट से पूरा भवन गूँज उठा। दर्शकों की सिर्फ़ तालियाँ नहीं बल्कि उनकी भीगी आँखें भी नाटक की जीवन्तता और मार्मिकता से छलक रही थीं। कइयों को आँसू पोंछते देखा जा सकता था, जिनमें से एक लीला भी थी। मंच पर जब कलाकार और सूत्रधार आये तो पब्लिक उनसे मिलने टूट पड़ी। वसु की आँखों ने पीछे बैठी लीला को खोज लिया था। उसने हाथ हिलाकर इशारा किया। लीला की आँखें जैसे ही वसु से मिलीं, उसके सामने नाटक की बेसुधी में भूली हुई पीड़ा और सवालों की गठरी की फिर सुध हो आयी। वह आगे बढ़कर वसु के पास नहीं गयी जबकि वसु को प्रतीक्षा थी कि नाटक के बाद उसकी सफलता के लिए लीला उसे गले लगा लेगी। वसु, सबसे मिली और कुछ देर बाद उसने ऊपर देखा तो लीला उसकी आँखों से ओझल हो चुकी थी। लीला बाहर कैंटीन में पहुँच चुकी थी, वसु का इन्तज़ार करने। वह जानती थी कि वसु उसे खोजते हुए यहीं आयेगी।

****

लीला कैंटीन में चाय लेकर बैठने के लिए कोई कुर्सी तलाश ही रही थी कि उसे सोनू अपनी ओर आता दिखा।

"तुम यहाँ क्या कर रहे हो?" लीला ने भँवें तानकर पूछा।

"मैं तो आपकी मदद करने आया हूँ।" वह तंज़िया हँसी हँसा, "वो लड़की बहुत शातिर है, कहीं इधर–उधर की बातें बनाकर आपको चरा न दे और मुझे फँसा न दे इसलिए सोचा बात आमने–सामने होनी चाहिए।" उसकी आँखों में बाज़ का सा तीखापन दिखा लीला को।

लीला वहीं एक ख़ाली टेबल देखकर बैठ गयी। उसके सामने वाली कुर्सी पर सोनू बैठ गया। लीला ने सोचा तो यह था कि चाय उसके फटते दिमाग़ को कुछ राहत देगी, लेकिन सोनू के सामने आकर बैठने से चाय का एक घूँट भी उसके हलक से न उतरा। मन में भय तो था ही, कई आशंकाएँ भी थीं।

"कहीं सोनू ने वसु को फ़ोन करके कुछ बता तो नहीं दिया?"

"कहीं इन दोनों ने ही मिलकर मारा हो और अब मुझे फँसाने की कोशिश करें।"

"कहीं ये दोनों मिलकर मुझे ब्लैकमेल तो नहीं करेंगे"

ऐसे ही न जाने कितने 'कहीं' लीला के मन में बवण्डर की तरह घूमने लगे। वसु से जो रिश्ता उसका बना था, उसके बाद ऐसी बातें ज़हन में आना भी उसकी तकलीफ़ को बढ़ा रही थीं। मनुष्य अपने भीतर कितने ही रूप छुपाकर रखता है यह समझ पाना कठिन है। किसी पर भी पूरी तरह भरोसा करना जुआ खेलने जैसा है। लीला का भरोसा तो न जाने कितनी बार टूटा था, लेकिन इस बार तकलीफ़ हर बार से अधिक थी। जब हम पूरी तरह टूटने के बाद फिर से अपने टुकड़े बटोरकर उन्हें जोड़कर आगे बढ़ने की कोशिश करते हैं, तब एक मामूली–सी ठोकर भी बड़ी भारी पड़ती है। लीला के साथ भी कुछ ऐसा ही हो रहा था। उसने टेबल पर ही हाथों पर सर रखकर आँखें मूँद लीं। सोनू की शक्ल देखते–देखते समय काटना उसे बहुत भारी लग रहा था।

कुछ देर बाद वसु भारत भवन के हाल से निकलकर जब कैंटीन की तरफ़ बढ़ी तो उसकी नज़रें लीला को ही ढूँढ़ रही थीं। लीला के साथ–साथ जब उसे टेबल पर सोनू बैठा दिखा तो उसे समझते देर न लगी कि अब समय आ गया है जब वह अपना सच और अधिक नहीं छुपा सकेगी। वसु के क़दम लीला की तरफ़ बढ़ रहे थे और मन ने, कैसे कहेगी क्या कहेगी के धागे बुनने शुरू कर दिये थे। लीला के पास पहुँचकर वसु ने जब लीला के कन्धे पर हाथ रखा तो वह चौंककर उठी। सोनू, जो अपने मोबाइल में कोई वीडियो देख रहा था उसका ध्यान भी वसु की तरफ़ गया। क्षणभर के लिए वसु ने सोनू की ओर देखा तो वह उसे देखकर काइयाँ मुस्कान के साथ मुस्कुराया।

वसु की आँखें अब लीला से टकरायीं। लीला की आँखों में आँसू थे, शायद वसु के आने से पहले की परिस्थिति से उपजे थे। वसु की आँखों में शर्मिन्दगी साफ़ पढ़ी जा सकती थी। उसने लीला से कुछ नहीं कहा,चुपचाप कुर्सी खींचकर उससे सटकर बैठ गयी। कुछ देर तक दोनों चुप रहीं, कभी अनन्त में देखतीं, कभी एक–दूसरे से आँखें टकरातीं, तो जाने कितने ही सवाल और उनके अनकहे जवाब दोनों की आँखों में तैर जाते।

"तो आपको पता चल गया?" वसु का कहना था कि सोनू फुदका, बोला–"लो आयी न बिल्ली थैले से बाहर... अब बुलाइए दुबे को।" दोनों के बीच की ख़ामोशी को सोनू ने तोड़ा, "मुझे तो बड़ी धमकी दे रही थीं, मुझे पता था तुम दोनों मिलकर मुझे फँसाने की कोशिश करोगी इसलिए मैं यहाँ आ गया।" सोनू की आवाज़ में कर्कशता थी, रोष भी था।

"चलिए पहले यहाँ से उठिए।" वसु ने इधर–उधर देखते हुए कहा, "यह सही जगह नहीं है बात करने की।"

"तो सही जगह कौन–सी है?" सोनू ने उठकर ग़ुस्से से पूछा।

"तुम अपना मुँह बन्द रखो।" वसु ने जब तैश में कहा तो सोनू सकपका गया।

"आप उठिए यहाँ से, कहीं ले चलना है आपको।" इस बार जब वसु ने लीला से कहा तो उसकी आवाज़ में मिन्नत थी। लीला ने उसकी ओर देखा। वसु की आँखों में बेबसी पढ़ सकती थी वह। लीला उठी और वसु के साथ चल दी। वसु ने ऑटो स्टार्ट किया। लीला और सोनू दोनों पीछे बैठ गये।

"बड़ी ही डरपोक हैं आप, एक शब्द नहीं निकला आपके मुँह से, मेरे सामने तो बड़ा चौड़ रही थीं।" सोनू इस अन्दाज़ में कह रहा था मानो अभी लीला का गिरेबान पकड़कर पूछेगा। "अब कहाँ गया आपका क़ातिल ढूँढ़ने का शौक़?"

"अब देख लेना कहीं ये शातिर औरत हम दोनों को ही ठिकाने लगाने न ले जा रही हो।" सोनू ने कहा तो वसु ने रियर मिरर से पहले गुस्से में सोनू की ओर देखा, फिर नरमाई से लीला की तरफ़। लीला का मुँह सड़क की ओर था। उसके कानों में सोनू के सारे शब्द पड़ रहे थे, लेकिन वह किसी का भी जवाब नहीं देना चाहती थी, कुछ भी नहीं कहना चाहती थी। जिस लड़की के भरोसे वह इस अनजान शहर में रहने का दम्भ भरती थी, इसी ऑटो में बैठकर जब मोहनबाबू के साथ की कहानी शुरू हुई थी, आज वही ऑटो और उसे चलाने वाली उसे कहाँ ले जा रहे हैं इसकी उसे तनिक भी परवाह नहीं थी। इन्सान के पास जब कुछ भी खोने को नहीं बचता तो वह लापरवाह हो जाता है। लीला के पास भी अब कुछ नहीं बचा था। सोनू पूरे रास्ते बड़बड़ाता रहा। असल में तो उसके भी बस का कुछ नहीं था। वह भी भीतर–ही–भीतर कुछ डरा हुआ था। उसने वसु का साथ ज़रूर दिया था, लेकिन पुलिस और जेल के चक्कर में नहीं पड़ना चाहता था। वह शोहदा ज़रूर था लेकिन घर में माँ और एक गर्भवती बहन है इसकी ज़िम्मेदारी का उसे अन्दाज़ा था। उससे भी ज़्यादा वह उस बिरादरी का नहीं था, जिन्हें क़ानून का ख़ौफ़ नहीं। जो कुछ भी करने से पहले जेल में सड़ने की चिन्ता न करते हों। वह दबंग बनता था, लेकिन कानून का भय उसमें था, साथ ही वह

देखना चाहता था कि अब वसु क्या चाल चलने वाली है ख़ुद को बचाने के लिए और उसे फँसाने के लिए।

कुछ देर बाद ऑटो कैंसर अस्पताल के बाहर बैरियर पर रुका। सिक्युरिटी गार्ड ने बैरियर ऊपर किया और "क्या बात है वसु बिटिया, आज तो रिश्तेदार लायी हो अम्मा से मिलाने।"

उसकी इस बात का वसु ने सिर्फ़ मुस्कुराकर जवाब दिया और ऑटो लेकर अन्दर चली गयी। लीला समझ चुकी थी कि वसु उसे अपनी बीमार माँ से मिलाने लायी है। बीते छह महीनों में लीला ने वसु से कई बार कहा था "अपनी माँ से तो मिलवा दो।" लेकिन वसु यह कहकर टाल जाती कि "वे अभी तकलीफ़ में हैं, किसी से भी नहीं मिलना चाहतीं।" उस वक़्त वसु कैसे कहती कि लीला को मिलाने में उसका असल डर माँ के सामने मोहनबाबू का नाम निकल जाना था।

सोनू को वसु की माँ का कोई अन्दाज़ा नहीं था। उसने सवाल पूछने चालू रखे, "तुम्हारी माँ बीमार है?" "कैंसर है?" "और क्या–क्या है जो छुपायीं?" सोनू ने पिछले एक महीने में कई बार वसु का पीछा किया लेकिन कहीं पहुँचने में सफल न हो सका। वसु की तैयारी ही इतनी पुख़्ता थी।

सोनू सवाल पूछता रहा, लेकिन उसके किसी सवाल का जवाब वसु ने नहीं दिया। उसने ऑटो को स्टैंड में लगाया और दोनों को अपने साथ अन्दर आने को कहा। अन्दर जाकर विजिटिंग पास बनवाना पड़ा। जब लीला और सोनू के साथ वसु अपनी माँ के पलँग तक पहुँची, तब उसकी माँ सो रही थी।

अस्पताल कोई भी हो, इर्द–गिर्द बीमार लोग, उन्हें सान्त्वना देते, सहलाते उनके परिजन, दवाओं की गन्ध, सफ़ेद कपड़ों में चिकित्सक और जीवितों के बीच पसरा मृत्यु सा सन्नाटा अस्पताल के परिसर को ऐसा बना देता है कि एक स्वस्थ व्यक्ति भी वहाँ ख़ुद को कुछ कमज़ोर महसूस करने लगे, फिर यह तो कैंसर अस्पताल था, जहाँ हर दूसरे बिस्तर पर एक जर्जर शरीर ज़िन्दगी से लड़ रहा था।

उन्हीं में से एक थी वसु की माँ। वसु शान्त थी। माँ के सिरहाने खड़ी होकर उनका माथा सहलाने लगी। वसु का हाथ लगते ही माँ ने आँखें खोलीं। डूबती आँखों में बेटी को देखते ही दो मोती टिमटिमाने लगे।

लीला एकटक सिर्फ़ वसु की माँ को देख रही थी। उस शिथिल पड़ी देह में जान तो थी, लेकिन ऐसी जान किस काम की जब आप हर क्षण पीड़ा से कराह रहे हैं। शरीर के शिखर पर केश और आँखों पर भँवें वही काम करते हैं जो एक इमारत पर रंग–रोगन करते हैं और कैंसर देह को जकड़ते ही सबसे पहले यही रंग–रोगन उड़ाता है। लीला उनकी फीके पड़े रंग, चमक खो चुकी आँखों, तीखापन खो चुकी नाक और लालिमा खो चुके गाल व होंठ को देख–देख उनमें अपनी कल्पना से रंग भरकर यह जानने की कोशिश कर रही थी कि दूधिया रंग यह स्त्री जब अपने सारे रंग समेटे होगी तो कोई भी इसके आकर्षण में क़ैद हुए बिना नहीं रह पाता होगा। वसु की माँ का शरीर जर्जर होने के बाद भी उस पुराने क़िले सा था जो भले ही खँडहर हो चुका हो, लेकिन उसे देखने वाले आज भी उसकी ऐतिहासिक सुन्दरता के लिए मन्त्रमुग्ध हो जाते हों। उनकी आँखों में गहरा उतरता समन्दर था और उनके चेहरे पर बरस चुके बादलों सी सफ़ेदी।

''आपने तो आज का नाटक देखा है तो मिलिए उस नाटक की असली सुरैया से और...''

इतना कहकर वसु रुक गयी। उसने लीला की ओर देखा, जैसे पूछ रही हो कि आगे बताऊँ या नहीं, सह पाओगी या नहीं? लीला उसके चेहरे के भाव देखकर कुछ आशंकित हुई और चिन्ता की कुछ लकीरें उसके माथे पर उभर आयीं। लीला ने बड़े धीमे स्वर में पूछा, ''और?''

''और असल ज़िन्दगी के कमल बाबू हैं बाबूजी।''

इतना कहकर वसु शान्त हो गयी और फिर अपनी माँ का माथा सहलाने लगी।

कुछ क्षण पहले लीला के मन ने जिस आशंका की घण्टी बजायी, अब वह हक़ीक़त बन सामने थी। वह सन्न थी। न जाने कितना कुछ उसके दिलो दिमाग़ में तैरने लगा। वह कितनी ही पहेलियों के अधकचरे जवाबों के बीच गोते लगाने लगी। "तो ये हैं वह जिनके लिए मोहनबाबू ताउम्र अकेले रहे?" लीला के मुँह से निकला। उसके जान वह फुसफुसायी लेकिन वसु के कानों ने उसके शब्द पकड़ लिए।

वसु ने "श्शशशशश" के साथ होंठों पर उँगली रख चुप होने का इशारा किया।

"अभी इन्हें दवा मिली है, ये सोयेंगी" इतना कहकर वसु ने अपनी माँ का माथा चूमा और "मैं चलती हूँ माँ रात को आऊँगी, अपने दोस्तों को लायी थी तुमसे मिलाने।"

वसु ने कहा तो उनींदी आँखों से उसकी माँ ने लीला और सोनू की ओर देखा फिर आँखें मूँद लीं। लीला उन पलकों पर दर्द और दवाओं का भार महसूस कर सकती थी। वह चुपचाप वहाँ से बाहर निकल आयी। उसकी आँखों से कुछ बूँदें उसके गालों पर ढुलक आयीं। सोनू लीला के पीछे–पीछे बाहर आ गया। उसे तो यह सब तमाशा लग रहा था और कुछ भी समझ नहीं आ रहा था, लेकिन माहौल की गम्भीरता और वसु के डर से वह इतनी देर दम साधे, बिना एक शब्द कहे, चुपचाप खड़ा रहा। लीला के पीछे–पीछे बाहर आकर उसने साँस छोड़ी और ज़ोर से पूछा, "ये सब चल क्या रहा है? कौन सुरैया? कौन कमल बाबू? और उस मोहनलाल का इस सबसे क्या लेना–देना?"

"बाहर चलो सब बताती हूँ।" वसु ने दोनों को ऑटो की तरफ़ चलने का इशारा किया। ऑटो के पास पहुँचते ही वसु उसकी ड्राइविंग सीट पर धम्म से बैठ गयी। उसने गहरी साँस छोड़ी और सोनू को देखते हुए कहा, "मोहनलाल मेरे पिता थे और मैं उनकी नाजायज़ औलाद।"

यह कहते हुए वसु ने लीला की ओर देखा। लीला की आँखों का तीखापन वह महसूस कर सकती थी।

''फिर तो तुमाये पास ठोस वजह थी उन्हें मारने की।'' सोनू ने ताली मारते हुए यूँ कहा मानो उसने हत्यारे को रंगे हाथों पकड़ा लिया हो।

''हाँ वजह तो ठोस थी, लेकिन उन्हें मारने की नहीं उन्हें ज़िन्दा रखने की।'' वसु ने निराशा भरे स्वर में कहा।

''मतलब?'' इस बार लीला ने पूछा। लीला के सामने पिछले कुछ घण्टों में काफ़ी कुछ घट गया है। वह सब उसके दिमाग़ पर इस क़दर हावी है कि उसके दिमाग़ ने काम करना बन्द कर दिया। वसु ने उसकी हालत समझ उसे ऑटो में बैठने को कहा। सोनू, वसु के सामने ही खड़ा रहा और लीला पीछे सीट पर टिक गयी।

''मुझे यक़ीन है मोहनबाबू ने आपको मेरी माँ के बारे में बताया होगा।'' वसु ने कहा।

''हम्म बताया था।'' लीला ने हौले से उत्तर दिया।

''और मेरे बारे में?'' पूछते हुए वसु की आँखों में उत्सुकता और नफ़रत के मिले–जुले भाव थे।

''वे नहीं जानते थे कि उनका बच्चा लड़का है या लड़की।''

''उन्होंने कभी जानने की कोशिश ही नहीं की; छोड़कर गये तो उसके बाद कभी पलटकर नहीं देखा कि हम ज़िन्दा भी हैं या नहीं।'' कहते–कहते वसु की आवाज़ भर्राने लगी, लेकिन उसने ख़ुद को सँभाला, ''मेरी माँ ने सारी ज़िन्दगी उनसे एक बार फिर मिलने की आस में बितायी है। माँ ने कोशिश तो बहुत की कि मैं उस आदमी से कभी नफ़रत न करूँ, लेकिन यह हो नहीं पाया।''

''मैं कैसे मान लूँ कि तुमने उन्हें नहीं मारा? तुम्हारी नफ़रत उन्हें मारने के लिए काफ़ी थी।'' लीला की आवाज़ में इस बार रोष था।

''मैं वाक़ई उस आदमी को मारना चाहती थी, लेकिन माँ के आगे मैं हारती रही।''

''तो आख़िर तुम उनसे चाहती क्या थीं?'' लीला ने झल्लाकर कहा।

''बस इतना कि वे पूरी दुनिया के सामने माँ और मुझे कुबूल लें और शायद वे ऐसा कर भी लेते, यदि आप उनकी ज़िन्दगी में न आयी होतीं।''

वसु ने क़हा तो लीला ने ख़ुद को कठघरे में पाया। उसने भँवें सिकोड़ते हुए पूछा ''क्या मतलब?''

''मेरी माँ ने बहुत प्रतीक्षा की थी मोहनबाबू के जीवन में लौटने की।'' वसु ने कहना शुरू किया, ''उन दिनों मोहनबाबू लखनऊ काम की तलाश में गये थे अपने मामा के घर। किसी दिन दोस्तों के साथ उस गली में पहुँच गये जहाँ सभ्य लोगों का जाना मना होता है। वहीं उन्हें मेरी माँ मिलीं। वे गये तो एक रात के लिए थे, लेकिन माँ से मिलने के बाद वे रातें अनगिनत होती गयीं, तब तक जब तक मैं पेट में नहीं आ गयी और मोहनबाबू ने लखनऊ नहीं छोड़ दिया।''

वसु कुछ देर रुकी। लीला ने देखा तो उसका चेहरा भावहीन था, जैसे वह बस सुना रही हो और ख़ुद को अतीत में जाने से रोक रही हो।

''सभ्य घरों में लड़कों पर आज्ञाकारी बने रहने का बहुत दबाव होता है, माँ और प्रेमिका में से जब चुनने की बारी आती है तो वे अक्सर माँ को ही चुनते हैं। फिर वह तो ज़माना भी दूसरा था और मेरी माँ सभ्यों की दुनिया से नहीं थीं, लेकिन...'' कहते हुए वसु व्यंग्य में हँसी, मानो ख़ुद पर ही हँस रही हो ''लेकिन मेरी माँ ने भी उस सभ्य आदमी की औलाद को सभ्य जीवन देने और सभ्य लोगों की दुनिया में जगह दिलाने के लिए लखनऊ की वो गली छोड़ दी, दिल्ली जा बसीं। वहाँ जाकर घरों में झाड़ू–पोंछा किया, बरतन माँजे, मुझे पढ़ाया। वे बस इतना जानती थीं कि मोहनबाबू भोपाल से हैं इससे ज़्यादा कुछ नहीं।''

''उन्होंने कभी कोशिश नहीं की मोहनबाबू तक पहुँचने की?'' लीला ने पूछा।

''एक बार मैंने भी उनसे यही सवाल पूछा था तो उन्होंने बड़ा फ़िल्मी सा जवाब दिया था।'' कहते हुए वसु हल्का मुस्कुरायी, ''मुझे गुस्सा तो बहुत आया था, जब उन्होंने कहा था जो चला गया उसे ख़ुद ही वापस आने देना चाहिए।'' वसु ने आँखें मूँद गहरी साँस छोड़ी। उसकी आँखों में वे सारे पल घूमने लगे थे, जब–जब वह अपनी माँ को प्रतीक्षा में तड़पता देखती थी।

''माँ को लगता था अभी बहुत उम्र पड़ी है और उम्र बीतने से पहले मोहनबाबू उनके पास ज़रूर आयेंगे। बहुत साल पहले माँ ने उन्हें चिट्ठी लिखकर अपने दिल्ली के ठिकाने का पता भेज दिया था, लेकिन उन्हें कहाँ पता था कि उनकी उम्र बहुत नहीं है। जब कैंसर का पता लगा तो उन्होंने मोहनबाबू से मिलने की रट लगा ली। मैं उस आदमी की शक्ल भी नहीं देखना चाहती थी, लेकिन माँ की ज़िद पर उन्हें यहाँ लाना पड़ा। एक–डेढ़ साल तक तो मैं माँ को बेवकूफ़ बनाती रही, बाबूजी को खोजने का ड्रामा करती रही। मैं पैसा कमाने की कोशिश कर रही थी ताकि माँ की थोड़ी बहुत जमा–पूँजी इलाज में ख़त्म होने से पहले कहीं से अच्छी कमाई का साधन मिल जाये जब माँ इमोशनल ब्लैकमेल करने लगीं तब मैंने सच में ढूँढ़ना शुरू किया। जब उन तक पहुँची तो मुझे पता चला कि उन्होंने भी सारी ज़िन्दगी अकेले ही बिता दी। इससे मेरा दिल थोड़ा पसीजा था। मैं कुछ महीनों तक उनके बारे में सब पता करती रही। मैंने कई बार कोशिश भी की कि उनसे सीधे जाकर कह दूँ कि मैं वही हूँ जिसे वे इस दुनिया के दलदल में फेंक आये थे।'' कहते हुए वसु की आँखों में आँसू थे। लीला का मन हुलसा कि वह वसु के कन्धे पर सान्त्वना का हाथ रखे, लेकिन जिन परिस्थितियों में उन दोनों का रिश्ता पहुँच चुका था वहाँ से लीला का हाथ बढ़ नहीं पाया। वसु ने नम हो आयी आँखों को पोंछा और आवाज़ में फिर से आत्मविश्वास घोलकर बोली, ''मैं किसी तरह उन तक ख़बर पहुँचाना चाहती थी, मैं चाहती थी कि वो ख़ुद आयें माँ के पास और... और शायद आ भी जाते अगर आप उनसे न मिली होतीं।''

वसु के ये शब्द लीला को तीर की तरह चुभे। उसे पलभर को लगा मानो वसु की हर तकलीफ़ की ज़िम्मेदार वही है। वैसे भी स्त्रियाँ आत्मग्लानि का बोझ अपने सर ढोने के लिए कोई भी बात ढूँढ़ लेती हैं। लीला को लगा कि वह निकली तो थी वसु को हत्यारा साबित करने और ख़ुद ही गुनहगार बन रही है। उसने कर्कश होकर कहा।

''मुझे अब भी यक़ीन नहीं कि तुमने उन्हें नहीं मारा। तुम उनसे इतनी नफ़रत करती थीं कि तुम उन्हें कभी माफ़ नहीं कर सकीं।''

''माफ़ तो मैंने उन्हें अब भी नहीं किया है, लेकिन मैं उन्हें नहीं मार सकती, क्योंकि मेरी माँ के लिए वो सबकुछ थे और मेरे लिए मेरी माँ सब कुछ हैं।'' वसु के चेहरे पर लाचारी पढ़ी जा सकती थी।

"फिर ऐसा क्या लिखती थीं तुम उन चिट्ठियों में कि पढ़ते ही मोहनबाबू के हाथ काँपने लगते थे?"

"मतलब आपको वो चिट्ठियाँ नहीं मिलीं?"

"यही पता करने आती थीं न तुम मेरे पास उनकी हत्या के बाद, इसीलिए बार–बार पूछती थीं कि छानबीन में उनके घर से कुछ मिला या नहीं।" लीला ने पूछा तो वसु ने आँखें झुका लीं। वह जानती है कि वह लीला के साथ छल कर रही थी, लेकिन वह लीला को हानि नहीं पहुँचाना चाहती थी। "और उनकी हत्या के दिन भी जब तुम्हारा फ़ोन बार–बार बज रहा था, वह भी तुम्हारे ऑटो के लिए तो नहीं था।" लीला ने यूँ कहा मानो वह वसु की अब तक की सारी चोरियाँ पकड़ चुकी है और अब उसे वसु पर रत्तीभर भी भरोसा नहीं।

"वो फ़ोन इसका था।" वसु ने सोनू की ओर इशारा किया।

"मैं बता चुका हूँ।" सोनू लापरवाही से बोला।

"हाँ, इसे मैंने उस दिन गली के नुक्कड़ पर देखा था, लेकिन जब तक मैं इसे पकड़ती ये भाग चुका था।" लीला ने सोनू को घूरते हुए कहा।

"उस दिन उनकी हत्या से जितना आप परेशान और हैरान थीं, उतना ही हम दोनों भी थे, यह तो हमारे प्लान में था ही नहीं।" वसु बोली।

"फिर क्या था तुम्हारा प्लान और क्या था उन चिट्ठियों में?"

"मैं बस यही लिखती थी कि वो सबके सामने ऐलान करके मेरी माँ को अपनायें, उन्हें पत्नी का दर्जा दें, हालाँकि मैं ऐसे आदमी को अपने पिता के रूप में कभी स्वीकारना नहीं चाहती थी।" वसु ने मुँह बनाया।

"उस दिन तुम्हारी चिट्ठी पढ़कर वो बहुत परेशान हो गये थे और अगले दिन कहीं जाने की बात कह रहे थे, जाने कहाँ जाना चाहते थे।"

"वो दिल्ली ही जाने वाले होंगे, क्योंकि मैंने उस चिट्ठी में लिख दिया था कि अगर उन्होंने खुद सबको नहीं बताया तो मैं अख़बार में सब कुछ छपवा दूँगी कि किस तरह उन्होंने एक बच्चे को दर–दर की ठोकरें खाने छोड़ दिया।"

"तुमने तो कहा वो नहीं जानते थे कि वो बच्चा लड़का है या लड़की... और अगर वे पिछले ढाई साल में दिल्ली गये भी हों तो तुम्हें कैसे पता चलता, तुम तो यहाँ थीं।"

"हाँ वो नहीं जानते थे कि वो बच्चा एक लड़की है, मैंने चिट्ठियों में इसका ज़िक्र नहीं किया था।" वसु कुछ ठहरी फिर बोली, "दिल्ली में हम किराये से जिसके घर में रहे उनसे पता लग जाता यदि वे गये होते तो।"

"लेकिन वो चिट्ठियाँ गयीं कहाँ?" लीला ने सवाल ख़ुद से ही किया था, लेकिन जवाब वसु ने दिया, "जला देते होंगे जैसे उन्होंने अपने अतीत को जला दिया, हमें पूरी तरह भुला दिया।"

"इस उम्र में तुम्हें और तुम्हारी माँ को स्वीकार करने का मतलब था कि उनकी सारी उम्र की इज़्ज़त मिट्टी में मिल जाना।" लीला ने कहा तो वसु ने उसे घूरा।

"आप भी ऐसा ही सोचती हैं?" वसु ने पूछा।

"नहीं, लेकिन ये समाज ऐसा ही है। चुनाव हारने के बाद से वे बड़े रिलेक्स हो गये थे कि अब उन्हें किसी को कोई जवाब नहीं देना पड़ेगा।

फिर मैं उनकी ज़िन्दगी में आयी। मेरे लिए वो सबसे लड़ जाते थे। तुमने सही कहा अगर मैं न आयी होती तो वो तुम्हारी माँ को ज़रूर स्वीकार लेते।" लीला ने यूँ कहा मानो उसने अपना गुनाह कुबूल लिया हो, "क्योंकि वो बहुत बदल गये थे। पिछले छह महीनों में मैंने उन्हें बिल्कुल भी वैसा नहीं पाया जैसा लोग उनके बारे में कहते हैं।"

"अगर वो वाक़ई बदल गये थे तो ख़ुद दिल्ली क्यों नहीं आये?"

"इतना आसान नहीं होता बीते हुए कल को फिर अपनी ज़िन्दगी में लाना वसु।" लीला ने ठण्डी आह भरी, "फिर ये समाज इन्सान को कुछ और दे न दे झूठी शान, झूठी इज़्ज़त का ठीकरा जीवनभर सर पर ढोने की लालसा तो दे ही देता है। तुम्हारी माँ जिस जगह से आयी थीं यह बात दबे–छुपे सबको पता थी और..." कहते हुए लीला रुक गयी।

"और उन्होंने अपनी माँ को वचन दिया था कि वो तुम्हारी माँ से कभी नहीं मिलेंगे।"

"क्या वचन उनकी माँ के मर जाने के बाद भी लागू होता?"

"तुम सही हो, वो आ सकते थे, लेकिन नहीं आये क्योंकि उनके भीतर की कायरता ने उन्हें ऐसा नहीं करने दिया। कायरता, क्योंकि वो समाज के सामने अपनी ग़लती स्वीकार करने से डरते थे और कायरता इसलिए भी क्योंकि वो उन दो लोगों से नज़रें मिलाने से भी डरते थे, जिनका जीवन बर्बाद करने के लिए वो हर रात तड़पते थे। मैंने उन्हें तुम्हारे लिए रोते देखा है वसु।" लीला ने भावशून्य होकर कहा। उसे कुछ समझ नहीं आ रहा था। वसु और मोहनबाबू से जुड़ी कई बातें उसके दिमाग़ को मथ रही थीं, साथ ही उसका दिमाग़ क़ातिल को खोजने की दिशा में भी दौड़ रहा था।

"तुम्हारी हर बात झूठी लग रही है।" लीला ने वसु की ओर देखे बिना ही कहा।

"मैं जानती हूँ।" वसु बोली, "और इसकी वजह नहीं पूछूँगी; इस पूरे मामले में आप अनजाने ही आ गयीं, मेरा आपको इन्वोल्व करने का कोई इरादा नहीं था।"

"तुम पहले दिन से सब जानती थीं, एक मैं हूँ जो स्टेशन पर मिलने से लेकर अब तक तुम्हें नहीं पहचान पायी।" लीला की आँखों में पानी झलक आया, "हमारे बीच सबकुछ झूठ था... सबकुछ।"

वसु ख़ामोश रही। उसके पास जवाब नहीं है। जवाब देती भी क्या। लीला की बातों में सच्चाई है सिवाय इसके कि वसु के मन में वाक़ई उसके प्रति आसक्ति जागने लगी थी। लेकिन वसु ने कुछ नहीं कहा। उसे इल्म है इस वक़्त कुछ भी कहना लीला को तसल्ली नहीं दे पायेगा।

"मुझे अब भी तुम पर यक़ीन नहीं है; अगर तुमने उन्हें नहीं मारा तो किसने मारा?" लीला ने गुस्से से पूछा

"क़ातिल ख़ुद थोड़ी बोलेगा कि उसने क़त्ल किया।" सोनू तपाक से बोला, "आप भी हद करती हो, इससे क्या पूछ रही हो, अभी के अभी दुबे को फ़ोन करो और उसको सब बताओ।"

"तुम्हें लगता है कि दुबे मुझे पकड़ेगा तो तुम्हें छोड़ देगा? चिट्ठियाँ लेकर तो तुम ही जाते थे न और मेरे ख़िलाफ़ सुबूत कहाँ से लाओगे? मैं उस रात अस्पताल में थी मैं यह साबित कर सकती हूँ। तुम कहाँ थे यह कैसे साबित करोगे?" वसु ने तैश में जवाब दिया, "मैंने कहा न... मैंने उन्हें नहीं मारा... आप उठिए।" उसने लीला का हाथ पकड़ा और उठने को कहा, "चलिए अभी मेरे साथ और उस रात का सीसीटीवी देख लीजिए अस्पताल में, नर्स से पूछ लीजिए।"

"तुमने जैसे पैसे देकर इससे चिट्ठियाँ भिजवायीं वैसे ही किसी को पैसे देकर उन्हें मरवा भी तो सकती हो।" लीला ने जताया कि उसे अब वसु की किसी बात पर यक़ीन नहीं।

"उन्हें मारना ही मेरा मोटिव होता तो मैं उन्हें कब का मार चुकी होती, लेकिन मेरी माँ ने सम्मान से मेहनत करके जीना सिखाया है, किसी को मारकर जेल में सड़ना नहीं।"

"बहुत नफ़रत करती थीं उनसे?" लीला ने हार मानते हुए संवेदना से भरकर पूछा।

"जैसा भी था, था तो मेरा बाप ही।" वसु के इस अन्तिम वाक्य से लीला को क्षणिक भरोसा हुआ कि शायद वसु सही कह रही है, हत्या उसने नहीं की। तो फिर किसने की? यह सवाल फिर घूमकर वहीं आ चुका था।

बात कुछ और आगे बढ़ती, उससे पहले ही सोनू का फ़ोन फिर घनघनाया। यह पिछले तीन मिनिट में तीसरी बार था। फ़ोन लगातार बज रहा था।

"उठा क्यों नहीं रहे!" वसु ने खीजते हुए कहा।

"अम्मा का है।" सोनू ने मुँह बिचकाया।

"तो..." वसु ने फटकारते हुए कहा, "उठाओ।"

सोनू के फ़ोन उठाते ही सब्ज़ी वाली की रुआँसी आवाज़ आयी। फ़ोन का स्पीकर फुल वोल्यूम में था। आवाज़ सोनू के कान में जाने के साथ–साथ बाहर भी सुनाई पड़ रही थी, "बेटा जल्दी हमीदिया पहुँच, सुमन की तबियत बिगड़ गयी है।" सोनू कुछ पूछता इससे पहले ही उसे सुमन के कराहने की तेज़ आवाज़ सुनाई दी और फ़ोन कट गया।

"क्या बात है?" लीला को सुमन का बड़ा–सा पेट याद हो आया।

"बहन की तबीयत बिगड़ गयी है, जाना होगा।" सोनू ने इधर–उधर ऑटो देखते हुए कहा।

"ओह!" लीला के मुँह से निकला, "इसकी बहन प्रेग्नेंट है।" फिर उसने वसु की तरफ़ देखते हुए कहा।

"जानती हूँ।" वसु बोली, "लेकिन मैं उससे कभी मिली नहीं, इसी ने बताया था कि डेढ़ साल से मायके नहीं आयी, अभी आ गयी?" वसु ने सोनू से पूछा।

"हाँ।" सोनू ने बस इतना ही कहा और एक ऑटो वाले को रोकने के लिए आगे बढ़ा।

"रुको, मैं ले चलती हूँ।" वसु ने सोनू से गाड़ी में बैठने का इशारा करते हुए कहा।

"मैं भी चलती हूँ।" लीला बोली। उसे याद आया कि जब वो प्रेग्नेंट थी तब उसके पास सहारे के लिए कोई नहीं होता था, ऐसे में सब्ज़ी वाली को कोई ज़रूरत होगी तो क्या पता वह किसी काम आ जाये।

ऑटो स्टार्ट करके वसु ने सड़क पर दौड़ा दिया।

"आपको कैसे पता इसकी बहन प्रेग्नेंट है?" रियर व्यू में लीला को देखते हुए वसु ने पूछा।

"इसके घर गयी थी मैं।" लीला ने बस इतना ही कहा।

कुछ ही देर में वे लोग हमीदिया के बाहर थे। सोनू और लीला ऑटो से उतरकर तेज़ क़दमों से अन्दर भागे। वसु ऑटो को स्टैंड में लगाने चली गयी। सब्ज़ी वाली बाहर ही मिल गयी थी। अस्पताल की एक बेंच पर सुमन बैठी कराह रही थी।

"तू जाके पर्चा बनवा, मैं कोई डागटर्नी को देखत हूँ।" कहते हुए सब्जी वाली भीतर जाने को हुई, फिर लीला की ओर मुड़कर बोली, "तुम जाय देखना ज़रा।"

लीला ने आँखों से तसल्ली रखने को कहा। वह सुमन का माथा सहलाने लगी। कुछ ही देर में सोनू पर्चा बनवा लाया। अगले मिनिट सब्ज़ी वाली एक नर्स के साथ आती दिखी। फुर्ती से सुमन को एक स्ट्रेचर पर लिटाया गया। उसे जच्चा–बच्चा वार्ड के भीतर ले जाने लगे। वह वार्ड में दाख़िल हो ही रही थी कि वसु भी वहाँ पहुँच गयी। सुमन को देखकर उसके मुँह से निकला, "अरे ये... ये सोनू की बहन है?"

"हाँ, क्यों क्या हुआ?" लीला ने सवालिया नज़रों के साथ पूछा।

"कुछ ख़ास नहीं" वसु ने बात टालने के अन्दाज़ में कहा, "इसे मैंने ही स्टेशन से इसके मुहल्ले तक छोड़ा था, लेकिन ये सड़क पर ही उतर गयी थी। मैंने कहा भी कि घर छोड़ दूँ लेकिन ये मानी ही नहीं, बहुत पिटकर आयी लगती थी।"

"हम्म" कहते हुए लीला की आँखों में करुणा घुल गयी।

सुमन जच्चा–बच्चा वार्ड में जा चुकी थी। सब्ज़ी वाली बाहर ही खड़ी थी। सोनू चहलक़दमी कर रहा था। वसु और लीला भी वहाँ पहुँचे तो सब्ज़ी वाली की आँखें भर आयीं। गले में उमड़ रहा आँसुओं का सैलाब कन्धा मिलते ही फूट पड़ता है, सब्ज़ी वाली के साथ भी वही हुआ, "किस्मत ही ख़राब है मेरी मोड़ी की, जोन दिना ऊ बुढ़ऊ मरा बाई दिना सबेरे–सबेरे आयी पूरे शरीर पे जखम लेके।"

"लेकिन मैंने तो..." वसु ने उसे बीच में टोकना चाहा।

"ऐसे तो जाको मरद भोतई अच्छो हतो।" सब्ज़ी वाली को अपनी पीड़ा के आगे वसु का लेकिन सुनाई नहीं पड़ा, वसु ने कहा भी दबी आवाज़ में था। "जाने काय बा दिना मारो और बाके बाद अबनो फ़ोन भी नई करो। हम करें तो बी फ़ोन नई उठातै।" सब्ज़ी वाली की आवाज़ कम सिसकियाँ ज़्यादा सुनाई पड़ रही थीं।

"अरे जोन दिना से आयी है बाई दिना से ऐसे सूखत जा रई हती चिन्ता में। इत्ते बड़े पेट वाली महरारी होय तो कौन मारत है बताओ; अब पतो नई बच्चा बचेगो भी के नई।" सब्ज़ी वाली के आँसू बह निकले तो लीला ने उसे सँभाला। उसके कानों में वसु का लेकिन पहुँच तो गया था, मगर उसने भी हालात को देखते हुए कुछ नहीं कहा।

वार्ड के भीतर से उठती सुमन की चीख़ें बाहर सुनी जा सकती थीं। प्रसव की पीड़ा, उसकी कराह कानों में पड़ने से किसी का भी जी गले को आ जाये, यहाँ तो तीनों औरतें ही थीं, जिनमें से दो इस दर्द को भोग चुकी थीं और तीसरी को इस दर्द से मिलने वाली वेदना का आभास था।

वसु को माँ के पास वापस लौटना था इसलिए वह "कुछ काम–ज़रूरत हो तो फ़ोन कर देना मैं आ जाऊँगी।" कहकर निकल गयी। लीला सब्ज़ी वाली को हिम्मत बँधाती उसके साथ ही बैठी रही। क़रीब ढाई घण्टे तक सुमन की चीख़ें सुनाई देने के बाद बच्चे के रोने की आवाज़ सुनाई दी। नर्स ने जब ललछौंही सी,

आँखें–मुट्ठी भींचे नन्ही–सी गुड़िया सब्ज़ी वाली के हाथों में रखी तब जाकर उसके कलेजे को ठण्डक मिली। लीला के चेहरे पर भी मुस्कान तैर गयी। जन्मते बच्चे को देखना ईश्वर के क़रीब उतर आने जैसा अहसास होता है।

सुमन का दर्द ख़त्म हुआ तो लीला को अपने दर्द का होश आया। वह बेचैन हो उठी। उसने तय किया कि अब उसे या तो इन पहेलियों को यहीं छोड़ना होगा या फिर वह सब कुछ दुबे को बता देगी। वसु, सोनू और उस इन्सान के बारे में भी, जिसकी बेहद धुँधली झलक उसने हत्या की रात देखी थी। "हाँ अब यही ठीक रहेगा" लीला बुदबुदायी, लेकिन लीला नहीं जानती थी कि वसु और सोनू क्या सोच रहे हैं। वे दोनों तो एक–दूसरे को ही पूरी तरह हत्यारा मान चुके थे। सोनू को लग रहा था कि वसु ने उसे चेहरा बनाकर हत्या की ताकि पकड़े जाने पर फँसा सके। उधर वसु को लग रहा था कि सोनू उसे आसानी से फँसा सकता था, क्योंकि चिट्ठियाँ वही भिजवाती थी।

तीनों की रात इसी उधेड़बुन के साथ आँखों में ही बीत गयी। सुबह तक तीनों निर्णय ले चूके थे। लीला ने तय किया कि वह दुबे को सब बता देगी। वसु ने तय किया कि वह लीला से जाकर बात करेगी और यक़ीन दिलायेगी कि हत्या उसने नहीं की और कुछ मोहलत माँगेगी हत्यारे को ढूँढ़ने के लिए। सोनू ने तय किया कि वह साफ़–साफ़ वसु को धमकी देगा कि यदि वसु ने कोई भी नाटक किया तो वह सरकारी गवाह बनकर वसु की सारी पोल दुबे के सामने खोल देगा। अब बस उजियारा होना बाक़ी था। जिसके बाद तीनों अपने–अपने निर्णयों का कार्यान्वयन करते। लेकिन यूँही सब कुछ सोचा हुआ हो जाये तो बात क्या। दुबे के पास भी रात एक कॉल आया था जिसके बारे में उसे लीला से बात करनी थी।

दस

अगली सुबह लीला के लिए भारी थी। रात नींद भी आँखों को न लगी। शरीर बिस्तर में धँसे रहने से बाज न आता था। सुबह जब से ब्रेड वाले की पुकार गली में गूँजनी शुरू हुई तब से अब तक वह कई बार एक पैर इस ख़याल से नीचे उतरती कि बस अब उठ ही जायेगी। बालकनी से एक बार दुबे के घर की तरफ़ झाँकेगी, दिख जायेगा तो इशारे से आने को कहेगी वरना फ़ोन कर देगी। उसे सिर्फ़ दुबे को सब बताने की टसक नहीं चल रही थी बल्कि वह यह भी तय कर चुकी थी कि ये मुहल्ला भी छोड़कर चली जायेगी।

एक खिड़की गली की खुली रात भर
मुंतज़िर जाने किस की रही रात भर

अली अहमद जलीली साहब ने यह शेर शायद लीला की इस स्थिति के लिए ही लिखा था। उसने भी रात खिड़की पर आवाज़ाही में गुज़ारी थी। जितनी बार खिड़की पर आती उसे मोहनबाबू का गुनगुना स्पर्श याद हो आता। इतना आसान भी नहीं था उसके लिए यह गली छोड़ जाना, मगर अब यहाँ रुककर भी क्या। गली के लोग तो उसे पहले ही पराया मानते थे, जिसने अपनाया था अब वही नहीं रहा, न उसके लिए न्याय की आस ही बाक़ी रही। बेहतर यही होता कि वह चली जाती सो उसने तय कर लिया कि चली जायेगी।

उसने एक बार फिर ज़ोर लगाया, एक पाँव दोहड़ से बाहर निकाल ज़मीन को छुआया। पाँव फिर गद्दारी करके वापस दोहड़ की

ओर दौड़ता कि लीला ने दूसरा पाँव भी ज़मीन पर उतार दिया। वह पाँव झटकारकर खड़ी हो गयी। अलसाते हुए बालकनी तक आयी और झाँका ही था कि हैरानी उसकी आँखों से होते हुए शरीर में दौड़ी। दुबे और उससे एक क़दम पीछे कल्लू उसे अपनी ओर ही आते दिखे। उसने फुर्ती से फ़ोन का डायलिंग टेप देखा "कहीं नींद में तो कॉल नहीं कर दिया दुबे को।" लेकिन ऐसा भी नहीं हुआ था। फिर लगा कहीं और जा रहा होगा। वह फिर झाँकी तो दुबे की आँखें उसकी बालकनी पर ही अटकी थीं। वह उसे देख मुस्कुराया और एक उँगली पहले अपनी ओर फिर लीला की ओर इशारा करके जतलाया कि वह आ रहा है।

लीला बेचैन हो उठी। वह भी बुलाना चाहती थी, लेकिन ये अपने आप ही कैसे आन पड़ा। क्या फिर कोई नयी ख़बर है? और ये कल्लू क्या करने आ रहा है? वह खुद से अभी दो–तीन सवाल ही पूछ पायी थी कि सीढ़ियों पर चार क़दमों की थाप सुन वह अपने कपड़े–बाल ठीक करने लगी। उसे इतना मौक़ा भी नहीं दिया गया था कि वह मुँह–वुँह धो ले। लीला सीढ़ियों के मुहाने पर खड़ी हो गयी।

"क्या बात है आप लोग आज सबेरे–सबेरे।" लीला ने अपनी बेचैनी छुपायी और यह भी कि वह ख़ुद भी दुबे से कुछ कहने वाली थी, "क्या हत्यारा मिल गया?"

"नहीं, लेकिन अब जल्दी ही मिल जायेगा।" दुबे, कल्लू की तरफ़ देख मुस्काया। लीला की हैरानी कुछ और बढ़ी।

"ऐसा क्या मिल गया?" अबकी लीला ने कल्लू को देखा। उसके देखने में यह सन्देह भी घुला था कि कहीं हत्यारा खुद सामने खड़ा होकर किसी और को फँसाने में तो नहीं लगा। लेकिन ज़्यादा देर तक लीला का यह ख़याल टिक नहीं पाया जब कल्लू बोला, "हम जानते हैं जब कुछ हाथ नहीं लगेगा तो वो राजेश ओझा हमें ही लपेटने की कोशिश करेगा, उसकी आँखों की किरकिरी जो हैं।"

लीला झेंप गयी। उसे लगा कल्लू ने उसकी भी आँखें पढ़ लीं। वह भी अब तक यह बात मन से नहीं निकाल पायी थी कि "कल्लू भी तो हत्या कर सकता है।"

"अब ये तो बस हम ही जानते हैं कि हम कुछ कर लें, लेकिन अपने पिता समान मोहनबाबू को नहीं मार सकते, अरे ऐसे समाजसेवी का ख़ून करके नरक में थोड़ी जलना है।" कहते हुए जब कल्लू ने अपना जनेऊ पकड़ते हुए "राम राम" कहा तो लीला को लगा कि कल्लू अब नेता बनने के लिए पूरी तरह तैयार है, नाटकीयता उसकी बातों में आ चुकी है। कल्लू, लीला की ओर देखकर आगे बोला, "हम गये थे उस चौकीदार के पास, मिमियाये कि भैया उस रात की कोउ बात याद है तो हमें बता देओ।"

"फिर?" लीला की उत्सुकता जागी।

"फिर उसे तो कुछ याद न आया, लेकिन उसने हमें आस–पास के मुहल्लों के दो चौकीदारों के नम्बर दिये। कौन जाने किसी ने कुछ देखा हो इधर–उधर से गुज़रते हुए।" अबकी कल्लू ने ताली पीटी "बस फिर क्या उसी से पता चल गया कि" कहते हुए कल्लू रुका। वह लीला के चेहरे पर उत्सुकता के भाव पढ़ सकता था। उसी उत्सुकता को और तड़पाने के लिए वह दुबे की ओर देखकर क्षणभर मुस्कुराया। लीला ने उसे घूरकर देखा "अरे बता रहे हैं, उस चौकीदार ने बताया कि उस रात एक ई–रिक्शा इधर गली के बाहर टेलर की दुकान के आगे रुका था और कोई उतरा था उससे।"

"तो इसमें क्या बड़ी बात है, रात–बिरात लोग आते ही हैं।" लीला की हैरानी उतरी तो उसने कन्धे उचकाये।

"यही तो मैडम जी... यही तो।" कल्लू ने फिर ताली मारी, "मैंने इस गली क्या आगे–पीछे की दोनों गलियों के हर घर में पुछवा लिया, उस रात किसी के घर कोई नहीं आया था।"

"अपने चौकीदार ने कैसे नहीं देखा?" लीला ने चौकीदार को सन्देह के घेरे में डाला।

"उस गली के चौकीदार ने बताया कि उसने जब रिक्शा देखा तब ढाई बज रहे थे। और अपने चौकीदार का कहना है कि ढाई बजे वह मोहनबाबू के साथ ब्लू पब्लिक स्कूल के पास था। वहाँ से पैदल मोहनबाबू के घर तक आने में पन्द्रह–बीस मिनिट लगते हैं और ये उसने शुरू में ही बता दिया था कि उसने मोहनबाबू को पौने तीन कि आसपास छोड़ा था। अब ऑटो वाला वहाँ खड़ा थोड़े ही रहेगा के आओ मुझे देखो।" इस बार दुबे ने लीला को लगभग खीजते हुए जवाब दिया। उसे अब लीला के सन्देहों पर सन्देह होने लगा था।

लीला ने दुबे की टोन को अनदेखा करते हुए अगला सवाल दागा "तो ये बात उस गली के चौकीदार ने अब तक क्यों नहीं बतायी थी?"

"क्योंकि रात–बिरात रिक्सा वगै़रह आना आम बात है और फिर उससे कोई ने पूछा भी तो नई था।" कल्लू ने यूँ तनकर जवाब दिया मानो उसके बिना ये केस सॉल्व होना ही नहीं था।

"बात ये भी है कि वो गाँव गया था। उसकी माँ बीमार थी। उस रात वो जल्दी इसलिए ही निकला था। हड़बड़ी में था, उसे चार बजे वाली ट्रेन पकड़नी थी।" दुबे बोला।

"उसे पता था ऑटो में कौन था?"

"ऑटो नहीं मैडम जी ई–रिक्सा... ई–रिक्सा।" कल्लू झुँझलाया, मानो उसके मुख्य सुबूत पर आँच आयी हो।

"हाँ–हाँ वही।" लीला ने अपनी बात को आगे रखा, "कौन था उसमें?"

लीला की इस बात पर कल्लू और दुबे दोनों हँसे। "अरे मैडम जी आप भी अच्छा मज़ाक़ करती हैं।" कल्लू बोला, "बो चौकीदार था मन्दिर के पास, वहाँ इत्ती दूर से उसे अँधेरे में रिक्सा में कौन बैठा था कैसे दिखेगा?"

लीला ने मन–ही–मन अन्दाज़ा लगाया कि मन्दिर से टेलर की दुकान कुछ सवा–सौ मीटर है। ये सही है कि इतनी दूर से अँधेरे

में रिक्शा दिख सकता है, रिक्शे में बैठा इन्सान नहीं। फिर टेलर के पास वाली स्ट्रीटलाइट भी ठीक से जलती नहीं, फुकफुकाती रहती है। कोई अनजान हो तो उसमें भूत की आशंका कर बैठे, यूँ हरकतें करती है।

"और फिर वो जल्दी में था बताया तो।" दुबे बोला, "उसे पहले घर जाना था फिर पत्नी को लेकर स्टेशन।"

"तो अब?" लीला के सवाल पर कोई प्रतिक्रिया आती उससे पहले ही लीला को घर के बाहर किसी ऑटो के रुकने की आवाज़ आयी। यूँ तो सड़क से गुज़रते हर ऑटो की आवाज़ एक सी ही लगती है, लेकिन जैसे छोटे बच्चे दूर से ही आती अपने पिता की मोटरसाइकिल की आवाज़ पहचानने लगते हैं, वैसे ही लीला भी वसु के ऑटो की आवाज़ पहचानने लगी थी। कभी–कभी उसे खुद भी इस पहचान पर आश्चर्य होता था।

बालकनी से टिके दुबे ने नीचे झाँका और मुस्कुराते हुए बोला, "लीजिए समस्या का हल स्वयं चलकर आ गया।"

लीला को एक पल के लिए लगा मानो दुबे भी वसु के बारे में जान गया हो कि वही क़ातिल हो। वह चिहुँकी। वह ख़ुद भी चाहती थी कि दुबे को वसु के बारे में सब बता दे, लेकिन वसु का यूँ पकड़ा जाना उसमें उदासी और बिछोह दोनों के मिश्रित भाव पैदा कर गया। फिर भी उसने अपनी भावनाएँ छिपाते हुए पूछा, "मतलब?"

"मतलब ये कि ई–रिक्सा में कौन था? आपकी ये छोटी मैडम जी पता करेंगी।" दुबे ने सीढ़ियों की ओर इशारा किया।

सीढ़ियों से वसु चढ़ रही थी। उसके कान सिर्फ़ "छोटी मैडम जी" पकड़ पाये।

"आपने मेरे लिए कुछ कहा?" अन्तिम सीढ़ी पर पहुँचते ही उसने एक–एक नज़र सबकी ओर मारी। वह दुबे की आवाज़ को इतना भी नहीं पहचानती थी कि जान पाये बात कल्लू ने कही है कि दुबे ने। अगले ही क्षण दुबे ने उसका यह सन्देह दूर करते हुए कहा, "जी, मैंने आपके लिए ही कहा।"

पुलिस की वर्दी में खड़ा आदमी उसका ही नाम पुकार रहा है, उसकी ही प्रतीक्षा कर रहा है यह बात वसु को कुछ परेशान कर गयी। वह समझी उसकी चोरी पकड़ी गयी। उसने लीला की ओर यूँ हिकारत से देखा मानो कह रही हो कुछ देर तो इन्तज़ार करतीं, इतनी भी क्या जल्दी थी बताने की। लेकिन उसकी यह आशंका ज़्यादा देर न टिकी जब कल्लू ने उसे पूरी बात ब्यौरेवार बतायी।

"हाँ, ये पता लगाना इतना मुश्किल नहीं होगा।" सब जानने के बाद वसु ने तसल्ली की साँस भरते हुए कहा, "इस शहर में अभी बहुत ज़्यादा ई–रिक्शा वाले नहीं हैं और सबके इलाक़े बँधे होते हैं; स्टेशन पर चलने वाले और स्टेशन से कौन किस इलाक़े की सवारी लेगा ये सब भी लगभग बँधा होता है।" वसु यूँ समझा रही थी मानो इस विषय पर वह घण्टे भर का लेक्चर दे सकती है। यह उसकी फील्ड एक्सपर्टीज है। वह आगे बोली, "और रात के टाइम तो वैसे भी कम ही रिक्शे चलते हैं, ढूँढ़ा जा सकता है, बस एक समस्या है।"

"अब क्या?" कल्लू यूँ बोला मानो उसकी राह में कोई बड़ा रोड़ा आ गया हो।

"हफ़्ता बीत चुका है, किसको याद होगा कि कौन आया था, कौन रिक्से में बैठा था और उससे भी बड़ी बात कोई मुझे बतायेगा क्यों? आप पुलिसवाले हैं आपको पूछना चाहिए, सब बता देंगे।"

"उल्टा बोल रही हैं आप।" दुबे ने अपनी चिर–परिचित हँसी "हें हें हें" के साथ कहा। वसु ने उसको सवालिया नज़रों से देखा तो वह आगे बोला, "अरे मैडम जी, पुलिस वाले कुछ पूछें तो अच्छा भला आदमी भी सकपका जाता है कि कहीं फँसा न दें, फिर हमें क्या पता वो ई–रिक्शा वाला भी किसी तरह मिला हुआ हो और उसे पता लगे कि पुलिस ढूँढ़ रही है तो पहले ही ग़ायब हो जायेगा।" दुबे ने समझाया, "आप ऑटो वालों के तो इंटरनल कनेक्शन होते हैं, बिना शक हुए भी आप पता लगा सकती हैं।"

लीला ने हामी में सर हिलाया। दुबे की बात तो सही थी। अब यह अन्तिम छोर ही था जिसका सिरा पकड़कर हत्यारे तक पहुँचा जा सकता था। यह भी यूँ तो अभी ताश के पत्तों का महल था जो ढह भी सकता था। पर जो भी था लीला, वसु और सोनू के बारे में जो बातें दुबे से कहना चाहती थी उसका ख़याल उसने इस नयी गुत्थी के सुलझने तक टाल दिया।

"ठीक है फिर" दुबे ने आदेश सुनाने वाली भाषा में कहा, "आप दो दिन में पता करके हमको बताइए, हम भी पता लगवाते हैं।" कहते हुए वह सीढ़ियों की तरफ़ बढ़ गया। कल्लू ने एक बार सबको देखा, फिर मुँह बनाता हुआ दुबे के पीछे हो लिया।

उन दोनों के जाते ही वसु, लीला से मुख़ातिब हुई। उसने आँखों में इसरार भर लीला से पूछा, "आपको अब भी मुझ पर यक़ीन नहीं?"

"यक़ीन तो अब मुझे ख़ुद पर भी नहीं।" लीला ने दार्शनिक सा जवाब दिया तो वसु उस मुद्दे पर आयी जिसको लेकर वह लीला के पास आयी थी और ऑटो के ज़िक्र में जिसे लीला लगभग भूल गयी थी।

"आपको याद है सब्ज़ी वाली ने कहा कि जिस दिन मोहनबाबू गुज़रे उसी दिन सुबह उनकी बेटी घर आयी थी।"

"हाँ, तो?" लीला ने सवाल यूँ किया मानो इसमें कौन–सी बड़ी बात हो गयी।

"तो ये कि मैंने उसे संडे को नहीं सैटरडे को उस गली के बाहर छोड़ा था।" वसु की इस बात को सुनकर लीला की आँखों में कुछ हरकत हुई। वसु ने आगे कहा, "मुझे ये इसलिए अच्छी तरह याद है, क्योंकि...'' कहते हुए वसु ज़रा झिझकी।

लीला ने सवालिया अन्दाज़ में उसकी ओर देखा तो वह झिझकते हुए ही आगे बोली, ''क्योंकि उस दिन सुमन को वहीं सड़क पर उतारकर मैं गली के अन्दर चली गयी थी सोनू से मिलने। तब मुझे पता नहीं था कि यही उसकी बहन है। उस दिन...'' वसु ने इस बार

आँखें नीची कीं और बोली, "उस दिन हमें लास्ट लैटर पोस्ट करना था, वही बात पक्की करने मैं सोनू के पास गयी थी इसलिए मुझे याद है कि वो सैटरडे था।" लैटर की बात सुनकर लीला को मोहनबाबू के काँपते हाथ और पसीने से भरा ललाट याद हो आया। उसकी आँखों में वसु के लिए दुत्कार का भाव था। वसु इस भाव के उमड़ने के अन्दाज़ से ही सब बताने से झिझक रही थी, लेकिन बताना तो था।

"तुमने कहा तुमने उसे सड़क पर ही छोड़ दिया था।" लीला ने कुछ सोचते हुए पूछा।

"हाँ!" वसु ने हामी भरी, "उस दिन यह पिटकर आयी हुई लग रही थी, उसके चेहरे और हाथों पर ताज़े चोट के निशान थे। जैसे ही हम उसके इलाक़े की सड़क में घुसे उसने शॉल से अपना मुँह ढाँक लिया था। मैंने उसे कहा भी कि तुम्हें घर तक छोड़ देती हूँ, इस हालत में पैदल कैसे जाओगी? लेकिन वो मानी ही नहीं, ज़िद पर अड़ गयी कि उसे वहीं उतरना है। अब मैं भी क्या कहती?" वसु ने अपनी लाचारी व्यक्त की।

"तो फिर वो घर संडे को क्यों पहुँची?" लीला अब उस सवाल पर पहुँची थी जिस पर वसु उसे शुरू से लाना चाहती थी।

"यही बात तो मेरे दिमाग़ में घूम रही है।" कहते हुए वसु ने सोफ़े पर हाथ मारा और उचकते हुए सोफ़े पर आसन लगाकर बैठ गयी।

"कहीं...। इसी ने तो?" बहुत संकोच के साथ वसु ने अब वह बात उठायी जिसके बारे में वह पिछली रात से सोच रही थी। इस बात को उठाते हुए वसु, लीला की आँखों में झाँकने की कोशिश कर रही थी ताकि ताड़ सके कि लीला उसके इस सवाल को सहजता से ख़ारिज करेगी या फिर उसकी बात का साथ देगी। लेकिन लीला के भावशून्य चेहरे ने उसे समझने का मौक़ा नहीं दिया। लीला का दिमाग़ अब चकराने लगा था, "एक और व्यक्ति पर शक", इस ख़याल से ही उसे मितली आ रही थी। वह शुरू से और कर भी

क्या रही थी सिवाय शक के। हर दूसरे दिन एक नया चेहरा, जिसे उसे पढ़ना था और उसके पीछे छुपे हत्यारे को ढूँढ निकालना था। उसने वसु से बिना कुछ कहे ही उसके सवाल को मन–ही–मन दुत्कारा, ''ससुराल से पिटकर आयी, इतना बड़ा पेट लिए आधी रात को कोई औरत किसी आदमी को मारने कैसे आयेगी और क्यों? जबकि उसका घर बस चुका था। वो अपने अजन्मे बच्चे की जान ख़तरे में तो नहीं डालेगी।'' सोचते हुए लीला का मन सुमन के प्रति करुणा से भर उठा।

वसु ने लीला की ख़ामोशी और बन्द आँखों से विचलित होकर उसे हिलाया। लीला ने सोफ़े से गर्दन उठाकर वसु की ओर देखा तो वसु ने हथेली को घुमाकर सवाल किया। लीला ने कुछ क्षण अपलक वसु की ओर देखा फिर बोली, ''मैं सुमन को बिना किसी सुबूत के कठघरे में खड़ा नहीं कर सकती, हालात तो तुम्हारे और सोनू की ओर इशारा कर रहे हैं; उस एक दिन की जच्चा पर इलज़ाम लगाना...'' लीला ने वाक्य अधूरा ही छोड़ दिया। वसु को लगा मानो वह उससे कह रही हो कि तुम इतनी भी शातिर मत बनो कि अपनी करतूत एक अबला पर डाल दो। वसु ने नज़रें झुका लीं। इस बात पर वह लीला से फ़िलहाल कोई सवाल–जवाब नहीं कर सकती थी।

साँस छोड़ते हुए लीला आगे बोली, ''हो सकता है वो घर शनिवार को ही पहुँची हो, सब्ज़ीवाली को याद न रहा हो।'' फिर उसने ख़ुदको और वसु को यक़ीन सा दिलाते हुए पूछा, ''और अगर वो एक दिन ग़ायब भी रही तो उसकी जो हालत थी उसमें किसी को भी घरवालों के सामने खड़े होने में दिक़्क़त होगी। हो सकता है वो किसी सहेली के घर चली गयी हो या किसी मन्दिर ही चली गयी हो; नहीं जा सकती?''

वसु ने लीला से इस सवाल की अपेक्षा नहीं की थी। उसने आँखें उठाकर लीला की ओर देखा फिर बोली, ''जा तो सकती है लेकिन...''

''लेकिन छोड़ो'' लीला ने उसे बीच में ही टोका, ''मुझे लगता है अभी तुम्हें वो काम करना चाहिए जो दुबे ने कहा है, क्या पता हम जिसे ढूँढ़ रहे हैं वो जल्दी मिल जाये।''

वसु समझ गयी कि लीला उसे जाने के लिए कह रही है, सुमन के बारे में बात न करने के लिए भी। वसु कुछ देर वहाँ चुपचाप बैठी रही। उसे अब तक लीला से जो निश्छल स्नेह मिलता रहा था, आज उसका तिनका भी लीला के व्यवहार में नहीं था। अब वे दोनों किसी बिजनेस पार्टनर की तरह बातें कर रही थीं, जिन्हें प्रतिद्वन्द्वी होते हुए भी एक साथ कोई डील साइन करनी पड़ रही है। लीला ने फिर गर्दन सोफ़े से टिका दी और पैर लम्बे कर लेट गयी। आँखें मूँदकर दाहिनी बाजू भी माथे पर टिका ली। वसु अब और देर रुककर वहाँ करती भी क्या सो वह उठ गयी। फिर भी वह जब तक सीढ़ी नहीं उतर गयी उसे लगता रहा कि लीला उसे पुकारकर सुमन के बारे में कुछ शंकाएँ व्यक्त करेगी। जब ऐसा नहीं हुआ तो उसने अपना ऑटो स्टार्ट किया और स्टेशन जाने निकली।

लीला के मुहल्ले से निकलकर वह अभी मुख्य सड़क पर बढ़ी ही थी कि मन फिर अकुलाया। उसे सुमन के एक दिन ग़ायब रहने पर लीला की दी गयी सारी दलीलें परिस्थितियों के हिसाब से सही लग रही थीं, लेकिन मन फिर भी सन्देह में था। उसने अगले मोड़ से ऑटो मोड़ा और हमीदिया की ओर बढ़ा दिया। तय किया कि बातों–ही–बातों में पहले सब्ज़ी वाली से यह पक्का करेगी कि वाक़ई सुमन रविवार की सुबह आयी थी या शनिवार को ही आ गयी थी, उसी दिन जिस दिन वसु ने उसे छोड़ा था। हमीदिया पहुँचकर वह जच्चा–बच्चा वार्ड की तरफ़ बढ़ ही रही थी कि सोनू बाहर आता दिखा। सोनू की नज़र भी वसु पर पड़ी तो वह असहज हो गया। उनके बीच का सम्बन्ध ही ऐसा था।

''अब यहाँ क्या करने आयी हो?'' सोनू अब भी इसी यक़ीन में था कि हत्या वसु ने ही की है और वह उसे फँसाना चाहती है।

"कुछ नहीं। कल मैं जल्दी निकल गयी थी, सुमन और बच्चे से मिल नहीं पायी थी तो उन्हें ही देखने आयी हूँ।" वसु ने अपनी मंशा छुपायी।

"जच्चा–बच्चा वार्ड में हैं। बेड नम्बर सोलह।" सोनू को यक़ीन तो नहीं था कि वह सिर्फ़ मिलने आयी होगी, लेकिन भीड़ से भरे अस्पताल में उसने कोई और बात निकालनी नहीं चाही। उसके हाथ में पर्चा था। वह दवाइयाँ लेने निकला था, सो आगे बढ़ा। क़दम भर आगे बढ़ा ही था कि फिर वसु को पुकारते हुए बोला, "सिर्फ़ मिलना ही और निकल जाना" उसके अन्दाज़ में धमकी वसु महसूस कर सकती थी।

वसु बिना कोई प्रतिक्रिया दिये आगे बढ़ गयी। अस्पताल के गलियारों में साइन बोर्ड के सहारे कुछ देर भटकने के बाद वसु जच्चा–बच्चा वार्ड में पहुँची। अस्पताल वसु के लिए अब ऐसी जगह हो गयी है जहाँ की गन्ध, जहाँ का वातावरण उसमें कोई नया भाव पैदा नहीं करता। पिछले कुछ महीनों से अपनी माँ की वजह से वह इस गन्ध, इन कराहती–पुकारती आवाज़ों और दुःख–दर्द में मिलते–बिछड़ते लोगों को देखने की आदी हो चुकी है। फिर भी जच्चा–बच्चा वार्ड ऐसी जगह है जिसमें वह पहले कभी नहीं घुसी। "इस वार्ड को तो बच्चों के रोने की आवाज़ से ही खोजा जा सकता है, लैंडमार्क की ज़रूरत नहीं।" वार्ड के क़रीब पहुँचते ही उसने ख़ुद से कहा। वह भीतर घुसी। यह एक पब्लिक वार्ड है। आठ–आठ बिस्तर आमने–सामने लगकर सोलह जच्चाओं के साथ उनके बच्चों के लिए व्यवस्था है। साथ में रखी लोहे की एक रैक और एक स्टूल मरीज़ के सामान रखने और साथी के बैठने के लिए हैं। कुछ बच्चे घरवालों को थोड़ा सुकून देते हुए सो रहे हैं, कुछ घरवालों के संयम को परखते हुए पुरज़ोर रो रहे हैं और कुछ अपने दादी–नानी–पापा–चाचा आदि की गोद में वार्ड में ही टहल रहे हैं। सुमन का बेड खोजने में वसु को मेहनत नहीं करनी पड़ी।

दरवाज़े से घुसते ही दाहिनी ओर का पहला बेड सोलह नम्बर ही है। पलँग के बायीं ओर स्टूल से उठते हुए ठाकुर साहब पर वसु की नज़र पड़ी। सुमन लेटी है, उसके सिरहाने–दाहिने–सब्ज़ी वाली की गोद में बच्ची आराम से सो रही है। ठाकुर साहब का यहाँ दिखना वसु को विस्मयकारी लगा। वह दो क़दम आगे बढ़ी तो सब्ज़ी वाली की नज़र वसु पर गयी।

"अरे आओ–आओ!" सब्ज़ी वाली ने उसे यूँ कहा मानो अस्पताल में नहीं घर में स्वागत कर रही हो। उसके चेहरे से यह ख़ुशी टपकती देखी जा सकती थी कि इतनी मार खाने और जल्दी प्रसव हो जाने के बाद भी उसकी बेटी और बेटी की बेटी दोनों स्वस्थ हैं। सब्ज़ी वाली ने 'आओ–आओ' कहा तो ठाकुर साहब ने भी पलटकर देखा और सुमन ने भी नज़र उठायी।

"आप यहाँ?" वसु से रहा नहीं गया। उसने पूछ लिया।

"सुमन से मिलबे आये हते, बाके लाने और मोड़ी के लाने चीज़ें लाये हते।" सब्ज़ी वाली ने इतराते हुए कहा कि उससे भी मिलने वाले आते हैं। वरना तो इस शहर में न उसका कोई रिश्तेदार है न ही कोई पूछने वाला। मुहल्ले वाले हैं तो वे रोज़ी–रोटी की चिन्ता में लगे होंगे। सब्ज़ी वाली की बात से वसु को झेंप हुई कि वह ख़ाली हाथ ही आ गयी और नहीं तो बच्ची के लिए तो कम–से–कम कुछ लाना चाहिए था। वसु ने अपने पैंट की जेब टटोली। पर्स छूकर उसने ख़ुद को तसल्ली दी कि जाते समय बच्ची के हाथ में सौ रुपये रख जायेगी।

"सुमन से छोटे से ही लगाव है इने" ठाकुर साहब वसु की ओर देख मुस्कुराते हुए जाने लगे तो सब्ज़ी वाली बोली, "नेक सी–सी हती तबसे हमाए साथ मुहल्ले में सब्ज़ी बेचबेजात ती और ठाकुर साहब से रोज़ गटागट लेत ती।"

ठाकुर साहब चले गये। अब वसु वहाँ बैठ गयी है। जब उसने सब्ज़ी वाली की गोद में चैन से सो रही बच्ची का नन्हा सा लाल–लाल

हाथ देखा तो उसके मन ने उसे दुत्कारा। वह एक नवजात की माँ को कठघरे में रखने आयी है। वह उस आदमी के लिए फिर एक बच्ची और उसकी माँ का जीवन बर्बाद करने आयी है जिसने उसका और उसकी माँ का जीवन बिगाड़ दिया। "इसने मारा भी होगा तो मैं इसके ख़िलाफ़ दुबे को कुछ नहीं बताऊँगी, मरने वाला तो मर गया।" वसु ने सोचा। फिर अगले ही क्षण उसे अपनी माँ याद हो आयी जो इसी आस में पीड़ा सहती हुई मौत से लड़ रही है कि एक बार वह अपने प्रेमी से मिल सके। वह प्रेमी जो समाज और परिवार के डर से कायर निकल गया, जिसने कभी दोबारा मुड़कर नहीं देखा। लेकिन अब अन्तिम समय में वह अपनी माँ को समझाने की स्थिति में भी नहीं है। उसे झुँझलाहट हुई। सुमन के प्रति उपजे मानवीय भाव पर माँ के प्रति प्रेम और उनकी आख़री इच्छा हावी होने लगी। उसका खोजी मन फिर मज़बूत हुआ। दुनिया में मानवता की कमी का मूल कारण ही मनुष्य का निजी स्वार्थ है, वरना तो जब अपना और अपने परिवार का सुख सुनिश्चित रहे तो हर व्यक्ति मानवतावादी ही है।

वसु अभी अपनी उधेड़बुन में थी कि सब्ज़ी वाली ने टोका, "तुम ब्याह कर लेओगी तो तुमाए भी ऐंसई सुन्दर सी मोड़ी हो जेहे।"

सब्ज़ी वाली का इतना कहना था कि वसु ने अपनी आँखें झपकायीं। उसे ख़याल आया कि वह इतनी देर से अपलक उस बच्ची को देख रही थी, जिसकी वजह से सब्ज़ी वाली ने यह बात बोली। वसु ने मुस्कुराकर उसकी बात को हवा में उड़ा दिया। उसे फुर्ती से कुछ ऐसी बात निकालनी थी जिससे सुमन के आने का दिन पक्का पता चले। पहली बार उसकी नज़रें सुमन से मिलीं तो उसने पाया कि सुमन उसे विनती के भाव से देख रही है। वह यह भूल ही गयी थी कि सुमन उसे पहचान चुकी है। सुमन को याद है कि वसु ने ही उसे शनिवार को छोड़ा था। लेकिन सब्ज़ी वाली के सामने वह कुछ कह नहीं पा रही। वसु ने सुमन की ओर से आँखें हटा लीं।

वह उसकी गुहार में अपनी माँ की पुकार को दबाना नहीं चाहती। उसने कड़ा मन करके बात शुरू की–

"ये तो अच्छा हुआ कि कोई परेशानी नहीं आयी वरना आजकल समय से पहले बच्चा हो जाये तो आईसीयू वग़ैरह के बड़े झंझट होते हैं।" वसु जानती थी कि वह प्रसव के समय की बात निकालेगी तो सब्ज़ी वाली मारपीट का ज़िक्र ज़रूर करेगी, शायद उसी से कुछ पता चले। हुआ भी वैसा ही। वसु की बात पर सब्ज़ी वाली बोली।

"अरे का बताएँ बिटिया, हमाई तो क़िस्मत ई ख़राब है, मुश्किल से तो जाकी शादी भई ती, सब अच्छो चल रओ हतो। जाने का भओ के जाके आदमी ने जाय ऐसे दिना में इतेक मारो। इतेक पिटबे के बाद भी कछु बिपदा नई आयी हम तो जै बात की सुकर मना रए।"

"लेकिन उसने मारा क्यों?" यह सवाल वसु ने सुमन की तरफ़ देखते हुए किया था, लेकिन जवाब सब्ज़ी वाली ने दिया।

"अब जेई तो पतो नई चल रओ। ससुराल में जाकी कोई फ़ोन नई उठात। जे मुं से कछु बोलत नैयाँ। हमने सोची ती के सोनू ए भेज कें पतो करबाएँगे लेकिन जिनको टेमई आ गओ। अब मिठाई लेके भेजेंगे सोनू ए तब कछु पतो परेगो।" कहते हुए सब्ज़ी वाली का गला भर आया।

"बड़े अजीब लोग हैं, ऐसी हालत में कोई अकेला भेजता है क्या।" वसु को अब तक वह नहीं मिला था जिसकी खोज में आयी थी। उसने अगली कोशिश की।

"अरे भेजो किते? जे खुदई आ गयीं हुइएं।" सब्ज़ी वाली ने अपनी बेटी को कोसा, "हम का इने जानत नैयाँ?" फिर कुछ रुककर बोली, "बो मरो बुढ़ऊ जात–जात भी हमाए लाने पनौती बनके गओ।"

"क्या मतलब?" वसु ने सुमन की ओर देखते हुए पूछा। वह सुमन के चेहरे से, उसके हाव–भाव भी पढ़ने की कोशिश कर रही थी। वह सिर्फ़ एक रात की पड़ताल करने नहीं बल्कि यह भी जाँचने आयी थी कि सुमन ने हत्या की होगी या नहीं। सुमन के चेहरे पर डर अब वह पढ़ पा रही थी।

"अरे का ही मतलब बतायें" सब्ज़ी वाली ने अपनी क़िस्मत को रोते हुए कहा, "जोन दिना बो बुढ़ऊ मरो बई दिना तो जे भुन्सारे आ धमकीं। हम तो बाके मरे की अच्छे सें ख़ुशी बी नई मना पाये।"

"अहा!" वसु ने मन में सोचा। आख़िरकार उसे वो मिल गया था जिसकी उसे तलाश थी। उसने फिर भी पक्का करने के इरादे से पूछा।

"मरने की ख़ुशी?" वसु इसका जवाब जानती थी लेकिन सब्ज़ी वाली नहीं जानती थी कि वसु सब जानती है इसलिए वह थोड़ा झेंप गयी।

"अरे अब जे सब तो पुरानी बातें हैं।" सब्ज़ी वाली ने टाला, "हमने तो कई हती सोनू से के जे आज आयी हैं इने आजई छोड़ याओ, लेकिन बाए तो बुढ़ऊ के लाने मरघट जाबे की पड़ी हती, जैसें बो कईं लौट ना आबे।" सब्ज़ी वाली अपनी मासूमियत में वह सब बोले जा रही थी जो उसे किसी भी पुलिस वाले के सामने बक देने पर मोहनबाबू की हत्या के आरोप में सन्देह के घेरे में डाल सकता था। वह बड़ी आसानी से अपने और अपने बच्चों के मन में मोहनबाबू के लिए बसी नफ़रत बयान कर रही थी और बता रही थी कि उसके मरने से हम कितने ख़ुश हैं। लेकिन वसु पुलिस वाली नहीं थी और न ही फ़िलहाल उसका उद्देश्य इन लोगों को पकड़वाने का था। उसे जो चाहिए था मिल चुका है। उसने मन–ही–मन सुमन को हत्यारा मान लिया था। उसे बस अब वह ई–रिक्शा वाला ढूँढ़ना था जो यह गवाही दे सके कि उसने सुमन को ही उस रात वहाँ छोड़ा था। बस फिर क्या उसे हत्यारा भी मिल जाता और अपनी माँ की अन्तिम इच्छा का गला घोंटने वाला भी।

उसने हाथ में बँधी घड़ी देखने का नाटक यूँ किया मानो उसे बहुत देर हो गयी हो, "मुझे निकलना होगा।" कहते हुए वह उठी। पर्स से सौ रुपये निकाल बच्ची के हाथ पर रख दिये। "दोनों का ख़याल रखना।" कहती हुई वह फुर्ती से बाहर निकल गयी।

सुमन समझ चुकी थी कि उसका झूठ पकड़ा गया है। वह अब यही विनती मन–मन दोहराने लगी कि उस रात का सच बाहर न आ जाये। उसने सब्ज़ी वाली की गोद से लटकता अपनी बच्ची का हाथ छुआ और भयाक्रान्त होकर आँखें मूँद लीं। उसके मन में यह ख़याल अब अपना वज़न बढ़ाने लगा कि "पुलिस उस तक आये, उससे पहले ही उसे सबको सब कुछ बता देना चाहिए।"

वसु अस्पताल से निकलकर रेलवे स्टेशन पहुँची। इस शहर में ई–रिक्शा शुरू हुए अभी दो–एक साल ही हुए हैं, यही वजह है कि ई–रिक्शा संख्या में ऑटो व कैब की तुलना में बहुत कम हैं। स्टेशन के बाहर तीनों का स्टैंड अलग–अलग है। ई–रिक्शा को अक्सर वही लोग चुनते हैं जिन्हें एसी की दरकार न हो, अधिक दूर न जाना हो और सस्ते में गन्तव्य तक पहुँचना हो। वसु कुछेक ई–रिक्शा वालों को शक्ल से जानती है, लेकिन अभी तक किसी से बात करने की ज़रूरत नहीं पड़ी। यह जान–पहचान एक ही बाज़ार में एक ही प्रकार का काम करने वालों जैसी ही है। यह और बात है कि वसु को अधिकांश ई–रिक्शा क्या ऑटो और कैब वाले भी अच्छे से जानते हैं। कारण था उसका लड़की होना। शहर में कुल–जमा तीन ही स्त्रियाँ थीं जो किराया गाड़ी चलाती हैं, जिनमें से दो कैब चलातीं और एक वसु जो ऑटो चालक है।

कुछ ड्राइवर इस मानसिकता के भी हैं कि "औरतों के लिए न है जे ऑटो–वोटो चलाना, उने काम ही करना है तो सिलाई सेंटर खोलें, स्कूल में पढ़ायें।" कुछ सराहते भी हैं लेकिन ऐसे बहुत कम हैं। सराहने वालों में हैं ऑटो यूनियन के पुराने लीडर रामकिसन साहू उर्फ़ रामकाका, जो अब ऑटो चलाना छोड़कर प्री–पेड ऑटो की पर्ची काटने का ज़िम्मा सँभाले हैं।

रामकाका बड़े दिल वाले आदमी हैं। उनकी अपनी भी तीन बेटियाँ हैं जिनको उन्होंने अपनी सामर्थ्य से ख़ूब पढ़ाया–लिखाया। तीनों नौकरीपेशा हैं। वसु को वे अपनी बेटी की तरह मानते हैं।

बड़े ख़ुश होते कि वह मर्दों की दुनिया में कन्धे–से–कन्धा मिलाकर काम कर रही है। वसु की रामकाका से ऐसी कोई रोज़ की बातचीत नहीं है लेकिन रामकाका के संज्ञान में वसु की माँ की बीमारी है। उसे पैसों की ज़रूरत है इसलिए वे इस बात का ख़याल रखते हैं कि उसे सवारी मिलती रहें।

रामकाका बाहर से जितने शान्त दिखते थे भीतर से उतने ही तिकड़मी। वे अच्छों के साथ बहुत अच्छे थे और बुरों के साथ बहुत बुरे। यही कारण था कि जब तक वे यूनियन के नेता रहे, कोई फ़साद पसर नहीं पाया। उन्हें खुराफ़ातियों से निपटना बख़ूबी आता था। सब जानते थे कि उनकी चार आँखें हैं दो आगे, दो पीछे। आगे वाली आँखों से वे पर्ची काटते हैं और पीछे वाली से पूरे इलाक़े की, ड्राइवरों की ख़बर रखते हैं। कौन–सा ऑटो, कौन–सा ई–रिक्शा वाला किस इलाक़े में गाड़ी चलाता है, कितने बजे से कितने बजे तक चलाता है उन्हें सबकी ख़बर थी। वसु जानती थी कि उनसे पूछकर वह आसानी से उस ई–रिक्शा वाले तक पहुँच सकती है, बस उसे यह यक़ीन दिलाना होगा कि इस सब में पुलिस–वुलिस का कोई लफड़ा नहीं है। सो वह स्टेशन पहुँचते ही सबसे पहले उन्हीं के पास पहुँची।

''कैसे हैं काका?''

''हम तो बढ़िया हैं बिटिया तुम कहो आज हमसे क्या चाहिए?'' रामकाका ने मुस्कुराते हुए कहा।

वसु पहले झेंपी। उसने जबसे स्टेशन पर ऑटो चलाना शुरू किया था तब से अब तक रामकाका से उसका बस मुस्कुराहट का लेन–देन था। ये और बात है कि उन्होंने ही उसे यहाँ सेट किया था, लेकिन उसके बाद कभी ठहरकर लम्बी बात हुई हो ऐसा नहीं हो सका। कारण था वसु की व्यस्त दिनचर्या और रामकाका से अपने मक़सद को छुपाये रखना भी। वह कुछ ही दिनों में समझ गयी थी कि रामकाका सेंध लगाने वाले आदमी हैं, उनसे सलाम–दुआ से आगे

रिश्ता बढ़ा मतलब मोहनबाबू का मामला उनके सामने खुला इसलिए वह चुपचाप ऑटो चलाती रही। लेकिन आज ज़रूरत थी और ज़रूरत इन्सान को ढीठ बना देती है सो वसु ने भी झेंप को झाड़ा और ढिठाई से मुस्कुराते हुए बोली–

"अब जब आप समझ ही गये हैं कि मुझे आपसे कुछ चाहिए तो सीधे–सीधे ही पूछ लेती हूँ।"

"पूछो–पूछो" रामकाका बोले, "कुछ पैसा–वैसा चाहिए क्या?"

"अरे नहीं काका, ऐसी अभी कोई बात नहीं।" वसु ने बात साधी, "वो तो आपसे किसी के बारे में पूछना था"

वसु ने कहा तो रामकाका के कान खड़े हो गये। वे पड़ताल से बहुत बचते थे। इसके पीछे उनके अपने उसूल थे। उनका मानना था कि उन्हें भले सबके बारे में सब कुछ जानने का अधिकार हो, कोई और उनसे किसी और के बारे में पूछे यह ग़लत होगा और उसूल वाला आदमी कभी ग़लत होने देता है क्या। सो उन्होंने आँखें सिकोड़कर वसु से पूछा, "कोई लड़का शादी–वादी के लिए पसन्द आ गया है क्या या किसी ने तुम्हें परेशान किया है?"

"अरे नहीं काका बात ये भी नहीं है।" वसु ने ज़ोर दिया, "मुझे एक ई–रिक्शा वाले को खोजना है, लेकिन आप फ़िलहाल क्यों नहीं पूछेंगे।"

वसु का ऐसा कहना रामकाका को थोड़ा और कुचुक गया। मना करने के बाद आदमी ज़्यादा उत्सुक हो जाता है। उन्होंने वसु को आश्वासन तो दे दिया, लेकिन दिमाग़ में उन चेहरों को ढूँढ़ने लगे जो उन्हें बाद में सारी जानकारी लाकर दे सकें।

"कोई और ये बातें कहता तो हम कान मरोड़ देते, लेकिन बात तुम्हारी है तो क्यों नहीं पूछेंगे।"

"बस इतना बता दीजिए कि रात के टाइम कौन–कौन से ई–रिक्शा वाले चलते हैं।" वसु ने ई–रिक्शा स्टैंड की ओर मुड़ते हुए कहा, "बाक़ी सब मैं देख लूँगी।"

''कौन इलाक़े की बात कर रही हो वो भी बताओगी तो हम एकदम गिनती के नाम बता देंगे।'' रामकाका ने वसु की आँखों में झाँकने की कोशिश की। वे मामले की पड़ताल यहीं से शुरू कर देना चाहते थे।

''सलीमबाग़।'' वसु ने उनकी ओर देखा और अन्दाज़ लेने की कोशिश की। कहीं उन्हें मोहनबाबू की हत्या के बारे में कुछ पता तो नहीं।

''12 नम्बर, 16 नम्बर, और 23 नम्बर रात में उधर की सवारी लेते हैं।'' ई–रिक्शा की पीठ पर छपे निशानों से ही उनकी पहचान की जाती थी। ड्राइवर तो आपस में सबके नाम जानते थे, लेकिन किसी दूसरे को बताने के लिए नम्बर चलते थे।

''शुक्रिया।'' कहते हुए वसु आगे बढ़ने को हुई तो रामकाका ने टोका

''हमें पूरा मामला बता देतीं तो हम पूरी ख़बर निकाल देते, तुम कहाँ इन ड्राइवरों के मुँह लगोगी।''

''फ़िलहाल कुछ कह नहीं सकती, लेकिन बाद में आपको बताऊँगी ज़रूर।'' वसु ने कहा।

रामकाका ने मुस्कुराते हुए गर्दन हिला दी। उन्हें तो यूँ भी सब ख़बर निकलवा ही लेनी थी। वसु ख़ुद बता देती तो मेहनत नहीं करनी पड़ती।

''जैसी तुम्हारी मर्ज़ी।'' कहकर उन्होंने वसु से विदा ली। वसु भी ई–रिक्शा स्टैंड की तरफ़ बढ़ गयी। दोपहर हो चली थी। रात की सवारी लेने वाले अभी मिलेंगे इस बात में उसे सन्देह था। फिर भी उम्मीद से आगे बढ़ रही थी। उसे दूर से ही एक ई–रिक्शा दिखा जिसकी पीठ पर 16 लिखा था। दिल को कुछ राहत मिली सोचकर, ''क्या पता यही हो।''

उसने रिक्शे के पास पहुँचकर देखा तो ड्राइवर सीट पर ही बैठा था। रिक्शे में भीतर शेरावाली की फोटो चिपकी हुई थी,

जिसे देखकर वसु को बात शुरू करने के लिए शब्द मिल गये। उसने "जय माता दी" कहा तो ड्राइवर थोड़ा हड़बड़ाकर बैठ गया। एक तो लड़की ऊपर से खाकी रंग की ऑटो वालों की वर्दी पहने। ऐसा भी नहीं था कि वह वसु के बारे में जानता नहीं था लेकिन कभी अचानक वह उसी से बात करने आ जायेगी, ऐसा उसने नहीं सोचा था।

"जै... जै माता दी।" उसने सकुचाते हुए कहा।

"एक काम था आपसे।" वसु ने रिक्शे पर हाथ टिकाते हुए कहा।

"कहो।" रिक्शे वाला बोला।

"अभी सात–आठ दिन पहले आपने रात को दो–ढाई के आसपास किसी को सलीमबाग़ छोड़ा था क्या?" वसु ने सीधे सवाल किया।

रिक्शा वाला इतने सीधे और अजीब सवाल के लिए तैयार नहीं था। वह सकपका गया। फिर कुछ सँभलते हुए सोचकर बोला, "नहीं।"

"हम्म", उसके जवाब से वसु ने साँस छोड़ते हुए आगे पूछा, "ये 12 नम्बर और 23 नम्बर भी उधर ही चलाते हैं रात में।"

रिक्शे वाला अब तक सँभल गया था। उसने पलटकर सवाल किया, "आप ये सब क्यों पूछ रही हैं?"

वसु इस सवाल के लिए पहले से तैयार थी। उसने सेकंड गँवाये बिना जवाब दिया, "एक को ढूँढ़ना है, उस इलाक़े के चौकीदार ने बताया कि उसे आख़री बार ई–रिक्शा से उतरते हुए देखा गया था, गुमशुदा है।"

रिक्शे वाला वसु के जवाब से सन्तुष्ट हुआ या नहीं इसकी परवाह किये बग़ैर ही वह आगे बोली, "किसी का घर बचाना है, क्या पता तुम लोगों से ही कोई सुराग मिल जाये।"

"तो पुलिस में क्यों नहीं जाते।" रिक्शे वाले ने फिर काउंटर किया।

"अरे पुलिस ग़रीबों की सुनती कहाँ है।" ये वसु ने जानबूझकर ऐसी बात कही जिससे उसे रिक्शे वाले की सहानुभूति मिले तो काम

जल्दी हो जाये। कुछ देर दोनों चुप रहे, फिर रिक्शे वाला कुछ सोचकर बोला–

"12 नम्बर तो पिछले दो–तीन हफ़्तों से टीला तरफ़ चला रहा है। 23 नम्बर ज़रूर सलीमबाग़ की सवारी लेता है।"

"वो कहाँ मिलेगा? कोई और भी है जो उधर जाता हो?" वसु ने पूछा, "और कहाँ–कहाँ से चलते हैं ई–रिक्शा वाले?"

"ऐसे तो कम ही हैं ई–रिक्शा वाले शहर में, लेकिन दो–चार दो–चार हर जगह मिल जाते हैं, बस स्टैंड, मार्केट सब जगह।" रिक्शे वाले ने कहा, फिर कुछ सोचते हुए बोला, "हाँ लेकिन सलीमबाग़ में इसी स्टैंड से जाते होंगे या फिर उधर प्रेस क्लब के स्टैंड से। इन्हीं दोनों जगह से पास पड़ता है, बाक़ी सब जगह से तो दूर है और हम लोग लम्बी सवारी नहीं लेते।"

वसु ने हामी भरी कि उसे बात समझ आ गयी है, फिर बोली, "ये 23 नम्बर कहाँ मिलेगा?"

"यहीं मिल जायेगा, चार–साढ़े चार तक आ जाता है।" रिक्शे वाले ने मोबाइल में घड़ी टटोली। दोपहर के एक बज रहे थे। तीन घंटे का लम्बा इन्तज़ार वसु को भारी लगा। उसे जल्द से जल्द पड़ताल पूरी करनी थी ताकि वह उसी नतीजे पर पहुँच सके जो उसने पहले से ही तय कर रखा है।

"ठीक है मैं तब तक प्रेस क्लब तक घूमकर आती हूँ।" कहते हुए वसु अपने ऑटो की तरफ़ बढ़ी फिर कुछ सोचकर लौट आयी, "तुम्हारे पास 23 नम्बर वाले का फ़ोन नम्बर तो होगा ही।" उसने ऐसे पूछा कि अगला मना कर ही न पाये।

रिक्शे वाले ने फ़ोन निकाला और नम्बर खोजकर वसु को देते हुए बोला, "नदीम नाम है।"

वसु ने नम्बर सेव किया। यह सोचकर डायल कर दिया कि लगे हाथ 23 नम्बर भी निपटा लिया जाये उसके बाद ही प्रेस क्लब वालों से पूछेगी।

''हैलो।'' दो–चार घण्टी के बाद ही जब फ़ोन उठा तो उधर से आवाज़ आयी।

''नदीम भाई बोल रहे हैं?'' पूछते हुए वसु की आवाज़ में कॉन्फिडेंस झलक रहा था।

''जी, बोल रिया ऊँ।'' उधर से आवाज़ आयी।

''मैं ऑटो ड्राइवर वसु बोल रही हूँ, स्टेशन से चलाती हूँ मैं भी। आपसे कुछ काम था। अभी कहाँ मिलेंगे आप?''

''जी, अबी तो में घर पे ई ऊँ, एकाध घंटे में स्टेशन आ रिया ऊँ, भईं मिल लूँगा।'' नदीम ने कहा, ''बेसे आपको काम किया था?'' उसने उत्सुकता से पूछा।

''एक घंटा तो देर हो जायेगी, आप अभी मिल सकते हैं?'' वसु ने दबाव बनाया।

''आप पेले ये बतायेगी के काम किया है?'' अबकी नदीम ने ज़ोर दिया।

''पिछले शनिवार की रात आपने सलीमबाग़ में किसी को छोड़ा था क्या?'' वसु चाहती तो थी ये बात मिलकर हो लेकिन हालात देखते हुए उसने फ़ोन पर ही पूछ लिया।

''रोज़ इत्ते सारी सवारी बेठती हे मेडम, किस–किस को याद रखेंगे?'' नदीम ने कहा। बात तो उसकी सही थी, लेकिन इससे वसु को कहाँ तसल्ली मिलने वाली थी।

''थोड़ा सोचिए, रात को दो–ढाई बजे, सलीमबाग़ में।'' वसु ने वही बात दोहराई जो उसने कुछ देर पहले 16 नम्बर वाले से कही थी, ''गुमशुदगी का मामला है, अगर आपको कुछ भी याद हो तो बता दें।''

''आप भी इतने दिन बाद पूछ रईं हें, केसे याद रहेगा?'' नदीम ने सोचते हुए कहा, ''सोचता हूँ... कबकी बात कह रही हें'' उसने पूछा।

''पिछले शनिवार की रात दो–ढाई बजे।'' वसु ने दोहराया।

"आदमी था कि ओरत?" नदीम ने पूछा तो वसु ने ख़ुद को उलझा हुआ पाया। अब यहाँ उसे अपने मन के वहम को हवा देने का मौक़ा था, लेकिन क्या ऐसा करना ठीक होता? उसके मन में क्षणिक द्वन्द्व चला लेकिन अधिक देर टिक नहीं पाया। उसने समय ना गँवाते हुए कहा, "औरत।"

अब तक नदीम जो दिमाग़ की परतें खँगाल रहा था उसे मानो कुछ याद आया। वह चिहुँककर बोला, "अरे मेडम याद आया एक लड़की सी थी, अजीब थी।"

नदीम का ऐसा कहना वसु के वहम के चूल्हे में धौंकनी मारने जैसा था। उसने झट फूँक मारी और बात लपकी, "अजीब कैसे?"

"अरे मेडम, एक तो देख के लग रिया था के पेट से हे, उस पर से इतनी रात को अकेले।" फिर कुछ रुककर बोला, "पूरे टेम उसने अपना मुँ ढाँक रखा था ओर।" वह रुका।

"और क्या?" वसु की आँखों के आगे जो छवि उभर रही थी वह सुमन से हूबहू मिलती थी। उसने नदीम के रुकने पर ज़ोर देकर पूछा।

"ओर उसके हाथ में काले रंग का एक बेग था ओर उसने बैंगनी से रंग का शाल ओढ़ा था।"

शॉल की बात आयी तो वसु को कुछ देर पहले अस्पताल में सुमन के सिरहाने रखा बैंगनी शॉल याद आया। अब वह पूरी तरह आश्वस्त हो चुकी थी कि उस दिन रात ढाई बजे जो ई–रिक्शा से उतरी वह सुमन ही थी, उसी ने मोहनबाबू को मारा है। उसे जो चाहिए था वह मिल गया था, फिर भी उसने नदीम को खँगालने के इरादे से पूछा, "आपको तो सब बड़े अच्छे से याद है, आप तो कह रहे थे कुछ याद नहीं।"

"अरे मेडम जी, में तो भूल ही गया था, आप दिमाग़ पे ज़ोर न डलवातीं तो पूरा ही भूल जाता।" फिर उसने अपनी पैरवी की, "बो तो लड़की भोत अजीब थी इसलिए याद बी रे गया... मेंने उसे भोत

कहा घर तक छोड़ देता हूँ, बो मानी ही नई और गली के बाहर ही उतर गयी... में तो डर गिया था कहीं जिन्न तो नई बेठा लिया मेने।''

''हम्म'' वसु का दिमाग़ किसी उधेड़बुन में था, ''अच्छा थैंक यू आपका।'' कहते हुए उसने बात ख़त्म की।

''अल्लाह करे बो जल्दी मिल जाये'' नदीम ने कहा।

वसु उसकी दुआ सुनकर मन–ही–मन बोली, "मिल ही गयी है अब तो।" वह भीतर से प्रफुल्लित थी कि उसने हत्यारे को ढूँढ़ लिया है। अब वह लीला के सामने सर उठाकर कह सकती है कि उसने हत्या नहीं की। गुनहगार को ढूँढने से ज़्यादा ख़ुशी अपने दामन को बचा पाने में मिलती है। वसु भी इसलिए ही अधिक ख़ुश थी। यह ख़ुशी माँ की अन्तिम इच्छा का गला दबाने वाले को ढूँढ़ लेने से भी अधिक थी। पर कहते हैं न किसी के दुःख पर खड़ी ख़ुशी अधिक देर टिक नहीं पाती। वसु के साथ भी वही हुआ। जैसे ही हत्यारे की खोज का जुनून ज़रा मन्दा पड़ा, सुमन के प्रति नैतिकता का भाव उफान भरने लगा। ''वह एक नवजात के साथ ऐसा कैसे कर सकती है।'' यह ख़याल बार–बार उसके मानस पटल पर अपना सर मार रहा था। हर मनुष्य के भीतर नैतिकता होती है। जब–जब स्वार्थ की दीवार दरकती है, उसके पीछे दबी नैतिकता झाँकने लगती है। वसु भी बिना घरबार वाले बूढ़े आदमी के मर जाने पर किसी ऐसी लड़की की ज़िन्दगी तबाह नहीं करना चाहती थी जिसने पहले ही उस आदमी की वजह से बहुत दुःख देखे हों। फिर अब तो सुमन के साथ किये गये किसी भी व्यवहार का असर सीधे उसकी बच्ची पर पड़ना था। सुमन ने हत्या की, यह क़ानूनी और नैतिक रूप से ग़लत भी है, लेकिन...। यह जो लेकिन है न बड़ी चालू चीज़ है। यह बड़ी चतुराई से गुनहगार को बचाने का प्रयास करती है। अब यह गुनहगार की क़िस्मत पर निर्भर करता है कि उसके लिए इस्तेमाल किया गया लेकिन कितना मज़बूत है। वसु ने भी इस लेकिन के साथ एक निर्णय लिया और लीला के घर की ओर जाने वाली सड़क पर ऑटो दौड़ा दिया।

निकलने से पहले उसने लीला को मैसेज कर दिया था, "दुबे को बुला लीजिए अपने घर, मैंने हत्यारा ढूँढ़ लिया है।"

वसु, लीला के घर पहुँची तो दरवाज़े के बाहर खड़ी दुबे की मोटरसाइकिल से वह जान गयी कि दोनों उसी की प्रतीक्षा में बैठे हैं। वह झटपट ऑटो लगाकर ऊपर पहुँची तो दुबे दोनों हथेलियाँ बाँधकर माथा टिकाये बैठे हैं। लीला उलझन में चक्कर काट रही है। उसकी हज़ार उलझनों में से फ़िलहाल यह भारी है कि वह वसु के बारे में दुबे को बताये या नहीं। यूँ तो उसे यह निर्णय वसु के आने से पहले ही लेना था, लेकिन जबसे वसु का हत्यारा ढूँढ़ लिया वाला मैसेज आया है, लीला ने अपनी उलझन को चुप कराना शुरू कर दिया था। यह और बात है कि उसे वसु पर अब भी भरोसा नहीं।

शाम घिरने लगी थी। जैसे–जैसे आसमान से लालिमा लुप्त होकर अँधियारा अपनी धौल जमा रहा था, वैसे–वैसे ही दस मिनिट से ख़ामोश बैठी वसु को देखकर लीला और दुबे की चिड़चिड़ाहट मिली उत्सुकता बढ़ रही थी। दुबे ने झुँझलाते हुए आख़िरकार माहौल की चुप्पी तोड़ी।

"अब आप कुछ बोलेंगी भी या हमें गिनती गिनने यहाँ बुलाया है?"

वसु ने नज़र उठाकर दुबे को देखा। दुबे को उन नज़रों में कोई भाव नज़र नहीं आया कि वह ख़ुद ही कुछ समझ सके। हाँ, लेकिन लीला कुछ हद तक वसु की चुप्पी ताड़ रही थी और जैसे–जैसे वह समझने की कोशिश कर रही थी उसका दिल धड़कनें बढ़ाता जा रहा था। उसकी आशंकाओं में वही नाम गूँज रहा था जिसे वसु से न सुनने की प्रार्थना वह मन–ही–मन माँग रही थी।

वसु ने पहले ठहरकर लीला की ओर देखा फिर दुबे की ओर मुड़ते हुए बोली, "मैं आपको सब बताऊँगी, लेकिन मुझे आपसे हत्यारे के प्रति सहानुभूति की उम्मीद है।"

वसु का कहना था कि दुबे हँस दिया। बोला, "आप तो खेल सा खेलने लगीं। हत्यारा और सहानुभूति" दुबे ने हाथ से उसकी बात को झाड़ते हुए कहा, "यह तो असम्भव है... हें हें हें।"

"और यदि हत्या करने वाली सुमन हो तो भी?" वसु ने बारी–बारी से दुबे और लीला की आँखों में देखते हुए कहा। दुबे की आँखों में आश्चर्य था और लीला की आँखों में निराशा। लीला यही नाम तो नहीं सुनना चाहती थी। उसे क्षणभर को ख़याल आया कि कहीं वसु ख़ुद को बचाने के लिए तो सुमन को नहीं फँसा रही, लेकिन वसु की अगली बात ने उसके इस ख़याल को रौंद दिया।

वसु बोली, "नदीम नाम है उस ई–रिक्शा वाले का। 23 नम्बर गाड़ी है। उसी ने उस रात... सुमन को... गली के बाहर छोड़ा था।"

"लेकिन", लीला ने टोका "इस हालत में सुमन इतने बड़े आदमी को कैसे मार सकती है?"

"सुमन की हाइट भी लगभग उतनी ही है जितनी फॉरेंसिक की रिपोर्ट के हिसाब से हत्यारे की होनी चाहिए।" दुबे ने बुदबुदाया तो धीमे था लेकिन लीला और वसु दोनों के कानों ने उसकी आवाज़ पकड़ ली थी।

उस रात की जिस धुँधली याद के पीछे भागते भागते लीला, हत्यारे की तलाश में यहाँ तक पहुँची थी, सुमन का नाम सुनते ही उसने उस धुँधली छवि में सुमन को रखकर देखा। उसका मन उस धुँधले साये में सुमन को देखने के लिए तैयार नहीं है।

लीला के मन ने वसु को दुत्कारा। वह कैसे एक नवजात की माँ को हत्या के आरोप में फँसा सकती है।

"मुझे लगता है हमें अब कोई और अन्दाज़ ख़ुद से लगाने की जगह सब सुमन से ही पूछना चाहिए।" सुमन के नाम ने दुबे को भी विचलित कर दिया था। वह जानता था कि सुमन पहले ही कितनी मुश्किलों से गुज़री है। उसे सुमन के लिए दुःख और अफ़सोस एकसाथ हो रहा था।

"सुमन के पास जाने से पहले मैं एक और बात कहना चाहती हूँ।" वसु ने दुबे से कहा और बिना उसके उत्तर की प्रतीक्षा किये आगे बोली, "उस दिन क्या और कैसे हुआ था ये तो सुमन ही बता सकती है, लेकिन मुझे लगता है हमें एक ऐसे आदमी की वजह से सुमन और उसकी बच्ची की ज़िन्दगी ख़राब नहीं करनी चाहिए जिसके मरने से कोई परिवार न बिखरा हो, कोई बच्चा न अनाथ हुआ हो।"

लीला का मन कुछ और टूटा। अब वह इस मुश्किल में थी कि अपने प्रेमी की हत्यारी को सज़ा दिलाये या एक मासूम की ज़िन्दगी ख़राब होने से बचाये। दुबे को भी सुमन से सहानुभूति थी, लेकिन वह क़ानूनी आदमी था, मुज़रिम को पकड़ना उसकी ज़िम्मेदारी थी। वह बोला, "मैं फ़िलहाल बस इतना कर सकता हूँ कि जब तक सब साफ़ नहीं हो जाता, कोई सुबूत या चश्मदीद नहीं मिल जाता तब तक सुमन के साथ कोई आधिकारिक कार्यवाही न हो।" कहता हुआ वह उठा, "अब हमें और देर किये बिना सुमन के पास चलना चाहिए।"

लीला मेन–गेट का ताला लगा रही है। वसु ने ऑटो स्टार्ट कर लिया है और दुबे अपनी मोटरसाइकिल पर बैठ गया है। वह किक मारता इससे पहले ही फ़ोन बजा। उसने फ़ोन निकाला तो स्क्रीन पर चमके नाम को देखकर बोला, "अब इनको क्या हो गया?" कहते हुए उसने फ़ोन उठाया। लीला और वसु को हाथ से आगे बढ़ने का इशारा किया।

"क्या बात है ठाकुर साहब?" दुबे बोला।

"मैं आपके थाने के बाहर खड़ा हूँ, मैं मोहन की हत्या का चश्मदीद गवाह हूँ, इसी वक़्त अपना बयान दर्ज कराना चाहता हूँ।"

दुबे के लिए यह न सिर्फ़ हैरानी की बल्कि चौंकाने वाली भी बात थी। इसी हैरानी में वह हवा में ही पैर से मोटरसाइकिल का साइड स्टैंड लगाने की कोशिश कर रहा था कि इस बात को ज़रा ठहरकर फिर से सुने और हजम कर पाये। उसने गाड़ी लगायी और

भँवें सिकोड़ते हुए बोला, ''ये क्या कह रहे हैं आप? अब तक चुप क्यों थे, किसने मारा मोहनबाबू को?''

यह कहते हुए वह वहीदा के घर के ठीक नीचे खड़ा था और मोनू को दरवाज़े पर पागलपन करते हुए देख रहा था।

''तुमाई सब बातों के जुवाब देंगे लेकिन बयान में।'' फिर वे कुछ रुके और बोले, ''थोड़ा जल्दी आना, बयान देने के लिए जो हिम्मत जुटाई है वो टूट गयी तो फिर मैं कुछ बोल नहीं पाऊँगा।'' कहते हुए ठाकुर साहब ने फ़ोन काट दिया। अधूरी बात में दूसरी तरफ़ से फ़ोन काट दिये जाने पर मुँह से निवाला छिन जाने जैसा महसूस होता है। दुबे भी झुँझलाता हुआ मोटरसाइकिल स्टार्ट करके थाने निकल गया। रास्तेभर वह यह गणित बैठाता रहा कि ठाकुर साहब अब तक चुप क्यों थे? क्या वे भी जानते थे कि सुमन ने हत्या की है? लेकिन उसके सवाल घूमकर उसी तक लौट आते। जवाब सिर्फ़ ठाकुर साहब ही दे सकते थे सो उसने गाड़ी को रेस दी और कुछ ही देर में थाने पहुँच गया। ठाकुर साहब थाने के बाहर खड़े थे। उसने उन्हें गाड़ी धीमी करके भीतर आने को कहा और थाने की पार्किंग में जाकर गाड़ी लगा दी। वह ठाकुर साहब की तरफ़ बढ़ ही रहा था कि लीला का फोन आया, ''कहाँ रह गये आप?''

''थाने में एक ज़रूरी काम आ गया, आप लोग बात शुरू करो मैं बस अभी पहुँचता हूँ।'' कहते हुए दुबे ने फ़ोन काट दिया। वह ठाकुर साहब की तरफ़ बढ़ा और उनके दोनों कन्धों को अपनी हथेलियों में भरते हुए बोला–

''आप तो छुपे रुस्तम निकले, इतने दिनों से मैं पागलों की तरह दौड़–भाग कर रहा हूँ और आप सब जानते हुए भी चुप रहे।'' यह कहते–कहते दुबे ने ग़ुस्से से अपनी हथेलियाँ उनके कन्धों पर कसीं, ''अब बोलेंगे भी।''

''मैं सरकारी गवाह बनकर अपना बयान दर्ज कराऊँगा।'' ठाकुर साहब की आँखें दुबे पर टिकीं, लेकिन दुबे को उनमें कुछ नज़र नहीं आया।

''जैसी आपकी मर्जी।'' उसने उनके कन्धे से अपने हाथ हटाये, ''लेकिन ये आपने ठीक नहीं किया।'' कहते हुए दुबे थाने में घुस गया। उसके पीछे–पीछे ठाकुर साहब घुस गये।

****

वसु और लीला सब्ज़ी वाली के घर पहुँचे। सब्ज़ी वाली ने वसु को बताया था कि शाम तक सुमन की छुट्टी कर देंगे। नॉर्मल डिलीवरी में डेढ़–दो दिन से ज़्यादा नहीं रखते। वैसे भी अस्पतालों में ग़रीब मरीज़ को ज़्यादा दिन रखने से कोई आर्थिक फ़ायदा भी नहीं मिलता बल्कि एक बिस्तर ही भर जाता है, इसलिए भी वे पूरे स्वस्थ हों या न हों उनकी छुट्टी कर ही दी जाती है।

वसु और लीला ने सब्ज़ी वाली के दरवाज़े पर दस्तक दी। वह देखते ही बोली, ''कितेक अच्छी हैं आप लोग, इत्तो तो कोई अपनो भी ना पूछे।'' सब्ज़ी वाली को लगा वे लोग सुमन से मिलने, हाल–चाल लेने आयी हैं। वह नहीं जानती थी कि दोनों उसकी बेटी को हत्यारा बताने आयी हैं। उसने दोनों को बैठने कहा।

''सुमन कहाँ है?'' वसु ने पूछा।

''भीतरे सो रई, अबई तो नेक झपकी लगी।'' सब्ज़ी वाली बोली।

लीला ने वसु की आँखों में देखा। वह इशारों में ही कहना चाहती थी कि ''अभी ये सब कैसे शुरू करें? ज़रूरी है क्या?'' लेकिन वसु कितना समझी वह जान नहीं पायी।

वसु ने गला खँखारकर भूमिका बनाते हुए सब्ज़ी वाली से कहा, ''दरअसल हमें कुछ ज़रूरी बात करनी है... मेरा मतलब है बतानी है।''

''ऐसी का बात है?'' सब्ज़ी वाली के तेवर बदले।

दरवाज़े पर दस्तक हुई तो वसु ने गर्दन मोड़कर देखा। हाथ में कुछ घरेलू सामान की थैली पकड़े सोनू खड़ा था। वसु ने तय किया कि अब कहना ही होगा। वह बोली–

''आप सुमन को यहीं बुला लीजिए, भीतर बच्ची सो रही है।'' वसु के मन में बच्ची के प्रति ममता जागी। वह नहीं चाहती थी कि उसकी माँ से किये जाने वाले सवाल–जवाब दो दिन की बच्ची के कानों में पड़ें।

''बात क्या है बताओगी?'' यह सोनू बोला। उसकी आवाज़ में सवाल कम धमकी ज़्यादा थी।

''आपसे विनती है कि सुमन को बाहर बुला लीजिए।'' वसु ने सब्ज़ी वाली की ओर देखते हुए कहा। लीला ख़ामोश ही रही। वह इस स्थिति में क्या बोले, क्या करे उसे कुछ समझ नहीं आ रहा था।

दो कमरों की छोटी–सी खोली में सुमन के कानों तक आवाज़ पहुँचने में कहाँ वक़्त लगता। आवाज़ों से नींद उचटी तो वह ख़ुद ही बाहर चली आयी। वसु और लीला को देख उसके चेहरे के भाव बदल गये। यह भयमिश्रित क्रोध था जो ख़ामोशी से कह रहा था, ''ये लोग मेरा पीछा क्यों नहीं छोड़ते?'' लेकिन वह मुँह से कुछ न बोली। उसे खड़ा हुआ देख सब्ज़ी वाली ने उठकर उसे पलँग पर अपने पास बैठा लिया और वसु से मुख़ातिब होते हुए बोली–

''लेओ आ गयी सुमन भी अब बोलो का बात है?''

''आपको ठीक से याद है ये घर रविवार की सुबह आयी थी, यानि जिस सुबह मोहनबाबू की हत्या की ख़बर मिली?''

वसु ने सुमन से सवाल किया। उसका सवाल सीधा था। ऐसा सवाल जिसका जवाब वह पहले से जानती थी।

"ऐसे काय पूछ रईं?" सब्ज़ी वाली को अब कुछ खटका हुआ, "हओ हमें अच्छे से याद है जे बाई दिना सबेरे आई हती, बा टेम बा इंटरसिटी आउत सो बाई से आईं ती।"

"तुम भी यही कहोगी?" अब सवाल सुमन से हुआ। वह जानती थी कि अब और झूठ नहीं बोल सकती। उसका झूठ पकड़ा जा चुका है। सब्ज़ी वाली, सोनू, लीला और वसु सभी की आँखें सुमन पर टिकी थीं। उसने बस धीमे से न में सर हिलाया। सब्ज़ी वाली को उसकी न से दचका सा लगा। वह बेसब्री से बोली, "जे का बक रईं?"

"आस्तीन ख़ुद बोल उठती है, कोई कितना भी छुपा ले।" वसु ने आह भरी, बोली, "इसे मैंने ही स्टेशन से इधर बाहर रोड पर छोड़ा था, लेकिन रविवार की सुबह नहीं शनिवार की सुबह।" वसु ने बताया। सुमन की आँखों से टप–टप आँसू गिरने लगे। जो शातिर न हो उसे गुनाह छुपाना भी नहीं आता। सुमन के साथ भी यही हो रहा था। उसके आँसुओं ने वहाँ उपस्थित सभी के मन में यह बात कुछ और दृढ़ कर दी कि हत्यारी वही है। भर्राये गले में गिरते आँसुओं के साथ सुमन ने कहा, "हाँ मैं वहाँ गयी थी, बाबूजी को मारने ही गयी थी लेकिन मैंने उन्हें नहीं मारा।"

"मैं कैसे मान लूँ?" अब तक चुपचाप सब कुछ सुन रही लीला के भीतर जब सुमन के प्रति दया–बोध कम होकर अपराधी की छवि गहरी हुई तो उसने धीमी आवाज़ में कहा। उसकी आवाज़ से अब भी लगता था कि वह सुमन से यह उम्मीद बिल्कुल नहीं कर रही थी। सुमन के आँसू टप–टप गिर रहे थे। वह कुछ और बोलती इससे पहले ही लीला का फ़ोन बजा। स्क्रीन पर दुबे था। दो ही घण्टी में फ़ोन उठा तो दुबे बोला, "सुमन ने मोहनबाबू को नहीं मारा, मेरे पास चश्मदीद गवाह है, मैं उसे लेकर वहीं आ रहा हूँ।" लीला को कुछ भी पूछने का मौक़ा दिये बग़ैर दुबे ने फ़ोन काट दिया। लीला के कलेजे से जैसे पहाड़ हट गया हो। उसने तसल्ली में आँख बन्द की तो उसकी याद के धुँधलके में खड़ा हत्यारा फिर बे–सूरत हो गया।

अब वह और भी शीघ्रता से यह जानना चाहती थी कि आख़िर ऐन मौक़े पर यह फ़िल्मी मोड़ लाने वाला कौन आ गया। वह यह सोचकर खुश हुई कि जो भी आया हो सुमन तो बच गयी। उसका मन हुआ कि उठकर सुमन को कसकर गले लगा ले और उस रात की सारी बात पूछे। लेकिन जिससे क़रीबी न हो उससे संवेदनाएँ व्यक्त करने में भी हिम्मत लगती है, जो हर किसी में नहीं होती।

"तुमने नहीं मारा तो किस..." वसु ने कड़ाई से सुमन से पूछा तो लीला ने उसका हाथ पकड़कर रोक दिया। वसु ने इशारे से 'क्या हुआ?'

का सवाल किया तो लीला बोली, "सुमन ने नहीं मारा, बाक़ी दुबे जी यहीं आ रहे हैं किसी को लेकर, जिसे पता है कि किसने मारा।"

सब्ज़ी वाली इसी घात में थी। उसने लीला की बात लपकते हुए ग़ुस्से से उठकर कहा, "तुम अमीर लोग जब मन चाय, जैसे मन चाय हम ग़रीबन पर इल्ज़ाम लगा देते, जे बी नई सोची कि जा नेक सी सी मोड़ी को का हुइए।" उसने सुमन की दो दिन की बेटी की ओर इशारा किया जो अब भी हर बात से अनजान भीतर सो रही थी। उसकी इस बात पर वसु और लीला बस सर ही झुका सकती हैं सो उन्होंने वही किया।

"ये लोग बस एक बकरा ढूँढ़ रहे हैं जब कोई नहीं मिला तो सुमन को फँसाने लगे।" इस बार सोनू बोला। उसकी आँखों में वसु और लीला के लिए घृणा है। वह बहुत देर से बहुत कुछ बोलने की प्रतीक्षा कर रहा था।

"तुम लोग पहले ही बहुत ग़लतफ़हमियों में जी रहे हो; सुमन के साथ जो हुआ था! उसमें मोहनबाबू का दोष नहीं था, उस... उस राजेश का दोष था जिसने उनसे छुपाकर सब किया और फिर उन्हें ही बदनाम किया... उनके साथ विश्वासघात किया।" लीला एक साँस में कह गयी। उसे लगा जैसे उसने मोहनबाबू के माथे पर लगा एक कलंक धो दिया हो।

"तुम्हें क्या लगता है ये सब बकवास करके तुम उसे शैतान से भगवान बना लोगी और मेरी बहन को फँसाकर क्या साबित करना चाहती हो?"

"ऐसी बात नहीं है... हम किसी को नहीं फँसा रहे।" अबकी वसु बोली, कुछ कड़क लहजे में। मगर सोनू कहाँ रुकने वाला था, बोला–

"मैं तो कहता हूँ यही है जिसने मारा" उसने वसु की ओर उँगली की। सब्ज़ी वाली को वसु और सोनू के बीच पकी किसी खिचड़ी की गन्ध नहीं मिली थी इसलिए सोनू का वसु पर इलज़ाम लगाना उसे हैरान कर गया। "जे का के रा मोड़ा?"

"कोई कुछ नहीं कह रहा।" लीला ने दख़ल दिया, "कुछ देर के लिए सब शान्त हो जाइए, दुबे जी आते ही होंगे फिर सबको सब कुछ पता चल जायेगा।"

लीला वहाँ उम्र में सबसे बड़ी थी और वही अकेली ऐसी थी जिसके प्रति किसी के मन में कोई विचार नहीं था इसलिए उसकी बात को कोई टाल न सका। उस छोटे–से कमरे में सन्नाटा पसर गया।

इसी सन्नाटे को भेदती दुबे की मोटरसाइकिल की आवाज़ कुछ देर में पहुँच गयी। घर के बाहर इसी आवाज़ की प्रतीक्षा में सब थे। सोनू फुर्ती से उठकर बाहर निकला। बाहर दिनभर की उमस के बाद अब हल्की बूँदाबाँदी शुरू हो गयी है।

"ये हैं गवाह?" मोटरसाइकिल की पिछली सीट पर ठाकुर साहब को बैठा देख सोनू के मुँह से निकला।

सोनू की बात पर दोनों ने उसे देखा, लेकिन किसी ने कहा कुछ नहीं। बारिश से बचने के लिए दोनों फुर्ती से सर झुकाते हुए साढ़े–पाँच फ़ीट के उस दरवाज़े से भीतर घुसे। भीतर सभी दरवाज़े पर टकटकी लगाये बैठे थे। कमरे में रखी एक ख़ाली कुर्सी पर दुबे बैठ गया और सोनू भीतर के कमरे से झट दो कुर्सियाँ और ले आया। एक पर ठाकुर साहब बैठे दूसरे पर सोनू ने ख़ुद अपनी तशरीफ़ सजा दी। ठाकुर साहब के बैठते ही समय गँवाये बिना दुबे बोला, "हाँ तो ठाकुर साहब बताइए इन सबको भी उस रात की पूरी बात।"

बहुत देर से शान्त बैठकर कुछ सोच रही सब्ज़ी वाली एकाएक बोली, "मोय पेले जा मोड़ी से जानने जा का रइ हती उते इतेक रात कों?"

"हाँ ये तो मुझे भी जानना है।" दुबे बोला।

कुछ देर तक ख़ामोशी छायी रही। सुमन की रीढ़ में कम्पन हो रहा था। वह बहुत कुछ कहना चाहती थी, लेकिन भयमिश्रित भाव आँसू बन बाहर आ रहा था। ज़ुबान मानो सिल दी गयी हो।

वहाँ उपस्थित सभी को उससे हमदर्दी थी, लेकिन उसकी चुप्पी किसी को नहीं सुहा रही थी। सब चाहते थे कि वह अब सारी बात बता दे।

"बोल अब, बोल काय ने रई!" कहते हुए सब्ज़ी वाली ने सुमन को झकझोरा तो उसके मुँह से बोल फूटे, "मैंने उनको नहीं मारा।"

"ये मैं जानता हूँ।" दुबे बोला।

"तो फिर तुम वहाँ गयी क्यों थीं?" ये पूछने वाली वसु थी।

"उन...को... मारने।" सुमन ने धीमे–से कहा।

"लेकिन क्यों?" सोनू ने गरजते हुए पूछा, "इतनी रात को क्या करने गयी थी वहाँ वो भी ऐसी हालत में और जब एक दिन पहले आ गयी थी तो सीधे घर क्यों नहीं आयी?" सोनू ने मन में घुमड़ रहे कई सवाल एकसाथ दाग दिये जिन्हें बहुत देर से रोके हुए था।

"क्या कैती आके के उसने... उसने मुझे घर से निकाल दिया है मा...रा है?" कहते–कहते सुमन की आवाज़ में रोष झलका। इतना कहने के बाद सुमन अकेली नहीं रह गयी जिसकी आँखें गीली हुईं। सब्ज़ी वाली और लीला की आँखों में प्रत्यक्ष आँसू झलके और बाक़ी तीनों की आँखों में परोक्ष।"

"मैं उसे छोड़ूँगा नहीं।" सुमन की बात पर सोनू ने वही कहा जो ऐसे में हर आदर्श भाई कहता।

"उसने ऐसा किया क्यों? वो तो हमेशा तुझे बड़े अच्छे से रखता था।" यह पूछने वाले ठाकुर साहब थे। उनकी इस बात से वसु और लीला को अन्दाज़ा हुआ कि ठाकुर साहब न सिर्फ़ सुमन से स्नेह रखते हैं बल्कि उसके जीवन के बारे में भी अच्छे से जानते हैं।

"पिछले महीने यहाँ आया था किसी काम से, यहीं से जाने क्या रोग लेकर गया। किसी ने उसे मेरे बारे में बता दिया कि बाबूजी के गुण्डों ने मुझे उठवाया था और मैं एक रात उन्हीं के पास रही थी।" कहते–कहते सुमन की आँखें झुक गयीं। हमारे समाज में मर्दों की काली करतूतों पर औरत को सर झुकाने का प्रावधान है। वे जो गुनहगार नहीं हैं मगर फिर भी उन्हें अपना मुँह और अतीत दोनों छुपाने पर मजबूर किया जाता है।

"बस तभी से उसने परेशान करना शुरू किया।" सुमन ने आगे कहा, "कहता है झूठ बोलकर अपनी कालिख उसके माथे मढ़ दी तुम लोगों ने।" आँखों में क्रोध धधक रहा था। वह हमेशा से ही स्वभाव से क्रान्तिकारी रही थी, लेकिन उस दुर्घटना के बाद से वह टूट–सी गयी थी। बोलना भूल गयी थी। सहना सीख गयी थी। भीतर एक डर घर कर गया था।

"इसी का बदला लेने तुम बाबूजी के पास गयी थीं?" दुबे ने पूछा।

"हम्म" सुमन ने हामी भरी। "उसने जब मुझे घर से निकाल दिया तभी मैंने ठान लिया था कि अब उस बुड्ढे को नहीं छोड़ूँगी। लेकिन घर आते–आते मेरा गुस्सा कुछ कम हो गया था। इनने...", सुमन ने वसु की ओर इशारा करते हुए कहा, "जब मुझे गली के बाहर छोड़ा तब मेरे में घर आने की हिम्मत नहीं बची थी। अम्मा और भैया दोनों को कैसे ऐसी शक्ल दिखाते? कैसे बताते के घरवाले ने छोड़ दिया है? यही सब सोचते–सोचते घूँघट लेकर हम गली में घुसे थे, लेकिन जब मोड़ पर पहुँचे तो वहाँ ये और भैया कुछ बात कर रहे थे। पहले मैं थोड़ा हैरान हुई कि भैया इस ऑटो वाली से क्या बात कर रहा है। मुझे ठीक से कुछ सुनाई नहीं दे रहा था इसलिए थोड़ा और घूँघट करके शॉल से ढँककर हम इनके बगल से निकले तो भैया की बात सुनी।"

"क्या कह रहा था ये?" दुबे ने पूछा।

"यही के आप चिन्ता मत करो, आख़री चिट्ठी मोहनलाल तक पहुँच गयी है, उसके पास अब आख़री रात है कल सलीमबाग़ में तूफ़ान मचेगा..."

"एक मिनिट–एक मिनिट" दुबे ने सुमन को बीच में रोका और वसु की ओर मुड़ा, "कैसी चिट्ठी? और आप क्यों उन्हें चिट्ठी भेज रही थीं?"

सुमन की बात सुनते–सुनते अचानक सबकी सवालिया नज़रें उस पर ही मुड़ जायेंगी यह वसु ने सोचा नहीं था इसलिए वह सकपका गयी। फिर थोड़ा सँभलते हुए बोली, "मैं मोहनबाबू की नाजायज़ औलाद हूँ।"

"ये तो बड़ा फ़िल्मी होता जा रहा है... हें हें हें" दुबे ने अपनी खींसें निपोरीं। वह हैरान भी था और उसे इस कहानी में रस भी आने लगा था। लेकिन उसकी इस बात पर उसके अलावा और कोई नहीं हँसा। सोनू और लीला पहले ही यह बात जान चुके हैं, हाँ सुमन, सब्ज़ी वाली और ठाकुर साहब की आँखें हैरानी में ज़रूर फैल गयीं।

"मैंने उन्हें बस चार चिट्ठियाँ सोनू से भिजवायी थीं, जिनमें लिखा था कि जिस बच्चे को वे समाज के डर से अनाथ छोड़ आये थे, वह सारा सच जान चुका है और अब वे सबके सामने उस बच्चे को और उसकी माँ को स्वीकार कर लें वरना वह हर अख़बार में उनके बारे में सारी कहानी छपवा देगा। इसके लिए उन्हें एक महीने की मोहलत दी थी जो उसी रात ख़त्म हो रही थी। एक दिन बाद हर अख़बार में उनके बारे में छपवाने का प्लान था... बस इतना ही।"

"देखा जाये तो उन्हें मारने की एक वजह आपके पास भी थी... हें हें हें।" दुबे ने फिर स्थिति में हास्य खोजा लेकिन इस बार भी उसके अलावा कोई और नहीं हँसा।

"तो तुम्हें इन दोनों की बातें सुनकर लगा कि ये मोहनबाबू को मारने वाले हैं।" दुबे एक बार फिर सुमन की ओर मुड़ा।

"मैं नहीं जानती थी कि क्या होने वाला है, लेकिन मुझे यह एक मौक़ा दिखा अपना बदला लेने का और इसलिए मैं वहाँ पहुँच गयी। मोहनबाबू देर रात तक चौकीदार के साथ घूमते हैं फिर नाशपाती के नीचे कुछ देर अकेले बैठते हैं, ये मैं ठाकुर अंकल की बातों में कई बार सुन चुकी थी।"

"तू तो मोय जे बता दे के बा दिना पूरी रात, पूरो दिन कितें रइ?" सब्ज़ी वाली बोली। माँ कितना भी क्रोधित हो फ़िक्र और चिन्ता बोल ही उठती है।

"पहले एक डॉक्टर के पास गयी। बच्चे को दिखवाया। अपने घावों की पट्टी करवायी। फिर टेकरी वाले मन्दिर चली गयी।

दिनभर वहीं बैठी रही। शाम होते तक स्टेशन वापस आ गयी थी। स्टेशन से ही सलीमबाग़ आ गयी थी।" सुमन ने साँस ली, "एक मन तो किया कि ट्रेन के नीचे ही आ जाऊँ, फिर लगा अपने बच्चे को क्यों मारूँ उसे न मारूँ जिसकी वजह से मेरी ये हालत हुई।"

"तो फिर मारा क्यों नहीं?" बहुत देर बाद लीला कुछ बोली।

"ये ठाकुर साहब बताएँगे'', दुबे ने कहा तो सबकी नज़रें ठाकुर साहब पर जा टिकीं।

"तो क्या इन्होंने...?'' कहते–कहते लीला रुकी। दुबे ने न में सर हिलाया और ठाकुर साहब के कन्धे पर विश्वास से भरी धौल जमाते हुए बोला, "अब बताइए सबको सब कुछ... बाकी मैं सँभाल लूँगा।'' दुबे ने सब कुछ पर ज़ोर देते हुए कहा।

कमरे में सन्नाटा पसर गया। सभी ठाकुर साहब के बोलने की प्रतीक्षा करने लगे और ठाकुर साहब भीतर से हिम्मत बटोरने लगे।

"उस दिन दोपहर में पार्टी मीटिंग थी'' ठाकुर साहब ने कहना शुरू किया। उन्होंने ब्यौरेवार उस दिन की एक–एक बात बतानी चाही ''कल्लू सुबह से ही परेशान था, शाम होते–होते वो बेचैन होने लगा।''

बताते हुए ठाकुर साहब के दिमाग़ ने बैक गियर लगाया और उन्हें उस वक़्त में ले जाकर खड़ा कर दिया मानो वे वहीं खड़े होकर सब फिर से होता हुआ देख रहे हों।

****

"आज अगर इन लोगों ने मेरे साथ मक्कारी की तो मैं छोड़ूँगा नहीं।'' उस दिन घर से मीटिंग के लिए निकलते वक्त कल्लू ने ठाकुर साहब से कहा था। वह ख़ुद तो घर से निकल गया था, लेकिन अपने वाक्य में लपेटकर अपनी बेचैनी ठाकुर साहब को थमा गया था। वे उसके स्वभाव से डरते हैं। वह ग़ुस्सैल तो है ही आतुर भी है, उसमें सबर नहीं है।

पार्टी मीटिंग में यह तय होने वाला था कि अगले चुनाव में इस वार्ड के लिए पार्षद का उम्मीदवार कौन रहेगा। मोहनबाबू ने तो

राजनीति से संन्यास ले लिया था, लेकिन उन्हें सलाहकार बने रहने को कहा गया था। पार्टी को इस बार ऐसा चेहरा चाहिए था जो हिन्दू वोटों के साथ मुस्लिम वोट भी बटोर सके। ऐसा चेहरा कल्लू नहीं था। कल्लू मुस्लिम छोड़ो पूरे हिन्दू वोट भी नहीं बटोर सकता था। उसे यह भ्रम ज़रूर था कि इस इलाक़े के सारे हिन्दू उसे पसन्द करते हैं, उसका सम्मान करते हैं, लेकिन ऐसा सिर्फ़ उसके सामने दिखावा था, पीठ पीछे सभी उसे नटरू कहते थे। उसके क़द और हरकतों दोनों की वजह से। वह कई साल मोहनबाबू का स्वघोषित चमचा बनकर भी घूमा। उनके काम करता रहता ताकि लोगों से न सिर्फ़ पहचान बने बल्कि वह इलाक़े के लिए काम करता है ऐसी बातें भी लोगों के बीच घूमने लगतीं, लेकिन राजेश ओझा ने उसकी यह तमन्ना कभी पूरी नहीं होने दी। वह या तो उसे डरा–दुत्कार कर भगा देता या फिर ऐसे लोगों के सामने उसकी बेइज़्ज़ती कर देता जिनका काम इलाक़े में बातें फैलाना था। राजेश ओझा के पार्टी छोड़ने के बाद से वह बहुत ख़ुश था। मोहनबाबू और ठाकुर साहब की दोस्ती से उसे इतनी तो उम्मीद थी। अब जबकि वे ख़ुद राजनीति में नहीं रहने वाले तो जाते–जाते उसका भला कर देंगे पर ऐसा हो न सका। मोहनबाबू ने जब से राजनीति छोड़ी थी वे गूँगे हो गये थे। पार्टी मीटिंग हो या कोई जनसभा वे बस कुर्सी पर बैठे दिखते थे, बोलते नहीं थे। उस मीटिंग में जब ज़ुनैद अंसारी का नाम आगे किया जा रहा था तब कल्लू ने कई बार अपनी आपत्ति "मुहल्ले वाले मुस्लिम आदमी को वोट नहीं देंगे देख लेना, उन्हें बाबूजी जैसे किसी हिन्दू आदमी की उम्मीद है" कहते हुए दर्ज करायी। हर बार वह आपत्ति दर्ज कराते समय मोहनबाबू को देखता लेकिन उनकी ओर से कोई उम्मीद नज़र न आती। वे यूँ बैठे रहे मानो मौनव्रत लेकर आये हों। कोई अधिक कुछ कहता तो मुस्कुरा देते। कोई यह कहाँ समझ पा रहा था कि उनके ज़हन में अब नेता, उम्मीदवार, पार्टी वग़ैरह को लेकर कोई ख़याल नहीं हैं। उन्हें तो बस उन चिट्ठियों की चिन्ता थी

और उस बच्चे को खोजने की। लेकिन उनकी उलझनें निजी थीं जिन्हें कोई समझ न पाता। मीटिंग ख़त्म होते तक कल्लू ने उनसे घोर बैर बाँध लिया। उसे पार्टी के अन्य लोगों से भी शिकायत थी, लेकिन मोहनबाबू से अब सिर्फ़ शिकायत नहीं रह गयी थी वे उसे उसका राजनीतिक करियर ख़त्म करने वाले नज़र आ रहे थे। वैसे यह सच भी था कि यदि मोहनबाबू कल्लू के नाम पर ज़ोर देते तो कोई उनकी बात टालता नहीं। इतना सम्मान तो कमाया था उन्होंने, लेकिन न तो कल्लू उस सम्मान को भुनाने लायक था न ही अब मोहनबाबू किसी पचड़े में पड़ना चाहते थे। कई बार हमारा चुप रह जाना भी किसी के द्वेष का कारण बन जाता है। यह द्वेष किस रूप में सामने आये कोई नहीं जानता, मगर आता ज़रूर है।

"कल्लू को सँभाल लेना, बहुत गुस्से में निकला है" पूरी मीटिंग में मौन रहने के बाद मीटिंग ख़त्म होते ही मोहनबाबू ने ठाकुर साहब को फ़ोन करके कहा था। उनके फ़ोन ने ठाकुर साहब की चिन्ता बढ़ा दी थी। वे जानते थे कि कल्लू इतनी जल्दी घर नहीं आयेगा, फिर भी उसके इन्तज़ार में गली में चक्कर लगाने लगे।

"आ जायेगा, अब इतनी भी चिन्ता न कर।" मोहनबाबू मीटिंग से लौटे तो गली में परेशान घूमते ठाकुर साहब के कन्धे पर सहानुभूति देते आगे बढ़ गये। वे अधिक देर रुक भी नहीं सकते थे, उन्हें लीला के नाटक का मंचन देखने पहुँचना था। ठाकुर साहब ने कुछ कहा नहीं। गली में बाक़ी सब अपनी गति से आगे बढ़ता रहा। शाम से रात हुई, लेकिन बेटे के इन्तज़ार में उनके पैर नहीं थके। दुकान बढ़ाने के बाद वे घर पहुँचे। खाने बैठे तो निवाला भीतर न गया। ठकुराइन भी उनकी चिन्ता समझ रही थीं। रात गहराने लगी तो ठाकुर साहब के चक्कर घर के भीतर लगने लगे। कल्लू न किसी दोस्त के साथ था, न किसी अड्डे पर। उसके दोस्त, संगी–साथी तो उल्टा ठाकुर साहब को फ़ोन कर–करके उसकी ख़ैर–ख़बर पूछ रहे थे। सब कल्लू के ग़म से वाक़िफ़ थे। ठाकुर साहब सबसे "हाँ ठीक है, सो रहा है।"

कहकर बात सँभाल रहे थे। उन्हें कहाँ पता था कि कल्लू किसी पार्क में मोहनबाबू को गरियाते हुए घास छील रहा है, वरना ठाकुर साहब उसे वहीं जाकर ले आते।

ठकुराइन गुस्सातीं "अरे अब बच्चा थोड़ी रे गया है, आ जायेगा।" तो ठाकुर साहब कुछ देर सुस्ताने बैठ जाते फिर चक्कर काटने लगते। इसमें उनका दोष भी नहीं था, एक तो बाप की चिन्ता ऊपर से जब बेटा पैदाइशी ग़ुस्सैल हो, ग़ुस्से में तोड़ा–फोड़ी उसकी फ़ितरत में शामिल है।

रात का ढाई बज रहा था। कल्लू का कहीं अता–पता नहीं था। ठाकुर साहब ठकुराइन के चिल्लाने पर कमरे में कुछ देर सुस्ताने बैठे थे। बगल में ठकुराइन लेटी थीं। जो बीच–बीच में झपकियों के साथ नाक बजा रही थीं। रह–रहकर ठाकुर साहब और कल्लू दोनों की चिन्ता में, "आ गओ का?", "आ जायेगो, बच्चा थोड़ी है..." "नेक सो लो तुम भी" के सुर छेड़ देतीं, आँखें गूँदे–गूँदे ही।

गली में निपट सन्नाटा था। बीच–बीच में दो–चार कुत्ते भौंकने की आवाज़ आ जाती। मोहनबाबू के घर से सटा एक ख़ाली प्लाट था, जिसमें नगर निगम वाले बड़ा–सा कचरादान रख गये थे। एक जोडी पैर गली में घुसे और बिना किसी आहट के उसी कचरादान के पीछे जाकर छुप गये जिन्हें मोहनबाबू के आने की प्रतीक्षा थी। कुछ देर बाद जब चौकीदार मोहनबाबू को नाशपाती के नीचे छोड़कर गया तो पैरों के उस जोड़े ने बाहर निकलने का मन बनाया। मन बनाने के बाद भी बहुत हिम्मत जुटानी पड़ती है उस काम को करने के लिए जिसे करने के लिए ख़ुद के भीतर ही कई अन्तर्द्वन्द्व हों। पैरों का वह जोड़ा हिम्मत जुटा पाता उससे पहले ही उसे किसी की आवाज़ आयी–

"ये तूने जान–बूझकर किया न!" आवाज़ में रोष था, लेकिन स्वर दबा हुआ ही था मानो बोलने वाला मुहल्ले में किसी की नींद न टूटे इसका पूरा ख़याल कर रहा हो। लेकिन जिसकी नींद लगी ही न हो उसे यह आवाज़ आसानी से सुनाई दे सकती थी, जो थे ठाकुर साहब।

उन्होंने कल्लू की आवाज़ सुनी तो कमरे की खिड़की पर आ खड़े हुए। बेटे को सही सलामत देख उन्हें तसल्ली मिली। उन्होंने कल्लू को मोहनबाबू पर गुर्राते देखा तो उसे रोकने की इच्छा यह सोचकर दबा दी कि क्रोध निकल जायेगा तो मन शान्त हो जायेगा।

"कुछ साल ठहरो और थोड़ी मेहनत करो फिर देखना मैं ख़ुद तुम्हारा नाम आगे करूँगा।" मोहनबाबू ने उसके कन्धे पकड़ते हुए कहा।

"तू अब भी बहुत कुछ कर सकता था, लेकिन तूने नहीं किया।" कल्लू गुर्राया।

"तुम अभी इस लायक नहीं हो कि चुनाव जीत सको।" मोहनबाबू ने उसे समझाया।

"मुझे मत सिखा।"

"मेरे बेटे जैसे हो, मेहनत करो मैं ख़ुद तुम्हें आगे बढ़ाऊँगा।" मोहनबाबू शान्त चित्त से उसे समझाये जा रहे थे।

"नई चौये तेरी भीख।" कल्लू ने मोहनबाबू का हाथ झटकते हुए उन्हें धक्का दिया। लड़खड़ाते हुए मोहनबाबू सँभले और मुस्कुराते हुए फिर कल्लू को समझाया, "तुम अभी ग़ुस्से में हो और नशे में भी, घर जाओ सुबह बात करते हैं।" इतना कहकर मोहनबाबू अपने घर में घुसने को मुड़े ही थे कि उनके सर पर पीछे से ज़ोरदार वार हुआ। कल्लू ने ज़मीन में पड़ा एक पत्थर उनके सर पर दे मारा था। ठाकुर साहब की उँगलियाँ खिड़की की जाली पर कस गयीं। वे कल्लू को रोकने के लिए चीख़े, लेकिन उनकी आवाज़ इस डर ने दबा दी कि कहीं मुहल्ले में कोई उठ न जाये वरना कल्लू फँस जायेगा। बात जब अपनी औलाद को सुरक्षित रखने की आती है तो इन्सान की सारी नैतिकता धरी रह जाती है। मोहनबाबू ख़ुद पर हुए इस वार के लिए तैयार नहीं थे। ऐसे में चोट गहरी लगती है। उनके सर से ख़ून फूट पड़ा। वे फटी आँखों से चोट पर हाथ रखे पलटे ही थे कि कल्लू ने उन्हें "कहा ना नहीं चौये तेरी भीख" कहते हुए धक्का दिया। मोहनबाबू नाशपाती के चरणों में पड़े एक बड़े से पत्थर पर जा लगे

और वहीं ढेर हो गये। ठाकुर साहब किसी तमाशे की तरह यह सब देखते रह गये। वे खिड़की पर ही जड़ हो गये।

मोहनबाबू के ढेर होते ही कल्लू घर में घुस गया। उसने दरवाज़ा बन्द किया और दरवाज़े की संद से सड़क पर बिछे मोहनबाबू को देखता रहा। कुछ ही मिनिट बाद गली में फिर सन्नाटा पसरा जानकर जब फिर से पैरों का एक जोड़ा दबे पाँव वहाँ से निकला तो कल्लू और ठाकुर साहब दोनों की आँखें फैल गयीं। यह सुमन थी।

****

"आप इतने दिन कुछ क्यों नहीं बोले?" सारी घटना सुन लेने के बाद लीला ने ठाकुर साहब से पूछा। उसकी आँखों में अब वह तस्वीर पूरी थी जो पड़ताल के पहले दिन से उसे विचलित किये हुए थी। उसने ख़ुद को दुत्कारा कि क्यों उसने कल्लू के बारे में अधिक नहीं सोचा।

"कल्लू ने भी सुमन को देख लिया है यह बात मुझे अगली सुबह पता चली... वह फ़ोन पर किसी से मशवरा ले रहा था; ठकुराइन ने भी यह बात सुन ली थी।" ठाकुर साहब यह सोचकर बोले कि इतना कहने से सब सारी बात समझ जायेंगे, लेकिन जब सब प्रतिक्रिया शून्य रहे तो उन्होंने आगे कहा।

"इसलिए ठकुराइन मोनू को फँसाने मेरे पास आयी थीं।" लीला ने कहा।

ठाकुर साहब ने गर्दन हिलाकर हामी भरी। आगे बोले, "लेकिन कल्लू ये नहीं जानता कि मुझे या ठकुराइन को उसका सच पता है।" वे कुछ रुककर फिर बोले–

"कल्लू उसी दिन से सबूत जुटाने में लग गया था, जिससे सुमन को फँसाया जा सके और वह चश्मदीद बन जाये; वह नहीं जानता था कि मैंने भी देख लिया है। ठकुराइन से कुछ कहता तो वे मुझे ही चुप कराकर बेटे का पक्ष लेतीं, इसलिए मैंने चुप्पी साध ली... जिस उम्र में बाप बेटों के कन्धों का आसरा खोजता है, उस उम्र में अपने

हाथों अपने बेटे को जेल में धकेल देने के लिए बहुत हिम्मत चाहिए जो मुझमें नहीं थी।"

"फिर अचानक क्या हुआ जो आपने गवाही..." यह पूछने वाली सुमन थी।

"मैं कल्लू को बचाना तो चाहता था, लेकिन तुझे भी फँसने नहीं देना चाहता था, तुझे हमेशा बेटी मा...ना है।" कहते हुए ठाकुर साहब का गला भर आया।

"सबेरे...जब तुझे देखने आया तो।" कहते हुए ठाकुर साहब का मन किया सुमन के सर पर हाथ फेरकर उसके साथ दो आँसू नेह के टपका लें, लेकिन ख़ुद को रोका और गले को खँखारते हुए बोले, "सबेरे... गुड़िया को देखकर मुझे यह फ़ैसला लेने में आसानी हुई कि मुझे क्या करना है... मैं अपने बेटे को बचाने के लिए एक नन्ही जान की ज़िन्दगी बर्बाद नहीं कर सकता था। मैं ईश्वर से रोज़ यही माँग रहा था कि ये केस बिना किसी मुजरिम को पकड़े बन्द हो जाये, लेकिन कल्लू ने जब सुमन को फँसाने के लिए ई–रिक्शा वाले की बात शुरू की तो मुझे बोलना पड़ा।" ठाकुर साहब ने कहते–कहते अपना सर कुर्सी पर टिका दिया, "मैं जानता हूँ इसके लिए मेरा बेटा और पत्नी मुझे कभी माफ़ नहीं करेंगे।"

****

यह शाम फिर गरजते हुए बरस रही है। जाते फाल्गुन की बारिश किसी को तरावट देती है तो कहीं खड़ी फसल को तबाह करके उनके मालिकों के जीवन में मातम पसरा देती है। तेज़ बिजली कड़की और ज़ोरदार बारिश शुरू हो गयी। सब्ज़ी वाली के घर से निकलकर लीला, वसु और सोनू, लीला की बालकनी में टँगे हैं। दुबे जो यदा–कदा ही पुलिस जीप से इस मुहल्ले में आया होगा, बड़े काले छाते के नीचे हाथ में वारंट पकड़े पुलिस जीप से उतरकर ठाकुर साहब के घर में दाख़िल हो चुका है। कुछ ही मिनिट के बाद कल्लू का हाथ पकड़े दुबे बाहर निकल रहा है।

बारिश अब भी तेज़ है। गली के हर घर से कोई–न–कोई इस घटना का गवाह बनने को कहीं अपनी बालकनी में तो कहीं खिड़की में टँगा है। ठाकुर साहब के घर से रोने–चिल्लाने की आवाज़ें आ रही हैं। भीतर ठकुराइन बिलखते हुए ठाकुर साहब की छाती अपने हाथों से पीट रही हैं। पुलिस की जीप स्टार्ट हुई। पिछले पहियों से मटमैला पानी उड़ाते हुए कल्लू को ले गयी। कल्लू के रूप में ठाकुर साहब की खड़ी फ़सल आज तबाह हो गयी है उन्हीं के हाथों और घर में मातम पसरा है... अगली सुबह अख़बार में मोहनबाबू की तस्वीर के साथ ख़बर थी, "जनता का सेवक जो अपने पीछे छोड़ गया कई रहस्य।"

अख़बार के इसी पन्ने को हाथ में लिए लीला, टेबल पर रखी डायरी को निहार रही है। असली हत्यारा मिल जाने के बाद भी उसने सबको अपना सच नहीं बताया है कि उसने उस रात धुँधलके में मोहनबाबू के साथ किसी को खड़ा देखा था और वहीं से इस कहानी की शुरुआत हुई थी।

बीते सात दिनों में बहुत कुछ बदल चुका है। इस शहर में जो दो अज़ीज़ लोग उसे मिले थे, उनमें से एक सदा के लिए जा चुका है और दूसरी के प्रति जो भाव बिगड़े थे वे फिर से सँवर रहे हैं। वसु के प्रति जो कड़वाहट के बादल मन पर छाये थे वे छँटने लगे हैं। उसने अख़बार के उस पन्ने को टेबल पर रखा, डायरी खोली और लिखने लगी–

मुझे जब–जब तुम्हारी याद आयेगी, तुम्हें चूमने की तलब उठेगी, मैं तुम्हारी बेटी को चूम लूँगी, उसके ललाट और गालों पर वैसा ही प्रेम अंकित कर दूँगी। जब–जब तुम्हारे गले लगने को जी मचलेगा, मैं उसे अपने अंक में भर लूँगी। मैं इस सुखद आश्चर्य से भर रही हूँ कि तुम दोनों के लिए ही मेरा यह प्रेम समान रूप से पवित्र है जिसमें सिर्फ़ अपने सबसे अज़ीज़ की ऊष्मा पा लेने की ख़्वाहिश है न कि कामेच्छा...

❑❑